DE PLUME
ET D'ÉPÉE

DU MÊME AUTEUR

Aux Éditions Denoël

Sophie ou les galanteries exemplaires (1976)

Au Livre de Poche

Les Mantes religieuses (Grand Prix de littérature policière 1960)
Le Retour des cendres
Mourir à Francfort
Meurtre à loisir
Esprit es-tu là ?
De quelques crimes parfaits
Devoir de vacances
Les Bourreaux de Cupidon
Requiem pour une noce
Pour deux sous de vertu

À PARAÎTRE
Les Pavés du Diable
Le Cupidiable
Andromac
Non sens
Retour à zéro
Le Procès Filippi
La Perte de vue

Chez Jean-Jacques Pauvert

Rome n'est plus dans Rome (1977)

Chez Pauvert/Ramsay

Les queues de Kallinaos (1981) (Grand prix de littérature fantastique d'Avoriaz 1982. Prix de la Société des Gens de Lettres 1982)

Chez Régine Deforges

Paul VI (1988)

Chez Nathan

Un métier de fantôme (Grand Prix du « Bateau à Vapeur »)
Gus et les Hindous
Gus et Poussinard
Gus et le cambrioleur

Chez Julliard/Pauvert

Les derniers feux (1982)
Néropolis (1984)

Aux Éditions de Fallois

La Pucelle (1988)
La Part des Anges (1990)
Eudoxie ou la Clef des champs (1992)
Ce que je crois et pourquoi (1993)
Œdipe en Médoc (1993)
Étoiles filantes (1994)
Le Taureau par les cornes (1996)
Une affaire d'honneur (1997)
Le Ruban bleu (1998)

HUBERT MONTEILHET

DE PLUME ET D'ÉPÉE

ROMAN

Éditions de Fallois

PARIS

22, rue La Boétie, 75008 Paris

ISBN 2-87706-363-1

À Aldous Huxley, historien de l'un des héros de ce livre, en témoignage admiratif pour la rare qualité de son information et l'humaine perspicacité de ses vues.

Rien dans toute l'histoire qu'on puisse comparer à la guerre de Trente Ans. C'est la plus laide qui ait souillé ce globe. Quoi ? Est-ce que les armées mercenaires [...] n'avaient pas montré ici-bas tout ce qu'on peut imaginer d'horreurs ? Oui ! Mais l'originalité de la guerre de Trente Ans, c'est d'être un long calcul, d'être très préparée par une éducation, un art de faire des monstres. Dès la Saint-Barthélemy, « coup d'État incomplet », on y avait travaillé ardemment et patiemment. S'emparant peu à peu des mères et des enfants, on arriva à faire des êtres spéciaux sans cœur ni tête, des automates destructeurs, admirables machines de mort. [...] De là, tant qu'on voulut, on eut, au second âge, des exécuteurs, des tueurs. Au troisième âge, on eut des produits inouïs en histoire naturelle, un engendrement effroyable de pourritures sanglantes, impossibles à nommer...

L'excès de ces maux, venu à un tel degré, décourage. Les cœurs sont contractés, l'esprit même est affaibli devant de tels spectacles.

MICHELET

Tous les politiques sont d'accord que si les peuples étaient trop à l'aise, il serait impossible de les contenir dans les règles de leur devoir. [...] S'ils étaient libres de tribut, ils penseraient l'être de l'obéissance. Il faut les comparer aux mulets qui, étant accoutumés à la charge, se gâtent par un long repos plus que par le travail.

RICHELIEU

Homme d'Église sans vocation, il sera cependant toute sa vie un prêtre irréprochable.

Article « Richelieu » - GRAND LAROUSSE UNIVERSEL

PROLOGUE

À la désolation de toute l'armée, nous avons porté en terre, en ce jour de disgrâce de l'an 1673, Charles de Montesquiou, comte d'Artagnan, maréchal de camp de Sa Majesté depuis l'année dernière. Le roi, qui le tenait en grande estime depuis l'arrestation de Fouquet – une mission qui eût discrédité tout autre que lui ou moi –, s'était arraché de bonne heure à ses femmes pour venir écraser une larme. On ne l'avait vu si ému depuis la mort déchirante de sa mère, sept ans plus tôt. Il est peu courant, pour un roi qui s'est fait une règle de paraître impassible, de trouver occasion de n'avoir point à cacher un bon sentiment. Le modeste Vauban lui-même, soucieux de prêter quelque noblesse aux ingrats travaux du génie, avait tenu à se présenter à son avantage et à compatir.

Au fond du tableau, les clochers de Maastricht se dégageaient peu à peu des brumes matinales de la Meuse, tandis qu'à mi-distance, la fumée des canons du marquis de Louvois accompagnait les premiers tirs de la journée...

Un siège meurtrier, plus ennuyeux que prévu. Notre guerre de Hollande, après des débuts prometteurs, est en passe de s'enliser. Sommes-nous vraiment de taille à insulter impunément toute l'Europe ? Je crois que nous avons mangé notre pain blanc, et que nos descendants – s'il en reste du train où l'on va ! – auront de quoi faire.

Avant d'aller se faire tuer à mon côté, Charles, que je

chérissais comme un frère d'élection, m'avait confié dans un demi-sourire : « Mes pressentiments m'ont toujours trompé, mon cher Arnaud, et je n'ai aujourd'hui aucun pressentiment : c'est mauvais signe. »

Je lui ai tenu la main, devant mon grand Porthos qui avait peine à cacher ses larmes, jusqu'à ce qu'une dernière saignée vînt à bout de son sang généreux. Ce que l'ennemi n'avait su faire, un chirurgien de rencontre l'avait accompli.

Charles avait soixante-deux ans. Plus de trente ans d'amitié nous avaient réunis dans la noble recherche de la gloire, de l'or et des femmes – et même de Dieu parfois, à qui l'honneur des gentilshommes de fortune n'est pas aussi étranger qu'on pourrait croire.

Comme il arrive souvent à l'instant de mettre enfin son âme en lieu sûr, l'esprit du mourant s'était évadé vers les heures ensoleillées de sa jeunesse. Il murmurait : « Tréville, Aramits, Athos, où êtes-vous donc ? Je crois que je m'en vais vous rejoindre. Vous serez le dernier, mon cher Espalungue, avec mon brave Porthos, à garder la flamme de nos ambitions et à souffler sur les cendres. »

Jean de Peyre, comte de Tréville, officier des plus distingués dans les mousquetaires, un moment gouverneur de Foix, était mort, en effet, l'année précédente, à soixante-seize ans, dans son château de Troisvilles, près l'Oloron, d'où il était originaire. Nous lui devions beaucoup.

C'est Monsieur de Tréville qui avait introduit, en 1640, son proche cousin Henri d'Aramits dans la compagnie des mousquetaires du roi. Abbé laïque du village du même nom, dans le Barétous, tout ainsi que j'étais abbé laïque de Louvie-Juzon, à l'orée de la vallée d'Ossau, Henri avait eu comme moi des parents calvinistes, coïncidence qui avait renforcé nos liens. Racé et lettré, Aramits avait passé plus de quinze ans sous les armes avant de se retirer sur ses terres de la vallée de Laruns pour y mourir de ses blessures.

C'est Monsieur de Tréville qui avait également introduit dans les mousquetaires, cette même année 1640, son neveu Armand de Sillègue d'Athos, seigneur d'Autevielle, près de Sauveterre de Béarn. Le bel et triste Athos, qui ne se remettait point d'un mal d'amour, avait cherché l'oubli dans le vin et dans le sang. Il devait périr en duel sous mes yeux, dès le 21 décembre 1643, près de la halle du Pré-aux-Clercs, bien que mon épée lui eût prêté assistance jusqu'au bout, et j'ai eu la douleur de signer son acte de décès.

C'est encore Monsieur de Tréville qui, l'année de la mort d'Athos, avait fait un mousquetaire d'Isaac de Porthos, son voisin, né au château de Lanne. Riche et obligeant, le magnifique Porthos, après une retraite bien méritée dans sa campagne, avait repris du service comme brigadier des armées du roi, chargé d'une avant-garde, dans cette guerre de Hollande.

C'est toujours Monsieur de Tréville qui m'avait poussé, le moment venu, dans les mousquetaires, pour le simple motif que j'étais béarnais et qu'il m'avait pris en sympathie.

Et d'Artagnan avait connu la même insigne faveur, à la différence qu'il était gascon, de la Bigorre par sa famille maternelle Montesquiou, et de Castelmore – son lieu de naissance – en Armagnac, près de Vic-Fezenzac, par sa famille paternelle.

Gascons et Béarnais, qui ne parlent pas la même langue, avaient trouvé, au cours d'une longue histoire, plus d'occasions de se chamailler que de s'apprécier, et une instinctive méfiance les tenait toujours en garde. Pour le Béarnais, le Gascon a plus de panache que de fond. Pour le Gascon, le Béarnais n'est qu'un paysan près de ses sous. Il y a pourtant des accommodements avec le Ciel, et d'Artagnan, à la Cour, à la Ville comme dans les camps, était irrésistible.

Alors que la compagnie se dissipait tristement, Sa Majesté m'a fait l'honneur de me prendre à part pour me dire :

« Vous avez fidèlement servi ma mère, et dans des affaires délicates, m'a-t-on dit, Monsieur d'Espalungue, avant que de me servir moi-même avec distinction dans des affaires plus délicates encore. Nous venons de perdre au feu un maréchal de camp qui était de vos intimes et qui m'avait fort bien servi lui aussi, toute mission de confiance lui agréant sans rechigner pourvu qu'elle m'agréât. Votre rare mérite vous désigne plus qu'un autre pour lui succéder. »

Ce n'était pas l'instant de discuter de mes mérites, mais j'ai cinquante-cinq ans, je puis être tué avant l'hiver, et les loisirs d'un siège, dans cette guerre de sièges propice à quelques réflexions, m'invitent à examiner les miens de plus près. Les rois les mieux informés sont loin de tout savoir, ce qui est fort heureux pour leurs sujets – et parfois pour eux-mêmes !

Dans un récit qui n'est pas tant une justification qu'un témoignage sur des faits extraordinaires, je ne dirai que ce que j'ai vu et ressenti, ne commettant que des erreurs de bonne foi : notre passé est un être vivant, lequel nous suit ainsi que notre ombre, s'allongeant ou se rétrécissant selon les heures...

On verra ici les épreuves qu'un garçon de bonne volonté a subies, les efforts qu'il a dû faire pour briser, grâce à Dieu, par la force ou par la ruse, les chaînes dont un pouvoir à nul autre pareil, celui de Richelieu et des siens, avait prétendu le charger. La tyrannie des rois n'est rien à côté de celle de leurs ministres.

PREMIÈRES ARMES

I

Nous portons en nous, gravés en vives couleurs, les souvenirs de nos jeunes années, qui se font de plus en plus présents à notre mémoire, tandis que les impressions subséquentes s'estompent dans une morne grisaille. Et de tous ces souvenirs, il n'est pas rare que nous poursuive celui d'un événement qui nous a marqué à jamais et dont nous avons le sentiment qu'il a commandé notre destin. Tel fut pour moi le siège de La Rochelle, dont l'évocation me met encore en sueur quand le sommeil me fuit.

Courant 1628, l'apocalypse s'abattit sur la ville, où le siège, dès le printemps, engendra une épouvantable famine, l'acharnement des forces royales étant à la hauteur de celui des défenseurs, car l'enjeu, tout le monde le sentait bien, regardait au plus haut point l'avenir de la chrétienté en France et en Europe.

Pour les protestants, la prise de la ville, leur plus forte place de sûreté, aurait sonné le glas du calvinisme français en tant que corps politique et militaire capable de s'opposer quelque jour à l'abrogation de l'Édit de Nantes, par lequel Henri IV avait accordé naguère, sous certaines conditions et en dépit d'une opposition furieuse, une liberté réciproque de culte.

Alors que pour un Richelieu, plutôt partisan de convertir les réformés français par persuasion et corruption, et qui tirait des plans sur la planète, liquider l'hypothèque rochelaise, c'était avoir les mains libres afin de combattre et d'abaisser la très catholique Maison d'Autriche, en collaboration occulte ou officieuse avec les puissances protestantes, aux abois dans les Allemagnes et menacées d'être anéanties.

C'était un beau cas de conscience pour un cardinal, dont le premier devoir était la sauvegarde et la diffusion de la religion romaine dans le monde. C'en était un aussi pour les réformés de toute la France, car la survie des calvinistes et luthériens allemands commandait que nos frères dans la foi, nombreux dans la petite noblesse, mais fort minoritaires dans le bas peuple, fussent préalablement écrasés et mis hors d'état de se défendre.

J'avais dix ans, mon aîné Samuel en avait onze, ma petite sœur Claire en avait huit. Nous étions les fruits tardifs du remariage de mon père Thomas, baron d'Espalungue en Béarn, avec une veuve de La Rochelle, Judith Destouville, qui gérait en maîtresse femme un fructueux commerce d'épices sur le port et possédait de surcroît des vignes et des salines en Ré. Thomas, désabusé, avait gâché son bien sur les traces ingrates du roi Henri, dont les campagnes lui avaient coûté plus de chevaux qu'il n'en pouvait acheter à crédit, et il était passé sans trop se plaindre d'une noblesse sans éclat à une confortable bourgeoisie, où il faisait aisément figure de notable. Judith, calviniste de stricte observance, lui avait même appris qu'un argent honnêtement gagné est signe d'élection divine – pour peu qu'on l'épargne discrètement ou le dépense sans ostentation.

Le siège de La Rochelle, qui le réduisait à la disette et menaçait la quiétude de ses vieux jours, devait plonger mon père dans l'angoisse. À soixante-dix ans, il voyait avec effarement, mais sans oser murmurer, une épouse jusqu'alors assez effacée, confite en dévotions domestiques et passablement avare, se muer soudain en héroïne de roman, sous le coup d'une religieuse exaltation. Judith, enragée de prêcher l'exemple, avait dépensé pour la cause jusqu'au dernier de ses écus disponibles, et elle soutenait de toute son influence les surhumains efforts du maire Guiton – un matamore qui devait faire plus tard sans rancune une remarquée carrière dans la marine toute neuve de Richelieu.

Le 24 mai, alors que la vieille duchesse de Rohan en était réduite à servir dans des plats d'argent le cuir des harnais et des bottes avec un fond de cassonade poussiéreuse que nous lui avions offert, Guiton décréta soudain l'expulsion des bouches inutiles. Des vieillards, des femmes, des enfants, furent aussitôt refoulés entre les fortifications de la place et les retranchements de l'armée du roi, qui avait reçu l'ordre formel de les laisser mourir de faim et de soif.

Bien sûr, certaines bouches semblaient plus inutiles que d'autres, celles des pauvres en particulier, qui avaient constitué moins de réserves que les riches, et il n'était pas question de jeter au fossé la duchesse de Rohan avec sa vaisselle, ni même des rejetons d'épiciers connus.

Mais Judith, sensible à cette injustice, sacrifia sa fille pour obtenir du Ciel ces vents favorables dont la flotte de Buckingham avait le plus urgent besoin, geste sublime à l'antique, qui rappelait l'histoire d'Iphigénie. Ma mère, qui savait sa Bible par cœur, n'avait pas dédaigné les lettres profanes. Je me suis accroché en désespéré à Claire, dont le regard limpide et la voix fraîche avaient été mon ravissement journalier. Mon frère Samuel est demeuré stupide. Thomas, habitué à céder, a eu un geste pour suivre ma sœur, mais on l'a retenu par la manche, et il s'est borné à pleurnicher. Avec quels mots retracer une scène pareille ?

La nuit, dans les premiers temps où les victimes étaient encore appétissantes, les goujats du Cardinal, contrevenant aux ordres, s'emparaient de filles ou de garçons, dont ils abusaient avant de les rejeter au néant, dans un concert de plaintes qui eussent remué les entrailles du plus endurci, le grand Cardinal fermant diplomatiquement les yeux sur ces excès ordinaires pour ne décourager personne.

On sait que le luxueux et luxurieux Buckingham, que saignera bientôt un puritain de rencontre, échoua dans toutes ses tentatives pour dégager la place : il était plus efficace dans les alcôves que sur les champs de bataille.

Lors de la capitulation du 28 octobre, Richelieu et son Père Joseph, qui était toujours sur ses talons, furent stupéfaits du spectacle : au-delà des bouches inutiles, dont les chiens et les corbeaux s'étaient disputé les dépouilles, la population *intra muros* était passée de 28 000 habitants à 5 500, et quatre cents cadavres, qu'on n'avait pas eu la force d'inhumer, mais qui étaient tout desséchés par le jeûne, gisaient par les rues. La garnison encore en état de tenir debout était réduite à soixante-quatre Français et à quatre-vingt-dix Anglais, sans doute plus coriaces. Si la volonté de tout exterminer n'avait prévalu au Conseil du roi, on aurait donné assaut en son temps au lieu d'attendre que la faim fît son œuvre.

En quête du cadavre de la petite Claire pour lui donner une sépulture décente dans le cimetière réformé avant qu'une fosse commune ne l'engloutît, ma mère ne découvrit que des restes informes et anonymes, entre lesquels on pouvait balancer.

« Vous comprendrez plus tard, nous dit-elle avec assurance, le sens et la portée de mon geste. Dieu m'est témoin que je n'ai agi que pour sa gloire. » À dix ans, j'avais pour mère une fanatique, pour père, un lâche, et pour Dieu, un ogre. Ce sont des choses qui laissent un mauvais goût dans la bouche, que rien ne peut faire passer.

En attendant, le commerce des Espalungue était anéanti, les vignes et les salines de Ré avaient été saccagées par le corps de débarquement anglais ou par les défenseurs de l'île, qui avaient contraint, sous la poigne de Toiras, Buckingham à se rembarquer, et il ne restait plus un sol dans nos coffres.

Ultime outrage, et non des moindres, Judith n'eut pas même le plaisir d'être persécutée : les papistes retrouvaient à La Rochelle la liberté de culte dont les calvinistes les avaient privés, mais ces derniers conservaient leurs temples et leurs tombes.

La cité lui étant devenue insupportable, ma mère décida de vendre notre hôtel et ses dépendances à vil prix et de se réfugier en Béarn, dans notre manoir de Baigts (prononcez « Batch », s'il vous plaît !), sur les hauteurs qui dominent Louvie-Juzon.

Je ne savais du Béarn que ce que mon père m'en avait dit, lequel avait consacré le plus clair de ses activités à enseigner mélancoliquement à ses enfants le langage d'Ossau, dont nous n'avions jamais pensé qu'il pût nous servir à quelque chose. Un été sur deux, Thomas était parti en solitaire pour ses fabuleux domaines afin de veiller au grain et d'en rapporter quelque argent. Mais il revenait avec une mine assombrie pour emprunter à sa femme de quoi régler une hypothèque criante.

Il en eût fallu davantage pour nous alarmer à l'époque : notre bonheur tranquille, au sein de l'un des ports les plus actifs de la côte, ouvert sur les brumes du nord comme sur les îles fortunées, nous semblait inaltérable...

II

Des murs de galets rustiques, une toiture d'ardoise fatiguée, qui laissait filtrer les pluies d'automne, une grande salle au sol de terre battue, dont la cheminée de pierre résumait notre nouveau foyer, un mobilier branlant, un potager en friche derrière, une cour aux pavés disjoints par-devant, flanquée d'une écurie où s'ennuyait une étique jument grise, nommée Joyeuse : après les délices jusqu'alors insoupçonnées de La Rochelle, la chute à Baigts était rude. De la baronnie des Espalungue, jadis une des plus renommées du Béarn, ne demeuraient que ce manoir subalterne, dont la lignée de vavasseurs s'était éteinte obscurément, et quelques mauvaises terres dispersées, dont les serfs sournois et rétifs, besogneux laboureurs ou bergers insaisissables, se faisaient tirer l'oreille pour payer leur dû, invoquant des calamités naturelles avec une imagination sans cesse en éveil. En ce temps-là, le servage se portait bien dans le pays, dont les coutumes étaient intarissables sur les réciproques et minutieuses obligations.

Ma mère fit des prodiges pour remonter la pente, mais en dépit de ses talents, la gêne la plus sinistre s'installa, celle des nobles déchus de province qui s'évertuent à tenir leur rang, sans autre réconfort qu'un pigeonnier délabré et une girouette rouillée.

Les frugaux dîners de midi ne comptaient qu'une assistance réduite et variable : chacun avait ses occupations qui l'entraînaient souvent ailleurs. Mais les soirs de semaine, avant la tombée du jour pour épargner les chandelles, toute la maisonnée, maîtres, enfants et domestiques confondus, se réunissait dans la salle commune pour un souper à peine plus consistant, suivi d'une courte prière où une heureuse prédestination était mise en valeur au profit des seuls justifiés par la foi.

Puis notre intendant à tout faire, Monsieur Samson Sourdois, lisait aux intentions plus particulières de la valetaille quelque passage bien senti de Paul de Tarse ou de Pierre, où les esclaves des deux sexes étaient invités à faire du zèle, malgré les mauvais traitements dont on les pourrait accabler. Pour conclure, l'assistance chantait en chœur un psaume de Marot ou de Bèze, qui faisait sortir le vieux père de son engourdissement habituel, car ces pieuses harmonies devaient lui rappeler d'émouvants souvenirs. On se couchait là-dessus le ventre à moitié vide. Et le dimanche, lorsqu'un hobereau des environs, immanquablement réformé, venait festoyer chez les Espalungue avec sa grosse épouse aux dents longues, un jeûne sévère s'annonçait pour les jours suivants.

Sourdois, un veuf pieux et taciturne entre deux âges, avait été le plus utile ornement de la corbeille de noces de Judith. Fidèle comme un chien, il modelait ses convictions et jusqu'à ses expressions sur celles de sa maîtresse et menait ses gens à la baguette.

Maigre consolation dans cet ennui journalier, les huissiers ne se hasardaient point à venir agacer les gentilshommes sur leurs terres : avec un admirable esprit de corps, la noblesse de toute confession se serait liguée contre les intrus, qui eussent été écharpés sur-le-champ. De bonnes histoires d'huissiers mis à mal couraient à la veillée dans les châteaux ou manoirs et faisaient rire aux larmes. Certains prétendaient même avoir mis des peaux d'huissier à sécher dans leur grenier entre des jambons, et le doute, quand on les connaissait, était permis. Je faisais ainsi connaissance avec les menus privilèges de mon ordre et apprenais qu'il y avait encore plus malheureux que les Espalungue sur cette terre de douleur.

Mon frère Samuel et moi avons été élevés à Baigts sous le

signe de l'implicite et de l'interdit. Toute jouissance était suspecte et nous refoulions en nous-mêmes de folles espérances au-dessus de notre condition.

Il était interdit de parler de Claire, dont le martyre eût été pourtant, en principe, un beau sujet d'édification. Mais la fillette n'en était que plus présente.

Et il était interdit de parler de Matthieu, fils du premier mariage de mon père, dont on murmurait qu'il avait été un mariage d'amour.

En 1617, à la naissance de Samuel, Matthieu, qui venait d'avoir dix-huit ans et ne s'entendait point avec une belle-mère trop cassante à son gré, était allé reprendre en main tant bien que mal nos terres de Louvie-Juzon.

Toutefois, à l'automne 1620, dans une crise d'autorité, le roi Louis XIII, un frêle jeune homme bégayant, était descendu en personne avec des troupes imposantes pour annexer officiellement à la Couronne un Béarn très attaché à son indépendance de fait.

Afin de faciliter la transition, le roi avait respecté les « fors », coutumes et libertés du pays, les privilèges des « états », qui réunissaient clercs, nobles, représentants des villes et des communautés dans un même souci de bonne administration, mais il avait créé un Parlement à Pau et s'était sérieusement soucié de faire appliquer l'Édit de Nantes, demeuré jusqu'alors théorique par la négligence d'Henri IV, qui avait eu d'autres chats à fouetter.

De la sorte, les calvinistes avaient dû rétrocéder, la mort dans l'âme, les biens d'Église en leur possession depuis un demi-siècle. Nobles et robins, en notable partie protestants, avaient résisté par tous moyens de droit, mais les populations rurales, restées en majorité catholiques, s'étaient volontiers accommodées du nouveau transfert, et Thomas, après quelques chicanes, avait été déchu du bénéfice de la cure de Louvie-Juzon, dévolue à sa famille dès 1571, par la grâce de Jeanne de Navarre.

C'est alors que Matthieu, qui avait fait de bonnes études à La Rochelle, était revenu à la foi catholique et s'était vu bientôt adjuger ce bénéfice en récompense. Il avait aimablement offert à son père d'en partager les maigres fruits, mais Judith, ulcérée par la conversion de son beau-fils au papisme, avait poussé son mari à refuser l'obole avec hauteur. Une perte, il est vrai, peu sensible à une époque où nous n'en étions pas à quelques centaines de livres près.

Il en allait tout autrement après notre calamiteuse installation en Béarn, et la rancœur de Judith s'alimentait journellement de la vue, tout en contrebas, du clocher en forme de pain de sucre, qui abritait de nouveau les odieuses pompes romaines au son provocateur des cloches, un desservant famélique en ayant remplacé un autre. Ma mère, qui allait sur ses cinquante ans et avait jauni comme un coing, devenait furieuse, lèvres pincées, dès qu'on parlait de toucher à l'argent de la cure, que Matthieu offrait pourtant sans se lasser, avec des douceurs d'apôtre, dans des correspondances déférentes auxquelles on se gardait bien de répondre.

Comble d'horreur, en 1627, un an avant le siège de La Rochelle, Matthieu, revenu de quelques modestes dissipations, avait été frappé par la grâce et était entré, afin de commencer un long noviciat, chez les jésuites de Lescar, lesquels s'étaient empressés de prendre un pied solide en Béarn à la suite des progrès décisifs de l'autorité royale sur le pays. Lescar, ancienne capitale régionale sise à deux pas de Pau, ville nouvelle au pied de son château, avait gardé un évêché influent.

Mon adolescence ayant été empoisonnée par cette dérisoire affaire de bénéfice, qui a joué un rôle si important dans ma vie, on me permettra une brève, mais indispensable, digression, car les affaires de bénéfices ecclésiastiques ont été déterminantes dans les guerres de religion.

Par toute la chrétienté, les rois avaient pris coutume de récompenser des fidélités sans bourse déliée aux dépens des biens d'Église. Le bénéficiaire, laïc ou ecclésiastique, gardait le plus clair des revenus, et le desservant devait se débrouiller avec les restes. La Réforme avait donné un coup de pied dans la fourmilière et, bien au-delà des questions de théologie ou de conscience, la plupart gardaient leur religion pour garder leurs rentes, changeaient de religion pour en toucher de nouvelles, ou prétendaient ne pas lâcher prise après en avoir changé.

Dans les Allemagnes, par exemple, ce fut la décision impériale de contraindre les luthériens à abandonner leurs plantureux évêchés qui mit le feu aux poudres et engendra cette guerre effroyable, appelée depuis « guerre de Trente Ans ». Et en France, si les rois étaient demeurés obstinément catholiques, c'était bien parce que la Pragmatique Sanction unilatérale de Bourges, sous Charles VII, et le Concordat de Bologne, négocié sous François Ier, avaient réservé au pouvoir la haute main sur la distribution des rentes ecclésiastiques : un passage à la Réforme n'aurait rien rapporté. À quoi tient, mon Dieu, la foi des humbles ?

Tandis que Judith s'endurcissait et se cabrait contre un mauvais sort où elle voulait voir le doigt de Dieu – mais lequel ? –, mon père, découragé, vieillissait mal, radotait interminablement sur ses campagnes avec le roi Henri, exercices dont la gloire en était venue à l'emporter sur la dépense. Et plus encore, sur la nuit de la Saint-Barthélemy, celle du 24 août 1572, durant laquelle il avait échappé d'extrême justesse au féroce Xavier de Montastruc en se jetant dans une fosse d'aisance, dont l'odeur méphitique le hantait. « L'odeur de Rome », aimait-il à répéter par manière de plaisanterie, insensible aux réactions tout juste polies d'un auditoire lassé. L'événement lui avait été un motif de plus pour mettre son épée au service du Béarnais. Si Judith planait dans les nuées de la prédestination, Thomas le rancunier, nullement théologien, était, comme tant d'autres en ce temps-là, un homme de dévouements personnels, de vengeances sommaires et recuites.

J'écoutais distraitement cette tragique histoire, sans me douter une seconde qu'elle était en voie de me rattraper.

Alors âgé de quatorze ans, le jeune Thomas, en compagnie de son frère aîné David, un garçon de grandes espérances qui lui servait de modèle, était monté à Paris afin d'assister aux noces d'Henri de Navarre avec Marguerite de Valois, dont certains assuraient qu'on pouvait « faire cuire un œuf sur son hérisson ». Surpris au gîte par les Suisses du duc d'Anjou, le futur Henri III, l'un des massacreurs les plus déterminés de ce sanglant épisode, mon oncle paternel David, dont les qualités allaient devenir légendaires avec le recul flatteur du temps, avait été percé à coups de pique, haché à coups de hallebarde par les mercenaires du Montastruc, dépouillé de ses vêtements et de sa bourse par des valets, jeté tout nu sur le pavé de la rue des Augustins, grignoté encore vif par des chiens errants déjà repus, et poussé pour finir à la Seine, où il avait rendu son dernier souffle, noyé comme un rat d'égout.

On comprend que Thomas n'ait pu oublier ce tableau et que tirer raison de l'injure ait été le constant et ruminé dessein de sa longue existence. Mais Henri III, de toute façon inaccessible, était mort réconcilié avec son successeur, et les Montastruc eux-mêmes, de haute noblesse gasconne, gorgés de biens et d'honneurs, n'étaient guère à la portée d'un simple Espalungue.

D'ailleurs, deux mois avant que l'armée d'Alexandre Farnèse n'obligeât le roi de Navarre à lever le siège de la capitale, leur Xavier avait succombé à la petite vérole dans son Hôtel parisien, courant juillet 1596, avec tous les derniers sacrements qu'il fallait pour l'expédier à l'accueillant purgatoire de ses pères.

III

Étés brûlants après hivers neigeux, Samuel et moi grandissions de concert, mais nos tempéraments s'accusaient en s'opposant. Mon frère, feignant comme un loir, brutal et querelleur, ne cessait de faire des sottises, et il estimait que son aînesse, qui le destinait aux armes, le dispensait de faire appel à son cerveau. En revanche, l'inflexible Judith voulait à toute force faire de moi un pasteur, et me poussait vers d'ambitieuses études. J'avais envie de me déguiser en pasteur comme de me jeter dans le Gave, mais pour avoir la paix, et le goût du savoir venant, qui peut toujours être utile, j'ai fait d'excellentes humanités, menées cependant plus en amateur doué qu'en élève respectueux des programmes.

Passant de lumières qui m'éblouissaient à des trous noirs qui ne m'inquiétaient guère, j'ai brillé en latin, et même en grec, j'ai pâli sur l'histoire de Rome, d'Athènes et de Sparte, j'ai pris une bonne teinture de castillan rugueux, j'ai vibré aux troublantes douceurs du toscan de Dante, j'ai même aiguisé ma logique aux détours de l'algèbre de Monsieur Viète… Et pour couronner le tout, il a bien fallu en arriver à la philosophie et à la théologie à haute dose, que dispensait à Pau Maître Martin Roussel, un chauve érudit de grosse réputation venu tout droit de Genève, et surnommé « Pisse-Vinaigre » par ses étudiants.

Mais comme il arrive fréquemment, plus je faisais de la théologie, plus se développait mon esprit de contradiction.

Les tares du papisme, dont on avait abreuvé mon imagination enfantine, me semblaient maintenant satisfaire un légitime aspect de la sensibilité, alors que les dogmes fondamentaux de la Réforme, la « justification par la foi » et la « prédestination », se faisaient à mes yeux de plus en plus scandaleux. La foi *ipso facto* salvatrice d'un Luther n'aurait-elle pas dû entraîner ses fidèles à de constantes œuvres pies ? Or depuis un siècle, l'histoire nous disait que les œuvres des protestants n'étaient pas plus fameuses que celles des catholiques. Quant à la prédestination calviniste, j'avais le sentiment qu'un Dieu qui sauvait ou damnait ses créatures sans considération des actes et des mérites n'était à fréquenter ni en ce monde ni en l'autre.

Alors que mes études étaient plus ou moins contraintes, une vive passion m'inclinait vers les armes, et dès que je fus en âge, j'ai fréquenté à Pau la salle du réputé Marini, un Florentin à longues moustaches dont la salle était située dans le quartier du Hédas, près de la première fromagerie Bachelet, au pied du château où était né jadis le roi Henri. Pour vaincre les préventions de ma mère, j'avais un argument sans réplique : si le turbulent Samuel se faisait, par un mauvais hasard, assommer dans un cabaret, je serais là pour le remplacer.

Tous les degrés de la noblesse locale étaient représentés chez Marini, où protestants et catholiques, un instant réconciliés après tant d'injures et d'atrocités réciproques, communiaient dans un même étroit esprit de corps. Le droit de porter l'épée était le dernier privilège bien assuré d'une caste dont l'État ne cessait de rogner les avantages ancestraux, et la vogue de la fine et roide rapière de Tolède ou de Milan, faite pour frapper d'estoc, avait commandé celle du duel, qui faisait rage partout. Quel plaisir que de tuer quasi impunément son égal, ou même son supérieur en titres ou en terres ! Rapière en main, tout le monde se valait.

On distinguait tout de suite, dans la salle paloise, au sein de la poussière tenace qui dansait dans des rais de lumière dorée, ceux qui ambitionnaient de faire carrière dans cette spécialité, de courir France et Europe à la recherche de mortelles aventures. Et la réputation de ces modernes gladiateurs, leur succès dans les salons comme dans les « ruelles » des dames, seraient bientôt fonction du nombre de leurs victimes. Les tenants de plus de dix victoires étaient légion et leurs tableaux de chasse faisaient battre bien des cœurs, virils ou féminins.

D'autres ne voyaient dans l'escrime que le complément obligé d'une éducation élégante, une sauvegarde, en tout cas, s'ils étaient soudain obligés de ferrailler à leur corps défendant, ou bien une préparation à un état militaire que les parents avaient prévu de longue date.

On n'apprenait pas seulement chez les maîtres à manier avec précision une rapière mouchetée pour la circonstance, mais à combattre aussi avec l'épée dans une main et la dague dans l'autre, voire à se protéger par le jet du manteau sur le bras libre, ou encore à saisir à pleine main gantée le fer de l'adversaire pour le percer ensuite à son aise. Droitiers et gauchers rivalisaient d'adresse, et les ambidextres, dont les surprenantes ressources mettaient mal à l'aise, s'efforçaient de manifester leur supériorité par des ruses originales.

Je savais bien que les duellistes de profession ne faisaient pas de vieux os – on rencontre tôt ou tard plus chanceux ou plus habile –, et je m'escrimais d'abord pour l'agrément de la chose, pour la pure ivresse du moment. Je puis dire sans me flatter que je m'étais découvert pour cet art, où se révèle toute la vertu, tout l'équilibre d'un homme, les plus belles dispositions : maîtrise de soi et souplesse, nerfs bien trempés, réactions rapides, sens aigu de l'anticipation, réserve avisée dans la défense, audace décisive dans la riposte. À la fois stratège et tacticien, fougueux, mais observateur, je faisais, pourrait-on dire, des armes avec ma tête, en tenant le plus grand compte du tempérament et du caractère opposés.

Alors que Samuel, qui soutenait que la force peut et doit l'emporter sur la finesse, n'avait que des talents de bûcheron. Je m'étais découragé de le former et il s'était découragé d'apprendre, ce qui l'avait rendu maussade et envieux. Où était notre enfantine entente d'autrefois, sous les cieux doux et changeants de La Rochelle ?

La faveur de maître Marini, qui me permettait de donner

leçon à des débutants, me consolait de cette brouille légère, et je me prenais à rêver du jour où ma rapière, en tout bien tout honneur, me conduirait à des sommets. En attendant, je déclinais sagement la moindre provocation, et lorsque des papistes ricanaient à mon passage, aux alentours du Hédas : « Voyez le beau spectacle ! Même le cheval est de Réforme ! », Joyeuse et moi couchions les oreilles.

Au sortir de chez Marini, pour me débarrasser de la sueur, je passais un moment aux étuves, qui s'étaient raréfiées depuis la grande vérole américaine et les tirades enflammées des prédicateurs de tous bords, qui voyaient dans ces aimables établissements des lieux de perdition. Les médecins se méfiaient d'ailleurs de l'eau, et plus encore du savon, qui enlève certes de la peau le sébum protecteur pour l'ouvrir à toutes les agressions.

Puis je flânais quelque temps par les rues si vivantes du quartier, flairant chez Bachelet un gras et odorant fromage d'Ossau – les serfs des Espalungue faisaient du fromage qui sentait furieusement les pieds –, et il m'arrivait de gagner Lescar au pas somnolent de ma jument, alors que les ombres s'allongeaient et que les derniers rayons du soleil couchant se jouaient dans les branchages des grands arbres du bord de route. Là résidait mon demi-frère Matthieu, qui avait dû devenir un personnage bien intéressant, car on n'acceptait pas le premier venu au noviciat des jésuites. Au cœur de la vieille ville, près de la cathédrale, les fenêtres de leur bel hôtel, entre cour et jardin, s'allumaient de feux tremblotants au fur et à mesure que tombait le jour, et je sentais monter en moi, honteusement tapi dans l'ombre, un appétit de curiosité et une bouffée de tendresse pour cet aîné que je n'osais pas encore fréquenter.

Remontant tout songeur vers Louvie-Juzon par un clair de lune engageant, il m'arrivait aussi de jeter mon gant à une fille de nos domaines, sur l'herbe tendre des prés ou dans le foin des étables, suivant les saisons. Samuel culbutait sur un coup de sang les servantes du manoir ou les serves qui lui tombaient sous la main, s'attirant les amères récriminations de Judith, dont les nuits étaient hantées de bâtards. Un futur pasteur était tenu à plus de discrétion.

IV

Le vendredi 19 mai 1634, revenant de Pau par nuit noire, trop tard pour souper, j'eus la surprise, à un détour du chemin, de voir éclairées les hautes fenêtres de notre salle commune. Les jésuites, en faveur depuis Henri IV, avaient de quoi se payer des chandelles, et même des cierges, mais la nuit des Espalungue était normalement obscure. J'ai pensé sur-le-champ que le père devait être malade, peut-être mourant, et que Samuel risquait de prendre une succession qui révélerait une égale incapacité. Mais en fait, la maisonnée était en révolution parce que l'héritier du titre partait en guerre. Voilà des mois que mon frère, qui s'ennuyait ferme dans un milieu trop étroit pour ses brouillonnes activités, faisait le siège de Judith, qui venait de céder à ses instances.

Depuis 1618, les Allemagnes étaient à feu et à sang. Les Impériaux, sous l'impulsion des Habsbourg d'Autriche, y affrontaient inlassablement, à l'aide des Habsbourg d'Espagne, les forces de l'Alliance protestante. Seuls les subsides français permettaient au conflit de s'éterniser, car Richelieu, maître du Conseil depuis 1624, dépensait des sommes énormes afin de soutenir les réformés de toutes tendances chaque fois qu'ils paraissaient faiblir. Imposant sa volonté à un roi qu'il fascinait, il était à lui tout seul le nerf de la guerre, avec l'ambition de faire de la France, à n'importe quel prix, la première puissance d'Europe et l'arbitre du continent.

Heureusement pour les projets du Cardinal, et bien malheureusement pour ses contribuables, les Habsbourg, qui ne visaient qu'au triomphe du catholicisme sans menacer autrement la France, étaient moins forts qu'on le pouvait penser. L'étendue de leurs possessions, de Naples au Mexique, en passant par la Bohême, les Pays-Bas ou les Philippines, les aléas et les lenteurs des communications navales et terrestres, décourageaient toute administration efficace et suivie. En 1581, pour s'attirer un surcroît d'ennuis, Philippe II avait même annexé le Portugal ! Et parallèlement, l'argent faisait de plus en plus défaut, à Madrid comme à Vienne, pour alimenter cette immense machine, car le rapport des mines américaines de métaux précieux était en baisse constante.

Samuel, à dix-sept ans, devait donc partir pour les Allemagnes, afin de participer à cette bizarre croisade d'un cardinal romain contre ses propres coreligionnaires. On comprend qu'au regard de ma mère, ce Richelieu qui avait failli la faire crever de faim s'était paré de grâces nouvelles. Chez les vrais croyants, la religion l'emporte toujours sur la nation. Et Judith, en proie, une fois de plus, à de superbes idées fausses, espérait que son croisé, qui n'avait que trop tendance à s'enivrer dans de mauvais lieux et à courir les garces, serait enfin détourné du vice par la grandeur de la cause. Elle ignorait que la conduite des croisés avait été constamment déplorable, que Godefroi de Bouillon, saint Louis ou Jeanne Darc avaient connu plus de difficultés avec les putains et les ivrognes qu'avec l'ennemi.

L'incontestable noblesse de mon frère, qui n'en était pas à un quartier près, était à même de lui valoir, en dépit de sa jeunesse, un commandement subalterne, et il s'était procuré de longue date des lettres de recommandation pour des officiers huguenots au service de l'Alliance avec la bénédiction feutrée du Cardinal.

Le samedi 20 à l'aube, après d'émouvants adieux, Samuel a quitté le manoir en bombant le torse, juché sur un cheval médiocre où étaient passés nos fonds de tiroir. Il avait au côté la brillante épée d'honneur qu'Henri IV avait remise à notre père sur le champ de bataille d'Ivry, et il n'était pas exclu qu'elle lui portât chance s'il faisait de rapides progrès en escrime.

Les 5 et 6 septembre 1634, le Cardinal-Infant, frère de Philippe IV d'Espagne, surgi d'Italie par la Valteline et les passages des Alpes, et qui avait fait sa jonction avec les Impériaux, battit à plate couture à Nördlingen, près de Donauwerth, l'armée suédoise qui s'était attardée dans les Allemagnes après la mort au combat de Gustave-Adolphe à Lützen, deux ans plus tôt.

Richelieu, après la déconfiture des Danois, puis des Suédois, n'avait plus de champion sous la main pour faire la guerre à sa place à feu d'argent, et après de cruciales hésitations, il se décida à passer de la guerre couverte à la guerre ouverte. Le 19 mai 1635, sur la Grand-Place de Bruxelles, le héraut d'armes Gratiollet, revêtu d'une cotte violette à fleurs de lys, et précédé d'une trompette du plus bel effet, déclara la guerre sous un prétexte quelconque. Les dés étaient jetés.

À la suite de cette déclaration, le royal frère espagnol d'Anne d'Autriche devenait officiellement l'ennemi du roi de France son mari. On pouvait s'attendre à ce que cette reine pieuse et obstinée préférât les intérêts de sa religion à ceux de son pays d'accueil, tels du moins que le Cardinal les avait définis envers et contre tous.

Depuis Nördlingen, nous n'avions plus de nouvelles de Samuel, et Judith se demandait douloureusement si elle n'avait pas sacrifié un enfant de plus au Dieu chagrin de Calvin. De mon côté, je ne pouvais m'interdire de songer que si Samuel laissait ses os en Allemagne, ma vocation de pasteur serait inhumée avec lui, et ma rapière, libre de me faire connaître au service du roi.

Je pratiquais donc l'escrime avec plus d'ardeur que jamais, malgré la réprobation tacite de ma mère, qui pensait que j'enterrais mon aîné un peu vite, et je remportais des concours à Pau ou à Bayonne. De vastes et confuses ambitions commençaient de me tourmenter, à ce point que je fuyais plus que jamais les stupides provocations que mes dons trop éclatants m'attiraient.

La première ambition du parfait ambitieux n'est-elle point de vivre suffisamment pour réaliser ses rêves ? C'est pourquoi les généraux les plus intelligents, non par faiblesse, mais par dévouement à la chose publique, courbent la tête sous la mitraille. Un aveugle courage est signe qu'on n'a pas confiance en son avenir, que la peau ne vaut pas cher sous une étoile vacillante.

Courant 1636, on se battait sur toutes les frontières, avec plus de revers que de succès. Les Espagnols menaçaient la Picardie, étaient en Lorraine, un duché du Saint-Empire que les Français étaient parvenus à subjuguer un moment, ils saccageaient la Bourgogne, occupaient Saint-Jean-de-Luz et les îles de Lérins...

Malgré la rogne frauduleuse sur le poids et le titre des monnaies, l'argent manquait cruellement au Cardinal pour faire face à tant d'urgentes nécessités, et les provinces du sud de la Loire, soumises à une pression fiscale extravagante, qui pesait naturellement sur les plus démunis, étaient en proie aux insurrections endémiques ou épidémiques des « croquants », souvent animés par des hommes d'épée ou de robe qui avaient pris le parti du peuple par ambition ou par désespoir : des troubles sans cesse renaissants, qui immobilisaient des troupes et réduisaient à proportion les rentrées déjà insuffisantes du Trésor.

Les circonstances étaient d'autant plus alarmantes que les armées françaises étaient plus médiocres : une piétaille improvisée ne pouvait tenir contre les vieilles bandes espagnoles, la cavalerie indisciplinée était montée sur des haridelles, l'intendance se révélait lamentable, le désordre et les abus étaient partout, paralysant le génie des rares généraux compétents qui n'avaient pas dû leur promotion à l'intrigue. On s'apercevait un peu tard que le grand Cardinal s'était lancé dans une gigantesque aventure sans préparation suffisante.

En mai, Richelieu, qui ne savait plus à quel saint se vouer, suggéra au roi de faire, à tout hasard, un vœu à la Vierge... et le 15 août, les Espagnols enlevaient Corbie sans coup férir, l'une des places clés de la barrière de la Somme, qui s'effondrait, tandis que les éclaireurs croates galopaient gaiement dans les environs de Compiègne. La route de Paris était ouverte. De quel côté était donc Notre Dame ? Allait-elle se désintéresser du maintien de la Réforme ?

Une hideuse panique s'empare de la capitale, jette sur les chemins des réfugiés de toutes conditions. La foule gronde, s'agite, hurle à la trahison et à la mort sous les fenêtres du ministre. Le Cardinal perd la tête, offre sa démission une fois de plus – mais cette fois-ci, pour de bon ! –, conseille d'abandonner Paris à l'ennemi...

Louis XIII, qui fut le seul, avec le Père Joseph, à garder son sang-froid, n'oubliera point cette subite défaillance de l'infaillible idole.

Il est vrai qu'un roi a peu de mérite à se situer calmement au-dessus d'une conjoncture désagréable. Car le roi incarne la France, qui peut s'agrandir ou se rétrécir sans qu'il y perde un poil, un giton ou un souper, et il jouit – du moins en principe – d'un emploi stable. Alors qu'un premier ministre risque sa place, et parfois sa tête. Quant au Père Joseph, supérieur dans tous les domaines, il était bien naturel qu'il fût aussi un monstre de sang-froid.

Le roi décréta la patrie en danger, lança d'émouvants appels à toutes les bonnes volontés et à toutes les bourses, et dès le 1er septembre, il quittait Chantilly pour prendre en personne la tête des dernières troupes qu'on avait pu rassembler.

Par bonheur pour Richelieu, les Espagnols déjà épuisés, aussi démunis que les Français, s'attardaient, hésitaient, puis battaient lentement en retraite. Faute d'intendance digne ce nom, il était plus facile de remporter une victoire que de l'exploiter. Ce pourquoi les succès décisifs étaient si rares. On était loin des légions romaines, qui abattaient douze lieues par jour en mangeant à leur faim et trouvaient encore le temps de se retrancher pour la nuit !

Début octobre, les nôtres pouvaient commencer l'investissement de Corbie, plus difficile à reprendre qu'à perdre.

À Baigts, la nouvelle de la prise de la place avait plongé ma mère dans un extrême désarroi. Les Espagnols à Paris, les réformés privés de cet argent que le Cardinal pompait jour après jour sur le corps exsangue de la France pour les soutenir, c'étaient toute l'Allemagne de Luther, la Genève de Calvin, les exemplaires Provinces-Unies, peut-être l'Angleterre elle-même, qui risquaient de revenir aux superstitions papistes : les nobles et les riches en premier, prêts sans cesse aux palinodies profitables, puis la plèbe inculte et moutonnière, que les pasteurs avaient eu tant de mal à sevrer de ses images païennes. Et si le protestantisme était frappé à mort en Europe, le roi de France n'aurait plus aucun ménagement à garder envers ses sujets de la « religion prétendue réformée » et la révocation de l'Édit de Nantes s'en ensuivrait fatalement. Où irions-nous trouver refuge alors, après tant de tribulations déjà ?

Voyant ma mère en pleurs, je sautai sur l'occasion : le Dieu des armées, qui avait jadis commandé de si beaux massacres de mécréants en Palestine, avait besoin de mon épée devant Corbie ; je me ferais pasteur plus tard... si Samuel donnait signe de vie.

J'avais pris Judith par son faible, qui avait toujours été l'héroïsme, et l'on pouvait compter sur cette mécanique. Buvant le calice jusqu'à la lie, elle fut vite convaincue d'exposer son dernier enfant. Thomas s'inclina comme d'habitude : c'était un héros par raccroc.

Mes adieux furent aussi émouvants que naguère ceux de Samuel, mais placés, par la force des choses, sous le signe d'une stricte économie. Je partais à pied, en simple soldat, avec une bourse plate, et le temps avait manqué d'obtenir les recommandations d'usage.

Sous les mines graves d'un pieux paladin puritain en quête du Graal, j'avais du mal à dissimuler mon soulagement et mon plaisir. J'allais enfin prendre l'air, voir du pays, découvrir le vaste monde, me faire de belles relations, connaître des femmes distinguées qui me changeraient des vachères, voir peut-être, ne fût-ce que de loin, le roi et son fameux cardinal, me faire remarquer par mon intelligence et, pourquoi pas ?... par une chevaleresque bravoure.

Comme la route ordinaire de Paris était plus que jamais infestée de « croquants » aux aguets, qui auraient insulté et dépouillé un voyageur solitaire, je jugeai plus prudent de m'embarquer à Bayonne sur un bateau basque battant pavillon royal, *La Confiance*, chargé de salaisons pour Dieppe.

V

Le port de Bayonne me donna de l'émotion. Je n'avais pas respiré à fond l'air marin depuis mon lugubre départ de La Rochelle, où j'avais eu l'occasion de me familiariser, sans jamais prendre le large, avec la construction et la gouverne des quelques bateaux où nous avions des intérêts.

La Confiance était une modeste flûte à fesses rondes, de construction hollandaise, jaugeant quelque quatre-vingts tonneaux à première vue, avec deux mâts carrés, un artimon à voile latine pour faciliter les évolutions, un grand gouvernail d'étambot, et un beaupré à deux civadières. L'absence de perroquet simplifiait les manœuvres et réduisait l'équipage. Les marins me comprendront, les autres enrichiront leur vocabulaire.

La poupe arrondie, à l'inverse de la poupe plate des bâtiments de guerre, ne permettant pas d'installer de l'artillerie de ce côté, deux petits canons de bronze, des faucons ou des ribaudequins, qui devaient faire plus de bruit que de mal, avaient été montés sur chaque flanc par trois-quarts arrière, protégés des vagues par des sabords d'étanchéité douteuse. Les exploits des corsaires ou des pirates invitaient à garnir de quelques bouches à feu les moindres bateaux de commerce. Parmi les dix mille unités que pouvait aligner l'énorme flotte des Provinces-Unies, la première du monde, la flûte à tout faire était le modèle le plus courant.

Un peu avant l'appareillage, trois hommes de mauvaise mine montèrent à bord, dont l'un, étroitement enchaîné, avait du mal à se traîner. Sans doute un criminel que l'on changeait de geôle, avec ses deux gardiens.

Ma curiosité naturelle m'ayant poussé à interroger l'équipage sur tout ce qui pouvait être nouveau pour moi, je restai sur ma faim : la plupart des vingt matelots ne parlaient que le basque, idiome qu'aucun Béarnais ne s'était jamais soucié d'apprendre.

Si les Gascons se méfient des Béarnais, et réciproquement, Béarnais et Basques s'ignorent, ce qui n'interdit pas quelques préjugés. Les Basques tiennent les Béarnais pour des brutes qui battent leur femme, et les Béarnais considèrent les Basques comme des êtres étranges, qui n'ont appris à lire et à écrire qu'au XVIe siècle et vivent sous la férule d'imposantes viragos, dans de vastes maisons mystérieuses où les hommes n'ont point la parole.

Ce en quoi ils exagèrent. Sans doute le premier livre paru en basque datait de 1545, et il avait fallu attendre Jeanne d'Albret pour que la Bible fût traduite dans cette langue difficile. Mais les Basques ont une riche « littérature » orale, et ils chantent comme des pinsons pour épancher leur âme pieuse. Quant au régime matriarcal, je l'avais moi-même trop goûté pour le reprocher à autrui !

Par bonheur, il y avait un passager basque avec nous, un certain Arèstégui, lequel, voyant mon embarras, se proposa comme truchement.

Cet Arèstégui, un personnage brun et svelte dans la quarantaine et portant beau, rejoignait aussi la Picardie, soi-disant pour répondre, comme tant d'autres, au pressant appel du roi de France. Bourgeoisement et discrètement vêtu, il était malaisé de le situer. Polyglotte, lettré, très disert et très liant, immédiatement sympathique, rompu en l'art de beaucoup parler pour ne rien dire et de sonder son monde sans apparente indiscrétion, l'œil clair et franc de l'honnête homme ou du menteur, la voix chaude et prenante, il possédait tout un répertoire de merveilleux souvenirs, où il n'était pas facile de démêler le vrai du faux.

Entre deux coups de roulis, alors que notre coquille de noix dansait sur un océan sans limite et que l'équipage s'affairait à pomper et à écoper – tous les navires, vieille tradition, font eau plus ou moins –, c'était un plaisir sans cesse renouvelé que d'entendre Arèstégui narrer, par exemple, ses aventures au fin fond des Russies. Il avait œuvré dans une fabrique de canons de Toula et, son français étant encore hésitant, il avait enseigné le basque, à ses moments perdus, dans une noble famille des environs, où ses jeunes élèves étaient persuadés d'apprendre la langue de Montaigne. A beau mentir qui vient de loin ! « *Se non è vero...* »

De telles révélations me distrayaient en tout cas du mal de mer, et bientôt, si Arèstégui savait tout de moi, je ne savais de ce Basque que des fables. Ô naïve jeunesse, pressée de se laisser prendre à l'appeau !

Une nuit, au large de l'inhospitalière côte landaise, où les bons havres sont rares, un hurlement retentit par le bateau. À l'aube, le bruit courut que le prisonnier, dont il ne restait plus que les chaînes, avait disparu de la cale.

Arèstégui, pourtant si à l'aise la veille, s'était singulièrement assombri. Pressé de questions, il parut baisser sa garde, et finit par me confier :

« Notre grand Cardinal, qui veut une marine et des colonies dignes de ses ambitions, s'est fort intéressé aux choses de la mer et a été frappé par la remarquable étendue des côtes françaises. L'idée lui est donc venue, lorsque de menus espions étaient pris dans les régions maritimes, de pratiquer des économies de procédure en les faisant jeter à l'eau par les hommes du Père Joseph, après toutes tortures utiles. L'éclopé s'imagine changer de prison, et il va nourrir les poissons. La politique étant affaire de réciprocité, Olivarès, le Richelieu espagnol, s'est empressé d'imiter son confrère, et des espions des deux bords se promènent ainsi entre deux eaux, au gré des vents et des courants. »

L'histoire semblait authentique pour une fois, et elle faisait froid dans le dos.

Nous étions dans les derniers jours de septembre. Par un matin frais et pluvieux, une tempête d'équinoxe s'est levée en un instant, et a drossé à la côte, sur les falaises jouxtant le port de pêche de Saint-Valéry-en-Caux, une *Confiance* dont le beaupré, l'artimon et le gouvernail avaient été emportés, tandis que la coque s'était transformée en passoire sous les coups de bélier des vagues.

Tout espoir de survie étant abandonné, les marins, pris de panique, chacun laissant sa tâche, l'un la pompe, l'autre l'écope, réclamèrent à cor et à cri une absolution générale, mais cette mutinerie métaphysique était sans objet : il n'y avait pas de prêtre à bord. Les catholiques ont la mauvaise habitude de pécher tant et plus dans l'idée qu'une bonne confession *in extremis* les tirera d'affaire.

Le désespoir de ces Basques était à son comble, lorsque mon Arèstégui, cramponné à un hauban, révéla qu'il avait reçu autrefois les ordres, et de donner aussitôt à tous l'absolution souhaitée, dans un beau latin bien timbré qui parvenait miraculeusement à dominer le chaos. Mais il précisa que le sacrement ne serait valable que si une confession auriculaire venait promptement le compléter. On se signe, on se re-signe, on se résigne.

Dans un craquement de fin du monde, la périssoire des élus alla s'éventrer sur un écueil, à courte distance d'une haute falaise rébarbative. Tout le monde est fichu à l'eau, et tout le monde disparaît au sein des lames écumantes...

La première qualité du marin est de nager comme un fer à repasser. Les capitaines valeureux sombrent ainsi avec leur vaisseau en se poussant du col, et les équipages, traités comme des forçats, sont retenus de déserter par la terreur que l'eau leur inspire. Si le Cardinal aimait la mer, c'est parce qu'il naviguait en chambre. Pour le vrai navigateur, entouré d'eau et exposé à mourir de soif, l'eau, sous toutes ses formes, c'est l'ennemie.

Mais les prêtres savent nager et sont d'un naturel secourable. Arèstégui, qui avait réussi cet exploit de conserver son pourpoint, parvint quand même à me tirer jusqu'à une plage étroite, où nous reprîmes notre souffle parmi les crabes, tandis que la bourrasque s'apaisait peu à peu. Nous nous sommes juré amitié à la vie et à la mort.

Comme je demandais à mon compagnon s'il avait perdu la foi, il me dit qu'il l'avait perdue avant même que de se faire prêtre, mais qu'il avait toujours le pouvoir de réconforter ceux qui l'avaient gardée. Le propos me frappa et m'inspira confiance.

VI

Le quartier général des opérations, où se trouvaient le roi et le Cardinal, était à Amiens, à moins de trois jours de marche de Saint-Valéry. Après un bref repos aux bons soins du maire de la ville, qui n'en était pas à ses premiers naufragés, et tandis que ses administrés pillaient joyeusement l'épave, nous prîmes donc la route d'Amiens, marchant d'un bon pas vers des ennuis imprévus. J'avais perdu mes bottes, mon épée et ma bourse, mais Arèstégui, qui avait de l'argent dans une poche cousue à l'intérieur de son pourpoint, avait eu la bonté de m'acheter des bottes neuves. Pour un gentilhomme, les bottes sont presque aussi précieuses que l'épée, et quotidiennement plus utiles.

À l'entrée d'Amiens, nous fûmes appréhendés sans l'ombre d'une explication, conduits à la prison de l'archevêché, et internés séparément.

Ma cellule était étroite, obscure, suintante d'humidité, de gros rats y grouillaient dès que je fermais l'œil et, pour plus de sûreté, j'étais enchaîné au mur par la taille. Des journées, des semaines se passèrent sans qu'on daignât m'interroger.

Aux heures ouvrables, dans une salle voisine, le bourreau de la ville questionnait de temps à autre un Arèstégui, dont les plaintes me vrillaient les oreilles. Un sbire du Père Joseph recommandait d'une voix de stentor : « Pas si fort, imbécile ! Tu vas le faire crever avant qu'il ne parle ! » L'emploi élégant de la négation semblait indiquer la présence d'un capucin. Il était de notoriété publique que le Père Joseph, capucin lui-même, en employait à foison dans ses hautes ou basses œuvres. Je n'avais plus un poil de sec et je ne tremblais pas seulement de froid. Que peut-on avouer quand on n'a rien à dire ?

Le matin, un jeune commis du geôlier m'apportait l'infâme bouillie de l'ordinaire, réservée aux pauvres diables qui ne pouvaient commander des repas fins en ville, et ce garçon n'était pas chiche de confidences qui, malheureusement, n'avaient aucun rapport avec mes préoccupations.

Par exemple, à en croire le bavard, dans une salle du soussol, un capucin défroqué, le Père Dubois, recruté par le Père Joseph sur la demande pressante du Cardinal, poursuivait sans désemparer une expérience de transmutation des métaux qui devait sauver l'État de la faillite. Il avait déjà transformé, avec une stupéfiante aisance, deux balles de mousquet en or fin, mais la troisième venait mal et donnait du fil à retordre. Une mauvaise plaisanterie qui risquait de l'envoyer à la potence.

Un beau matin, après la bouillie, se présenta un magnifique gentilhomme en casaque de mousquetaire, Monsieur de Tréville, qui commandait alors en second les mousquetaires de la garde royale et était avantageusement connu en Béarn. Louis XIII savait qu'il pouvait compter sur lui en toute circonstance. Dans un béarnais meilleur que le mien, l'officier m'interrogea longuement. Il voulait tout savoir. Je m'exécutai, bien sûr, sans la moindre réticence, insistant sur mes nobles origines, sur la fidélité de ma famille à la Couronne, et nous parlâmes du pays.

Le visage de Tréville, d'abord fermé et méfiant, s'éclaira enfin aussi fort que la demi-obscurité le permettait : il s'agissait d'un simple malentendu.

Avertis de l'arrivée d'un espion basque, les services du Père Joseph avaient découvert dans la doublure du pourpoint d'Arèstégui un message chiffré en rapport avec un énième complot contre la sûreté du Cardinal. Et les révélations de l'individu venaient d'être confirmées par le déchiffrement laborieux d'un expert : le fameux Antoine Rossignol, qui avait déjà brillé lors du siège de La Rochelle. Il en résultait que l'émissaire des Habsbourg avait été envoyé d'Espagne en solitaire et qu'il n'était entré en relation avec moi que dans le dessein de moins se faire remarquer et de mieux donner le change. Par bonheur, le complot avait raté avant qu'on pût être au fait.

Le ton sur lequel Tréville avait dit « par bonheur » donnait l'impression d'un lapsus. On savait à Pau comme à Oloron que ses rapports avec Richelieu manquaient de cordialité, et que, comme la majorité des sujets du royaume, il aurait vu le Cardinal baigner dans son sang avec une intime satisfaction.

Béni était donc ce Rossignol ! À l'heure où j'écris, il est devenu le plus grand déchiffreur d'Europe, et deux rois ont eu tout le loisir de l'apprécier et de l'enrichir.

Pour en revenir au complot, Tréville se borna à me signaler en passant, avec un air de regret, qu'il s'en était fallu d'un cheveu que le Cardinal ne se fît découdre, et à deux reprises !... dans la cour d'un Hôtel de la ville.

La conspiration à laquelle Tréville venait de faire allusion est la plus extraordinaire du règne de Louis XIII, la moins connue, puisqu'on a préféré en étouffer le bruit, mais celle qui fut le plus près de réussir, car il n'y avait qu'une poignée d'hommes dans le secret et que l'attentat relevait de la plus parfaite simplicité. C'est un familier du comte de Soissons qui devait me la raconter après boire, bien des années plus tard, sous la Fronde, alors que j'avais déjà fait mon chemin dans le sillage d'une reine bienveillante.

Selon le plan prévu, à l'issue d'un conseil de guerre tenu dans l'Hôtel du gouverneur de la place d'Amiens, Gaston d'Orléans, frère du roi, et le comte de Soissons, grand parmi les Grands, devaient retenir, sous un prétexte quelconque, Richelieu dans la cour, après le départ du roi, toujours pressé de filer pour chasser, tandis que mousquetaires et gardes du Cardinal feraient le pied de grue au-dehors. Et sur un signe de Gaston, son favori, Antoine de Bourdeilles, et Saint-Ibar, favori du comte et cousin germain d'Antoine, poignarderaient sans phrase leur victime.

Après quoi, Gaston n'aurait plus qu'à annoncer à la garde du tyran que l'exécution venait de se faire par la volonté du roi, comme celle de l'abusif Concini autrefois. Louis, plutôt soulagé, au fond, d'être débarrassé d'un donneur de conseils qui l'avait jeté dans une guerre d'agression impie et ruineuse, se ferait un raison. Rien de mieux conçu.

Mais dans une première occasion, au lieu de donner le signal, Gaston s'enfuit à l'étage pour piquer une crise de nerfs : superstitieux, il n'avait pu se résoudre à meurtrir un prêtre ! On chapitre Gaston comme il faut, et lors d'une seconde occasion au même endroit, il tombe en défaillance, à la vive surprise du Cardinal, qui s'inquiète aimablement de sa santé. Le 20 octobre, sur des charbons ardents, Gaston, abandonnant l'armée, quitta brusquement Amiens pour se terrer dans son château de Blois.

Ce n'était pas le premier service rendu malgré lui par le duc d'Orléans à Richelieu. Comme Gaston était nécessaire à toutes les conspirations, ne fût-ce que pour en légitimer les suites, vu qu'il était héritier du trône en l'absence de Dauphin, à chaque conspiration, le Cardinal lui faisait demander respectueusement la liste exhaustive de ses complices, qu'il livrait sur-le-champ pour avoir la paix. Un personnage indispensable, qui préservait le régime plus qu'il ne le troublait !

Si Tréville fut quasi muet sur le complot, il apaisa mes dernières craintes de bonne grâce. Lavé décidément de tout soupçon, je fus élargi le jour même et, en guise de compensation, incorporé à la compagnie de l'illustre duc de Beaufort devant Corbie. Un *pretium doloris* qui avait une certaine allure.

Pour me permettre de m'équiper noblement, Tréville me donna les pistoles nécessaires – cette élégante monnaie espagnole de l'époque, qui avait cours partout. Je n'avais pas vu passer de monnaie d'or depuis La Rochelle !

Et mon bienfaiteur, après m'avoir remis un mot d'introduction pour Beaufort, me fit de surcroît quelques paternelles recommandations :

« Ne vous liez point, mon enfant, avec des inconnus ;

méfiez-vous des beaux parleurs ; servez d'un même cœur le roi et les dames ; épousez un jour une riche veuve encore fraîche et peu bavarde... et surtout, revenez à la religion romaine, car il faut, par les temps que nous vivons, beaucoup plus de mérite à un protestant qu'à un catholique pour percer, et le mérite a toujours été une denrée rare. »

Comme je sortais de prison, on montait dans la cour la potence d'Arèstégui. Ce fripon de Père Dubois avait été pendu la veille.

J'étais vraiment arrivé à Amiens au plus mauvais moment et dans la pire compagnie. Accablé d'ennuis extérieurs et intérieurs, le roi, déjà porté sur la rigueur en temps habituel, était, paraît-il, d'une humeur de dogue, et si le moindre doute avait pu subsister quant à mon innocence, je n'aurais pas revu la liberté de sitôt.

Mais Louis devait encore avoir un autre motif, beaucoup plus personnel, d'être chagrin en ces lieux. C'était à Amiens, le 7 juin 1625 au soir, dans un bosquet ombreux des beaux jardins de l'archevêché qui descendaient jusqu'à la Somme paresseuse avec leurs tours, détours et mauvais tours, que sa femme s'était laissé fort indiscrètement palper par le bellâtre Buckingham, tantôt bougre et tantôt Don Juan, en conséquence d'une nouvelle machination de l'infatigable duchesse de Chevreuse, qui avait médité de déshonorer la reine pour mieux ridiculiser son mari. Le récit de la chose avait fait son tour de France, et l'on s'était répété longtemps le mot de la princesse de Conti, qui avait discrètement assisté à la scène et déclaré au roi, lequel s'en inquiétait fort, qu'elle pouvait « garantir la vertu de la reine des pieds à la taille... mais jusqu'à la taille seulement ». Une confidence bien agréable pour un mari !

VII

L'armée royale piétinait devant la petite place de Corbie, qui n'était défendue que par une poignée d'Espagnols, mais il s'agissait de vieilles troupes, qui ne voulaient point se rendre sans honorables conditions. Les soldats des « tercios » étaient payés quatre fois plus cher que les vulgaires lansquenets, pillaient modérément en conséquence, et ne craignaient pas de se battre à un contre quatre. Dans le camp français, une brillante jeunesse s'étourdissait de plaisirs, tandis que le pauvre fantassin rôdait dans la campagne dans l'espoir de dérober un poulet.

Je fus présenté au duc de Beaufort, qui me gratifia d'un mot distrait après m'avoir annoncé négligemment qu'il m'attachait à sa suite pour obliger Monsieur de Tréville. Dans la lumière tamisée de la vaste tente au fastueux mobilier, il n'avait d'yeux que pour Isaac Arnaud, colonel d'un régiment de carabiniers, Simon Arnaud, lieutenant dans le même régiment, et un troisième Arnaud, dont j'ai tout oublié, le trio étant venu prendre congé : ces messieurs avaient obtenu licence d'aller assister au château de Rambouillet, sous l'égide de la marquise du même nom, à la première de *Sophonisbe* de Mairet, dont ils disaient le plus grand bien. Pour des gens de goût, les tragédies militaires, qui tournaient vite à la routine, étaient moins intéressantes que les tragédies en alexandrins. Il va de soi que je ne fus pas invité à l'escapade. Mon prénom ne valait pas un nom connu, et je demeurais les pieds dans la boue, alors que la bande des Arnaud allait prendre du bon temps.

Avec quel argent, d'ailleurs, aurais-je soutenu ce train ? Mes pistoles avaient fondu comme beurre en poêle dans l'achat d'un cheval aussi médiocre que la plupart des autres. Les grandes et fortes montures, avec du feu et de l'endurance, venaient d'Angleterre, d'Espagne ou d'Italie, et étaient réservées à une élite de la fortune. La cavalerie française était d'ordinaire mal montée, à ce point que chaque cavalier devait avoir, autant que possible, plusieurs animaux de selle sous la main, afin de les mieux ménager.

Je me collai désormais à Beaufort, dans l'espoir d'attirer son regard, mais je me faisais l'effet d'être transparent. Ainsi que d'autres grands seigneurs, le duc avait levé sur ses deniers une troupe où la discipline n'était pas sévère et où la table était assez abondante, mais il y avait les amis, les relations, les connaissances d'un côté, et le commun de l'autre, dont la position avait quelque chose de domestique, et qui s'agitait dans les ténèbres extérieures. De tels contrastes sont de tous les temps.

François de Vendôme, duc de Beaufort, dont il sera beaucoup question dans ces mémoires, était pour lors un superbe garçon d'une vingtaine d'années, à la longue chevelure blonde et bouclée. Vers 1630, le roi, devenu chauve prématurément – ce qui ne l'avait pas arrangé –, avait commencé de porter perruque, et d'autres, chauves ou non, avaient suivi : le duc n'avait pas besoin de cet artifice.

Gai, primesautier, glorieux, somptueux, infatué, capricieux, généreux à ses heures, léger, gaspilleur, joueur et volage, peu et mal instruit, mais ni méchant ni querelleur, avec un fond de piété sincère, qui le mènera, un jour lointain, jusqu'à une mirifique croisade contre les Infidèles, Beaufort ne brillait guère par son intelligence : ses cuirs, ses lapsus, ses surprenantes confusions verbales amusaient sans cesse la galerie, et il en courait déjà des recueils.

Mais le personnage, proche parent du roi par la main gauche et richissime, pouvait se permettre de bredouiller en mettant les rieurs de son côté.

N'était-il pas le petit-fils de Gabrielle d'Estrées, une dévergondée qui avait amassé, grâce à la faiblesse d'Henri IV, une monstrueuse fortune aux dépens des finances publiques ? Et son père César, duc de Vendôme, le patron incontesté des sodomites français, avait été élevé dans le sérail du château de Saint-Germain, où le roi Henri avait jugé pratique et politique de mélanger ses enfants légitimes avec le troupeau de ses bâtards.

C'est là que le futur Louis XIII, que son père prétendait dégoûter de la pédérastie et initier précocement aux joies orthodoxes de la chair, s'était trouvé en butte aux agaceries, aux chatouilles et aux exhibitions indécentes des maîtresses royales, dans ce climat de grossièreté, de promiscuité et de licence qui était devenu pour le Béarnais une seconde nature.

Contrairement aux prévisions, le bambin, de nature fière et délicate, avait contracté un dégoût et un mépris insurmontable des femmes, qui devaient maintenant faire oublier leur sexe et leurs appas pour lui plaire.

César, et son frère le Grand-Prieur Alexandre, avaient été embastillés en 1626, à la suite de la conspiration de Chalais. Alexandre avait succombé en prison, et César, libéré en 1630, avait pris prudemment le chemin de l'Angleterre, dont il ne devait revenir qu'en 1643, pour se jeter dans les cabales de la Régence.

Au regard méfiant de Richelieu, c'étaient là, en défaveur du jeune duc de Beaufort, qui faisait figure de chef de Maison en l'absence de son père, de fâcheux antécédents, mais le sujet, tenu à l'œil, songeait, en ces années-là, beaucoup plus à jouir de la vie et des femmes qu'à conspirer. Son frère cadet, le duc de Mercœur, effacé et craintif, ne songeait, de son côté, qu'à se faire oublier : il épousera une nièce de Mazarin pour le réconfort de ses biens, et finira cardinal pour le salut de son âme.

Un brumeux matin de fin octobre, Beaufort étant allé donner à l'étourdie dans une embuscade aux environs de la place, je dus faire des prodiges de valeur pour dégager l'imprudent, tombé de cheval et en grand danger d'être tué ou pris.

Tout ému, le duc me serra sur son cœur, m'offrit une épée de prix pour remplacer la mienne, dont la lame s'était cassée sur la cuirasse d'un Espagnol, me fit même cadeau de sa splendide monture anglaise tout écumante... et me dit vaguement de passer le voir un de ces jours à Paris.

Le 9 novembre, Corbie capitulait. Le cheval de Beaufort, sans doute surmené par un maître insouciant, avait crevé la veille, et le donateur ne pensait point à m'en donner un autre. Comme j'avais vendu l'animal acheté sur les pistoles de Tréville, et perdu bêtement la somme au jeu sur un tambour néfaste, je me retrouvais sans cheval et sans argent. Je commençai à saisir que la guerre, si elle enrichit quelques-uns, met le grand nombre sur la paille. Mon père avait déjà pu faire cette réflexion.

L'hiver approchait, le ravitaillement était au-dessous de tout, et l'Espagnol, frigorifié. Beaufort, pressé de courir s'amuser à Paris, licencia sa compagnie, et le roi lui-même, qui devait rembourser de vertigineux emprunts, débauchait sans vergogne. Vu ma courte présence sous les drapeaux, je n'ai touché qu'une somme dérisoire, et comme aucun rengagement n'était en vue dans l'immédiat, j'ai décidé de gagner Paris à la force de mes jambes pour y chercher fortune, non sans avoir bradé la selle du cheval ducal, qui ne m'avait pas mené bien loin.

J'ai pu constater au passage que la Picardie était encore plus ruinée que moi. Pendant que les officiers faisaient du théâtre à l'arrière chez les « précieuses », la famine et les « pestes », cortèges habituels des armées, s'étaient abattues sur les chaumières, mises à sac par des soldats affamés. Des cadavres d'hommes et d'animaux encombraient les chemins et les fermes. On se serait cru à La Rochelle, à la différence que les Rochelais avaient mangé leurs chiens, leurs chats et leurs rats pour ne laisser par les rues que des dépouilles humaines.

VIII

Paris me parut une ville bien extraordinaire. Les rois, les prêtres et les Grands y avaient certes construit à profusion de siècle en siècle, mais si les riches y étaient richissimes, les pauvres y étaient encore plus pauvres qu'ailleurs, et les mendiants, vrais ou faux, y grouillaient comme vers en fromage.

Pour un jeune homme sans le sou qui cherchait protection et se devait de faire impression favorable, il était, hélas, un double problème insoluble : protéger ses bottes des immondices qui s'entassaient un peu partout, et protéger sa tête des étrons et des urines qu'on jetait par les fenêtres dès le matin, surtout à partir des maisons nobles ou bourgeoises, où l'on disposait de chaises percées et de vases de nuit. Une voiture avec son cocher, une chaise à porteurs, une monture réduisaient les dégâts au supportable, mais je n'étais pas près de me pouvoir payer ces agréments. J'avais loué une chambrette dans une auberge mal famée et bruyante du quartier de l'Hôtel de Ville, où je perdais mon temps à me décrotter et à me brosser.

Dès son retour dans la capitale, le roi, heureux de s'en être tiré à si bon compte, fit chanter un *Te Deum* à Notre-Dame pour saluer la reprise de Corbie, beaucoup de bruit, en somme, pour bien peu de chose, mais la ferveur était à la mesure de la peur qu'on venait d'éprouver.

À la sortie de la cathédrale, qui était comme assiégée par

des masures lépreuses, je jouai des coudes dans la bousculade pour tenter d'apercevoir le roi, la reine, ou le grand Cardinal, mais je parvins seulement à saluer d'un grand coup de chapeau le duc de Beaufort, qui les suivait d'assez près, une dame alléchante à son bras. Beaufort, qui semblait avoir un certain mal à me remettre, me fit, à tout hasard, un petit signe de la main qui ne l'engageait pas à grand-chose.

Une visite de remerciement à Monsieur de Tréville était d'autant plus indiquée que ce mousquetaire en vue pourrait donner de bons conseils à un jeune Béarnais qui s'était déjà signalé sur le champ de bataille. Je fus reçu bientôt, brièvement, mais courtoisement, et en audience particulière.

« Mon cher garçon, me dit Tréville, au point où vous en êtes, il s'agit de savoir si vous voulez faire une belle carrière à la force des armes, ou mourir anonymement sur la brèche pour engraisser les asticots. Je connais mes Béarnais, et je devine que la première hypothèse aurait vos préférences.

« Or sans appui et sans argent, il n'y a rien à espérer aujourd'hui. Il faut des recommandations et des pistoles pour être admis dans les corps d'élite où l'on a des chances de briller aux yeux du roi. Non seulement mes mousquetaires sont d'excellente noblesse, non seulement ils peuvent présenter de beaux états de service, mais ils sont chaudement poussés par des personnes influentes, et ils ont de quoi couvrir les frais fort élevés qu'exigent leurs fonctions dans une compagnie où les brevets d'officier sont hors de prix.

« Les gardes du roi sont certes un peu plus ouverts, en dépit de la foule des postulants. Toutefois, l'avancement n'y est pas rapide, et le premier vœu des gardes, que peu parviennent à réaliser, est d'entrer dans les mousquetaires. Entré moi-même dans les gardes à dix-sept ans, je suis l'exception qui confirme la règle – et encore mon père avait-il assez de bien pour appuyer un cadet !

« Quant aux mousquetaires et gardes que le roi a accordés au Cardinal après la conspiration gravissime de Chalais, autant pour le garer des mauvais coups que pour lui faire honneur... »

La moue, le silence, étaient éloquents. Je priai Tréville

avec insistance de poursuivre, et il ne se fit pas prier longtemps, car le sujet lui tenait visiblement à cœur. Mais l'officier, baissant la voix, était passé du français de Paris au béarnais.

« Vous m'êtes sympathique, nous sommes entre nous, et je parlerai sans détours, comme un Oloronais à un Palois.

« En fait de recrutement, dans une affaire où il y va de sa peau, notre Cardinal n'a pas d'autre ambition, cela va de soi, que d'être bien gardé et bien servi. Il engage par conséquent, sans s'inquiéter du reste, tout aventurier capable de le satisfaire. Moyennant quoi, il paye bien, régulièrement, et couvre même avec largesse les dépenses de service.

« Mais attention ! Richelieu et son Père Joseph n'ont que trop tendance à tenir pour des laquais à toutes fins les individus ainsi racolés, qui forment comme un vivier de serpents où ils puisent sans compter et sans ménagement pour des opérations occultes dans le cheminement desquelles il y a bien souvent à se salir les mains. Si vous n'avez pas trop de scrupules, si la chance vous sourit, vous pouvez faire par ce biais en un rien de temps une fortune appréciable. Mais la moindre maladresse, la plus minime apparence de trahison, entraînent aussitôt des sanctions impitoyables. Le *perinde ac cadaver* des jésuites s'applique aussi aux hommes du Cardinal, tenus à la botte du maître par les compromissions mêmes qu'on ne rougit pas de leur imposer. Si vous mettez par malheur un doigt dans cet engrenage, le corps entier y passera, car Richelieu est de taille à dévorer tout le monde. Bref, en entrant dans une Maison si suspecte, où la majesté royale ne saurait directement couvrir les excès qu'une grande politique entraîne, vous abdiquez votre dignité et les honnêtes gens vous montrent du doigt. »

Baissant encore la voix, Tréville ajouta :

« Le Cardinal, que le roi peut congédier dans un sursaut, qui collectionne les maladies et va de complot en complot comme un vieux loup rusé de piège en piège, n'est pas éternel. S'il vient à tomber dans une trappe, beaucoup de ses suppôts déconsidérés risquent d'avoir des comptes à rendre. Vous êtes prévenu, mon jeune ami. »

Tout cela était diablement instructif, mais décourageant.

Vers la fin novembre, en désespoir de cause, je tentai de m'introduire chez le duc de Beaufort, qui avait établi ses pénates à l'Hôtel familial de Vendôme, au faubourg Saint-Honoré.

Dans les années 1600, la vieille duchesse de Mercœur, future belle-mère de César, avait accueilli dans une aile du vaste bâtiment la première congrégation française de capucines, qui s'étaient aussitôt distinguées par des jeûnes et des macérations à faire peur. Par la suite, César avait fait de l'autre aile un repaire de bougres insolents et l'Hôtel de Vendôme était devenu l'« Hôtel de Sodome » pour la population parisienne, tandis que les capucines redoublaient de sacrifices expiatoires. Par bonheur, César s'étant exilé comme je l'ai dit plus haut, le fils du scandaleux avait rétabli la réputation de l'Hôtel : avec un Beaufort, les femmes faciles avaient remplacé les bougres, et les capucines avaient pu prendre un peu de répit.

Égaré d'abord chez des religieuses émaciées qui me condamnaient leur porte, j'ai eu quelque mal à me faire admettre dans l'ancien Hôtel de Sodome, où la valetaille considérait avec dédain mes bottes fatiguées et salies. Le maître – à ce qu'on prétendait du moins ? – n'était jamais là, et l'on invitait le fâcheux à repasser.

À force d'insister, de courir ma chance à des heures différentes, je finis par accrocher Beaufort dans le vestibule un soir de décembre, alors qu'il sortait avec un essaim de jolies femmes pour se rendre à la comédie voir une pièce nouvelle. Le duc, qui était un peu gris, et d'autant plus accueillant, eut la bonté de me reconnaître sans trop tarder et, faisant contre mauvaise fortune bon cœur, il m'admit en surnombre à apprécier son carrosse, une merveille dorée comme une châsse, où les volets de cuir avaient été remplacés, récente innovation, par des vitres.

On s'y entassa, et je dus m'accroupir, faute de siège disponible, le nez dans les jupons d'une dame rieuse de seconde jeunesse, qui sentaient le musc et le pipi, tandis que les autres regardaient Paris de haut en bavardant de choses qui ne me concernaient guère, notamment de la pièce et de son auteur.

Le carrosse à six gros chevaux luisants de santé et bourrés d'avoine se dirigeait, sous une pluie glaciale, vers le théâtre du Marais, sis au Jeu de paume du même nom, où un certain Corneille, paisible bourgeois de Rouen protégé du Cardinal, et qui s'était fait connaître par quelques comédies badines, se lançait dans la tragédie glorieuse sur un sujet, paraît-il, espagnol, et qui tournait autour d'un duel. Comme nous étions en guerre contre l'Espagne depuis le mois de mai de l'année précédente et que Richelieu affichait des préventions, au moins théoriques, contre le duel, cette première du *Cid* semblait une gageure.

Mais la dame qui sentait le musc, la comtesse de X..., fit observer finement qu'une pièce était d'abord faite pour son public, que les gens de qualité adoraient les duels, que la guerre contre l'Espagne était plus impopulaire que jamais, et que partant, elle applaudirait des deux mains, même si la pièce était mauvaise, ne fût-ce que pour le plaisir de vexer le Cardinal, sa clique et sa claque. Ce Corneille n'était peut-être pas si fou de préférer la tyrannie de la foule à celle d'un seul ?

Le théâtre de la troupe du Marais était bondé, et l'assistance, fort tapageuse, l'argument de la pièce échauffant les esprits avant que les comédiens n'eussent ouvert la bouche, et j'eus le plaisir de suivre l'action de près, assis à côté de Beaufort sur l'une des chaises que l'on avait disposées de chaque côté de la scène pour accueillir les spectateurs les plus distingués.

Portés par un texte bien frappé, où un avocat de province exprimait surabondamment toute la noblesse qui lui faisait défaut, Rodrigue et Chimène étaient en état de grâce, et une foule bientôt enthousiaste leur fit un succès délirant. Pris de contagion, je fus moi-même transporté, mais je ne tardai pas à me rendre compte du caractère profondément malsain de ces vers admirables.

Il y avait deux sortes de duel, le duel des sanguinaires de profession, où le prétexte n'avait pas d'importance, et le duel où l'insulté avait une injure grave – ou tenue pour telle – à laver dans le sang. Corneille avait naturellement exploité la seconde formule, et parce qu'elle ménageait, autant que possible, la susceptibilité en éveil du Cardinal, et surtout parce qu'elle était beaucoup plus riche de possibilités dramatiques pour le spectateur élégant comme pour le peuple, qui a coutume de partager aveuglément toutes les opinions à la mode dans l'aristocratie.

Mais si l'on abandonne l'option d'un duel quasiment criminel pour celle d'un affrontement que la plupart comprennent et excusent, on tombe, qu'on le veuille ou non, dans une prétendue morale, qu'il convient d'examiner sans parti pris.

Or à partir du moment où le comte a giflé – à tort ou à raison, tout le monde s'en fiche ! – le père du héros, ce dernier n'a plus le choix. Si Rodrigue veut conserver sa réputation, l'estime du roi, de ses parents, de ses amis, de Chimène, de son concierge et de son marchand de poisson, peut-être même de son confesseur ?... il est obligé de tirer l'épée. La dictature du milieu est irrésistible et la marionnette ne connaît aucun véritable cas de conscience. Serait-ce là une morale acceptable ?

Ma sensibilité se hérissait devant la sombre bêtise de l'affaire. Pour avoir trop longtemps vécu contraint, je détestais toute contrainte. Je voulais bien tuer mon prochain par un effet de mon souverain libre arbitre, mais non point pour satisfaire à un plat préjugé.

J'eus l'imprudence d'exprimer mon sentiment là-dessus à Beaufort, qui me porta vive contradiction, et ces dames achevèrent de m'accabler en chœur.

Le duc était attendu chez la reine, qui était un peu sa parente par alliance et qui devait communier avec lui à demi-mot dans une mutuelle animosité contre le Cardinal : il voulait être le premier à lui narrer *Le Cid* et à lui faire aimer cette Chimène, héroïne espagnole aussi infortunée qu'elle-même pouvait l'être, prisonnière d'un pays où elle n'avait connu que d'amères déceptions. Je me suis honteusement éclipsé. Qu'aurait fait au Louvre un Béarnais vagabond ?

Anne d'Autriche, qui allait sur ses trente-sept ans, passait encore pour une des plus belles femmes de son temps, et j'aurais donné dix ans de ma vie pour lui être présenté. J'étais encore, par bien des côtés, à l'âge des chimères.

Terriblement déçu par Corbie comme par Paris, au bord du désespoir, je réglai ma chambre à la Noël et décidai de rentrer à Baigts par voie d'eau, dans l'idée discutable qu'on ne fait pas naufrage deux fois de suite. De toute façon, les « croquants » tenaient toujours campagne, et l'hiver n'avait pas dû garnir leur estomac et arranger leur humeur.

IX

De Paris à Rouen, il était aisé de descendre la Seine par coches d'eau. À Rouen, je pris place sur une grosse pinasse hollandaise – un vaisseau dérivé du fluyt, mais de plus fort tonnage –, qui allait charger du claret sur les quais de Bordeaux, où j'arrivai sans incident. De Bordeaux, je remontai lentement la Garonne jusqu'à Agen, où je débarquai pour faire route vers le Béarn par Condom et Eauze, un itinéraire assez bref à travers les moutonnements de l'Armagnac, région que les « croquants », à ce qu'on m'avait assuré, avaient jusqu'alors épargnée. Il me restait encore un peu d'argent sur la somme que m'avait rapportée la vente de l'épée de Beaufort à un garde du Cardinal qui semblait doré sur tranche. Je ne comptais plus revoir ni le duc ni Paris de sitôt.

Si, en Armagnac, le « croquant » brillait en effet par son absence, en revanche, pour réchauffer une atmosphère glacée, le sorcier flambait un peu partout.

À partir de 1570 environ, venue des pays protestants du nord, comme le Danemark ou l'Écosse, la chasse aux sorciers et aux sorcières était descendue, par vagues successives, vers le Rhin et vers la France, pour être seulement arrêtée en Navarre par la sagesse de l'Inquisition ibérique. La Suprema de Madrid avait envoyé sur place un enquêteur de bon sens, l'Inquisiteur Salazar, lequel avait rédigé un long rapport, dont il découlait qu'il s'agissait de phénomènes maladifs sujets à contagion, et que moins on en parlerait, mieux cela vaudrait.

Depuis l'ouverture de la chasse, on estimait entre cinquante et cent mille le nombre des individus qui avaient été réduits en cendres, surtout en pays de Réforme, où les fureurs villageoises et urbaines ne rencontraient plus le frein de tribunaux d'Église plus ou moins compétents, mais qui avaient du moins leur manuel de procédure et d'expertise sous la main pour décourager les exécutions sommaires.

Le spectacle des bûchers aux portes des bourgs et des villes avait de quoi me surprendre, car je n'avais jamais vu l'équivalent en Béarn. Un soir que je regardais brûler, près de Nogaro, une sorcière toute jeunette, qui n'avait que de diaboliques obscénités en bouche, j'ai demandé à un bon bourgeois s'il croyait en la sorcellerie, et l'homme eut cette réponse frappante : « Vous voyez bien que les sorcières y croient ! N'est-ce pas suffisant ? » Il y avait à réfléchir devant la lumière de ce bûcher, dont on pouvait se demander si elle illuminait la nuit gasconne ou apportait un surcroît de ténèbres.

Judith croyait en tout cas dur comme fer aux sorciers depuis que Calvin en avait fait griller à Genève une belle brochette, après s'être fait la main sur l'insupportable Jacques Gruet et sur l'antitrinitaire Servet. Et le Cardinal lui-même n'avait pas pris à la légère l'histoire des ursulines ensorcelées de Loudun – qui était, il est vrai, la ville la plus calviniste de France depuis l'extermination des Rochelais.

Nous avions été éduqués par notre mère à voir des démons un peu partout, à les chercher sous notre lit ou sous notre oreiller avant de nous coucher. Samuel les avait conjurés par la boisson, et moi, par l'esprit critique. Mais de telles hantises ne peuvent que laisser des traces dans le for intérieur.

Le dimanche 9 février 1637, j'arrivai au manoir sur le coup de midi. Le vendredi précédent, Samuel avait tout d'un coup refait surface, loqueteux, maigri et un peu boiteux, mais ostensiblement fier de ses aventures et mésaventures, et intarissable sur ses campagnes, qu'il racontait à qui voulait lui payer à boire, avec des variantes et des enjolivements suspects.

Embrigadé chez Bernard de Saxe-Weimar, qui passait pour le plus fin tacticien de l'Alliance protestante, il avait été blessé à Nördlingen d'un coup de pistolet et capturé clopin-clopant dans la déroute par un parti de cavaliers hongrois. Contraint de s'enrôler chez le Cardinal-Infant pour ne pas mourir d'inanition dans un pays où, disait-il, « l'herbe elle-même avait renoncé à pousser ! », il avait mollement combattu pour les Espagnols jusqu'à ce qu'il trouvât une occasion de s'esquiver. À côté de ces hauts faits mitigés, dont Judith souffrait le récit en silence, mes propres exploits pâlissaient d'autant plus que je dédaignais de les mettre en valeur.

Le retour de Samuel n'était pas un cadeau pour moi. Ma mère insistait derechef pour me vouer au pastorat, et des répliques dilatoires et énervées commençaient de me venir aux lèvres par instants.

Pour achever cette triste esquisse, Thomas, à soixante-dix-huit ans, pleurait comme un veau sur l'épée du bon roi Henri, que Samuel avait semée en détalant, et narrait avec une intempérance renouvelée les affres de la Saint-Barthélemy, vouant aux enfers les Montastruc, dont il désespérait plus que jamais de faire justice. Son bras, d'ailleurs, était perclus de rhumatismes, et le vieux champion aurait eu besoin d'un jeune. Une situation cornélienne, mais qui me laissait froid, du fait que je ne voyais point comment je pourrais en faire les frais.

Quelques jours plus tard, un voisin revenant de Lescar – une délicatesse pour épargner des frais de port au destinataire – déposait au manoir une lettre de Matthieu.

Le jésuite, après un parcours des plus flatteurs, touchait au terme de ses interminables études. Au printemps, il prononcerait ses vœux de Père « profès », le plus haut échelon de la hiérarchie, si l'on excepte les Pères provinciaux et le général siégeant à Rome. C'était aux « profès », notamment, d'enseigner la théologie.

Mais un autre vœu lui serait alors accessoirement

demandé : renoncer à toute dignité et à tout bénéfice dans l'Église séculière, le cumul exigeant une dispense pontificale exceptionnelle. Matthieu devrait donc abandonner bientôt le bénéfice de Louvie-Juzon, dont il tenait l'argent résiduel à la disposition de la famille. Ledit bénéfice, conformément aux canons, serait alors, bien sûr, attribué à un catholique.

Samuel déclara en riant qu'il allait embrasser les images romaines pour boire son soûl aux frais du pape. Judith, qui prenait tout au sérieux, entra dans un colère sacrée, Monsieur Sourdois vibrant à l'unisson. Le père haussait les épaules, et je méditais.

Par un radieux après-midi d'hiver, je sellai Joyeuse pour trotter vers Lescar, bien décidé à faire la connaissance de ce demi-frère que ma mère m'avait dépeint sous de si noires couleurs. Tout au long de la descente, une sorte de fièvre montait en moi : j'étais comme un reptile qui s'apprête à changer de peau.

Le Père Matthieu accueillit ce visiteur imprévu avec une vive émotion, me serra tendrement dans ses bras, me repoussa non moins tendrement pour me mieux regarder et admirer. Après force compliments réciproques, chacun raconta à l'autre son itinéraire, ses déceptions et ses espérances. Le jésuite n'avait que des paroles de compréhension pour son inébranlable belle-mère, qu'il m'invita à ménager filialement. N'était-il pas beau de tout sacrifier à sa foi ? N'avait-il pas lui-même suivi ce chemin ardu, que l'exemple de Judith lui avait tracé peut-être, en dépit qu'elle en eût ? Ô profond mystère des influences familiales !...

À trente-huit ans, Matthieu était un bel homme, qui forçait la sympathie. Il avait toute la culture, l'acuité d'esprit, la finesse, l'adresse, la sagesse, la douceur empreinte de fermeté, la bienveillance éclairée et prudente, le dévouement sans faille à la cause romaine qui caractérisent encore aujourd'hui les meilleurs produits de cette École exigeante entre toutes. Son attitude me sembla plus ouverte que celle des pasteurs renfrognés que j'avais pu connaître.

Mais une obéissance inconditionnelle à Rome commandait des tactiques sinueuses dans maints royaumes où de profondes oppositions, qui n'étaient pas toutes méprisables, s'étaient fait jour. En France, les rois ne favorisaient pas les Pères sans un brin de méfiance, et les jansénistes, leurs ennemis déclarés, leur reprochaient justement ces casuistiques douteuses, ces accommodements excessifs qu'ils avaient dû trop souvent consentir pour s'emparer du gouvernement de tant d'âmes par l'éloquence sacrée et par la confession.

C'est un fait que les jésuites s'étaient détournés des plus hautes spéculations théologiques et des délices de la plus éminente spiritualité pour se concentrer sur le bon gouvernement de la planète. Leur premier souci d'une efficacité supérieure rejoignait celui d'un Richelieu et rappelait à qui savait voir et réfléchir que leur fondateur Loyola ne s'était jamais dégagé de son éducation militaire. En un mot, ces messieurs volaient bas, séduits par tous les moyens termes honorables, pour le meilleur profit des Princes et de la religion. Mais à force de ruser avec les diablotins qui se cachent entre les feuilles du chèvre-chou, on fait une bien mauvaise cuisine.

Il en résultait que notre Matthieu fuyait instinctivement les jugements tranchés et les positions claires, avec l'excuse toute prête que les détours de la politique, dont les rapports avec la foi pouvaient paraître limpides en théorie, étaient obscurs en pratique. Mais c'était quand même lui qui s'était fourré dans ce labyrinthe ! Ce sens du complexe et du relatif, c'était bien sa formation jésuitique qui l'avait développé !

Après une première impression favorable, j'étais un peu déçu par les cornes si sensibles de ce sombre escargot, qui préférait les rentrer à la moindre alerte au lieu de les sortir pour mieux juger de l'obstacle. Si Judith n'était que trop entière, Matthieu ne l'était pas assez.

Mais au fond, le côté mondain de cette approche m'attirait plutôt. Ne devais-je pas faire carrière dans le monde, et mes convictions religieuses n'étaient-elles pas devenues indécises ?

J'ai pris coutume d'écourter certaines séances chez Marini ou de sécher certains cours de mon « Pisse-Vinaigre » pour converser avec Matthieu de théologie dogmatique ou morale. Les mystères insondables de la grâce que les hommes présomptueux de ces temps passionnés se faisaient fort d'approfondir et de coucher en formules, étaient le plus souvent au cœur de ces courtois et fraternels débats. Qu'il s'agisse de cette grâce sanctifiante habituelle, qui entretient l'état de grâce comme la braise fait bouillir l'eau de source, ou de la grâce occasionnelle, qui permet de surmonter une tentation particulière, et que d'aucuns nommaient bizarrement « grâce suffisante », du fait qu'elle ne suffisait pas toujours !...

Matthieu, excellent professeur, avait l'art d'embrouiller les choses en profondeur pour les éclaircir en surface par des artifices de forme.

Pendant ce temps-là, Samuel, qui, loin de se réformer, avait pris dans des camps opposés des habitudes d'intempérance incorrigibles, faisait scandale dans les tavernes de la région et revenait le soir abominablement ivre en braillant des refrains à faire rougir un sapeur turc. Seule l'histoire de Noé, apôtre des vignes du Seigneur, semblait lui avoir fait impression dans la Bible.

Judith en était très affectée, et ce n'était pas son seul sujet de désolation. L'épine de la petite Claire était toujours plantée dans sa chair, son beau-fils Matthieu avait trahi pour se transformer en bête noire, et elle voyait bien que, depuis mon retour, je renâclais devant le programme qu'elle m'avait fixé.

Pour la première fois de ma vie, j'eus pitié d'elle, et cet élan d'affection la toucha. Un soir, devant les cendres tièdes du foyer, elle entra soudain en faiblesse et murmura, toute sanglotante, qu'elle était peut-être damnée : toutes ses bonnes actions tournaient à mal.

Il fallait qu'une calviniste fût bien abattue pour se ranger du mauvais côté de la statistique et faire jouer la prédestination de travers !

Stylé par Matthieu comme par Maître Martin Roussel, je n'eus aucun mal à lui expliquer que ce supplice raffiné, par où nos bonnes actions portent de constants mauvais fruits en ce bas monde, était au contraire réservé par Dieu aux âmes d'élite, jugées dignes de supporter ici-bas tous les tourments.

Réconfortée, Judith sécha ses pleurs, dans l'attente de nouvelles épreuves, auxquelles il était possible que je ne fusse pas étranger.

X

Les neiges fondirent sur les sommets, avril sourit, et en mai, Matthieu m'apprit avec inquiétude que les Montastruc, quittant leur Hôtel de Toulouse, d'où ils géraient tant de beaux domaines, étaient venus s'installer pour l'été dans un château qu'ils avaient acquis récemment, avec son entourage de vignes, sur les hauteurs de l'aimable Jurançonnais, aux portes méridionales de Pau. Devait-on en informer Thomas et Judith, qui apprendraient la nouvelle tôt ou tard ?

Il fut jugé préférable, à la réflexion, que je misse moi-même la famille au courant, avec de bons conseils de sagesse. Après tout, la Saint-Barthélemy était loin, et les actuels descendants des Montastruc n'étaient pas responsables des actes de leur ancêtre.

Au souper, en dépit de toutes les précautions oratoires et considérations lénifiantes, l'annonce que les Montastruc étaient en Jurançon, à quelques heures de Louvie-Juzon, fit l'effet d'un bombe. Thomas vit rouge, décrocha une épée, la tira du fourreau, la laissa retomber avec un soupir d'impuissance. Judith, toute pâle, sans craindre que cette bonne action ne lui portât malheur, approuva mon discours et osa même parler de pardon, puisque Calvin avait osé en parler lui-même après avoir consulté ses textes. Mais Samuel, le front buté, l'œil injecté de sang, avait sa tête des mauvais jours et échangeait avec le père des regards entendus. Il n'était pas nécessaire d'être un habitué des pressentiments pour en avoir un mauvais.

Un bel après-midi, remontant de Pau, je laissai mon cheval ridicule à quelque distance de la propriété des Montastruc, où j'entrai d'un pas ferme, mais le cœur battant.

Je n'étais pas seulement poussé par une compréhensible curiosité. Comme la stérile vengeance se nourrit d'illusions, j'espérais être en mesure, au sortir de cette visite, de décrire à Thomas et à Samuel des êtres ordinaires et paisibles, qui ne vaudraient pas un coup de rapière. J'espérais même découvrir, avec un peu de chance, qu'aucun des Montastruc présents n'était en état de combattre, et le conflit se serait terminé faute de combattants.

L'argent coulait à flots chez ces gens-là. On réparait la longue toiture ardoisée, on retapait l'imposante façade en brique aux jolies fenêtres encadrées de pierres de taille ouvragées, on récurait le monumental pigeonnier, cet attribut privilégié des demeures aristocratiques, on s'affairait, sans regarder à la dépense, aux parcs et aux jardins, d'où la vue sur Pau, dont on distinguait le château dans le lointain, était admirable.

En bas du grand perron, sur un gazon tondu de près, des gentilshommes et de nobles dames – il y avait même un gras franciscain au froc bien repassé ! – se restauraient nonchalamment à l'abri d'un vélum. Les cavaliers étaient mis à la dernière mode, les dames venues à cheval avaient enfilé ces longues et troublantes jupes fendues qui permettaient de monter à califourchon. (Judith, elle, montait de façon rustique, les deux jambes pendant du même côté, avec l'avantage de pouvoir changer de côté selon le vent.) Les dames venues en voiture portaient des robes d'étoffes chatoyantes qui étaient un régal pour les yeux. Les invités avaient naturellement leur rapière, alors que le maître de maison, non moins naturellement, n'avait au côté qu'une dague luxueuse, qui semblait faite surtout pour la montre.

Un domestique me l'ayant désigné, c'est à lui que je me

présentai poliment sous un nom d'emprunt pour demander la route de Louvie-Juzon. C'était un joli garçon de mon âge, prénommé Ulysse, petit et fluet, aux traits délicatement androgynes. Près du jeune homme, le couvant des yeux, une grande femme bien conservée, à l'œil noir et toute vêtue de noir, se tenait très droite, l'air intelligent et résolu. Il s'agissait de la mère de mon hôte, la baronne de Montastruc, qui, bien évidemment, régentait tout ici, de même que Judith à Baigts. Et dans ses jupes, je voyais une jeune fille qui semblait la réplique de son frère, et dont on me révéla qu'elle était sa sœur jumelle Hermine. La grâce, la dignité de la jeune personne étaient si ensorcelantes que j'eus du mal à détacher mon regard de la merveilleuse apparition. J'avais lu dans des romans qu'il arrivait que l'amour naquît d'un coup d'œil, je n'y avais pas cru, je commençai à le croire. Peut-être portons-nous en notre âme une image idéale mais floue, tel un archétype platonicien de beauté, que nous savons reconnaître dès qu'elle se précise à nos sens éblouis.

La baronne me dit que son mari, affecté d'un mal qui ne pardonnait point, et sur lequel on espérait que l'air pur d'une campagne tempérée pourrait avoir un effet favorable – les étés du Toulousain sont étouffants –, ne quittait plus la chambre, où le franciscain à demeure le préparait au pire. Le charmant Ulysse, petit-fils de Xavier, était le dernier héritier du nom.

On me pria de partager l'en-cas, politesse que je déclinai en mémoire de mon défunt oncle David, et nous bavardâmes un moment à bâtons rompus. Quel que fût mon désir de prolonger ma présence pour me repaître de la vision d'Hermine, la civilité m'invitait à ne pas m'éterniser.

Comme l'instant de prendre congé approchait, une étrange impulsion me poussa à dire que j'allais rendre visite aux Espalungue de Baigts, dont le vieux baron Thomas, de religion réformée, était un mien lointain parent, et que j'aimerais être éclairé sur l'adresse exacte de son manoir. Mais si les Montastruc et leurs amis, venus séjourner dans un Béarn qui leur était encore étranger, connaissaient le proche Louvie-Juzon pour l'avoir traversé en gagnant la montagne, ils n'avaient jamais ouï dire des Espalungue de Baigts ni de leur baronnie. Il est vrai que les Espalungue étaient assez nombreux dans le pays.

Cette ignorance ou cet oubli, auxquels j'aurais dû pourtant m'attendre, me choquèrent au plus haut degré, telle une illustration absurde des tragédies de l'existence. Je réprimai un rire nerveux, eus comme un éblouissement, vacillai...

On s'empressa autour de moi, on me présenta de fines tranches d'andouille ou de jambon, du pâté d'anguille ou de brochet, on me fit boire d'un jurançon doux de la dernière récolte, qui avait des vertus réconfortantes.

Ce singulier malaise précipita mon départ, et je saluai largement la compagnie de mon feutre... dont la plume fatiguée s'envola pour aller choir mollement dans un plat d'andouilles.

L'assemblée ne put s'empêcher de rire aux éclats, à l'exception de la baronne et de ses deux enfants. Devant ma confusion, Hermine me rapporta gentiment ma plume, la remit à mon chapeau, et se retira après une petite révérence. Touché aux larmes, je battis en retraite avec un sourire contraint... pour m'apercevoir avec horreur que ma rosse couleur de muraille s'était détachée et broutait un massif de fleurs dans l'allée qui menait au château. De nouveaux rires saluèrent ma fuite équestre.

Alors que je chevauchais avec amertume, songeant aux doux yeux gris d'Hermine, à la gentillesse qu'elle m'avait manifestée si spontanément et si ostensiblement, loin des timidités ordinaires de son sexe et de son âge, le frère me rejoignit au grand trot d'un superbe alezan espagnol, par un de ces chemins creux ombragés et pentus qui relie les hauteurs du Jurançonnais à la route de la vallée d'Ossau. Ulysse venait gracieusement m'offrir une bourriche de victuailles...

« Vous êtes parti bien vite, et dans des circonstances malheureuses, qui m'ont fait de la peine pour vous. À nos âges, nous sommes si sensibles à la moindre contrariété qui touche à notre amour-propre ! Avez-vous remarqué que je n'ai pas ri le moins du monde de votre mésaventure ? Non seulement parce que je sais ce que je dois à un hôte, même à un hôte de passage... mais parce que j'ai tout de suite senti que vous n'étiez pas un hôte ordinaire.

« Voici de quoi vous consoler, vous assurer de notre estime, vous faire comprendre que vous serez toujours le bienvenu chez nous. Ma sœur, qui monte comme une Diane, joue aussi du virginal à ravir, sa voix fait honte au rossignol... et j'ai moi-même d'autres agréments plus tangibles à votre service. Si vous voulez bien me donner votre adresse, je vous ferai tenir un tonneau de notre meilleur jurançon... »

Passablement ennuyé de toutes ces avances, j'ai pris la bourriche, refusé le tonneau, remercié pour le tout, et écourté la conversation. Ulysse avait l'air tout triste de cette dérobade, qu'il a dû mettre sur le compte de la vexation que je venais d'éprouver.

Au souper, la bourriche étant réputée être le prix d'un concours d'escrime, je narrai l'essentiel de ma courte visite aux Montastruc, dans la crainte que Judith pourrait en avoir vent et l'interpréter de façon aberrante. Ce fut pour moi l'occasion d'insister sur le fait que Xavier de Montastruc, ayant beaucoup tué ce soir-là, avait pu ignorer l'identité de sa victime, et que ses héritiers n'en avaient en tout cas aucune idée. Même en droit criminel, allait-on poursuivre un vieillard qui aurait oublié une faute de jeunesse ? Une prescription raisonnable ne faisait-elle pas partie intégrante de la justice ?

Mais pour mon père et Samuel, oublier un meurtre était au contraire, chez des meurtriers, une circonstance aggravante qui interdisait tout ménagement et toute pitié. Et je devais reconnaître *in petto* que l'orgueil des victimes était mis à mal par un tel oubli. Serions-nous si peu de chose qu'on pût nous écraser avec tant de désinvolture ?

Thomas invoqua la Bible : « Les pères ont mangé des raisins verts, et les fils en auront les gencives agacées. » J'expliquai que le passage portait un jugement de fait, et non un jugement de valeur, le péché originel, qui n'était autre qu'une solidarité des générations dans le péché, faisant que les péchés des pères pussent porter préjudice aux enfants. Mais renoncerions-nous aux plaisirs de la reproduction sexuée pour y échapper ? Autant parler à des bûches !

Samuel me dit d'un air malin : « Si on m'avait tué sous tes yeux, passerais-tu l'éponge sous prétexte d'oubli ? Mais je ne te laisserai pas cette chance !... »

Judith essaya de faire entendre raison à ces deux furieux, et son autorité naturelle avait de quoi ébranler, mais un malencontreux hasard lui cloua le bec.

Il y avait dans la bourriche de ce saumon si commun dans les gaves que les domestiques en font fumer en saison pour se constituer des réserves, et ma mère a soudain sorti avec stupeur de son saumon fumé un billet doux qui ne portait que ces mots : « Je vous aime. Votre Ulysse. » Désemparé par ce coup du sort, je fus bien forcé de reconnaître l'origine du présent, et si l'on voulut croire sans peine à mon innocence, celle du Montastruc était plus douteuse.

Sodome et Mammon étaient les deux thèmes de prédilection des orateurs réformés, et cet Ulysse réunissait sans effort en sa personne toutes les formes d'abomination. Pour une fois, le doigt de Dieu était dans le saumon.

XI

Le lendemain 9 mai, un samedi, à la nuit tombée, Samuel fut rapporté au manoir sur un brancard improvisé, la poitrine percée d'un coup de rapière. Par la minuscule blessure, peu d'humeurs s'écoulaient, et le dolent, qui en avait vu d'autres, comptait bien s'en tirer une fois de plus.

Ayant fait un guet patient dans les alentours du château, Samuel avait vu sortir, vers les six heures du soir, à cheval et solitaire, l'héritier des Montastruc, qui avait pris bientôt la route de Pau tranquillement.

Et dans un chemin creux et raboteux – à peu de distance, semblait-il, de l'endroit où Ulysse m'avait rejoint la veille avec sa bourriche –, Samuel, qui s'était posté en embuscade, était sorti de son fourré pour saisir par la bride le cheval qui allait au pas, et se lancer dans une harangue circonstanciée.

« Mon oncle David, l'honneur de notre lignée, avait-il noblement conclu, a été assassiné et dépouillé par l'un des vôtres, mais moi, je vais vous tuer en duel et ne vous prendrai rien d'autre que la vie : ainsi faisons-nous chez les Espalungue. »

Il était surprenant que Samuel, même à jeun, eût accouché d'une telle phrase, mais il est vrai qu'il avait pu la préparer en s'inspirant d'un roman de chevalerie, et il était charitable, dans l'état où il était, sur le lit de sa chambre en désordre, de le croire sur parole.

Étonné – on le serait à moins ! –, Ulysse met pied à terre,

essaye de raisonner son agresseur, qui ne veut, bien sûr, rien entendre. Samuel tire sa rapière. Ulysse, qui n'a sur lui qu'une épée de parade, demande la permission de remonter au château pour quérir une arme de duel à lame plus forte et plus longue. Samuel ricane. Il pense ne faire qu'une bouchée de ce gamin. Le gamin lui apprend qu'il a pratiqué l'escrime à Milan et à Florence chez les meilleurs maîtres, que son adresse est extrême, que même avec une épée trop courte et trop fragile, il ne donne pas cher de la vie d'un imprudent. Samuel hausse les épaules et ricane de plus belle. D'ailleurs, ce petit Montastruc crève visiblement de peur. Ulysse dégaine à son tour et se place vivement dos à la lumière déclinante, de façon que son adversaire ait le soleil couchant dans l'œil. D'un revers de la main gauche, les deux jeunes gens font tomber de leur ceinture le porte-épée qu'un simple crochet y rattache, de sorte que le fourreau ne leur batte point les jambes durant l'affrontement. Samuel se précipite sur sa victime tremblante, glisse sur une bouse de vache encore tiède et s'enferre.

« Sans cette putain de bouse, répétait mon frère, cet infect petit bougre, qui a osé jeté les yeux sur toi, était fait. Il l'a échappé belle. Une satanée malchance ! L'insolent, que mon sang paraissait dégoûter, a essuyé sa pointe sur mes hauts-de-chausses en me disant : " Puisque vous êtes hérétique, et donc sauvé d'avance, vous n'avez par bonheur nullement besoin de prêtre. Je vous souhaite un prompt rétablissement... ou une bonne éternité." Puis il est remonté à cheval comme si de rien n'était et a poursuivi sa route... Je lui ai crié : " Si j'en crève, mon frère te crèvera le cul ! " Il ne s'est même pas retourné. »

On retrouvait là le style ordinaire de Samuel.

Dans la journée du dimanche, les chirurgiens accourus firent le peu qu'ils étaient habitués à faire, et qui était déjà trop : les uns saignaient comme des charcutiers, les autres purgeaient à tour de bras. J'avais beau les engager à se modérer, ils voulaient mériter leurs gages. Le blessé, affaibli et fiévreux, mourut le lundi de bonne heure, sans rien dire de notable, dans les bras du vieux pasteur de l'endroit. J'avais eu la faiblesse de jurer sur la Bible à mon frère de régler le compte d'Ulysse avant qu'il ne se sauvât.

Anéantie, Judith était sans réaction, mais Thomas me regardait comme le père gâteux de Rodrigue avait dû regarder son fils après avoir reçu une bonne torgnole de ce brave Don Gormas : un regard fier, engageant, plein d'une rassurante certitude. Quoi qu'il arrivât, l'honneur serait sauf !

Agacé, je faisais observer qu'il était malaisé de savoir si Samuel était mort victime d'un Montastruc, d'un coup de soleil, d'une bouse de vache, de sa téméraire imprudence, de sa grossière maladresse, ou d'un décret du Seigneur, qui avait formellement prescrit, semblait-il, de laisser les vengeances à Dieu. Mais ces remarques de sens commun se heurtaient à un mutisme si douloureux que je n'eus pas le cœur de poursuivre : j'aurais achevé le père avant l'heure.

La veillée funèbre de ce lundi, ensoleillée, puis éclairée de chandelles, me fut affreusement pesante. Je souffrais plus que je ne l'aurais cru d'avoir perdu un frère auquel me rattachaient, en dépit de pénibles dissentiments, tant de communs souvenirs d'enfance, et Samuel, chose curieuse, avait l'air plus intelligent mort que vif – ce qui, bien assurément, n'était guère difficile. Mais ce frère, par une dernière inconséquence, m'avait enfermé dans un piège dont je ne voyais pas comment m'évader.

Avec une confiance impavide, Thomas attendait que je fisse mon devoir ; Judith, qui rôdait comme un spectre, demeurait énigmatique, sans me pousser au meurtre, mais sans oser me retenir non plus.

Ma valeur étant connue et reconnue dans tout le Béarn, et même sur la côte basque, si j'avalais l'affront, toute la noblesse locale (sans parler des Gascons, facilement médisants !), les protestants comme les catholiques, qui partageaient œcuméniquement des convictions identiques sur ce genre d'affaires, refuseraient de me fréquenter, je ne serais plus reçu nulle part, personne ne viendrait plus chez moi, et l'on me ferait insulte à chaque occasion, jusqu'à ce que, perdant mon sang-froid, je m'attirasse une tapée de duels pour avoir voulu m'en épargner un seul.

Et comment faire une carrière dans l'armée ou découvrir une femme convenable avec une réputation de lâche ? Que diraient de moi Monsieur de Tréville et les siens, un Beaufort et ses courtisans ? Hermine elle-même, dégoûtée, laisserait mes plumes dans les andouilles ! Pestiféré, il me faudrait aller vivre chez les sauvages de Toula avec des Arèstégui pour cacher ma honte…

Non, je devais expédier proprement cet infortuné Ulysse comme on se purge, et m'y résoudre seul, en garçon responsable. Je savais d'avance ce que Matthieu me pourrait dire : un pour et un contre bien balancés, terminés en queue de poisson.

Le lendemain matin, on enterra Samuel au cimetière protestant de Louvie-Juzon, dans un grand concours de peuple, nobles de la religion et vilains se coudoyant, et le pasteur, qui avait vu tant de persécutions et de meurtres, mais n'en était pas encore rassasié, prononça devant la tombe ouverte, sur un ton plein de sous-entendus, une ultime allocution en commentaire d'une page choisie de Luc : *Ne crains point, crois seulement.* L'allusion profane était claire et les frémissements qui ont parcouru l'auditoire montraient qu'elle avait été bien saisie. Si Samuel avait mordu la poussière, c'est sans doute qu'il ne croyait pas suffisamment.

À la porte de l'enclos, de nombreux gentilshommes réformés vinrent me proposer, comme une gracieuseté toute naturelle, de m'assister dans le duel qui s'annonçait. De tels affrontements opposaient souvent des groupes entiers altérés de carnage. Je manifestai beaucoup de gratitude à ces messieurs, mais déclarai que je n'avais besoin de personne, Dieu suffisant : une fière déclaration qui suscita beaucoup de louanges. Seigneur, où étais-je tombé ?

Le mardi 12 de bonne heure, Monsieur Sourdois m'apporta la rapière la plus appropriée à la rencontre, que j'avais gagnée chez Marini en mars précédent, et me dit tout bas, d'un air extasié : *Ne crains point, crois seulement.* C'était le dernier coup ! Le mépris de la bonne noblesse, passe encore, mais celui des bourgeois ou d'un valet, qui osait vous tutoyer sous couleur d'Écritures…

J'ai accroché mon porte-épée sans mot dire et j'ai descendu l'escalier grinçant qui menait à la salle commune.

Tout le monde était là pour saluer le condamné qui, peut-être, ne reviendrait point. J'avais envie de crier à cette plèbe inconsciente : *Morituri, te salutant !* Thomas bénit ce fils valeureux, tandis que Judith se détournait.

Et furieux contre moi-même et contre le monde entier, j'ai cheminé vers Jurançon sur ma triste jument grise. Je finirais bien par acculer ce maudit Ulysse quelque part si son alezan ne courait pas trop vite.

De toute manière, la chaste Hermine, apparue dans ma vie comme une étoile filante un soir de printemps, était bel et bien perdue.

XII

À peu de distance de Louvie-Juzon, dans un tournant, juste avant Arudy, Ulysse était debout au milieu de la route, sans armes. N'en croyant pas mes yeux, je suis descendu de ma monture. Le garçon, me tournant le dos, s'engagea à pas lents dans un bois, et je le suivis, de plus en plus intrigué, tenant ma jument par la bride. C'est dans ce bois qu'Ulysse avait dissimulé son propre cheval, attaché à une branche basse. À quatre pas de l'animal, il se retourna et me fit face. Ce n'était pas tant le cheval qu'il voulait cacher, sans doute, qu'un entretien délicat, dont la teneur n'était que trop limpide.

Pour gagner du temps et ne pas risquer de m'attendrir, j'ai pris les devants :

« Si vous comptez me dissuader de combattre, vous perdez votre salive. Vous savez aussi bien que moi ce que de draconiennes circonstances m'obligent à faire, et à quel point j'en suis fâché pour vous et pour les vôtres. Dans l'Athènes d'Alcibiade, nous aurions pu faire une paire d'amis, mais le bel Alcibiade n'est plus, les bronzes antiques ont perdu leur patine, et nous vivons en un siècle de fer. »

Le jeune Montastruc me répondit en souriant que je ne perdrais rien à l'écouter avant de le dépêcher. J'en convins de mauvaise grâce, et il me rappela d'une voix douce et posée qu'il avait été provoqué par un maniaque de l'honneur, à propos d'une histoire fumeuse qui remontait à cette vieille peau ondoyante de Catherine de Médicis, autant dire aux calendes, qu'il avait fait l'impossible pour éviter ce duel, qu'il n'avait nullement eu l'intention de tuer – ne fût-ce que pour ne point s'attirer d'ennuis superflus ! –, seulement de blesser légèrement au bras ou à la jambe, mais qu'une bouse de vache fatidique avait causé la perte d'un maladroit qui tenait sa rapière comme une casserole et était venu s'enferrer de lui-même par pur accident.

J'acquiesçai par mon silence à cette rétrospective assez vraisemblable, et Ulysse, encouragé, poursuivit sur le même ton.

« C'était la première fois que je tuais un homme, cela m'a fait quelque chose, et je vous prie de croire que je n'en suis pas fier.

« Dans une histoire de ce genre, le fautif, normalement menacé de prise de corps par le tribunal des Maréchaux de la noblesse en application des édits, prend des vacances jusqu'à ce que son affaire soit tassée. Tout le monde est de mèche. Le Cardinal lui-même, qui peste tant contre les bretteurs, ne les fait exécuter qu'à grand regret, et l'on compte ces exécutions sur les doigts de la main. Je suis donc bien tranquille de ce côté, et d'autant plus que j'ai de l'argent et des appuis.

« Ma grande affaire, c'est vous, mon cher Arnaud, puisqu'un implacable point d'honneur vous oblige en effet, sous peine d'être perdu de réputation, à affronter au plus tôt le meurtrier de votre frère, au risque d'y laisser votre vie ou d'en sacrifier une autre, celle d'un être humain qui, en l'occurrence, ne vous a rien fait et ne demande qu'à vivre en paix.

« Or vous avez compris que je n'ai aucun goût pour le duel, et je ne tiens nullement à attendre des mois, des années, que vous me tombiez dessus à l'improviste, seul ou avec un bande de coreligionnaires... voire de spadassins à gages, si vous aviez réussi à hypothéquer votre manoir une fois de plus ! En matière de vengeance familiale, les strictes règles de l'honneur ne sont pas toujours suivies.

« Savez-vous, par exemple, que le propre grand-père du Cardinal, lequel est aujourd'hui si glorieux, a assassiné jadis dans un guet-apens l'homme qui avait tué son frère aîné en duel le plus régulièrement du monde ? C'est même l'exil de l'assassin qui lui a valu de se faire apprécier à Cracovie du roi de Pologne, bientôt Henri III, et de devenir en France son Grand Prévôt ! Telle est l'origine de la fortune éclatante de cette modeste lignée de province.

« Ma mère s'est renseignée sur vos talents pour les armes, et je ne tiens pas à quitter prématurément une planète où tout sourit à ma jeunesse. Ni maintenant ni plus tard, puisque, chez les Espalungue, on ne rougit point de régler le 9 mai 1637 un différend né le 24 août 1572 ! Or, je l'avoue sans honte – car nous ne sommes pas responsables de notre nature –, je suis peureux comme une souris et me sens mal à l'aise à la vue du moindre sang. Alors que ma sœur jumelle, qui n'a pas froid aux yeux et a pris toutes les qualités masculines de notre communauté de naissance, chasse le cerf avec passion et jouit de la curée comme un piqueur velu.

« C'est bien pour garantir, autant que possible, ma sûreté si j'étais absolument contraint de me battre que maman m'a tant fait étudier l'escrime, un jeu où je suis passé maître tant qu'il ne s'agit que d'un jeu – et qui me plaît beaucoup, d'ailleurs : j'aime l'odeur des salles et des beaux jeunes gens qui s'y produisent... »

Je coupai le bavard et lui demandai où il voulait en venir.

« Maman, qui est un femme peu ordinaire, a eu une autre idée, spécialement brillante et susceptible de donner toute satisfaction à tout le monde.

« Suivez-moi bien !

« Aujourd'hui, vous n'avez pas réussi à me joindre. Dès demain mercredi, je me sauve, et vous vous lancez aussitôt sur mes traces. En dépit de la modicité de vos ressources, vous n'aurez pas balancé un instant à traquer comme un loup solitaire une biche fortunée qui regorge de protections. La bonne société ne saurait exiger de vous davantage, et ma sœur, qui a plus d'honneur dans son petit doigt que je n'en ai... autre part, sera confirmée dans l'opinion avantageuse qu'elle s'était déjà faite de vous en un clin d'œil autour d'un plat d'andouilles. Craignant pour moi comme pour votre personne, elle aura tout le loisir d'agiter ces grands sentiments contradictoires qui tiennent compagnie aux jeunes filles par les longues soirées d'hiver.

« Je vous attendrai à l'*Auberge de la Cloche* d'Aire-sur-l'Adour, une ville gasconne à une journée de marche au nord de Pau, où je présume que vous ne connaissez personne. Je vous présenterai à ma suite comme le chevalier de Candale, un ami cher qui doit faire route avec nous vers Paris.

« Là, bien sûr, nous nous séparerons, et vous reprendrez votre identité, l'un étant censé poursuivre l'autre, qui lui échappe sans cesse de justesse. Cette héroïque plaisanterie peut durer pas mal de temps... Mais comme, en fin de compte, l'honneur exige absolument qu'on s'entre-tue, deux duellistes expérimentés ont toutes les qualités requises pour ne pas se faire grand mal et satisfaire à bon marché les amateurs de sang par un beau spectacle.

« Pourquoi maman, dans sa sagesse, tient-elle à ce que son fils unique, la prunelle de ses yeux, fasse connaissance avec vous au cours de ce voyage ? Parce que nous sommes du même âge, également séduisants, et qu'une mutuelle sympathie, peut-être une vraie amitié, pourrait naître de la promiscuité inévitable de cette longue route, achevant de préserver la vie de l'offenseur comme celle de l'offensé lors de l'assaut final auquel les usages nous condamnent.

« Afin de vous témoigner de son éternelle reconnaissance, la baronne vous fera verser chaque mois par mon canal une généreuse pension qui vous permettra de vous pousser aisément dans le meilleur monde de la capitale, le seul endroit où il vaille vraiment la peine de se pousser... ou de pousser parfois les autres ! Vous aurez tout ce que vous pouvez souhaiter, tout ce dont vous avez rêvé. Une bonne fée va vous frapper de sa baguette. Maman ne lésine pas dès que ma vie est en péril.

« Que pensez-vous de ce beau projet ? »

Le cynisme machiavélique de ce mignon avait de quoi suffoquer et j'en restai tout interdit. La tentation était forte, mais un bref examen me persuada que je n'aurais rien gagné à sortir d'un piège pour me jeter dans un autre. Dans les détours de cette affaire tortueuse, les risques d'un scandale déshonorant qui vous marque un homme à jamais me paraissaient trop élevés.

Lisant le cours de mes pensées sur mon visage de plus en plus sombre, Ulysse ajouta précipitamment :

« L'argent n'est pas tout. Ne seriez-vous pas content, aussi, de revoir votre sœur, pour laquelle les Miossens, à la suite de savantes manœuvres, qui ont excité bien des jalousies, ont obtenu, en février dernier, une place de demoiselle d'honneur chez la reine ? Mais oui ! Claire est sortie de son château de Vendée ! Ne le saviez-vous point ? »

Sous la violence du choc, ma respiration s'était arrêtée.

Je balbutiai enfin :

« Que me dites-vous là ? J'ignorais même qu'elle fût encore en vie...

— Vraiment heureux de vous l'apprendre ! Votre sœur devrait vous réserver le meilleur accueil et vous introduire flatteusement à la Cour.

— Mais comment, si tant est que vous le sachiez, aurait-elle survécu ?

— Elle raconte elle-même que, sa mère l'ayant jetée aux goujats pendant le siège de La Rochelle sous prétexte de religion prétendue réformée, un soldat ému de sa détresse l'a tirée de cet ennui. Au lieu d'abuser de son innocence, ce bon Samaritain a su intéresser à son sort le comte de Miossens, dont la noblesse remonte aux croisades. De fil en aiguille, ces fameux Miossens, qui avaient passé l'âge d'avoir des enfants, ont adopté et élevé cette petite dans la religion romaine.

« Votre Claire, qui voue le nom des Espalungue aux gémonies, est d'autant plus bavarde sur cette touchante histoire qu'elle lui a attiré maintes sympathies des plus actives de la part des dévots. On murmure que cette place de demoiselle d'honneur chez une reine qui respire la piété pourrait lui être due.

« Il va sans dire que, lorsque vous vous êtes présenté chez nous sous un nom de fantaisie, nous n'avons pas vu le rapport entre les Espalungue de Baigts, auxquels vous aviez fait allusion, et les Espalungue de Mademoiselle de Miossens, dont on ne savait où ils avaient pu se fourrer. Mais l'exploit de votre frère, qui avait mentionné La Rochelle dans son discours confus et agressif, a permis à maman de faire rapidement la liaison. Elle passe trois mois d'hiver dans notre Hôtel de Paris à s'informer de tout à toutes fins utiles et entretient une correspondance effrénée avec tous ceux qui savent quelque chose.

« Je conçois que, dans le désert sans espoir où vous dépérissez, les petits échos de la Cour aient eu du mal à vous parvenir, mais je vous offre justement l'opportunité et les moyens de combler vos lacunes sur place. Ce serait folie que de refuser. »

Je n'étais pas fou et j'ai faibli, le désir de revoir ma sœur emportant la décision.

Comme j'enlevais mon gant troué pour lui serrer la main, Ulysse, qui s'était rapproché innocemment de son cheval, a tout à coup sorti des fontes un long pistolet de cavalerie à rouet, dont il a pointé le canon sur moi, et j'ai cru ma dernière heure venue. Le pistolet à rouet, arme chère munie d'une pyrite, ne rate pas son coup dès que le mécanisme compliqué de la platine est en bon état, au contraire des armes à mèches aléatoires.

En riant, Ulysse a levé le canon vers le ciel et tiré en l'air, faisant déguerpir deux écureuils de sexe indéterminé. Son cheval bien dressé ne bougea pas. Ma jument fit un bond de cabri dont je ne l'aurais pas crue capable.

« Je ris de votre frayeur, car je ne visais au fond qu'à vous rassurer. Comme vous voyez, j'aurais pu abandonner impunément dans ce bois la dépouille d'un jeune homme trop confiant et faire réaliser de la sorte de belles économies à ma mère. Mais je ne suis pas un assassin, comme le grand-père du Cardinal. Et je dois en outre reconnaître, comme je vous l'ai déjà trop brièvement écrit, que vous me plaisez fort, mon cher chevalier – je puis vous donner ce titre puisque je viens de tuer votre aîné –, dans cette défroque à la mode de Louvie-Juzon. Vous me plairez davantage quand vous serez habillé comme il faut, et plus encore quand vous serez tout nu. »

Je devais couper court au malentendu le plus tôt possible, et j'ai dit que je n'aimais que les filles…

« Je m'y attendais ! La libre pratique des garçons est un privilège de la meilleure noblesse catholique, et il est bien naturel, vivant dans un trou perdu parmi des puritains, que vous en ayez été privé jusqu'à présent. Mais ne nous décourageons pas, rien ne presse... »

C'était plus qu'une boutade. Dans le domaine judiciaire plus que partout ailleurs, il y avait un monde entre les principes et les faits. Les lois féroces contre les sodomites étaient, comme tant d'autres, très rarement appliquées, et toujours à l'encontre de gens du commun qui s'étaient fourvoyés dans des scandales où la sodomie n'était pas seule en cause. Un duc de Vendôme était intouchable, comme de nos jours le frère du roi et toute une procession de même tabac.

Ulysse me remit quarante pistoles pour mes premiers frais, et me donna même sur-le-champ son alezan d'Espagne, nommé Feu-Follet, par-dessus le marché, se chargeant de faire abattre ma jument poussive qui avait fait son temps.

Quand je rentrai le soir, habillé à neuf, je racontai qu'un gentilhomme réformé, qui tenait vertueusement à garder l'anonymat, m'avait offert l'animal pour les besoins de ma juste cause. Par la force des circonstances, j'étais entré dans le mensonge, et je me doutais que je n'étais pas près d'en sortir.

Les mensonges par omission sont les plus tentants, et je ne voyais pas, dans l'immédiat, par quel biais révéler à Judith la survie de Claire, que je pourrais toujours lui annoncer de Paris. Comme d'ailleurs ma mère n'avait pas des entrailles ordinaires, la conversion de ma sœur au papisme aurait pu lui faire regretter qu'elle eût été recueillie par les Miossens.

XIII

Une compromission en entraîne une autre. Si je voulais réaliser mes ambitions, me faire bien voir d'une reine vertueuse et d'une sœur bien placée, le moment était venu de suivre le religieux conseil de Monsieur de Tréville et de rejoindre la croyance de mon roi et de l'immense majorité de ses sujets. D'autant plus que j'avais eu tout loisir de me rendre compte qu'il y avait des points forts comme des points faibles aussi bien dans la Réforme que dans la religion romaine. Et pour ce qui était du choix décisif, l'homme instruit des villes n'était pas mieux loti que le charbonnier des forêts ou le joueur tirant à pile ou face sur la table d'un cabaret.

Dans le doute, un légitime intérêt personnel commandait donc les longues fidélités comme les revirements subits. Après tout, Henri IV avait changé six fois de religion avec le plus beau naturel, et sans y perdre grand-chose de sa renommée. La plupart des Français, qui ne comprenaient goutte aux disputes des Écoles, loin d'y voir de l'impiété, s'étaient même reconnus dans ce modeste aveu de royale incompétence.

De plus, je ne pouvais être insensible à l'air du temps. La Contre-Réforme catholique battait alors son plein, et ses hautes vagues ne cessaient d'avancer, en Europe comme en France, jésuites en tête. Le protestantisme, divisé partout par les sirènes du libre examen, déchiré en Hollande entre « gomariens » rigides jusqu'à la caricature et « arminiens » libéraux, qui vidaient la foi de tout contenu, paraissait n'avoir plus rien à dire, alors qu'un saint François de Salle (mort en 1622), l'oratorien Bérulle (mort en 1629), Monsieur Vincent de Paul, qui se prolongera jusqu'en 1660, donnaient le ton. Soit un demi-siècle de saints, de dévots, avec leur « Compagnie du Saint-Sacrement », de charitables initiatives, dans un climat d'intense agitation théologique, souvent liée de près à de politiques considérations : Richelieu n'avait pas seulement contre lui un petit peuple abominablement pressuré, une noblesse qui craignait pour ses privilèges abusifs comme pour ses traditionnelles libertés, la tribu montante des théologiens jansénistes, qui lui reprochaient son jésuitique laxisme ; le parti dévot lui-même, largement représenté, ami de la paix et d'une Espagne qui faisait figure de championne du catholicisme, lui posait d'épineux problèmes, car ici, c'était de trahir les intérêts de la foi romaine en Europe qu'il était accusé par ses doctes censeurs, dont les arguments d'évidence pesaient leur poids.

Avant midi, je suis descendu de mon Feu-Follet devant la Maison des jésuites de Lescar. Faute d'argent, je n'avais pu suivre en manège les leçons des disciples de Pluvinel, mais l'équitation et l'escrime demandent des qualités communes et je montais naturellement bien, devinant les réactions d'un cheval un peu comme celles d'une serve au déduit. Ma nouvelle monture était un régal.

À l'annonce que Claire était vivante, Matthieu fut d'autant moins surpris qu'il le savait déjà. Il ne m'en avait point parlé parce qu'il croyait que j'étais au courant !

Mais il fut transporté d'allégresse par ma décision de me faire servant du pape, qu'il avait pourtant vue venir de loin. Invité à dîner au réfectoire des Pères, je fus accablé de caresses durant les pauses du lecteur, qui avait délicatement choisi pour thème un passage approprié à mon cas : celui de l'Enfant prodigue. Quand revient au bercail une brebis égarée qu'on n'a pas réussi à manger à temps, c'est la fête.

Au sortir de ce sympathique repas, une discussion serrée s'engagea dans la chambre de mon demi-frère. Par respect humain, je ne pouvais me rendre sans chicaner un peu.

J'ergotai pour la forme sur la question centrale de la grâce, donnée à quelques-uns ou au premier venu, déjà maintes fois débattue : délicat d'aller y voir... Je souhaitais en revanche faire gommer de l'acte d'abjuration, toujours si pointilleux et si précis, des broutilles qui me froissaient encore, comme ce paradoxal purgatoire – pourtant attesté dès 203 dans les Actes de saint Perpétue –, où l'on attendrait quelque chose en dehors du temps et de l'espace, comme le culte des saints, avec leurs reliques bouffonnes, comme ces indulgences, qui impliquaient que les mérites des élus, dont la surabondance était déjà hypothétique, fussent attribués à bon marché à n'importe quel solliciteur terrestre... Les derniers sacrements, tirés par les cheveux d'une phrase de Jacques, me semblaient également suspects.

Mais Matthieu, si conciliant d'habitude, se montra intraitable.

« Henri IV aussi, me dit-il, lors de son ultime conversion, avait exigé une abjuration sur mesure, qu'on a eu la faiblesse de lui accorder, et tu vois où ça l'a mené. Ravaillac pouvait penser en conscience nous débarrasser d'un hérétique. On est catholique tout à fait ou pas du tout, et chaque virgule a son prix. C'est seulement sur de rares points-virgules, et tu n'en trouveras point dans ton acte d'abjuration, que le débat reste ouvert. »

Le couteau de Ravaillac étant persuasif, je me résignai donc à abjurer sans réserve, mais échappai au baptême. L'Église romaine admet en effet libéralement la validité des baptêmes protestants les plus saugrenus afin que l'Inquisition, qui n'est compétente que pour les baptisés déviants, puisse élargir son champ d'action.

Étant donné l'urgence de la situation, j'abjurai dès trois heures de l'après-midi dans la chapelle des Pères.

Suivit une longue confession générale, partie du berceau calviniste pour aboutir chez les jésuites. En parent attentif, Matthieu me donna une pénitence des plus modérées, la relecture, justement, des « psaumes de la pénitence », cette même sanction que l'Inquisition avait infligée à Galilée quatre ans auparavant, mais au for externe et juridique, et non plus au for interne et sacramentel.

Par bonheur, Matthieu ne voyait rien de peccamineux, bien au contraire, au discret arrangement passé avec Ulysse, qui conciliait de la manière la plus jésuitique le respect des commandements de l'Évangile avec celui des préjugés mondains les plus ancrés.

Quant au serment solennel de vengeance prêté sur la Bible à un frère mourant, c'était évidemment de la roupie de sansonnet, vu que le Livre était hérétique. Et j'avais encore eu de la chance qu'il le fût, car la promesse de meurtrir quelqu'un sur une Bible convenable aurait été un fieffé sacrilège, qui eût surchargé ma confession et aggravé pour le moins ma pénitence d'un psaume.

Dûment confessé, je pouvais être communié avec une hostie arachnéenne où la « substance » de Jésus-Christ était réputée entière et parfaite, et je reçus pour finir un beau certificat d'abjuration à toutes pieuses fins utiles. J'étais désormais aussi catholique qu'une Anne d'Autriche... et même un peu plus qu'un Henri IV !

Matthieu, qui devait prononcer dans quelques jours ses vœux de « profès », monterait ensuite à Paris pour assister le Provincial à la Maison du quartier Saint-Antoine. C'était une chance pour moi. Les jésuites, qui en savent long et ne sont pas manchots, peuvent être expédiés n'importe où. Avec un demi-frère dans le sanctuaire du Provincial et une sœur à la Cour, à quoi ne pouvais-je décemment prétendre ?

Avant son départ, mon demi-frère ferait le nécessaire pour que le bénéfice de Louvie-Juzon fût attribué au nouveau converti, ce qui ne faisait pas question : les adhésions devaient être encouragées, et il s'agissait d'un bien de famille. Foi officielle et tradition privée seraient ainsi d'accord un fois de plus. Le jésuite avait eu à ce sujet un mot plaisant : « Si tu avais été juif au lieu d'être calviniste, ta conversion t'eût rapporté davantage : les Juifs se convertissent si rarement ! On dirait que les chrétiens, fabriqués peut-être un peu vite par l'enthousiaste apôtre Paul, n'ont pas toujours montré la même constance... » C'est seulement à un parent proche qu'un prêtre ose confier des énormités pareilles ! Il y aurait presque eu de quoi se vexer.

Afin de liquider l'affaire de la cure, Matthieu me remit les économies qu'il avait réalisées en rognant sur les dépenses. Le desservant avait dû se serrer la ceinture et consolider lui-même, avec l'aide de quelques paroissiens bénévoles, un pilier de l'église qui menaçait ruine. Décidément, depuis que j'avais pris langue avec Ulysse, l'argent rentrait de partout !

Pour ménager Judith, il fut entendu qu'on ne lui soufflerait mot de ma conduite. Elle l'apprendrait bien assez tôt, dès que le nom du nouveau curé bénéficiaire serait connu, et il était à craindre qu'elle n'en tombât foudroyée. Mais Dieu premier servi ! Et son serviteur Matthieu de me rappeler de belles histoires de saints allant au Ciel d'un pas ferme en piétinant distraitement au passage le cœur de parents à vue courte.

Mon frère (je supprimerai désormais le « demi », puisque nous étions devenus frères doublement, par le sang et par la foi) me remit enfin un viatique tout indiqué : le catéchisme pour experts que son confrère Pierre Canisius, apôtre de la Contre-Réforme en pays luthériens, avait écrit une cinquantaine d'années auparavant. Canisius avait également commis un catéchisme pour gens du monde et un catéchisme populaire, qui avaient connu de gros tirages.

Mais je ne disposais pas seulement de bagages spirituels : j'avais de quoi m'équiper avec une sobre distinction pour ce périlleux voyage, la fable du gentilhomme protestant anonyme, un baume pour le cœur meurtri de Judith, pouvant faire passer bien des choses.

XIV

Le jeudi 14, de grand matin, j'étais sur le départ : on avait vu le Montastruc, que j'avais raté de peu l'avant-veille, s'enfuir vers le nord avec une suite imposante pour se soustraire lâchement à la justice du roi et à la vindicte des Espalungue, mais je comptais bien le rattraper.

Une intense émotion régnait. Ma mère me fit promettre d'être prudent, une promesse que j'allais certes tenir mieux qu'elle ne le pouvait penser ! Et Thomas répéta le petit discours qu'il avait coutume d'adresser à ses fils en de pareils moments, et qu'il avait déjà dû entendre avec son frère David avant de monter vers Paris en 1572.

« Obéir à Dieu chaque jour, au roi, si la droite conscience le permet. Garder jalousement son honneur intact, le seul trésor que possèdent ici-bas les pauvres gentilshommes. Respecter les femmes honnêtes et se méfier des autres, qui mènent à la perdition, et font faire en attendant des dépenses inutiles. Peu parler, ne pas s'engager à la légère, mais tenir religieusement sa parole et agir en conséquence quel qu'en soit le prix. »

Je mis un genou en terre, et le vieillard blanchi par les ans, doutant de me revoir jamais, imposa sur mon chef incliné une main tremblante. (Les calvinistes se méfient des signes de croix.) Je pouvais aller la tête haute à la rencontre de mon destin.

Vu les dangers de l'entreprise, Judith avait absolument

tenu à mettre Sourdois à mon service, ce dont je me serais bien passé. Et elle m'avait remis en complément un viatique qui valait bien le catéchisme de Canisius : son exemplaire des *Vies parallèles* de Plutarque dans la savoureuse traduction d'Amyot, où je pourrais trouver de fermes exemples – et Ulysse aussi, car chez les hommes célèbres de l'Antiquité, le bougre ne manque pas de fermeté. Mais on fait d'ordinaire semblant de ne pas s'en apercevoir. La cote du Romain et du Grec ne se dément point, et chacun le regarde à sa façon, de face, de dos ou de profil.

Au soleil levant, nous étions en route. Je m'étais procuré un cheval de rechange robuste, Sourdois montait une belle mule, et un mulet portait le bagage.

Passé Arudy, sur une impulsion, je m'arrêtai devant une chaumière où j'avais engrossé une jeune serve avant mon départ pour Corbie. Le bébé de quelques mois paraissait chétif. Peut-être la fille était-elle trop jeune pour l'allaiter ? Beaucoup d'enfants mouraient en bas âge.

En soupirant, je donnai quelques pistoles au père de la précoce accouchée, sous l'œil réprobateur de sa femme, à qui le mari fit remarquer à mi-voix en béarnais : « *Si aquet sautayrot d'Espalungue n'a pas bergougne, n'ay pas a esta à bergougnes tapoc* », autrement dit : « Si ce petit sauteur d'Espalungue n'a pas honte, je n'ai pas à avoir honte non plus. » Comme si je n'avais rien entendu, j'ai imposé la main, à l'instar de mon père, sur la tête fripée du bâtard (ou de la bâtarde ?) pour lui porter chance.

Je dois dire à ma décharge que l'usage de profiter des serves était assez commun par chez nous. Les nobles campagnards trouvaient tout naturel d'avoir les filles de leurs paysans à disposition, ce pourquoi, peut-être, on avait tardivement légiféré pour réduire l'abus à un cas très particulier.

En 1538, par exemple, au temps de François Ier, ce texte caractéristique avait été présenté à l'agrément du « seigneur souverain » de Béarn par Noble Johan, seigneur de Louvie-Soubiron-Listo et autres lieux :

« *Art. 22. Lorsque quelques habitants de ces maisons qui*

seront plus bas déclarées se marient, ils sont tenus, avant de connaître leur femme charnellement, de les présenter la première nuit à notre seigneur de Louvie pour qu'il en fasse à son plaisir, ou autrement lui payer certain tribut.

« À savoir : une poule et un chapon, une espaule de mouton, deux pains ou un gasteau et trois escuelles d'une sorte de bouillie appelée vulgairement "bibarou". »

Mais l'article 23 prévoyait sagement :

« ...s'il advient que le premier né soit un enfant mâle, il est affranchi, parce qu'il pourrait être engendré des œuvres dudit seigneur, dans ladite première nuit de ses susdits plaisirs. »

L'avarice venait ainsi tempérer la lubricité.

Mêmes mœurs à Bizanos, en Ossau, etc. D'où l'expression « payeur de bibarou » pour qualifier un jaloux de village ombrageux.

La sévère Jeanne de Navarre s'était en vain efforcée de décourager cette coutume sur ses terres, où elle était toujours en pratique quand j'étais jeune, et j'avais bien vu, à quelques sous-entendus égrillards derrière le dos de Judith, que mon père gardait un regret mélancolique de l'époque lointaine où les jolies paysannes trépignaient d'impatience à la perspective d'aller passer une chaude soirée au manoir, d'en revenir toutes confuses avec un petit cadeau, et d'épargner ainsi un « bibarou » à leur époux. Samuel prétendait que Thomas avait jadis joué à saute-mouton avec ses serves pour réduire quelque peu les risques d'affranchissement, mais ce que disait Samuel n'était pas parole d'Évangile et le péché eût été trop laid chez un gentilhomme réformé de bonne race.

Je devais sans tarder mettre Sourdois au courant des singularités de cette expédition, que je lui résumai enfin par cette lapidaire formule propre à le rassurer, autant que possible, sur mon honneur : « vivre aux dépens de l'ennemi avant de lui faire le coup du lapin ». Mais Monsieur Sourdois, qui était peut-être un sectaire, mais qui était loin d'être un imbécile, me fit remarquer, après mûres réflexions, que Sodome et Mammon étaient d'une fréquentation périlleuse, que les plus belles résolutions s'y effritaient insensiblement, et qu'il fallait une longue cuiller pour souper avec le Diable. N'était-ce point, précisément, le bas calcul de la baronne, qui me gâtait pour me mieux pourrir ?

Sourdois me jura en tout cas qu'il ne soufflerait mot de l'histoire à Judith, qui n'avait pas besoin de ce tracas supplémentaire, et de mon côté, j'avais bien l'intention de cacher ma conversion le plus longtemps possible à cet homme qui me faisait peur quand j'étais enfant.

Mon domestique s'étant attardé pour vérifier le chargement du mulet, qui menaçait de verser, j'allais laisser sur ma gauche le chemin qui montait vers le château des Montastruc, quand j'eus un coup au cœur : surgie dudit chemin, d'où elle avait dû guetter ma venue à travers les buissons, Hermine venait à moi, en habit de chasse rehaussé de velours, sur un cheval blanc qui portait une étoile de couleur feu sur le front. Elle avait en main une légère arbalète de dame incrustée d'ivoire pour la chasse aux oiseaux, les mousquets effrayant et abîmant le délicat gibier. Je souris aux anges et l'ange me rendit mon sourire.

La dame de mes pensées arrêta son cheval à six pas du mien, me visa soudain de son arbalète, abaissa le levier qui libérait la corde, et le carreau partit... Si je n'avais été un foudre d'escrime, si je n'avais combattu sous Corbie, où ma vie n'avait tenu qu'à la qualité de mes mouvements réflexes, j'étais mort. Mais je me baissai à temps, et le carreau ne fit qu'effleurer mon feutre.

Je mis pied à terre, offris ma main à la jeune fille pour l'aider à descendre de cheval, gardai fermement dans la mienne cette main douce et rétive, et entraînai mon aimée vers une grange remplie de paille, à peu de distance d'une maison encore silencieuse. Mon ravissement ne faisait que croître. Je sentais bien que le meurtre, en amour, s'il est à déconseiller comme issue, est en revanche un préliminaire qui peut permettre d'en abréger bien d'autres.

Assis sur la paille, main dans la main, haletants, nous nous regardâmes.

« C'est moi que vous chassiez comme un oiseau ?

— Vous chassez bien mon frère, dont vous devriez savoir

qu'il ne peut se défendre. C'est le garçon le plus doux et le plus bénin. Même les filles lui font peur ! Il ne touche une épée que pour s'amuser et serait incapable de tuer un canard. Je vous aurais peut-être laissé courir vers une victoire honorable, mais c'est un vrai assassinat que vous aviez en tête. Tuez-moi donc aussi, pendant que vous y êtes ! »

Comme Ulysse me l'avait laissé entendre, Hermine avait été tenue dans l'ignorance de notre collusion, et les mœurs mêmes de son frère semblaient ne pas avoir encore affligé son innocence. On peut être mauvais bougre et bon frère, attentif à l'estime d'un sœur hors de comparaison.

« Mademoiselle, lui dis-je, puisque vous n'avez pas craint de me tuer noblement pour sauver la vie de votre jumeau, vous devez bien comprendre que l'estime où je me tiens moi-même, l'honneur sans tache d'un nom illustre, m'obligent à venger mon aîné, un jeune homme du plus bel avenir, tombé dans la fleur de l'âge, et dont les cendres encore tièdes, toutes parfumées de vin vieux, réclament mes soins.

— Mais c'est bien parce que je n'osais vous prier de sacrifier votre honneur que je vous guettais pour vous tuer !

— Ô charmante attention, qui m'inspire presque le regret que vous m'ayez manqué ! »

Nos têtes s'étaient rapprochées durant cet échange de vues et, des cheveux blond cendré d'Hermine, un doux parfum montait à mes narines.

« Mon désespoir de vous affliger est si grand, ai-je poursuivi, que je m'en vais vous faire une promesse solennelle qui vous rendra le sommeil. Un combat étant inévitable, je me laisserai au besoin blesser pour vous plaire, et si je meurs de ma maladresse, je ne serai pas mort pour rien puisque je serai mort pour vous. »

Hermine se jeta dans mes bras et je dois ici tirer un voile. Jamais vierge hautaine ne s'abandonna de meilleur cœur : une Diane tombée amoureuse d'un Actéon qu'elle n'avait changé en cerf que pour en mieux goûter les arguments.

Quand nous sortîmes de la grange, avec de la paille dans les cheveux, et dans un certain désordre, comme Adam et Ève sortant du paradis terrestre pour aller s'habiller, Monsieur Sourdois, qui avait réuni les équidés, nous considéra sans mot dire, mais il n'en pensait pas moins.

« Êtes-vous sûr, me demanda Hermine, de la discrétion de ce domestique ? »

Ses yeux gris étaient devenus noirs, et je voyais l'instant où Sourdois allait faire connaissance avec l'arbalète. L'enjeu était capital, et quand on a manqué un maître, un domestique est peu de chose. Je donnai naturellement toutes les assurances possibles, et Hermine, après un dernier regard à sa toilette, nous quitta, à peu près rassurée, sur sa jument qui trottait l'amble. Je croyais avoir rêvé.

Je devais à Monsieur Sourdois, terriblement intrigué, une franche explication, que je lui fournis chemin faisant. Mais comme j'avais fait silence sur l'attentat dont j'avais failli être victime comme sur la solennelle promesse qui en avait découlé, mon affaire, réduite à une évidence trompeuse, le laissa tout sidéré.

« Comment ? En allant gruger et dépêcher le frère, vous dépucelez encore la sœur au passage ? N'en faites-vous pas là un peu trop ? Les mânes de Samuel n'en demandaient pas tant ! »

Je lui rétorquai que les Israélites en avaient fait bien d'autres en Canaan, et qu'il ne fallait pas lésiner avec le bras de Dieu. Les réformés ne comprennent que ce langage.

XV

À Aire-sur-l'Adour, évêché situé aux confins du Béarn, de l'Armagnac et du Tursan, l'*Auberge de la Cloche*, de bonne apparence, avait été littéralement colonisée par l'héritier Montastruc et sa bande, dont la majeure partie s'était casée tant bien que mal dans les communs ou dépendances, voire chez l'habitant.

Avec les gentilshommes clients ou obligés de la famille, une douzaine de mercenaires de diverses paroisses recrutés au dernier moment, les domestiques et valets de tout poil et de toutes compétences, cela faisait plus de quatre-vingts personnes, chacune ayant des armes sous la main. Avec les chevaux et les mulets, on avait l'impression d'une véritable armée.

Aucune voiture n'avait été prévue pour un aussi long trajet : les chemins n'étaient plus entretenus depuis longtemps, les carrosses ne sortaient guère des villes, et les marchandises pondéreuses prenaient de préférence la voie d'eau. Le Cardinal en personne, l'homme de France qui avait le plus de poids, se prélassait en campagne, tel un empereur romain, dans une vaste litière – d'autant plus que des hémorroïdes rebelles lui déconseillaient l'équitation.

Une telle armada se comprenait, car la route de Paris, du moins entre Garonne et Loire, n'était pas une partie de plaisir. Depuis l'année précédente, les « croquants » avaient même étendu leurs déprédations vers la côte méditerranéenne, et en 1639, c'est la Normandie qui s'embrasera et donnera la chasse aux agents du fisc.

Là aussi, Richelieu, débordé, n'avait pas les moyens de sa politique. On massacrait des trublions pris sur le fait, d'autres étaient pendus, d'autres encore étaient incorporés de force dans les armées, d'où ils désertaient à la première occasion... La plupart, qui n'avaient plus rien à perdre, tenaient les bois et les landes, où ils pouvaient compter sur l'active sympathie des populations écorchées.

Maman Montastruc, qui devait nourrir une instinctive méfiance de l'élément marin, avait pris ses précautions en conséquence, et avec une rapidité qui donnait une haute idée de son talent d'organisation.

Ayant bien marché du matin au soir avec des montures fraîches, nous étions arrivés pour souper aux chandelles, et je fus émerveillé du spectacle : comme au château du Jurançonnais, je voyais s'étaler la toute-puissance de l'argent. Il n'était pas surprenant que les riches ne se souciassent guère de l'insécurité permanente. Ils avaient les moyens de se garder, et c'étaient toujours les pauvres qui prenaient les coups.

Une société restreinte s'était réunie sous la tonnelle pour faire honneur aux délicieuses provisions apportées du proche Béarn, sans parler des suppléments locaux, le tout arrosé des meilleurs vins, et par une porte grande ouverte de l'auberge, on voyait tourner à la broche, au fond de la salle d'accueil, des porcelets et des chapons devant la vaste cheminée culottée par des fumets odorants.

Assis à mon côté, Ulysse, qui avait reçu avec transport son « chevalier de Candale » et m'avait accablé de compliments sur ma bonne mine, me choisissait du bout des doigts les plus fins morceaux, me versait à boire de sa main fine et diaphane, et son autre main effleurait parfois ma cuisse, comme par inadvertance, dans une timide invite, tandis que les convives échangeaient des sourires attendris et complices.

Agacé, j'ai donné enfin sur cette main indiscrète une petite tape de reproche, telle un coquette qui défend sans trop de cruauté son bastion, et le coupable a rougi comme un enfant pris en faute. Il n'y a qu'une amour sincère qui fasse rougir, et j'en étais ennuyé pour lui.

« Vous mangez comme ça tous les jours, mon cher Ulysse ? dis-je bêtement pour dire quelque chose. C'est Lucullus chez Gargantua !

— Chez maman, c'est encore mieux. Vous êtes tombé en pleine improvisation. Mais tutoyons-nous : il faut rompre la glace... »

Je commençais à prendre goût, sinon à Sodome, du moins à Mammon.

Le lendemain à la première heure, la caravane se mit en branle, sans hâte superflue, car nous devions ménager les bêtes en nous réglant sur les moins vaillantes, mais sans perdre de temps, afin de traverser sur le qui-vive les pays du Gers, du Lot, de la Dordogne...

Au nord de la Garonne, la désolation s'accroissait au fil des étapes. Des générations durant, ces régions avaient été le théâtre de guerres religieuses sans merci ou de guerres civiles non moins acharnées, dues aux ambitions des Grands et de leurs clientèles assoiffées de prébendes, et les insurrections fiscales étaient venues récemment pousser le désastre au dernier point.

Soldats en service ou en débandade, hobereaux réduits au brigandage par la mort ou la fuite de leurs libres tenanciers ou de leurs serfs, émeutes de la misère ou répressions sauvages, maladies contagieuses ou parasitaires frappant ou infestant des organisations débilitées et des ventres creux, tout s'était conjugué pour amener un vide humain et fiscal qui privait le Cardinal de son dû.

Ceux qui n'avaient plus la force de vagabonder ou d'agresser leur prochain demandaient l'aumône, vautrés au bord des chemins, en guenilles pleines de poux. Ici et là, les soudards protestants, dans leur rage inspirée par un Ancien Testament mal digéré, avaient saccagé en aveugles un patrimoine artistique irremplaçable, et les catholiques avaient ruiné ce qui restait des églises défigurées pour y prendre des briques ou du bois.

Et un étonnant contraste surgissait par endroits entre un village calciné entouré de terres en friche et un îlot de relative prospérité, chaque fois que les murailles d'une ville haute, d'un monastère bien fortifié ou d'un château imposant, avaient permis à leurs habitants d'échapper au pire.

Assez rarement, nous faisions halte dans des auberges malpropres, susceptibles de loger au moins l'aristocratie de notre troupe. Même les relais de poste, que le pouvoir s'évertuait pourtant à maintenir en état par priorité, avaient beaucoup souffert. L'idéal était de trouver un château ami, et les Montastruc avaient heureusement beaucoup d'amis partout. Faute de quoi, on dressait le camp à la belle étoile, dans un site où il y avait de l'eau pour les bêtes.

Ulysse avait la politesse de m'ouvrir son lit chaque nuit, à l'auberge ou chez des connaissances, ou de faire dresser pour moi un lit de camp lorsque nous dormions de concert sous la tente. Coutume qui s'estompe avec les progrès du mobilier, l'honneur était grand autrefois, pour un invité estimé, de partager la couche du maître de maison, et personne n'y trouvait à redire. Dans le peuple sommairement logé, la femme de l'hôte venait par force dormir en tiers derrière les rideaux frileusement clos, et nos vieux fabliaux n'ont pas manqué d'exploiter la circonstance avec une verdeur gaillarde.

Le petit Montastruc, en dehors de menues œillades ou de propos grivois, ne se permettait pas pour autant à mon encontre la moindre privauté choquante. C'était un bougre tolérant, qui avait du savoir-vivre, et qui prenait d'ailleurs ses précautions pour ne pas succomber à l'envie d'agacer de trop près un compagnon de nuitée fidèle au beau sexe : il se retirait de temps en temps à l'écart avec un grand palefrenier.

Avant de nous endormir, nous bavardions sans retenue et faisions assaut de confidences. Ulysse me brossait un éloge attirant de la capitale, de toutes les jouissances qu'un honnête homme pouvait y trouver, me narrait maintes anecdotes scandaleuses sur la Cour ou sur la Ville, la Ville de ceux qui comptaient, et qui n'étaient qu'une écume lumineuse sur une mer de misère noire. C'est par cet ami, toujours de bonne humeur, et souvent drôle, que j'ai commencé pour de bon à faire mon éducation, à pénétrer dans les arcanes inimaginables du pouvoir, dont le vulgaire n'a que des idées fausses quand il lui arrive d'en avoir une.

Avec des soupirs comiques, Ulysse se comparait au roi, qui avait comme lui un faible pour les beaux garçons, mais ne les attirait dans son lit que pour les regarder de plus près. Au dire des mieux informés, Louis ne s'exposait en effet aux tentations de ce genre que pour se faire une satisfaction intime de n'y point succomber, touchant ainsi, sans trop d'efforts, au comble du vice imbécile.

Mon jouvenceau se targuait d'être athée, comme son ami le jeune Cyrano, originaire de Bergerac, dans la vallée de Chevreuse, où la proximité de Port-Royal des Champs aurait dû le préserver de cette fatale disgrâce. L'athéisme était une forme de libertinage peu courante, et ce dérèglement de l'esprit me paraissait aussi téméraire qu'illogique. Pourquoi se faire regarder de travers par un Dieu qui demeurait dans les choses du possible, alors qu'il en coûtait au fond si peu, chez le pape comme chez Calvin, de se le concilier par quelques opportunes politesses ? Un Dieu qui serait alors comme ces gens que l'on salue sans leur parler. Si Dieu n'était pas un tigre, un honnête coup de chapeau devait bien suffire au salut...

Aux confins de la Dordogne et de la Corrèze, dans un bourg incomplètement dévasté au pied d'un château resté à peu près debout, le jésuite Jean-François Régis, prédicateur populaire réputé pour son éloquence, prêchait un matin, sortant du Forez, qui était, avec le Vivarais, son domaine de prédilection.

Amateur d'éloquence, Ulysse m'entraîna à l'église, où la foule se pressait, joua des coudes pour gagner le premier rang des auditeurs, tassés sur leur derrière au pied d'un grand tonneau hors d'usage, les protestants ayant détruit la chaire.

En effet, l'apôtre parlait bien, expert en français comme en langue d'oc, habitué à se tirer avec aisance d'une épineuse difficulté : comment prêcher le mépris du monde à des gens qui avaient tout perdu et que le monde avait oubliés ? Mais le geste avait de l'allure et la voix portait, lorsque Régis s'écria, montrant l'autel qu'on avait abrité d'un revêtement de chaume après l'effondrement des voûtes, puis le ciel bleu, dont la lumière pénétrait à flots : « Vous vous plaignez, ingrats, alors que Dieu lui-même n'a plus de toit ? » Ulysse ne put se retenir d'applaudir du bout des gants.

Le prêche terminé, Régis, pour s'assurer qu'il avait été bien compris, posa quelques questions très simples aux fidèles : « Que faut-il faire pour se sauver ? » Ulysse suggéra naïvement, avec l'accent local : « Courir là-haut, au château ? » Tempête de rires, le châtelain riant plus fort que les autres. Alors Régis de tonner, désignant du doigt le perturbateur : « Malheureux ! Aucun château ne te sauvera d'une mort prochaine. Tu ne verras point la Noël. » On ne rit plus. Tempes étroites, regard acéré, long nez en bec de rapace funèbre, ce jésuite décharné, qui devait mourir d'épuisement trois ans plus tard, savait aussi se faire effrayant lorsque la douceur ne suffisait pas.

Par un illogisme supplémentaire, on peut être athée et superstitieux. Le condamné à mort sera de mauvaise humeur toute la soirée, comme s'il avait tiré un méchant horoscope chez un astrologue indifférent à la fuite de ses pratiques.

Sous la tente qui nous avait réunis une fois de plus, Ulysse, à la lumière de la veilleuse qui le rassurait ordinairement pendant la nuit, m'a serré la main avec force, m'a regardé dans les yeux :

« Vous n'avez pas l'intention de me tuer après avoir profité de moi, n'est-ce pas ? Ce serait trop laid !

— Si je vous tue jamais, je vous jure bien que ce sera à mon corps défendant !

— Votre corps que j'aime tant m'inspire par bonheur plus de confiance que votre âme. Je me contenterai de cette garantie. »

Cherchant le sommeil, j'ai maudit Samuel.

XVI

La troupe entra en Limousin, une province particulièrement sombre et sauvage, et l'on parvint un soir à Arnac, gros bourg au-delà de Limoges, comme l'indiquait la première carte des postes de France de Melchior Tavernier, parue cinq ans plus tôt, et qu'Ulysse compulsait avec tendresse, car c'était sa maman qui la lui avait offerte à l'instant du départ.

Ce garçon avait une passion pour sa mère, qui devait certes réprouver ses penchants par principe, mais qui devait aussi y trouver cette consolation qu'aucune femme ne risquait de le lui disputer. Mon expérience m'a enseigné qu'il y a souvent une mère abusive derrière un bougre, laquelle résume à ses yeux tout ce qu'il est capable d'apprécier du sexe, et ce rôle la rend infiniment précieuse.

La baronne eût cependant souhaité que son rejeton fît l'effort de se marier avec une fille sans relief, afin que le nom ne se perdît point. Mais Ulysse, si docile d'habitude aux suggestions maternelles, renâclait devant la corvée. « Puisqu'il ne s'agit que de perpétuer la race, me disait-il plaisamment, mon rêve serait de ne pas toucher à cette épouse et de faire fabriquer mes enfants par un autre. Si je ne parviens pas à vous séduire, vous pourriez peut-être me rendre ce service, et chaque enfant bien réussi vous rapporterait gros. » C'était un projet à ne pas confier à Monsieur Sourdois, qui semblait déjà souffrir le martyre dans la société où il avait été fourvoyé, en dépit de la bonne chère qu'il ne dédaignait pas d'y faire.

L'auberge de poste d'Arnac, chez maître Chapon, aurait pu être pire, mais il ne restait qu'une chambre de libre. Par ces solitudes, le temps s'était rafraîchi, et Ulysse, plutôt que de dormir en plein vent, décida de pousser jusqu'au vague château d'un vague cousin à la mode du Limousin, dont les naturels lui juraient qu'il n'était plus très loin. Las de tenir chaque nuit compagnie à un garçon influençable qui avait pu croire un instant que j'avais l'arrière-pensée de lui jeter un mauvais sort, je décidai de m'arrêter là avec mon Sourdois.

Dans la grande salle de l'auberge, festoyait bruyamment une assemblée de nobliaux avinés retour de chasse, tout couverts du sang des bêtes égorgées. (Cette espèce de paroissiens chasse en toute saison de façon anarchique, se moquant du tiers et du quart.) Ils chantaient à tue-tête des couplets obscènes, échangeaient des lazzi à la ronde avec des buveurs roturiers complaisants ou craintifs. Le tapage était insupportable pour un voyageur fatigué.

Désireux de me délasser et d'échapper à ces brutes, je montai à ma chambre, qui donnait sur l'arrière du logis. Sourdois m'y rejoignit après s'être occupé de nos animaux, et une jeune servante inquiète, ébouriffée par des convives pris de boisson, nous apporta un souper sommaire.

J'eus alors un sinistre pressentiment, analogue à celui qui avait précédé la mort de Samuel, mais comme je m'étais moqué de la superstition d'Ulysse, je voulus rire de mes craintes et m'endormis sans trop d'inquiétude.

Un hurlement à glacer les sangs me réveilla en sursaut, suivi d'un vacarme qui faisait trembler la maison, et la servante se précipita bientôt dans la chambre, claquant des dents et tremblante – si l'on en jugeait par les agitations de la chandelle qu'elle avait raflée en bas de l'escalier. La fille avait peur de se faire violenter et me demandait protection.

Je parvins, non sans mal, à lui tirer de la bouche le récit de ce qui venait de se passer, et qui tenait en quelques phrases : une discussion s'étant élevée à l'instant du paiement, le gras maître Chapon avait été castré d'un revers de couteau de chasse, ses attributs virils, relégués avec de gros rires dans un bocal à cornichons, et ces messieurs, abominablement ivres, étaient en train de tout casser.

J'avais vu, du côté de Corbie, ce qu'une vingtaine d'ivrognes déchaînés étaient capables de faire d'une chaumière et de ses occupants, et je partageai la peur de cette enfant. La plus élémentaire prudence commandait de se sauver au plus vite. Je conseillai à la servante de se cacher sous un lit ou dans un coffre, je sautai dans mes bottes, et m'enfuis avec Sourdois par l'escalier extérieur qui descendait au jardin derrière la maison. Ce n'était pas glorieux, mais la gloire n'a jamais consisté à se faire inutilement massacrer par une bande de chasseurs qui ont la perdu la raison.

La nuit était assez claire, et l'on distinguait les écuries à quelque distance. Dehors, les montures toujours sellées des criminels, dont les chiens avaient été enfermés, attendaient leurs maîtres, attachées par la bride à des anneaux scellés au mur.

Comme nous nous hâtions vers lesdites écuries afin de seller nos propres chevaux, nous nous heurtâmes à un gentilhomme vacillant, qui était en train de pisser dans le demi-tonneau réservé à cet usage.

L'individu nous apostropha grossièrement. Où couraient donc à cette heure ces deux étrangers ? Attirer des ennuis à la meilleure noblesse d'Arnac, un pays où l'on sait s'amuser ? Et l'insolent, portant la main à sa dague, de commencer à hurler comme un perdu pour appeler ses amis en renfort. Je lui perçai la gorge d'un coup d'épée pour le faire taire, et ses hurlements finirent en gargouillis dans un jet de sang qui se mélangea à l'urine.

Il n'était plus temps de seller les chevaux. Nous sautâmes sur deux beaux animaux en attente, et piquâmes des deux... ou plutôt « je piquai », car Sourdois n'avait pas d'éperons.

Ulysse et les siens étaient perdus dans une nuit hostile. Le plus sûr était de rebrousser chemin au galop vers Limoges pour s'y mettre à l'abri et donner à qui de droit le plus tôt possible une version véridique de l'événement.

Avant l'aube, à une lieue de Limoges, le cheval de Sourdois s'effondra, fourbu. Je dis à Samson de m'attendre patiemment devant la cathédrale, et je poursuivis ma traite de plus belle. Mon propre cheval ne creva que dans les faubourgs, mais au soleil levant.

J'étais hors de moi. La peur, un sentiment humiliant que tout gentilhomme abomine parce qu'il n'a que trop d'occasions de l'éprouver, me tenait encore au ventre, et j'étais naturellement fort désireux de faire rendre justice à l'infortuné Chapon.

À neuf heures, je fus introduit chez le Lieutenant criminel, un monsieur chafouin et louchon, lequel siégeait dans un bureau miteux dont les paperasses sentaient le moisi. La position de ma sœur chez la reine et ma qualité de compagnon d'armes du duc de Beaufort lui firent la plus vive impression. Vus de Limoges, la reine et Beaufort semblaient des entités dans un nuage.

On se leva donc pour me recevoir, et l'on m'écouta avec une attention flatteuse. Je racontai mon histoire en détail – sans la moindre allusion, bien évidemment, aux Montastruc ! Le Lieutenant s'indigna et compatit avec moi, mais quant à faire quelque chose, c'était une autre paire de manches.

Non sans confusion ni soupirs, il prit la peine de m'expliquer tous les motifs de son impuissance, dans un petit précis de droit criminel que je résume à titre de curiosité, car nous avons actuellement quelque peine à imaginer l'état de la justice en ce temps-là.

« Votre émoi, Monsieur le chevalier – et l'on serait ému à moins ! –, ne vous a sans doute pas permis d'apprécier sainement les situations générale et locale.

« Premièrement, les troupes étant aux frontières à contenir l'ennemi, nous n'avons pas ici de forces suffisantes pour aller appréhender toute la noblesse d'Arnac et des environs, qui d'ailleurs ne se laisserait pas faire et appellerait des amis et des familiers à la rescousse, d'où un singulier accroissement de désordre. Les rares corps disponibles sont à la poursuite des “croquants”, lesquels sont à Limoges, par la force des choses, la préoccupation majeure des autorités. Un rassemblement suspect nous a été signalé vers Bellac, où un receveur des finances des plus distingués a été étripé avant-hier à coups de fourche avec sa jeune femme grosse de sept mois, et jeté dans une fosse à purin aux applaudissements d'une foule barbare.

« Deuxièmement, le Cardinal, par souci d'apaisement, appliquant avec impartialité l'Édit de Nantes, le maître de poste Chapon, de la religion prétendue réformée, a été maintenu dans ses fonctions, et ses tourmenteurs sont, hélas, de la vraie religion qui, elle, se réforme chaque jour, par la constante sollicitude des Princes et des évêques. Intervenir sans précaution dans cette lamentable histoire comporterait donc le risque de réveiller ces passions religieuses antagonistes qui ont poussé à l'abîme notre malheureuse patrie.

« Troisièmement, en admettant que les trublions soient arrêtés par miracle, on ne trouverait aucun témoin pour les accabler, et la victime elle-même, craignant de perdre la vie après avoir perdu sa virilité, se refuserait sagement à porter plainte. Or notre justice criminelle opère uniquement sur pièces et sur dossiers, en rapport avec des témoignages écrits, concordants et clairs. Dans cette affaire, les seuls témoignages juridiquement recevables que nous pourrions espérer seraient ceux de faux témoins terrorisés et soudoyés par les auteurs du forfait. Car vos dires ne seraient corroborés que par la déposition irrecevable d'un domestique à votre service. C'est vous, en fin de compte, qui risqueriez d'être poursuivi pour vol et pour meurtre, contrairement sans doute à l'équité, mais conformément aux us et coutumes d'une justice qui n'a pas besoin d'être parfaite pour se faire respecter.

« Quatrièmement, la prison préventive de Limoges, confiée à un entrepreneur corrompu et négligent, est une véritable passoire, dont les coupables s'échapperaient bientôt pour crier vengeance et semer le trouble. Seuls les prisonniers politiques sont bien gardés.

« Cinquièmement, si, par extraordinaire, la procédure suivait normalement son cours en votre faveur et en celle de votre protégé, les mauvais plaisants ne seraient condamnés, au pire, qu'à une amende ou à l'exil. Sauf en matière politique, nous n'avons pas en France de prisons pour la purgation des peines.

« Sixièmement, les condamnés s'empressant de faire appel au Parlement, ils pourraient bien être acquittés par des chats-fourrés hilares.

« Septièmement, si le Parlement confirmait par hasard la sentence après de longues années de réflexion, les amendes ne seraient pas payées, car les huissiers trembleraient de poursuivre, et l'exil serait théorique, puisqu'il n'existe aucun contrôle permanent à nos frontières. On entre en France comme dans un moulin et l'on en sort de même. Paris et les provinces sont pleins d'exilés qui se moquent des lois.

« Huitièmement, de toute manière, les exilés seraient promptement graciés : le roi gracie à tour de bras sous tous les prétextes pour soulager la procédure et permettre à une police répressive encombrée de respirer.

« Neuvièmement, comme Clermont d'Auvergne, Reims ou La Rochelle, Arnac relève du Parlement de Paris, mais Limoges, de celui de Bordeaux. Vu que vous avez introduit dans le ressort de Bordeaux deux chevaux "empruntés" dans le ressort de Paris – et qui, il faut bien l'avouer, n'ont pas résisté longtemps à vos soins ! –, il y aurait là matière à d'interminables débats pour des avocats retors… »

Ce cuistre avait laborieusement compté sur ses doigts, et l'on voyait le moment où il allait se déchausser pour poursuivre ! J'étais effaré et outré.

« En d'autres termes, fis-je amèrement observer, seuls les prisonniers politiques suscitent quelque intérêt chez nous. Le Cardinal se fout bien de la justice criminelle de droit commun ! »

Le Lieutenant eut un haut-le-corps…

« Le grand Cardinal, Monsieur le chevalier, dont je suis l'humble serviteur, comme il l'est lui-même de Sa Majesté, doit en effet, dans l'intérêt de tous, aller au plus pressé, qui est aujourd'hui la guerre et la subversion, et vous n'avez aucun titre à le lui reprocher. »

J'avais eu la langue trop longue : un froid était tombé comme grêle de printemps sur parterre fleuri. Depuis

Henri III, dont la majesté était tout spécialement douteuse, les rois de France s'étaient arrogé le titre de « Majesté », dont leurs sujets flatteurs avaient plein la bouche.

Sans me décourager, je me rendis chez l'Intendant, le marquis Pomponnet de Savignac, un homme plein d'aisance et connaissant son monde, qui officiait comme un proconsul dans son bel Hôtel bien meublé de la vieille ville.

Faute d'argent, Richelieu avait dû ajourner la plupart des grandes réformes administratives qu'il avait envisagées au début de son ministère, et dont l'urgence était pourtant évidente, pour jeter tous les fonds disponibles dans le gouffre sans fond de la guerre. Mais il avait progressivement installé dans les provinces des « intendants » de justice, police générale et finances, qui relevaient directement de sa personne et constituaient ses moyens d'action les plus sûrs. On trouvait toujours quelques écus pour ces gens-là.

Je fus accueilli de la façon la plus aimable, et Pomponnet me pria de transmettre à l'occasion ses respects à la reine et au duc de Beaufort, mais il confirma en tous points le jugement désabusé du Lieutenant criminel : mon affaire avait été engagée sur un mauvais terrain. Il ne pouvait faire plus que de mettre à ma disposition quelques hommes de la maréchaussée pour m'accompagner au-delà d'Arnac, où l'atmosphère avait dû se rafraîchir depuis mon passage. « Une vie pour des cornichons ! me dit-il en souriant. Peste, comme vous y allez ! » Ces cornichons incongrus avaient pour effet de rendre comique une tragédie de terroir et ne facilitaient point mes démarches.

Du moins, instruit par ma bévue chez le Lieutenant, je me répandis en dithyrambes sur le compte du Cardinal.

Après la mort du Père Joseph, survenue en décembre 1638, comme Richelieu se plaignait un soir à moi de la difficulté d'être bien renseigné sur les choses et sur les hommes, il m'en donna spirituellement pour preuve les rapports sur ma personne que le Lieutenant et l'Intendant s'étaient empressés d'expédier à l'« Éminence grise » du Cardinal, du fait que – sans parler du suspect Beaufort – je semblais avoir des accointances, par le biais de ma sœur, avec une reine constamment soupçonnée de haute trahison.

Le rapport du Lieutenant, de petite extraction, était aussi sec que bref, et disait notamment :

> *« J'ai trouvé à ce jeune Béarnais une tendance inquiétante à oublier ce que le gouvernement de Son Éminence fait de bien pour lui reprocher ce qu'il pourrait faire de mieux et ne fait pas encore. Ces sentiments critiques et superficiels, qui ne sont que trop répandus de nos jours, sont ceux d'un opposant de nature, dont il est à craindre qu'il ne fasse trop parler de lui tôt ou tard. L'individu est à surveiller. »*

En revanche, l'Intendant, qui avait des lettres, avait dicté une prose plus étoffée et plus fleurie, avec quelques traits d'esprit assez piquants, et comme il m'avait cru bien en Cour et des amis du Cardinal, il avait fait, à tout hasard, l'éloge de son visiteur.

> *« Sensible et intelligent, cœur généreux, le chevalier Arnaud Balthazar d'Espalungue a fait preuve, dans ces circonstances dramatiques où un esprit moins relevé aurait pu voir une farce plaisante, d'une belle détermination qui pourrait le recommander un jour à un emploi au-dessus de son âge. »*

Mais rendre justice à maître Chapon n'était venu à l'idée de personne.

Ayant retrouvé Sourdois devant la cathédrale, dont les images avaient dû le froisser, nous reprîmes tous deux la direction d'Arnac avec quatre gendarmes qui nous firent alternativement monter en croupe. Deux personnes sur un cheval n'avait pas de quoi surprendre, mais un beau gentilhomme aux fesses d'un gendarme avachi, cela attirait l'attention, et mon regard exaspéré n'était pas de trop pour décourager les sourires.

Le chef aurait préféré faire un long détour pour éviter

Arnac, mais, aveuglément rassuré par la présence de cette martiale escorte, j'avais d'autres projets – et d'autant plus que nous avions laissé là-bas nos animaux et nos bagages.

En fait, nos gendarmes avaient mauvais moral : ils savaient par expérience qu'ils n'avaient rien à gagner à se mêler de querelles nobiliaires. Les nobles, comme les premiers chrétiens de saint Paul, préféraient régler leurs affaires entre eux, et il ne faisait pas bon les déranger.

En cette fin d'après-midi, Arnac paraissait anormalement calme – mais pour le bon motif que la population s'était réunie au cimetière pour rendre un dernier hommage à un noble sire froidement assassiné par un inconnu, alors qu'il était en train de pisser le nez en l'air : c'est ainsi qu'on écrit l'histoire. Je dois avouer que je n'avais pas eu le loisir de remettre en ordre la braguette du défunt – ce qui pouvait être un mauvais point pour moi dans un procès.

Aux écuries, heureuse surprise, nous retrouvâmes notre bien intact. Les gendarmes et Sourdois étaient pressés de prendre le large, mais j'estimai de mon devoir de monter à l'étage de l'auberge pour prendre des nouvelles de maître Chapon et l'informer de mon dévouement à sa cause.

Le malheureux eunuque était au lit, blanc comme son drap, mais il parvint à pâlir davantage à ma vue. Coupant court aux politesses, il me supplia de le laisser tranquille et de décamper au plus vite : il lui restait son relais et une existence diminuée, il n'en demandait pas plus. Ses bourreaux lui avaient d'ailleurs envoyé une délégation afin de lui exprimer leurs regrets pour un geste un peu vif qui avait dépassé leurs intentions, et ils lui avaient fait remettre quelque argent avec une couronne de fleurs. La vie continuait malgré tout...

En me retirant, je me rendis compte que Madame Chapon, excédée de grossesses, n'était pas trop mécontente de l'événement, tandis que les filles de salle riaient sous cape : le Maître, dont la graisse sentait mauvais en été, ne les trousserait plus gratis dans la cave. Je quittai la maison déçu et perplexe.

La voix paisible de Matthieu résonnait à mon oreille : « Il ne suffit pas de faire bêtement son devoir, tel un janséniste à œillères, encore faut-il se soucier, comme le font nos jésuites, des moindres conséquences de ses actes, et s'abstenir en cas de doute. Combien de prétendus remèdes ne sont-ils pas pires que les maux qu'ils s'étaient flattés de corriger, et que savons-nous des lendemains que présagerait une bonne volonté mal éclairée ? » Sacré Matthieu ! Cette morale timorée était-elle faite pour la jeunesse ?

Et tandis que nous sellions les montures dans l'écurie, Sourdois y allait de ses propres réflexions : « Avez-vous remarqué, mon bon Maître, comme beaucoup de victimes semblent s'attirer les malheurs qui les frappent en renchérissant sur les décrets insondables de la Providence ? Quand Dieu a voulu de toute éternité qu'on se nomme Chapon, on ne fornique pas avec ses servantes et on ne discute pas une note avec des coqs en bataille. Voilà-t-il pas un cas très net de prédestination négative, et d'autant plus troublant qu'il a frappé l'un de nos frères dans la foi, ce qui est bien rare ? » Sacré Samson ! Il avait sa foi chevillée au corps et aucune absurdité ne le dérangeait.

À la sortie d'Arnac, un groupe d'alertes vengeurs, sortis du cimetière à toutes jambes, nous coupa soudain la route, tandis que d'autres se profilaient déjà à l'arrière-plan. Les premiers étaient six, l'épée haute, mais démunis de pistolets. (Qu'irait-on faire de pistolets à un enterrement ?) Nos gendarmes n'attendaient que cet instant pour déguerpir. Heureusement, Monsieur Sourdois et moi-même disposions chacun de deux pistolets à rouet au mécanisme bien graissé et à la poudre bien sèche. Quatre imbéciles sont foudroyés à bout portant, ma rapière étend raide un cinquième par une pointe entre les deux yeux, et le sixième se sauve sans demander son reste. Fossoyeur et curé n'allaient pas chômer ! Mais le gros de la troupe arrivait au pas de charge en criant...

Abandonnant mule, mulet et bagages – y compris le catéchisme de Canisius et les *Vies parallèles* de Plutarque ! – nous avons enfourché les chevaux d'un bond et galopé vers le nord.

C'est seulement près d'Argenton-sur-Creuse, chez le comte de Dampierre, dans un ravissant château Henri II, au sein d'un grand parc verdoyant, que nous avons rejoint Ulysse, dont l'inquiétude était vive et qui avait déjà envoyé des éclaireurs à notre recherche. Cette inquiétude me confirmait dans l'idée que j'avais pu me faire de la force de ses sentiments, car ayant quelque raison de craindre pour sa vie, il aurait eu tout intérêt à ne jamais me revoir.

Le fait me surprenait. Ceux qui n'ont point vécu et vont encore à la découverte de leurs jours s'imaginent aisément que les seules amours entre les hommes et les femmes peuvent nourrir une grande passion. Toutefois, l'expérience nous apprend que l'identité de sexe n'y fait point obstacle. Dans les derniers temps du voyage, Ulysse avait même renoncé à l'usage de son palefrenier, une indication qui aurait dû m'éclairer déjà sur le cheminement de cette petite chèvre volontiers capricieuse. Non seulement il m'aimait, mais il m'aimait de plus en plus.

Au souper, la mésaventure de maître Chapon fit rire à gorge déployée la nombreuse société que le comte avait réunie ce soir-là. J'ai constaté depuis que cette inqualifiable histoire était très révélatrice des caractères, et mon lecteur lui-même pourra s'examiner à ce sujet. Les uns rient, les autres sourient, mais il en est qui s'indignent, et j'ai même vu pleurer une jeune fille. Peut-être n'avait-elle pas compris ?

À LA CONQUÊTE DE PARIS

I

Passé la Loire, les chemins s'améliorent, les désordres s'apaisent, on presse les étapes, et nous entrâmes enfin dans Paris le dimanche 7 juin vers midi.

La visite de la cathédrale de Chartres, que j'avais tenu à voir au passage, ne s'était pas déroulée sans accroc. Sourdois n'avait cessé de maugréer devant tant de statues et de vitraux que ses coreligionnaires n'avaient pas réussi à détruire, et Ulysse, pour manifester son esprit d'indépendance – et peut-être pour m'induire en tentation ou en regret ? –, avait pissé sournoisement derrière un pilier du chœur.

Plutôt que de gagner l'Hôtel Montastruc du Marais, où il eût été pour le moins étrange que son acharné poursuivant ne le trouvât point sur-le-champ, Ulysse est allé faire retraite dans l'île Saint-Louis, chez un vieux cousin bigot, tandis que je m'installais à titre provisoire rue Saint-Jacques, à l'auberge réputée du Dragon et du Cygne, où se pavanaient joyeusement maints étudiants à leur aise.

Mon premier soin fut d'écrire une première lettre à Hermine à l'adresse de maître Marini, où il avait été entendu qu'elle devait passer prendre mon courrier. Je n'avais pas connu un instant de tranquillité pour correspondre durant cet affreux voyage, et je fus bien aise de pouvoir m'épancher enfin longuement et sans entraves.

Depuis que le carreau de l'élégante arbalète, en manquant

mon chapeau, m'avait frappé au cœur, j'étais plus amoureux que jamais, cette naissante passion m'eût défendu des assiduités d'Ulysse s'il en avait été besoin, et l'on peut aisément imaginer la teneur de ma lettre.

L'expression des jeunes amours dépend certes de l'éducation et des lectures, mais elle relève aussi d'un fond commun propre à la nature de l'homme, et par là, Catulle ne se distingue d'Abélard que par un chapon de rencontre. Ces lettres d'amour, si nous avons l'occasion de les relire plus tard, nous semblent tomber de la plume d'un autre homme, dont nous plaignons la naïveté en admirant plus encore l'authenticité et la force dont il a su parer ses illusions. Et nous les jetons au feu, non sans un soupir de regret, dans la crainte que nos héritiers ne nous tournent en ridicule. Fier de les avoir écrites, j'ai tenu à conserver celles que j'ai pu retrouver, où mes enfants pourront prendre modèle.

Bref, j'ai rassuré Hermine sur mon compte et sur celui de son frère, j'ai insisté sur toutes les espérances que ma sœur Claire pouvait m'ouvrir à Paris, et j'ai entouré d'un cercle l'endroit que je disais avoir baisé avec fièvre.

Dès le lendemain de mon arrivée, je me suis précipité au Châtelet afin de narrer mon odyssée au Lieutenant criminel de robe courte, non plus dans l'espérance de faire rendre justice à maître Chapon, mais pour prévenir de faux rapports au sujet du petit carnage qui avait marqué ma fuite éperdue d'Arnac.

L'allusion à Claire produisit son effet de sésame habituel, et le Lieutenant, un homme de basse mine à l'air rusé, m'écouta fort courtoisement, prenant même des notes de temps à autre sur une feuille volante. « Eh bien, me dit-il enfin, six cadavres dans la journée ! Vous n'y êtes pas allé de main morte semble-t-il. » J'ai cru discerner plus de considération que de reproches dans la plaisanterie, et je suis rentré à moitié rassuré à mon auberge du Quartier latin.

Dès que j'eus tourné les talons, le Lieutenant, comme son confrère ou l'Intendant de Limoges, et pour les mêmes raisons, rédigea un rapport circonstancié pour le Père Joseph, où brillaient ces phrases engageantes, que le Cardinal devait me faire également apprécier avec le demi-sourire qui lui était propre, et dont l'interprétation était si difficile :

> *« Mademoiselle de Miossens, qui est des plus proches de la reine, ainsi que vous le savez de reste, paraît avoir un jeune frère bien turbulent et qui n'en est pas à un coup d'épée près. Cette ardeur débridée, ce don précoce pour les armes, joints à une chance insolente de passer à travers les gouttes sans se mouiller, pourraient être mis au service du Cardinal, c'est-à-dire de l'État, si l'on parvient à discipliner un garçon ambitieux qui a tout l'esprit qu'il faut pour discerner où est son véritable intérêt. »*

Les Montastruc n'allant point jusqu'à m'offrir un Hôtel avec écurie et porte cochère à 1 500 livres tournois l'an, j'ai dû me satisfaire plus modestement, mais je trouvai vite un logis à ma convenance au faubourg Saint-Germain, dans l'« impasse des tire-laine », qui donnait sur la rue de Seine, fort animée dans la journée. Par le pont Barbier, on était vite au Louvre ; la porte de Buci et la rue Dauphine conduisaient promptement à la Cité par le Pont Neuf ; par les Tuileries et Neuilly, on prenait la direction de Saint-Germain, où la reine faisait de fréquents séjours ; et jouxtant l'abbaye du même nom, c'était le Pré-aux-Clercs, d'où les duellistes impénitents avaient refoulé les moines.

Je m'étais installé au deuxième étage d'une maison bourgeoise qui avait pignon sur rue, maison assez étroite, certes, mais solidement construite et bien entretenue. Mon appartement – salon et chambre, avec réduit pour Sourdois attenant à la chambre – était meublé et tapissé avec une certaine élégance, dans les tons vert soutenu que la mode affectionnait. Au-dessus était un grenier, dont la soupente était louée à un maigre étudiant en théologie d'une jeunesse désarmante, un dénommé Félix Frisquet au regard en biais, si effacé qu'il avait coutume de baisser les yeux et de raser les murs au passage de ses aînés plus gras et plus fortunés.

Mon propriétaire, Monsieur Irénée Lhermitte, un conseiller ordinaire au Parlement de Paris, était un homme proche de la soixantaine, au premier abord sévère et compassé. Mais ce n'était qu'une réserve de façade, due à une timidité paralysante. Mis en confiance, ce robin replet et gourmand se dégelait, se faisait aimable et bienveillant, mais ne s'animait vraiment qu'en parlant de Saint-Cyran ou des « offices », sur un ton qui devenait solennel, car c'étaient ses chevaux de bataille.

L'abbé bénéficiaire laïque de Saint-Cyran, ami d'enfance de Jansénius, l'un des chefs du parti dévot hostile à une guerre qui faisait bon marché des intérêts européens du catholicisme, avait pris l'année précédente la direction de conscience des religieuses de Port-Royal des Champs, qui ne juraient plus que par lui, et ce pacifique théologien était devenu le plus notable des jansénistes, dont il est bien connu qu'ils croient, comme les calvinistes, à une grâce restreinte à quelques-uns par prédestination, mais sans vouloir quitter le catholicisme pour autant. Pascal, dans ce monument de mauvaise foi qu'est *Les Provinciales*, apportera à leur moulin une eau trouble dont on n'a pas fini de parler.

L'année suivante, le Cardinal fit boucler l'abbé à Vincennes, mais plus pour des motifs politiques que théologiques, et ces messieurs de Port-Royal seront suffisamment tracassés par la suite avec leurs religieuses en raison d'une hérésie présumée pour que des airs de martyrs les signalent à l'attention de tous, en attendant que Louis XIV prenne le relais avec son énergie habituelle.

Lhermitte était un janséniste ardent, qui condamnait avec fermeté la doctrine du jésuite espagnol Molina, cher à Matthieu, qui faisait pleuvoir des grâces un peu partout.

Je lui fis remarquer qu'il était superflu de discuter de la répartition des grâces entre les chrétiens, quand le Credo affirmait qu'il n'était pas même nécessaire de l'être pour avoir la grâce, puisque Jésus-Christ crucifié est descendu aux « enfers » pour ouvrir les portes du paradis aux justes de l'Ancien Testament qui n'avaient jamais entendu parler de Lui. Cette boutade plongea le bonhomme dans un abîme de réflexions et me donna à ses yeux écarquillés la dimension d'un théologien peu ordinaire.

La question brûlante des « offices » excitait plus encore notre conseiller, car sa bourse était ici en cause. On sait de reste qu'en achetant très cher une charge quelconque dont les gages sont médiocres – quand ils sont payés ! –, le bourgeois s'assure une promotion qui chatouille agréablement sa vanité et l'enrichit tôt ou tard par la bande.

Le Cardinal, qui voyait bien le danger de détourner les capitaux d'investissements productifs pour procurer à l'État, vaille que vaille, de l'argent frais, avait tenté de rogner ces fameux offices, et même de supprimer la paulette, cette malencontreuse innovation d'Henri IV, qui en assurait pratiquement l'hérédité. Les nécessités de la guerre lui avaient fait baisser les bras, mais la menace subsistait : si la paulette était abolie, une charge de conseiller payée au prix fort de 60 000 livres perdrait beaucoup de sa valeur. Mais Lhermitte pouvait dormir tranquille. Les « offices » superflus ne se sont jamais mieux portés et le grincheux Monsieur Colbert lui-même a renoncé à s'en formaliser ! Était déjà courante sous Louis XIII la boutade que tous mes lecteurs doivent connaître : « Chaque fois que le roi crée un office, il se trouve un imbécile pour l'acheter. »

Si je suivais le soir avec patience les dissertations théologiques ou financières un peu lassantes de mon propriétaire, c'était surtout parce que sa jeune femme Julie, une blonde potelée aux grands yeux bleus et au large col de fine dentelle des Flandres, tirait pendant ce temps-là l'aiguille sous le chandelier : on eût dit d'un de ces plaisants tableaux hollandais d'intimité ! Et la dame me lançait, semblait-il, à la dérobée des coups d'œil qui n'étaient pas indifférents. Il est vrai que, dès mon arrivée à Paris, l'un de mes premiers soucis avait été de courir les tailleurs pour me mettre à la mode et que la moindre noblesse fait rêver la bourgeoise.

Mais Monsieur Lhermitte n'avait pas seulement une charge enviable, une maison en ordre, des convictions arrêtées et une jolie femme dont la trentaine épanouie avait de quoi tenter un jeune homme que sa mère avait déçu, il avait aussi du blé, en provenance de ses terres de Beauce, qu'il entassait dans son grenier pour en trafiquer opportunément au gré des brusques variations de cours, d'autant plus fortes que les temps étaient plus incertains, et les disettes, plus fréquentes. Par une fenêtre à deux battants, qui ouvrait sur une potence assortie d'une poulie, on faisait monter au grenier, dont le plancher avait été renforcé, de gros sacs de grain, qui prenaient une valeur réjouissante chaque fois que la disette se faisait famine.

Le ménage Lhermitte, qui avait tout pour être heureux depuis neuf ans de vaches grasses, se désespérait de ne pas avoir d'enfant, la plus sûre des richesses. Les gens fortunés leur donnent un nom et les couchent sur leur testament s'ils ont été sages, les pauvres leur donnent un prénom et les font travailler comme des nègres. J'avais cru comprendre que le conseiller était plus ou moins coincé de la braguette, ce qui devait être souvent le cas chez les jansénistes d'un certain âge. C'est à Rome, reine de la prostitution avec Venise, que la braguette était en joie, avec la tolérance des jésuites, qui voyaient dans ces excès la plus sûre protection des vierges. À la veillée, le délicat profil de Julie prenait quelque chose de romain !

Parfois, d'un air rêveur, Lhermitte faisait allusion à tous ces enfants que la polygamie avait permis à un roi Salomon de concevoir. Et il avait un faible pour Luther, qui avait permis, disait-on, au landgrave de Hesse Philippe le Magnanime d'entretenir à son foyer deux femmes légitimes dont il ne se pouvait passer.

Mais ce n'est pas en multipliant les femmes qu'un mari insuffisant pouvait obtenir des résultats. Aussi le conseiller faisait-il de préférence allusion aux maris avisés qui avaient su se faire aider dans le beau dessein de perpétuer leur nom et de léguer leurs biens – quoique la manœuvre, en principe, tînt plus du jésuite que du janséniste. Sa plaisanterie favorite, qu'il attribuait à son père, lancée du bout des lèvres comme un ballon d'essai, était : « À quatre-vingts ans, on a rarement un enfant, à quatre-vingt-dix-neuf, on en a toujours ! »

Je m'imaginais par instants Irénée tenant la chandelle pour éclairer mes ébats avec sa femme, mais je répudiais vite cette vision extravagante, indigne d'un théologien si rigide, disciple du vertueux Saint-Cyran. J'avais dû saisir de travers, peu habitué à la vie parisienne.

J'étais jeune. J'ignorais alors que si des passions contradictoires se partagent un homme, la plus forte n'a pas de mal à tout emporter. J'ai eu cette chance que ma grande passion de me faire un nom dans le monde ait été favorisée sans concurrence par ma chère Hermine.

Avant même de fréquenter les tailleurs, les bottiers, les chapeliers, les plumassiers, les parfumeurs, les marchands de dentelles, article qui faisait fureur et dont la qualité posait son personnage, j'avais acquis une chaise et de robustes porteurs morvandeaux afin de préserver ces luxueux achats de tout accident et, à l'imitation d'Ulysse, mon modèle au-dessus du nombril, je m'étais fait faire un sceau, avec cette légende : *SICUT FEROX URSUS MEL MEUM TUEOR*. À savoir : « Comme un ours intrépide, je défends mon miel. » (Lira-t-on encore le latin quand ces mémoires scandaleux à plus d'un titre seront enfin divulgués ?)

C'est de ce sceau que je scellai ma première lettre à Judith, rédigée comme un palpitant roman de chevalerie, avec des détails qui sonnaient vrai, le mensonge libérant toutes les ressources de l'imagination : j'avais suivi sans désemparer la troupe imposante du fugitif, qui décourageait d'avance toute approche, mais le méfiant Montastruc avait disparu à l'entrée de Paris, où il s'était perdu comme une aiguille dans une botte de foin. Je gardais cependant bon espoir de le retrouver bientôt... Une lecture qui ferait toujours plaisir à Thomas.

L'alezan fougueux donné par Ulysse (et qui revenait de loin !) avait été mis en pension dans une proche écurie du faubourg, où l'on ne lui mesurait pas l'avoine. Feu-Follet m'emporterait bientôt comme le vent chez la reine à Saint-Germain dès que la route serait libre, une route qui passait, comme celle du Louvre, par le duc de Beaufort. Ma parenté avec Claire était un bagage un peu mince pour aborder des lieux aussi augustes, et je craignais même que ma sœur, en proie à d'affreux souvenirs, ne me réservât un froid accueil si je me présentais sans répondant.

II

À croire que la position de Mademoiselle de Miossens avait autant de charme pour la haute aristocratie que pour les agents du Cardinal, Beaufort m'ouvrit les bras sans pudeur, m'embrassa comme si nous nous étions connus depuis l'enfance, et m'entraîna aussitôt dans son cercle de joyeux compagnons, qui avaient leurs entrées partout. Le duc me présentait volontiers comme le héros qui lui avait sauvé la vie sous Corbie. Ainsi tourne ce monde dérisoire !

Un jour, nous fréquentions chez Marion Delorme, ancienne passade de Buckingham et future passion de Cinq-Mars, une courtisane de bourgeoise origine qui, à vingt-six ans, avait pris sous son aile une fille de bonne noblesse tourangelle, Ninon de Lenclos, dont les dix-sept printemps étaient pleins de promesses. La misère n'est pas la seule source de la prostitution. Certaines femmes entrent en galanterie comme d'autres en religion... Ninon, miracle de la nature, est plus belle que jamais, et Marion, sujet qu'il convient d'éviter chez elle parce qu'il est trop douloureux, s'est empoisonnée au temps de la Fronde dans des circonstances demeurées obscures.

Mais la Fronde était encore à venir lorsque Beaufort papillonnait en bafouillant autour des baignoires de ces dames spirituelles, qui barbotaient avec grâce, dévoilées de voiles pudiques, et je rectifiais gaiement ses cuirs en aparté.

Un autre jour, dans un genre plus relevé, c'était le salon bleu de la marquise de Rambouillet, alors au zénith de sa gloire, qui accueillait dans sa « ruelle » policée le petit-fils du Vert-Galant et sa suite.

On y voyait Paul de Gondi, le futur cardinal de Retz, étincelant d'esprit, un ardent et impertinent amateur du beau sexe, qui savait faire de sa laideur un attrait, et de sa vue basse, une sensible intuition ; on y voyait le poète de circonstance Voiture, qui rimaillait à ravir pour charmer les « précieuses » de l'endroit, l'éminent grammairien Vaugelas, ou bien Monsieur Corneille, tout illuminé, à trente et un ans, par la gloire que l'on sentait déjà impérissable de son *Cid*. D'apparence ingrate, la conversation n'était pas son fort, il en souffrait beaucoup et en faisait souffrir les autres, mais se rattrapait par la plume.

On y rencontrait parfois Monsieur Descartes, sorti de son « poêle » de Hollande avec une dignité sans grâce pour humer l'air de la capitale de son grand nez busqué et tâter le terrain d'un pied circonspect. À quarante et un ans, déjà connu dans quelques cénacles et soucieux d'élargir son audience, il s'apprêtait à publier en français, grande nouveauté pour un opuscule de cette espèce, son *Discours de la Méthode*, dont il parlait doctement assez volontiers, car il s'agissait d'un raccourci pour gens du monde qui avaient oublié leur latin.

C'était le cas de Beaufort, chez qui le *puto ergo sum* était devenu *putain ergot souffre*, sans que le philosophe osât trop le corriger. On pouvait se demander si le duc faisait la bête par nature ou par plaisanterie, et il était assez malin pour jouer sur une équivoque qui était, après tout, à son avantage.

Ce Descartes était déjà fort suspect aux censeurs de profession, qui commençaient de s'alarmer. On s'interrogeait sur le parti qu'il avait pu embrasser dans ses jeunes années, lorsqu'il était allé guerroyer par les Allemagnes, dans les débuts de la guerre de Trente Ans. On le soupçonnait d'avoir fait baptiser par un pasteur arminien une fille naturelle qu'il aurait eue d'une bonniche. On s'étonnait de cette studieuse retraite chez les hérétiques de Hollande, alors qu'un penseur orthodoxe eût été si bien reçu à Rome, dans un pays indulgent, où Galilée, en dépit de ses maladroites provocations, et au prix d'un soupçon de platitude, avait conservé sa pension du Saint-Siège et coulait d'heureux jours dans sa somptueuse villa.

En attendant, l'anodin procès de Galilée lui avait flanqué une peur bleue, et il avait prudemment remis à plus tard la parution de gros tomes latins plus explicites que le *Discours*.

Quand les grandes courtisanes ou la « ruelle » de la marquise n'étaient pas au programme, c'étaient la comédie, la table, le jeu, la promenade là où il convenait de se faire voir, qui m'apportaient étourdiment leurs tributs de variés plaisirs après tant de privations et d'espérances déçues.

Et c'était même le duel ! Comment refuser, sans paraître couard, d'assister des amis, voire de simples relations, dans cette mondaine épreuve ? Cependant, quel que fût mon plaisir de rencontrer enfin des adversaires de qualité, je gardais suffisamment de sens commun pour m'efforcer de n'infliger que des blessures superficielles. En quatre rencontres, je n'avais tué par accident qu'un gamin qui s'était jeté sur moi comme un fou.

Heureusement, il n'était pas question d'ennuyer un Beaufort pour l'exercice assez discret d'un passe-temps consacré par la coutume ! Le duc lui-même, noblesse oblige, ne se battait guère que par procuration, et il me fut reconnaissant d'avoir si promptement expédié le petit insolent qui l'avait traité, dans les jardins des Tuileries, de « perroquet sans cervelle » et d'« outre gonflée de vent ». Contre certaines vérités, l'épée seule est efficace – pourvu, bien sûr, que mort s'ensuive.

On ne saurait apprécier toutes les délices d'une haute position sans goûter de temps à autre le piquant du contraste. Ainsi les riches stoïciens de jadis s'étaient-ils fait aménager une cellule d'esclave dans leur palais, où ils se retiraient pour méditer devant un fouet et une salade cuite.

D'où quelques expéditions plaisantes dans les bas-fonds de Paris, qui offraient maints spectacles extraordinaires.

Le quart de la population n'avait aucun moyen d'existence, et la mendicité, pitoyable ou agressive, la prostitution la plus basse et la plus sale, fleurissaient sans retenue, tandis que coupeurs de bourses et assassins étaient en embuscade.

Les gueux avaient constitué de longue date un royaume bien structuré, divisé en classes nombreuses, où l'on parlait un langage à part, le « jargon », dont le profane ne pouvait saisir un traître mot.

Les mendiants fictifs étaient particulièrement bien organisés. Les uns étaient passés maîtres dans l'art de s'affubler des infirmités, des monstruosités, des plaies les plus répugnantes ; d'autres mutilaient des enfants volés ou abandonnés, leur coupaient la langue ou leur crevaient les yeux afin d'abuser le promeneur crédule. Nous avons beaucoup ri, derrière Notre-Dame, d'un individu qui quêtait d'un bras verdâtre, paralysé et puant, lequel n'était autre qu'un appendice de pendu cousu à son pourpoint !

Le pauvre, considéré comme un frère à l'âge gothique, était en passe de devenir un fléau qu'il convenait, faute de mieux, de tenir en marge ou de renfermer. Les prodiges de charité d'un Monsieur Vincent ne pouvaient rien contre cette vérité sinistre. Ce n'était plus une France de nantis qui s'opposait à une France industrieuse, mais une France qui avait de quoi manger plus ou moins se méfiait d'une France anonyme et instable pour laquelle chaque repas était hypothétique.

Et quand nous étions recrus de la misère des autres, nous terminions parfois notre tournée aux halles, qui s'animaient déjà à des heures impossibles, et où maints étalages ressemblaient à des natures mortes en attente d'être dévorées par des peintres sybarites. Durant la Fronde, le duc de Beaufort, qui savait parler peuple à l'occasion, devait se faire une surprenante popularité parmi les dames de la halle.

Avec les beaux jours, la reine, délaissant le Louvre et ses puants abords, était partie une fois de plus pour Saint-Germain, et Beaufort, tout à ses plaisirs, ne se hâtait point d'aller lui rendre hommage, en dépit de mes nombreuses allusions. Prisonnier de mes faux semblants, je ne pouvais lui avouer que je n'avais pas encore renoué avec cette sœur que j'avais même cru perdre à tout jamais dans les fossés de La Rochelle.

Si Anne d'Autriche était dans sa campagne, le roi avait

déserté son Louvre, pris par ses chasses accoutumées, qui l'entraînaient constamment vers de lointaines forêts avec ses chiens et ses oiseaux. Déjà surnommé « Le Juste », on ne savait trop pourquoi, Louis voulait mériter le titre de « premier fauconnier de France », qui devait le flatter davantage, vu qu'il dépensait beaucoup plus pour ses faucons que pour la justice.

Dès le jeudi 2 juillet, je reçus une réponse d'Hermine, qui n'avait pas traîné en route. Les Montastruc disposaient sans doute d'une poste privée qui crevait ses chevaux.

Après six pages d'amour que je ne me lassai point de relire, il lui avait bien fallu redescendre sur terre et laisser parler la raison, mais la raison parlait ici avec un style qui la rendait encore plus aimable que la passion.

> « *Que vous dirai-je de plus sur mes sentiments, sur le coup de folie qui m'a jetée dans vos bras à la considération de votre si généreuse et si noble conduite ? Rassurée désormais sur l'existence de l'être que j'aime le plus au monde après votre personne, je ne puis cependant m'empêcher de gémir à l'évocation de tous les obstacles qui s'élèvent entre nous. Ce duel, qui me fait grand-peur et qui pourrait nous séparer sans remède si l'un de vous deux venait, par un mauvais hasard, à y perdre la vie, la différence de nos états de fortune, le peu d'espoir que j'ai de convaincre jamais ma mère de vos mérites, tout cela me donne à craindre que des années n'aillent s'écouler avant que nous puissions être réunis.*
>
> « *Sans nul doute vous serai-je éternellement fidèle, chérissant chaque jour les doux instants que je vous dois, et vous ayant connu sur la paille, je vous épouserais volontiers sur la paille si j'en avais la liberté. Mais en attendant cet instant lointain, il serait trop cruel de ma part d'exiger de vous une fidélité contraire à la nature ordinaire des hommes, même des meilleurs. Je sais que les femmes qui vous seront plaisantes ou utiles ne compteront guère à vos yeux après qu'ils ont rencontré les miens, que toutes les comparaisons que vous pourrez vous permettre*

seront à mon avantage et ne feront que vous persuader plus avant que vous m'êtes destiné en dépit de tout. »

Mes finances ne m'autorisaient point les courtisanes en vogue, les femmes sans tarif bien net risquaient d'être encore plus chères, les putains étaient vérolées, et je manquais de loisirs pour nouer une intrigue délicate et gratis... Où étaient les faciles bergères des monts Pyrénées ?

Le lendemain vendredi après-midi, alors que Lhermitte s'affairait mollement en son Parlement, que le clerc du troisième s'affairait avec plus d'ardeur à son École, que Sourdois était en course à l'autre bout de Paris, je m'ouvris amicalement à Madame Lhermitte des difficultés où j'étais, lui fis lire le dernier paragraphe de la lettre d'Hermine, et lui demandai conseil. Mais il n'était pas besoin de parler pour le donner.

C'était la première fois que je couchais avec une femme de cet âge, et je fus bien aise d'être tout environné de maternelles douceurs. De confidence en confidence sur l'oreiller, Madame Lhermitte me confirma que son mari fermerait en effet les yeux sur une grossesse qui ne serait pas de son cru, pourvu que le cavalier fût aussi bien fait que discret. Le premier point étant acquis d'avance, le second allait de soi, et en tout état de cause, je n'avais pas à me gêner.

Julie me jura naturellement que j'étais le premier (à un mari près !), et je l'ai crue sur parole. Un tel regard, une telle bouche, un corps si savoureux dans sa plénitude, pouvaient-ils mentir ?

III

Nous nous étions attardés au lit et j'avais complètement oublié Sourdois, qui entre le nez au vent dans la chambre de son maître, croyant que j'étais allé courir avec Beaufort. Il fait un saut et sort plus vite qu'il n'était entré.

« Il serait plaisant, dit Julie, que cette face de carême allât raconter la chose à Irénée... pour se voir gratifier d'un écu ! » On dit que les femmes n'ont pas la même pudeur que nous autres, et quand elles l'ont abandonnée une fois, c'est pour la vie.

J'étais ennuyé. Sourdois ne me donnait plus entier contentement, exagérait ses réprobations muettes par des mimiques qui n'étaient que trop claires. La découverte d'un paisible ménage à trois risquait de le porter à des extrémités imprévues. Il eût été malséant de rosser comme plâtre un homme de sa qualité, et je devais le reprendre en main en faisant plutôt appel à sa conscience, avant que la tentation ne devînt irrésistible d'informer ma mère de mes fautes. Une conscience rigide est aisément malléable par des arguments *ad hominem*.

Si les protestants avaient des faiblesses pour la polygamie, il s'agissait d'une polygamie biblique au rigoureux profit des mâles, et au grand jamais des femelles, qu'ils traitaient de prostituées de Babylone pour un oui ou pour un non. On voit poindre cette misogynie chez Paul de Tarse, dont toute *odor di femina* est absente, alors que Jésus ne manquait point de se faire parfumer par de jolies pécheresses, avant d'encourager au repentir une femme adultère peut-être incorrigible.

Dès le lendemain matin, j'offrais à Sourdois, avec un sourire gracieux, un manuel que je venais de découvrir chez un libraire des environs de la Sorbonne : *Les Devoirs des maîtres et des domestiques*, par un certain Claude Fleuron, abbé du Loc-Dieu. Moins de cent pages concernaient les devoirs des maîtres, plus de cent cinquante, ceux des domestiques, ce qui était déjà hautement significatif, et cette interminable énumération de chrétiens devoirs réciproques était suivie d'un *Abrégé de l'histoire sainte à l'usage des domestiques*, de sorte qu'ils puissent avantageusement meubler leur esprit et celui d'autrui au lieu de se dissiper. Le texte consacré aux devoirs des maîtres comportait d'ailleurs une vingtaine de pages qui regardaient plutôt les devoirs des domestiques, puisqu'il s'agissait d'un règlement jugé exemplaire par l'auteur, celui de la Maison du troisième prince Condé.

Je fis lire ces vingt pages à haute voix à Sourdois avant midi pour le mettre en appétit, et lui dis en conclusion :

« Dans ce règlement que le pasteur le moins sévère aurait signé des deux mains, vous avez successivement passé en revue les devoirs de l'aumônier, de l'écuyer, de l'intendant, des secrétaires, du maître d'Hôtel, des officiers de cuisine, des marmitons, des demoiselles et femmes de chambre, du Suisse ou portier, des laquais ou valets de pied, des cochers, postillons et palefreniers... Le prince a dû en oublier. Je n'ai pas encore le train d'un Condé (soyez tranquille, ça viendra !) et vous remplissez par conséquent auprès de moi, mon bon Sourdois, une vingtaine de fonctions différentes.

« Or vous avez pu remarquer que, pour chaque catégorie de domestiques, de l'aumônier au dernier des valets, le devoir d'absolue discrétion revient sans cesse, tel un thème privilégié en musique. D'où il ressort que vous devez être vingt fois plus discret qu'un autre. Mon honneur et celui de ma maîtresse sont entre vos mains. Ni Paris ni Louvie-Juzon ne doivent rien savoir de ce qui se passe ici – sans parler de ce qui s'est passé dans la paille que vous savez. Songez à vos propres péchés avant que de songer à ceux des autres, priez pour moi, mais à voix basse. Avez-vous bien saisi ? »

Écrasé par cette arithmétique irréfutable, Monsieur Sourdois baissa la tête. Il était à espérer que la tentation de m'empoisonner ne lui vînt pas à l'esprit. Buckingham, lui, avait rencontré le couteau bien aiguisé d'un Felton.

Je soupai désormais assez fréquemment avec le ménage Lhermitte, sous le tendre regard de Julie, qui semblait prendre son mari à témoin de la qualité de sa conquête, et Irénée me comblait d'attentions et d'offres de service à m'en rendre confus. C'était la maison du bonheur et de la tolérance.

Si la tolérance est haïssable en matière de religion, du fait que la morale à laquelle nous sommes légitimement attachés est obligatoirement en relation avec des dogmes précis, dans le privé, le mot infâme de tolérance sonne mieux : un petit vocable sans prétention, sans ambition, à la mesure de nos médiocres vertus. On ne souffre point le blasphème, mais on tolère en souriant d'être cocu.

Certains jours, l'hôte privilégié que j'étais mettait la main aux jolies casseroles de cuivre pour faire mijoter sur les braises du potager l'une de ces recettes traditionnelles du Béarn qui apportent vie et couleur à la cuisine plus fade du nord, et que la parcimonie régnant au manoir avait trop rarement permis de réaliser dans les règles. Notamment le vrai, l'authentique « bibarou ». J'étais le premier gentilhomme de Béarn à avoir en même temps la femme et le « bibarou », et sans avoir à affranchir l'éventuel fils de mes œuvres !

Notre intimité à tous trois était d'autant plus idyllique que les domestiques des Lhermitte, dont les bavardages étaient à craindre, devaient maintenant quitter les lieux à la tombée de la nuit, sous prétexte que le conseiller craignait des larcins. « Mais on ne lui vole que sa femme ! » me dit un soir Julie sans méchanceté, pour le plaisir de faire un trait, car il lui arrivait d'être spirituelle.

Au courant de ma conversion et de la crainte que j'avais que ma mère ne fût désespérée par la nouvelle, les Lhermitte compatissaient à mon ennui, et Irénée me donna un soir après souper, alors que j'allais me retirer pour la nuit avec sa femme, un conseil d'orfèvre qui donnait à réfléchir :

« Sans vouloir prêcher pour ma paroisse, mon cher garçon, peut-être Madame votre mère serait-elle moins chagrine d'apprendre votre conversion au catholicisme sous sa forme janséniste ? Ne partageons-nous point avec les calvinistes la croyance capitale à une certaine prédestination, qui paraît découler si clairement des épîtres de saint Paul et des traités de saint Augustin ? Le jansénisme ne fait-il pas figure de "protestantisme du catholicisme" aux yeux de beaucoup de personnes mal informées ? Et la valeur de notre morale, qui répudie toute casuistique et tout laxisme, la parfaite rigueur de nos mœurs, auraient de quoi rassurer la dame que vous nous avez décrite.

— Ce ne serait qu'un pieux mensonge, ajouta Julie. Que ne ferait-on pour une maman ? »

J'avais prévu de ne devenir janséniste que par voie de génération, et ajouter un pieux mensonge à tant d'autres qui l'étaient moins n'était pas pour m'emballer. C'était un cas de conscience pour jésuites !

Toutefois, je me rendais bien compte, à la réflexion, qu'il était de mon devoir d'informer Judith de l'irréparable avant que la rumeur publique ne fît son office, et puisque je devais m'exécuter, il était évident que le coup serait amorti par la ruse d'Irénée. La prédestination était la pierre angulaire de la Réforme, le fondement de toute sa sensibilité, et même de son efficacité provisoire. Car un illuminé qui se croit sauvé d'avance est capable de soulever des montagnes jusqu'à ce que la montagne retombe sur lui pour l'écraser.

Au cours de la nuit, laborieusement, j'ai fait à ma mère un éloge outré du jansénisme... mais j'ai naturellement omis de lui dire que j'avais abjuré chez les jésuites. Prédestiné, peut-être, au mensonge, j'avais réussi à introduire le mensonge dans le pieux mensonge.

IV

Le samedi 4 juillet, enfin, enfin, Beaufort m'emmena à l'improviste à Saint-Germain. Anne d'Autriche avait gardé ses habitudes ibériques de dîner et de souper tard à grand renfort de chandelles, et elle aimait faire la sieste. C'est seulement vers cinq heures du soir que le duc, quelques amis et moi-même descendîmes de cheval pour gagner la célèbre terrasse où la souveraine se reposait à cette heure avec ses dames et demoiselles d'honneur.

Comme je demandais naïvement la différence entre une dame et une demoiselle d'honneur, le petit marquis de Croustille, toujours à l'affût d'un bon mot, me répondit qu'il n'y en avait aucune. Se rappelant soudain que ma sœur était justement demoiselle, Beaufort eut aussitôt le bon goût d'insister sur la vertu des demoiselles d'honneur, que le Cardinal recrutait même avec un soin jaloux parmi de très jeunes filles éthérées, dévotes et même mystiques, les seules qui pussent convenir aux amours platoniques du roi quand il était en panne de complaisant. Je n'étais qu'à moitié rassuré. D'après quelques échos que j'avais réussi à glaner, Claire passait en tout cas pour fort pieuse.

Nous débouchâmes sur la terrasse, d'où le panorama était grandiose, qui embrassait longuement la vallée de la Seine.

« C'est ici, poursuivit Beaufort, m'a dit mon père avant d'aller se faire voir par les Anglais – le duc ne retenait de l'histoire que les anecdotes –, c'est ici, un lieu fardé... lardé...

chargé d'histoire, le 10 juillet 1547, devant Henri II et sa Cour, sur ce terrain réduit en champ clos, que le larron de Barnac... le baron de Jarnac a tué en duel le seigneur de la Châtaigneraie, qui l'avait accusé de loucher... de coucher avec sa belle-mère, laquelle était d'ailleurs raide comme le léché... laide comme le péché. Un coup au jarret demeuré fumeux... fameux. Foutue malchance pour la Châtaigneraie ! Car il n'est pas facile de tuer son homme en le piquant au jarret. Sans doute Jarnac avait-il percé par hasard la grosse artère qui envoie ses branches par tout le corps. Ce fut le dernier duel permis par un foi de Rance... un roi de France. C'était le bon temps, celui de toutes les libertés... »

Mais en ce radieux 4 juillet, il y avait plus beau à Saint-Germain que le panorama ou des souvenirs historiques : la reine, assise sous de grands ormes (pour une telle majesté, il en fallait plusieurs !), vêtue de sombre à la sévère mode d'Espagne, tout environnée de femmes et de jeunes filles aux robes fraîches et colorées, le gracieux essaim des espionnes du Cardinal, dont quelques-unes, émues des malheurs de leur maîtresse, avaient peut-être trahi leur employeur ou s'y apprêtaient.

Triomphe de l'esprit formaliste chez des hommes d'Église comme Richelieu ou son inséparable Père Joseph, la corruption de l'entourage d'Anne d'Autriche faisait l'objet de contrats d'embauche en forme et âprement débattus, où tout était minutieusement prévu de ce que la dame devait dire ou faire pour capter la confiance de la reine. La marquise de Lansac, nommée gouvernante de l'enfant à naître dès l'annonce de la grossesse de la mère (je parle du futur Louis XIV), devait signer sans vergogne un contrat de ce style.

Le duc de Beaufort en tête, on se rapprocha du saint lieu. Je cherchais des yeux ma sœur, mais comment la reconnaître, après tant d'années de séparation ? Le visage de la reine s'éclaira à la vue de son cher Beaufort, puis son regard m'effleura avec une vague curiosité, car elle avait du mal – et pour cause – à me remettre. Le duc s'imaginait, évidemment, que j'avais déjà été présenté.

La gorge nouée, je me nommai :

« Chevalier Arnaud Balthazar, fils de Thomas, baron d'Espalungue, compagnon du roi Henri, Seigneur de Baigts et autres lieux, près Louvie-Juzon en Béarn, frère de Mademoiselle de Miossens, qui est toute à Votre Majesté depuis des mois. »

Au dernier rang, une fille d'honneur s'évanouit du coup et se laisse choir sur l'herbe tendre. On l'entoure, on la presse, on l'étouffe de soins. Je ne distingue toujours pas ma sœur. Enfin ranimée, Claire pousse un sonore : « Dieu soit loué ! », et sans se soucier des usages, court se jeter, sous les yeux de la reine ahurie, dans les bras de son frère retrouvé, où elle s'abandonne en sanglotant.

Cette scène inattendue fait une impression si vive que je me vois contraint, accablé de questions, de narrer et de répéter notre histoire.

Et l'esprit me vient d'articuler mon récit autour de deux incontestables miracles : la conversion de ma sœur à la vraie foi par un canal hautement providentiel, et ma propre conversion, par le biais non moins providentiel d'un demi-frère jésuite quasiment en odeur de sainteté. Discours habile, car en partie sincère, et auquel l'accent chantant du Béarn donnait un tour inhabituel.

Anne d'Autriche renifle dans son mouchoir de linon. Des dames pleurent pour de bon. On peut être espionne et sensible. Jusqu'au marquis de Croustille, un tendre en dépit de son esprit scandaleux, qui reste sans voix, titillant une pointe de sa moustache retroussée. Quant au gros jésuite Quiroga, confesseur de la reine, il boit du lait.

Beaufort, lui, paraît encore plus surpris qu'ému, et se pose évidemment la question qu'il faut se poser sans cesse, et en toute circonstance : « D'où vient l'argent ? » Comment ce cadet vagabond que j'ai connu devant Corbie a-t-il pu se déguiser en chevalier à la mode, si son argent, comme je l'avais cru tout d'abord, n'est pas venu de ce Miossens, qui fut un moment gouverneur de Pau ? Le jeu ou les femmes, peut-être ?

Avec une exquise délicatesse, la reine permit au chevalier d'Espalungue, lequel sera toujours le bienvenu, et à sa sœur affectionnée, qui doivent tous deux avoir tant de choses à se dire, de se retirer un moment au jardin italien.

Claire de Miossens était à dix-sept ans un être fragile au teint délicat, dont il émanait un charme discret, mais d'autant plus prenant. Le regard sans détour, les lèvres minces qu'elle tenait de sa mère, annonçaient cependant le redoutable entêtement des purs dans la foi, qui se déchirent les entrailles plutôt que de céder et que les entrailles des autres n'émeuvent que si elles fument pour la bonne cause sur un champ de bataille providentiel. La sensibilité était à fleur de peau, mais tempérée par une raison raisonnante... et peut-être raisonneuse.

Pour Hermine, la religion semblait au service de la noblesse, qui en prenait ce qui lui plaisait. Pour ma sœur, au contraire, la religion commandait tout, et même un cardinal devait lui être soumis. Tant que battra le cœur des hommes, il y aura des tempéraments de cette sorte, qui ont, entre autres vertus, celle de donner du sel à la vie comme à la mort.

Plutôt que de nous asseoir sur un banc à l'ombre d'une charmille, nous cherchâmes un abri contre la chaleur dans l'une de ces grottes agrémentées de jeux d'eau ingénieux, qu'Henri IV avait demandé aux Francini, les meilleurs hydrauliciens de l'époque, d'aménager à partir de 1598, alors que les gigantesques ouvrages de terrassement et de maçonnerie du château neuf suivaient leur cours. Le château vieux, en attendant d'accueillir le Dauphin, encore dans les limbes, était alors réservé aux bâtards du roi, qui passait avec ses maîtresses les embrasser quand il venait surveiller les travaux.

Claire entrait avec précaution dans la pénombre de la grotte, regardant bien où elle mettait le pied...

« Entre autres divertissements, m'expliqua-t-elle, le roi Henri, qui n'aimait l'eau que pour autrui, avait demandé aux Francini de poser des attrapes licencieuses dans ces grottes : un violent jet d'eau s'élevait tout d'un coup sous les vertugadins des dames. Anne s'est fait prendre une fois, alors qu'elle conversait discrètement avant guerre avec l'ambassadeur d'Espagne, qui en a perdu contenance. Elle a aussitôt ordonné de mettre en panne ces déplorables engins, mais certains ont pu échapper, car beaucoup de plans se sont perdus. »

Après l'assaut croisé de confidences que l'on devine, ma sœur fit de grands efforts pour me détourner du duel vengeur que je lui avais annoncé comme fatal et où le péché de tuer ou d'être tué si gratuitement lui paraissait inexcusable : à son sens, il n'y avait de déshonneur qu'au regard de Dieu, une proposition hors de conteste, mais qui faisait bon marché de nos intérêts temporels les plus forts.

Satisfaite d'avoir eu – du moins en théorie – le dernier mot sur ce point, Claire en vint ensuite à me raconter, avec force soupirs, les interminables déboires d'une reine qui avait fait le mariage le plus triste du monde, avant de se faire arroser le derrière devant l'ambassadeur de son frère. Un récit évidemment partial dans la forme, mais dont le fond suffisait à serrer le cœur.

Quand une créature rampante du Père Joseph avait eu le front de présenter à la nouvelle demoiselle d'honneur le contrat de délation habituel assorti de faveurs flatteuses, Claire, tombant de son haut, l'avait signé sans hésiter, pour en référer privément à la reine, qui lui avait dit :

« Ce n'est pas la première fois, Mademoiselle, qu'on me fait une telle révélation, et je vous en remercie. On suit ainsi d'ordinaire les consignes du Cardinal pour me mieux inspirer confiance et m'abuser d'autant mieux. Mais il y a un commencement à toutes les honnêtetés, et c'est le bien que je vous souhaite. »

Ma sœur, si sensible et si droite, en avait éprouvé un tel bouleversement qu'elle avait été terrassée de fièvres et de délires des journées durant, et que seules les supplications d'une reine éplorée avaient pu la rétablir : une manière de briser la glace qui avait créé des liens d'exception.

Selon Mademoiselle de Miossens, dont l'ardente piété excluait toute pruderie, la nuit de noces entre les deux enfants de 1615, lamentablement ratée dans une promiscuité paralysante, fut suivie d'hommages adolescents tardifs, hésitants, et bientôt languissants. Dès 1622, le roi prit sa femme en grippe, au lieu de la plaindre, parce qu'elle avait perdu un fruit de cinq mois à la suite d'une glissade dans la « grande galerie » du Louvre, où elle s'amusait innocemment avec son intime amie Madame de Chevreuse, objet depuis de tenaces persécutions et exilée sans relâche. Le Cardinal l'avait méchamment surnommée « la Chevrette » !

Avec l'arrivée de Richelieu au Conseil, deux ans plus tard, l'étau se resserre autour de la reine, soupçonnée d'être de toutes les conspirations, domestiques ou étrangères, et dont les correspondances avec son frère espagnol sont tenues pour suspectes avant même que d'être contrôlées par les agents du Père Joseph. Et l'on fait un crime à la malheureuse d'une promenade irréfléchie à Amiens avec le trop aimable Buckingham !

Fort curieux du roi, j'interrogeai plus précisément ma sœur à ce sujet, et elle me brossa, sans réticence et sans voile, un tableau saisissant de la situation.

Élevé à coups de fouet par une mère imbécile dans le bourdeau de Saint-Germain, où son seul réconfort était les visites d'un père voluptueux de religion incertaine, Louis le Juste est devenu, à trente-six ans, un être maladif et cachottier, porté à faire de mauvaises surprises, dont il se délecte dans le secret d'une âme irrésolue dans les petites choses et inflexible dans les grandes. Ses épaules se voûtent sous le poids de sa propre autorité, dont il est d'autant plus jaloux que le Cardinal en est le premier dépositaire. Affligé de dépressions soudaines, de flux de ventre épuisants, le roi consacre à la chasse, son unique passion, le peu de forces qui lui restent dès que les opérations militaires, qu'il suit de bon cœur, car il aime le canon et le sang, ne réclament plus ses soins.

Dans son privé, Louis est un bougre de la plus vilaine espèce, un bougre dévot qui se veut supérieur à sa nature. Afin de régner sans partage sur l'esprit vacillant d'un Prince qui demeure malgré tout son maître et peut le rejeter d'un trait de plume au néant d'où il est sorti pour le malheur public, Richelieu choisit à l'intention de sa marionnette des favoris horriblement dispendieux, dont la vocation est de mal finir, lorsque, pris de la folie des grandeurs, ils auront trahi leur éminentissime proxénète et seront à jamais privés de la couche royale et de l'or qu'ils y cherchaient à quatre pattes entre deux agaceries.

Le Cardinal choisit aussi, mais pour leur chasteté et leur candeur, de pieuses favorites à peine pubères qui ne coûtent pas grand-chose au Trésor, une Hautefort, une La Fayette, que le Prince se bornera à ennuyer de ses histoires de chasse, en attendant que le vrai pouvoir, inquiet de leur influence et des pacifiques conseils qui pourraient leur échapper, travaille à les discréditer par des détours occultes. Ayant attiré l'attention du roi, Mademoiselle de Miossens est sur les rangs, ce qui ne l'amuse guère.

Mais la première mission des favoris et des favorites est paradoxalement d'amener la bête à reproduire l'espèce, car le sort de la France, de l'Europe, de Richelieu, est suspendu à la naissance d'un Dauphin, c'est-à-dire à un fil qu'on a, hélas, de plus en plus de mal à distinguer. Si la reine n'accouche point d'un fils et si Louis succombe à ses maux, Gaston d'Orléans régnant, c'est la paix avec l'Espagne, dont le Cardinal ne veut à aucun prix, et dont le roi ne veut pas non plus parce que le Cardinal a plus de volonté que lui.

Or ce devoir d'État dont tout l'État dépend, la seule chose sérieuse qu'on lui demande en fait, Louis paraît décidément incapable de l'accomplir. Sa répulsion pour sa femme est aussi bien morale que physique. Son nez, habitué aux odeurs de vénerie et à la sueur des garçons, ne peut flairer sans haut-le-cœur une peau femelle parfumée ; son regard, excité par la sveltesse des éphèbes, est dégoûté par les formes pleines d'une femme parvenue à son automne, et il faut le pousser par les deux épaules pour qu'il se résigne à l'amoureuse corvée chaque fois qu'il lui tombe un œil.

Claire, qui ne voit pas d'inconvénient à suivre sur ce point les instructions si précises du Cardinal, fait son possible, avec les autres, pour mettre le roi en état de fonctionner, mais les résultats se font attendre. Agaçant sa perruque et louchant sur le sein menu de Mademoiselle de Miossens, le roi, qu'énerve toute allusion à sa femme, préfère discourir sur ses chiens ou ses faucons, avec un verbe d'autant plus hésitant que ce nerveux a plus de mal à voiler ses émotions.

Je fus tout retourné de ce que j'apprenais là, et qui recoupait en partie le peu qu'Ulysse ou Beaufort m'avaient déjà confié.

Un chevalier de province était fort étonné de la liberté avec laquelle Claire venait de parler du roi, une liberté que je n'avais pas notée chez un Beaufort. Il est vrai que le duc était du sang d'Henri IV et en tirait une insondable vanité. Alors que pour le gros des courtisans appelés à voir le roi de près, le Prince n'était, après tout, qu'un noble qui avait eu plus de chance que les autres : on était tous du même « sang » et de la même « race » ! Ce qui n'empêchait point d'avoir pour la personne royale un immense respect, mais qui s'adressait à la royauté de toujours plutôt qu'à un être éphémère.

Je promis à ma sœur de revenir aussi souvent que je pourrais. Moins méfiante qu'un Beaufort, elle ne se demandait point qui avait payé mes gants à crispins ou mes bottes aux revers ornés de dentelles assorties à celles du collet : non point par aveugle innocence, mais du fait que ses souvenirs de famille s'arrêtaient à une période où les Espalungue avaient encore leurs aises, devant une mer d'argent qui nous apportait des épices du pays des rêves.

V

Au petit matin du jeudi 9 juillet, un courrier spécial, qui frappe comme un sourd chez le conseiller Lhermitte, déposa entre les mains de Sourdois – les domestiques du ménage n'étaient pas encore arrivés – une convocation, par laquelle j'étais requis de me rendre le lendemain à six heures du soir au couvent des capucins de la rue Saint-Honoré, dans l'antre du Père Joseph, « pour affaire me regardant », une formule consacrée qui a toujours mis le lecteur mal à l'aise. Qui n'a pas quelque chose à se reprocher ?

Le bureau principal du moine était au Palais-Cardinal, mais il faisait de fréquentes apparitions chez ses chers frères de ladite rue, ou bien chez ses chères sœurs, les « Filles du Calvaire » au Marais.

J'étais encore dans les bras d'une Julie repue, Lhermitte s'étant aperçu – comme le roi Salomon déjà... – qu'il dormait mieux quand il dormait seul, sans être mortifié par la tentation d'impossibles félicités. Sourdois, se faisant une raison, traînait sa paillasse sur le palier quand la Messaline bourgeoise, la prêtresse de Babylone, montait pour la nuit, non sans lui adresser à l'occasion, avec un beau naturel, quelques phrases aimables, qui étaient autant de fers rouges pour son âme sans merci. Et après avoir fermé les yeux, il devait se boucher les oreilles, car la jouissance de Julie, qui avait été trop longtemps sevrée, était parfois indiscrète. Mais il n'oubliait pas le manuel de l'abbé, dont il avait en personne, amère réminiscence, enseigné les discrets préceptes aux domestiques du manoir en un autre temps.

Ma maîtresse était inquiète. Je ne l'étais pas moins, et avec plus de raisons qu'elle-même, que je n'avais pas mise au courant de mon équipée d'Arnac, qui l'aurait inutilement alarmée. Le Père Joseph avait partout la plus sinistre des réputations. Que pouvait-il me vouloir ? J'ignorais alors qu'il avait reçu pour le moins trois courriers à mon sujet, mais je ne pouvais m'interdire de craindre qu'il n'eût perçu un écho de mes fâcheux exploits. Au déjeuner matinal, que nous prenions sans façon dans la cuisine, le conseiller s'est efforcé de me rassurer, mais il n'aurait pas pu grand-chose pour me tirer d'un mauvais pas, le Cardinal ayant aplati les Parlements comme tout le reste.

Par chance, Matthieu était récemment arrivé à Paris comme prévu et m'avait fait dire de passer le visiter à ma convenance. L'espionnage des jésuites valait bien celui du Père Joseph, et il y aurait là beaucoup à apprendre pour me fixer une conduite.

Vers dix heures, j'étais à la Maison professe du quartier Saint-Antoine, où le portier m'annonça que le Père d'Espalungue, en conférence avec le Provincial, me priait de patienter. Matthieu était à présent un notable personnage, et j'ai attendu en conséquence jusqu'à onze heures et quart.

Dans son sobre bureau, le Père « profès » en robe neuve, déjà au courant de ma mémorable visite au château de Saint-Germain, se réjouit vivement de ces retrouvailles et me complimenta sur ma bonne apparence. Mais il partageait mes appréhensions. Quand le Père Joseph s'intéressait à quelqu'un, c'était généralement pour le faire pendre ou pour le corrompre, la solution la plus honnête étant, comme toujours, la plus désagréable. Je me récriai, déclarai qu'il ne me tenait pas encore !... et priai mon frère de m'éclairer sur ce mystérieux personnage, qui agissait partout et qu'on ne voyait nulle part, dont tout le monde parlait, mais que personne ne connaissait. Où était le mythe ? Où était la réalité ?

Le jésuite m'interrogea sur mon voyage de Baigts à Paris,

puisque rien de ce que j'aurais pu faire auparavant n'eût été de nature à mettre le Père Joseph en branle, le malentendu d'Amiens ayant été éclairci en ma faveur. Laissant pudiquement Hermine de côté, je rapportai donc l'affaire Chapon et ses suites, tandis que mon auditeur s'assombrissait par degrés.

Après que j'eus vidé mon sac, Matthieu fixa du regard le grand crucifix d'ivoire accroché à la cloison, comme pour y chercher réconfort et conseil. Ce christ avait les bras largement ouverts, recevant toutes les prières et accordant ses grâces à tous... en particulier aux jésuites, alors que le christ janséniste (Beaufort disait « genre sinistre » !) avait étroitement rapproché ses bras, afin de bien signifier que seuls seraient sauvés les gens sinistres de Port-Royal.

Matthieu se décida enfin à parler.

« Je serai... encore plus franc que d'habitude, car ta sûreté, ton destin sont en jeu, mais il va de soi que rien ne doit sortir de ce bureau et que je ne t'ai rien confié.

« Un mot suffit à résumer François Leclerc du Tremblay, dit le " Père Joseph " : c'est un phénomène bouleversant, tel qu'on n'en a jamais vu et qu'on n'en verra jamais plus.

« Né vers 1577 dans une famille de robe bien nantie, le jeune François est capable à dix ans d'improviser en latin une oraison funèbre d'une heure à la gloire de Ronsard... qu'il aurait pu dire en grec si l'auditoire avait été plus savant.

« À quatorze ans, François conçoit une passion profane pour une petite cousine, et en tire la conclusion définitive que le néant des choses de ce monde ne mérite que le mépris : il sera moine et n'appréciera désormais les femmes que cloîtrées. "Je n'aime point, a-t-il déclaré un jour, à l'effarement de ses auditeurs mondains, voir le sexe, sinon enfermé et dérobé à la vue, comme autant de mystères qu'il ne faut regarder qu'avec une espèce d'horreur." Si le Père Joseph se cache si bien d'ordinaire, c'est d'abord pour fuir la vue des femmes, qui le met dans un état second. Officier vierge et irréprochable, un moment attaché à l'ambassade de Londres, François entre bientôt chez les capucins, malgré la résistance désespérée d'une mère qu'il adorait.

« Le père Joseph est un contemplatif et un mystique, mais de l'école moderne de Benoît Canfield, dont tu as peut-être eu vent. Il ne s'agit plus de suprêmes spéculations, à l'instar des anciens Pères d'Orient ou de Plotin, sur un Dieu incolore, impalpable, inodore et sans saveur. À l'opposé, on préfère se repaître d'images bouleversantes : la Croix, les Clous, le Sang, le Cœur transpercé de Jésus, etc. Qu'il pleuve ou qu'il vente, le Père Joseph consacre deux heures chaque matin à des exercices spirituels de cette veine estimable, mais bien terre à terre. Alors que pour nous, jésuites, qui nous méfions des sensibilités maladives, le seul mysticisme qui vaille est celui de l'action. On nous accuse même de faire de nos oraisons une méthode d'exaltation des facultés humaines, dont Dieu ne serait plus que le prétexte !

« Le Père Joseph, qui sait pourtant être actif à ses heures, est un capucin prêcheur, qui poursuit sans relâche le retour des Réformés à Rome, par le verbe, sans doute, car il prêche admirablement, avec une émotion communicative, et dans un langage simple et direct, mais aussi par des faveurs bien pesées et par l'argent. Il est expert à négocier au plus juste le prix d'une conversion, un baron étant, par la force des choses, plus cher qu'un rempailleur.

« Le Père Joseph est un missionnaire, qui expédie d'héroïques religieux au Canada, au Maroc, au Levant, et jusque chez les cannibales, pour leur apprendre à jeûner et à distinguer le Corps du Christ dans un pain dont ils n'ont jamais mangé. L'homme est-il le même partout ? Ou bien une certaine éducation serait-elle nécessaire pour le préparer au Credo ? Cette question épineuse, qui retient toute l'attention de nos Pères, notre moine l'a tranchée.

« Le Père Joseph est un passionné croisé, qui a consenti des efforts incroyables, en compagnie du crédule duc de Nevers, pour ameuter la chrétienté contre les Turcs, ces amis traditionnels de la France, et leur reprendre un Tombeau vide, que Jésus avait sagement abandonné aux orties. Mais comme il travaillait d'autre part d'arrache-pied à envenimer et à prolonger les conflits entre chrétiens, cette insurmontable contradiction a pratiquement enterré ses beaux projets.

« Le Père Joseph est un réformateur, qui a rétabli avec une

souple habileté la discipline compromise dans nombre de couvents, et fondé, en particulier, les “Filles du Calvaire”, ferventes adeptes de ses exercices spirituels.

« Le Père Joseph est un éminent diplomate, qui a réussi, à la diète de Ratisbonne, en 1630, à desservir la cause catholique de main de maître et à accroître dans les Allemagnes abominablement dévastées, un désordre déjà insensé.

« Le Père Joseph est un extraordinaire poète. Mais oui ! Avant d'obtenir dispense pour une litière ou un carrosse, il a cheminé à pied, dans le respect le plus héroïque de la règle, allant jusqu'à Madrid ou jusqu'à Rome, sous le soleil ou sous la pluie, abandonnant dans le fossé ses compagnons exténués, et composant de mémoire en cours de route, à raison de deux cents hexamètres par jour, une prodigieuse épopée de 4 637 vers latins, la *Turciade*, consacrée à la délivrance des lieux saints.

« Pour se reposer du latin, il donnait dans une versification française, où le Turc n'était pas mieux traité. Il s'adresse, par exemple, à la Grèce souffrante, en ces termes saisissants :

Si pour te soulager, l'univers je tournoie,
C'est trop peu pour mes vœux ;
Dans une mer de sang, il faut que je me noie
Pour éteindre mes feux.

« Parfois le vers se dégage du pieux carnage pour prendre une hauteur sublime :

J'ignore où mon dessein, qui surpasse ma vue,
Si vite me conduit,
Mais comme un astre ardent qui brille dans la nue,
Il me guide en la nuit.

Ni des Alpes neigeux ni des hauts Pyrénées,
Le front audacieux
N'a pu borner le cours de mes grandes journées,
Qui tendent jusqu'aux cieux.

Cher Seigneur, si Ta main m'enfonça la blessure
De ce perçant dessein,
J'ai droit de Te montrer ma tendre meurtrissure
Et descouvrir mon sein.

« Et aux étapes, entre une tête de hareng et une branche d'épinard, le Père Joseph composait de délicieuses rhapsodies lyriques dans le genre populaire.

« Goûte-moi donc celle-ci, à propos d'un rossignol, que je connais par cœur, et qui a tout l'esprit des *fioretti* du saint d'Assise. Le texte a été mis en chanson, sans qu'on se préoccupât d'en connaître l'auteur.

En mille tours il façonne
De sa voix les longs replis :
Ainsi tout le ciel résonne
De mille chœurs accomplis.

Aisément l'on ne peut dire
De ce long chant nuit et jour,
S'il meurt, s'il pâme ou soupire
De tourment, d'aise ou d'amour.

Quand par les chants je m'égaye
En quelque air dévotieux,
Ce chantre jaloux s'essaye
D'élever sa voix aux cieux.

Mais en plus pleine musique,
La violente douceur
De l'harmonie angélique
Répond aux voix de mon cœur.

Ces oisillons qui rassemblent
En un leurs accents divers,
Aux motets des saints ressemblent,
Unis en tout l'univers.

« Mais cet érudit, ce mystique, ce prêcheur, ce missionnaire, ce croisé, ce réformateur, ce diplomate et poète éclectique aux talents si divers, est d'abord un maître espion, qui réunit entre ses griffes un immense réseau de corruptions et de crimes.

« Son étroite association avec Richelieu remonte loin. Les deux hommes se sont connus à l'occasion de la réforme de l'abbaye féminine de Fontevrault, du temps où le futur cardinal n'était qu'évêque de Luçon, un misérable évêché qui ne rapportait pas 20 000 livres, et dont le titulaire se battait avec les chanoines pour garder le maximum, comme notre pauvre père s'était battu avec le pasteur de Louvie-Juzon. Et c'est le Père Joseph qui a introduit son ami auprès de la reine mère Marie de Médicis, laquelle s'intéressait à ladite réforme : un pas décisif dans une grande carrière.

« Par la suite, Richelieu s'étant fait maladroitement exiler en Avignon, sur les terres du pape, c'est encore le Père Joseph qui l'a remis en selle en lui obtenant la délicate mission de réconcilier le roi avec son insupportable mère, ce qu'il fera à la satisfaction générale. Il était lancé… Et depuis l'exil de la reine mère, il y a six ans, le ministre a les coudées franches, et les deux compères en prennent à leur aise, le grand Cardinal par-devant, et son âme damnée par-derrière.

« Cependant, ce maître espion est avant tout un crucifié, un "Janus Bifrons", déchiré de jour en jour, d'heure en heure, entre Dieu et Richelieu, entre un obsédant souci de perfection évangélique, et une morale politique du moindre mal, qui ne va pas sans mal, vu que les moyens les plus bas et les plus abominables sont mis au service d'un cardinal qui fait passer les intérêts de l'État – tels qu'il les entrevoit du moins dans le brouillard – avant ceux du catholicisme en Europe.

« Ce moine est donc capable, dans une même journée, de prêcher un carême avec des larmes dans la voix, d'assassiner son monde et de tromper ce qui en reste pour le meilleur profit de toutes les hérésies protestantes, dont la survie dépend de l'échec des Habsbourg dans les Allemagnes. Or je ne voudrais pas prophétiser, mais si l'on rate cette occasion d'exterminer l'hérésie une fois pour toutes, le libre examen revendiqué par les hérétiques risque d'être tôt ou tard, pour la vraie religion, un germe de tourments et de ruines, et nous aurons peut-être un pape protestant, qui ne saura plus ce qu'est un dogme, au jour du Jugement dernier.

« Le Père Joseph ne le sait que trop, car sa lucidité est à la hauteur de son intelligence. Mais il s'est donné corps et âme au Cardinal, sans espoir de se reprendre. Il mourra terrorisé par un enfer qu'il porte déjà en lui, mais cela ne ressuscitera pas ses victimes et ne sauvera point l'infinité d'âmes qu'il aura perducs. Voilà pourquoi, ce " déséquilibré ", au sens le plus fort du terme, est si dangereux, susceptible du meilleur ou du pire selon le masque qu'il aura emprunté.

« En attendant, le roi étant malade, le Père Joseph étant malade – on le serait à moins ! –, Richelieu, malade lui-même, et qui craint fort de partir le premier sans avoir mené à son terme la mission cyclopéenne qu'il s'est fixée, manœuvre pour assurer sa succession au capucin confident de toutes ses pensées. Il a demandé à Rome, et avec la dernière insistance, le chapeau de cardinal pour son complice, mais le Père Joseph inspire une telle horreur et un tel mépris à la Curie qu'il devra sans doute agoniser pour en voir apparaître le dérisoire pompon.

« Méfie-toi ! »

Cela dit avec un coup d'œil circulaire, comme si un double du Père Joseph avait pu se glisser dans la pièce durant l'entretien !

Remué par ce prodigieux tableau, je demandai à mon frère quel pouvait être le mode d'emploi avec une pareille organisation, la voie d'approche la plus prudente et la plus sûre.

« Que te dirai-je ? Habitué de longue date – ne serait-ce que par la sainte confession – à sonder les replis des âmes, l'insomniaque Père Joseph, en dépit de sa vue basse (mais il fait peut-être semblant d'être aveugle ?), est d'une perspicacité stupéfiante, d'une ruse démoniaque, tirant des plans à long terme comme on se joue, échafaudant, le dos zébré par la discipline, des châteaux de cartes dont certains se feront plus solides que des briques. Pour ne pas se laisser engluer dans la toile de l'araignée, le moucheron doit avant tout inspirer confiance à un expert qui ne se fie à personne, c'est-à-dire ne mentir – autant que possible par omission – que sur des points où toute vérification est impossible ou hautement improbable. Telle est la première règle d'or.

« Quant au reste, c'est selon... On entre au service du Cardinal par persuasion, par intérêt ou par contrainte, le mélange des genres n'étant évidemment pas exclu. Mais voyons les choses en face : les convictions changeantes et les intérêts fluctuants ne sauraient assurer que des fidélités aléatoires, et dans les grandes affaires, les puissants de ce monde préfèrent tenir leurs créatures par des chaînes encore plus fermes, celles de la peur.

« Ta manière désinvolte d'égorger les importuns au passage, ta qualité de frère de ta sœur – si je puis dire ! –, sans parler de tes autres qualités d'intelligence et de cœur, t'ont manifestement désigné à la curiosité du pouvoir, féru de bretteurs bien en Cour et de cerveaux fertiles. Quels atouts le Père Joseph cache-t-il sous son froc pour parvenir à ses fins, et quelles sont exactement lesdites fins ? Sois tranquille : il te révélera lui-même le peu qu'il jugera bon, et sans doute, sur le mode le plus doux et le plus séduisant. Dans les affaires secrètes, en France comme en Espagne, les premiers pas dans l'obéissance ne manquent ni de charme ni de profits. C'est ensuite que ça se gâte, mais il est trop tard pour s'en formaliser. »

Je demandai à Matthieu le joli texte du « rossignol », pour en citer opportunément quelques strophes à l'auteur, faisant alors mine de croire à une poésie anonyme...

« Garde-t'en bien ! Une habile flatterie peut rencontrer chez le Cardinal une oreille complaisante. Elle ne peut qu'exciter les soupçons d'un Père Joseph, dont la profonde humilité n'est pas feinte. »

Car ce Diable d'homme, pour couronner le tout, était l'humilité et le désintéressement personnifiés ! Ce qui n'était pas le moins alarmant. Les convaincus – heureusement bien rares ! – mènent par crises frénétiques l'univers à sa perte sur des monceaux de cadavres, alors que les franches canailles à vue courte ne font en comparaison que des dégâts journaliers insignifiants.

Je rentrai « impasse des tire-laine » en agitant de noires pensées. Les mises en garde d'un Tréville me revenaient à l'esprit.

En mon absence, l'inquiétude de Julie était devenue de l'angoisse. Elle avait entendu le matin même, sur le Père Joseph, au marché de la porte de Buci, des racontars qui lui avaient donné la chair de poule. Le bas peuple le voyait comme un ogre et les mères en menaçaient leurs marmots – du moins ceux qu'elles n'avaient pas étouffés en dormant... ou en faisant semblant, astucieuse coutume qui faisait de discrètes hécatombes. Mais rien n'est nouveau sous le soleil, les Spartiates chers à Platon avaient fait disparaître avant elles les enfants superflus, et il était permis à des mamans modernes d'être un peu platoniciennes dès que les anges gardiens étaient distraits.

Julie était d'autant plus angoissée qu'elle avait eu pour la première fois un notable retard. Si cette merveilleuse grossesse se confirmait, allait-elle perdre prématurément, par les œuvres du satanique Père Joseph, l'un des deux pères de son enfant, le plus aimable et assurément le plus beau ?

J'affectai une parfaite tranquillité d'âme et la rassurai en riant. L'ogre Joseph pouvait manger des petites gens, il ne pouvait rien contre un gentilhomme reçu à Saint-Germain avec faveur. Si le moine osait me manquer de respect, je lui couperais les oreilles et les rapporterais à la mère pour amuser le bébé.

En revanche, le conseiller Lhermitte, dont la naturelle gratitude s'était muée en amitié, avait suffisamment de connaissance du monde pour flairer des ennuis. Résolument optimiste quand sa femme avait été présente, il le fut beaucoup moins ce soir-là, alors que nous devisions cordialement au salon devant un vin blanc de Barsac à cent livres le tonneau, Julie se préparant de son côté pour une nouvelle nuit de tendresse partagée : elle était arrivée à un âge où la femme doit soigner toutes les apparences.

« Les écus filent si vite à votre âge... dit soudain Irénée. Je crains que l'attrait de l'argent – auquel nous sommes tous plus ou moins sensibles ! – ne vous incline à un engagement inconsidéré dans ce mauvais lieu qu'est le Palais-Cardinal. Si cette tentation vous venait, sachez une fois pour toutes que ma bourse vous est libéralement ouverte. Je vous tiens pour un fils, bien capable de me donner un jour... une sorte de petit-fils, et mes exigences voilées seront toujours plus honnêtes que celles d'un Père Joseph. »

J'embrassai le bonhomme avec émotion. J'avais retrouvé un foyer, en attendant de pouvoir fonder le mien avec la femme de mes rêves. Tout est simple pour les cœurs simples.

Dans la nuit, je quittai ma couche quasi conjugale pour m'attabler au petit bureau, et tandis que Julie dormait, j'ai écrit un mot à Hermine, pour la remercier de sa bonne lettre.

Je lui disais notamment :

> *« Vous pouvez compter que ma fidélité vous restera entière et sans partage, que si vous entendiez jamais parler d'une liaison que j'aurais poursuivie quelque temps pour me débarrasser d'un surplus d'humeurs ou pour avancer mes affaires, c'est encore vous, vous seule, que j'aurais séduite et honorée, voyant sans cesse votre image et ne songeant qu'à vos appas. Votre bénédiction me suit partout où je vais, et je ne me lasse nulle part de vous faire honneur. »*

La correspondance amoureuse est un art délicat. Elle est à lire entre les lignes, et il y faut de confiantes dispositions.

VI

Le vendredi, je me vêtis avec moins de recherche que de coutume, et me considérai d'un œil assez complaisant dans la glace de Venise du vestibule avant de sortir affronter le fauve dans sa caverne. Ce n'était pas le moment de chercher à éblouir un ascète.

La mode masculine, entre le temps des fraises ridicules et celui des surcharges de la bourgeoise époque Louis XIV où nous sommes, n'avait jamais été plus élégante ni plus aristocratique, comme si une société que la royauté allait bientôt réduire à l'obéissance et à la platitude, avait fait un dernier effort de liberté, de simplicité et de bon goût.

À six heures du soir, je fus donc introduit par le Père Ange de Mortagne, bras droit du Père Joseph depuis plus de vingt ans, dans une étroite cellule, où je distinguai à contre-jour un moine d'une soixantaine d'années à la barbe négligée et au cheveu rare, assis derrière une table couverte de paperasses et de loupes. Le visage de l'individu était large, le nez fort, le regard paraissait voilé par l'approche de la cécité. Le froc, correctement rapiécé par des religieuses attentives, était propre. Le diplomate était parfois contraint de fréquenter le meilleur monde et, au rebours de quelques confrères, il ne faisait pas de la saleté un instrument de salut.

Le Père Joseph me pria de m'agenouiller près de lui et ses mains rêches parcoururent doucement mes traits bien accusés, insistant sur les bosses comme sur les creux. Pour achever de se faire une idée du sujet, car la voix trahit son homme sur une certaine durée et sur un certain suivi, il me demanda de lui réciter une prière... une poésie, peut-être ? Déjà le piège : des maladroits avaient déjà dû lui faire le coup du rossignol !

Je jugeai plus habile de réciter posément la première « confession des péchés » de Calvin (il en avait pondu deux), arguant que, récent converti, et encore trop sensible aux séductions du monde, je n'avais pas eu le temps d'apprendre par cœur l'acte de contrition catholique. « Aucune importance, mon fils, dit aimablement le Père Joseph, si ce n'est pas le même Dieu, ce sont les mêmes péchés, et toute contrition est bonne pourvu qu'elle soit sincère. » Raffinement d'habileté, j'avouai, avec une modestie qui avait de quoi toucher, que j'étais venu, entre autres motifs, à la religion romaine parce qu'il y était dit qu'une humble attrition suffisait pour être sauvé.

Les vives controverses sur la contrition et l'attrition avaient alors une grande importance politique et religieuse. Les jansénistes, ennemis de la confession fréquente, étaient à cheval sur la contrition parfaite, ce regret d'avoir offensé Dieu par unique considération de sa Personne et des souffrances infligées au Sauveur par nos fautes. Mais cette contrition idéale était-elle accessible à la foule des pécheurs ? L'Église traditionnelle et les jésuites, tout en recommandant une excellente contrition, soutenaient de leur côté qu'une bonne attrition, ce regret d'avoir offensé Dieu par crainte des peines de l'enfer ou du purgatoire, permettait de se tirer d'affaire *in articulo mortis*.

Une Église qui s'efforçait de maintenir et d'accroître son influence par la confession fréquente, chère aux jésuites, se contentait trop volontiers d'attritions suspectes. Le grand Cardinal était naturellement un fervent apôtre de l'attrition, où il devait voir sa seule planche de salut. Peut-être est-ce le cas de dire : *in medio stat virtus*.

J'espérais jeter le Père Joseph dans un débat théologique qui aurait abrégé d'autant ma visite.

Mais mon pétard était mouillé. Le moine, qui connaissait tous les tours et dont le temps était compté, ne se laissa point distraire par la *rabies theologica*. Sans daigner répliquer, il me montra une chaise branlante, où je m'assis avec précaution, un rayon de soleil dans l'œil.

Avec des manières d'homme du monde, douces et courtoises, le Père Joseph m'interrogea sur mes antécédents, allant d'emblée à l'essentiel, par petites touches précises. Disert sur Arnac, je ne soufflai mot d'Ulysse. Le risque était mince que le maître espion fît jamais le rapport entre le chevalier de Candale et ma personne, et après tout, mon contrat moral (ou immoral ?) avec le jeune héritier gascon avait eu l'approbation d'un jésuite « profès », argument que je pourrais toujours produire si le pot-aux-roses était découvert. Je dis que j'étais monté à Paris pour revoir ma sœur, et de fait, c'était bien l'espérance de la revoir qui m'avait empêtré dans le filet des Montastruc.

Puis, au sortir d'un long silence calculé pour me déconcerter, le Père Joseph changea de ton, sa voix, neutre jusque-là, se teinta de tristesse.

« Vous apprendrez bientôt que la noblesse d'Arnac a engagé contre vous et votre domestique hérétique une énergique action en justice pour meurtre et vol de chevaux – des animaux de valeur, à ce qu'il paraît –, action appuyée par une meute d'amis et de témoins. Six morts en quelques heures – sans parler des chevaux –, l'addition est lourde. Et je passe sur cet enfant que vous avez tué à Paris sous un prétexte futile, vous exposant ainsi à l'extrême rigueur des édits. Les six morts en feraient sept si nous le prenions en compte. »

Nouveau changement de ton. La voix devient paternelle et joyeuse.

« Néanmoins, je suis heureux, mon fils, de vous annoncer une bonne nouvelle… et même plusieurs.

« Heureusement, nous savons ici la turbulence de ces nobles de province qui se croient tout permis, et nous avons été sensible à l'attentat dont le maître de poste Chapon a été victime. Origène et Abélard ont su faire tourner à leur bénéfice spirituel les pertes qu'ils avaient essuyées ; il est douteux qu'un Chapon ait ce talent, et le crime n'en est que plus odieux.

« Nous savons aussi quelles sont vos attaches avec la Cour, tout le cas que font de vous une gracieuse souveraine, une sœur de haute vertu, et même un duc de Beaufort, dont il est permis de beaucoup attendre s'il vient à s'assagir comme nous le souhaitons.

« Bref, si la loi vous condamne, l'équité vous recommande. Je vous rappelle que, par l'effet de sa " justice retenue ", le roi peut gracier un condamné à sa guise. Et par ses " lettres de rémission ", il peut également arrêter sans appel une procédure en cours. Telle est la décision, sur les prières du Cardinal et sur les miennes, que Sa Majesté envisage de prendre bientôt en votre faveur et en celle de ce Sourdois, que vous avez entraîné dans une bien mauvaise affaire.

« Des prières auxquelles un certain esprit de corps n'est pas étranger. Le Cardinal et moi-même sommes d'Église, et vous le serez vous-même dès que le bénéfice de la cure de Louvie-Juzon vous aura été attribué, ainsi que le souhaite vivement votre demi-frère, un jésuite de grand avenir. »

C'était une jolie épine hors du pied que d'être si aisément soustrait à la vindicte de ces sauvages d'Arnac, et je ne pouvais que me confondre en expressions de gratitude.

Après quoi, le moine poursuivit sa progression dans la pénombre...

« Mais le Cardinal, qui aime à s'attacher des hommes de valeur, veut faire pour vous plus encore. Sans cesse à la recherche de fines lames et de cœurs dévoués pour assurer sa protection, il vous offre une place de choix parmi ses gardes, une unité prétorienne que le roi lui-même lui envie.

« Et de la sorte, ce qui est loin d'être négligeable par les temps qui courent, vous serez non seulement soustrait à la justice ordinaire, mais à l'abri aussi d'une vengeance privée de ces énergumènes d'Arnac, lesquels, leur procès au criminel en panne, ne rêveront que de vous émasculer dans un coin. Avec une casaque de garde sur le dos, vous pourrez vous promener sans armes devant le relais de maître Chapon et narguer tout le monde, personne ne s'avisera de vous chercher noise. Le Cardinal sait protéger ses hommes, de près comme de loin, et les perturbateurs le craignent plus encore qu'ils ne le haïssent.

« Sans doute, si j'en crois la sévérité des canons, la carrière d'homme d'épée est-elle difficile à concilier longtemps avec un bénéfice ecclésiastique. Mais Louvie-Juzon est loin, et il y a déjà eu tant d'abus de ce genre que la pourpre cardinalice peut encore pallier celui-là, bien médiocre, certes, et dans une province où les abus de la Réforme demeurent vivaces.

« Vous m'avez déjà remercié. Vous pouvez vous retirer. Je vous serais reconnaissant de prendre demain matin samedi votre service au Palais-Cardinal. On vous mettra au courant... »

Je me levai, m'inclinai, fis demi-tour, et marchai lentement vers la porte de la cellule. J'avais la sensation d'étouffer. Connaissant bien son dossier, le Père Joseph avait bouclé son affaire sans avoir l'air d'y toucher, avec une belle économie de moyens, et sans se départir d'une parfaite urbanité. Mais l'épée de Damoclès était au-dessus de ma tête, et le fil s'en pouvait rompre à tout instant. Ma vie, ma sûreté, celle de Sourdois, dont j'étais quand même comptable, quels que fussent ses mérites, ma cure de Louvie-Juzon, le bonheur d'une manière d'épouse que j'appréciais tendrement « impasse des tire-laine », celui de ma chère Hermine, qui m'avait noblement accablé de sa confiance, celui de vieux parents, dont j'étais la dernière consolation et le dernier appui, tout était au pouvoir de ce trop gracieux protecteur, qui avait saisi au vol l'occasion de m'atteler à son char d'une main de velours.

Libre de mes mouvements, et en toute ignorance de cause, j'aurais peut-être été heureux d'obtenir une casaque de garde au Palais-Cardinal, chez l'homme le plus puissant et le mieux obéi d'Europe, au lieu de moisir dans un manoir lézardé. Mais à cette heure, on prétendait me forcer la main pour m'agréger à un corps dont Monsieur de Tréville ne m'avait pas caché les aspects repoussants, et tout mon être se rebellait à cette perspective. « Garder jalousement son honneur intact, le seul trésor que possèdent ici-bas les pauvres gentilshommes. » Cette phrase banale de mon père hors d'âge me revenait en mémoire.

Qu'allait faire un Richelieu de mon honneur ? Non pas même de cet honneur mondain, si discutable et si suspect, qui faisait du duel une vertu et permettait à toute une noblesse besogneuse de vivre des femmes sans rougir, mais de cet honneur profond, dont la sauvegarde nous assure le respect de nous-mêmes et des honnêtes gens qui nous connaissent bien.

À la porte, cédant à une impulsion irréfléchie, mais que je ne pus maîtriser, je me retournai et dis :

« Le Cardinal, à ce qu'on m'a affirmé, ne saurait engager que des hommes d'honneur. Or mon honneur est déjà engagé au service de Chapon, dont je n'ai défendu la cause, les armes à la main, que par suite d'une défaillance locale de l'autorité. Ce titre de chevalier, que je porte depuis la mort de mon frère aîné, me voue à la protection des pauvres, des veuves et des orphelins, mes premiers maîtres sur cette terre. Que peut donc le Cardinal, qui peut tout, pour maître Chapon, tristement orphelin de ses parties ? Je ne puis être à lui que si pleine justice est d'abord rendue à cet infortuné. »

Stupéfait, le moine demeura un moment sans mot dire. Avait-il affaire à un imbécile, qui n'avait pas bien saisi la portée de son discours ? À un Don Quichotte anachronique ? À un rusé qui faisait le héros pour jeter de la poudre aux yeux ? À un maniaque du scrupule, qui suivait aveuglément son chemin sans se préoccuper des contingences ? Les scrupules étaient plaisants chez les « Filles du Calvaire », beaucoup moins en politique.

Tandis que mon interlocuteur réfléchissait, je me rendis compte que sa réponse aurait en tout cas l'intérêt de me révéler à quel point le Cardinal tenait à moi, et je me doutais bien que le Père Joseph était ennuyé de devoir me l'apprendre si tôt. S'il me donnait satisfaction, ce serait le signe qu'on ne cherchait pas seulement un garde, mais un espion superbement placé auprès de la reine, et je me prenais presque à espérer une fin de non-recevoir qui me rejetterait dans les ténèbres extérieures.

Le Père Joseph hésitait toujours, se trémoussait sur sa chaise – la haire, qu'il portait encore pour dormir sur une mauvaise planche de sapin, devait lui faire mal. Il détestait, lui aussi, se faire forcer la main.

Enfin, prenant en soupirant un mince dossier qu'il fit semblant de parcourir avec une grosse loupe, il me dit :

« L'intérêt de l'État est de ménager les maîtres de poste, dont l'activité fournit maintes informations de valeur. Nous avons déjà reçu plusieurs suppliques de ce Chapon, qui aurait maigri de quarante livres et tremble comme une feuille à Arnac. Arguant de ses loyaux services et de la perte subie, il sollicite une promotion à Limoges, où le titulaire de la grande poste vient de mourir d'une peste, avec sa femme et ses enfants. Nous avions l'intention de la lui accorder. Considérez que la chose est faite. Votre précieux Chapon, Monsieur le chevalier, est désormais à l'abri de toute injure. La peste seule peut l'atteindre. Justice est donc accomplie en ce qui le concerne. »

Il n'y avait rien à redire à cela. Par suite de mes imprudences, je m'étais fait posséder par plus fort que moi. C'était dans l'ordre des choses.

Je tournai le bouton de la porte pour sortir, quand j'entendis derrière moi la voix coupante du Père Joseph :

« Comment se fait-il donc, jeune homme, qu'un futur curé laïque de Louvie-Juzon ait assez de pistoles pour suivre de si près les traces de cet aimable étourdi de Beaufort ? Auriez-vous fait un héritage inattendu ? »

Cloué sur place par cette flèche de Parthe désagréable, je m'en revins de mauvaise grâce vers mon inquisiteur, cherchant une bonne réponse à cette question imprévue, mais non pas imprévisible, vu les dons d'ubiquité du sujet.

« On vous a peut-être rapporté, dis-je, que j'avais sauvé la vie du duc de Beaufort près de Corbie. Nous faisons à présent bourse commune. Mais comme je ne veux pas abuser, il m'arrive de demander au jeu ce que je n'ose demander à mon bienfaiteur, et comme j'ai un faible pour les jeux de hasard où l'intelligence a sa part, mon gain l'emporte d'ordinaire sur mes pertes. Et quand le jeu m'a déçu, n'étant pas trop mal fait, il advient qu'une femme me comble. Les femmes ont tant de plaisir à donner que ce serait leur faire affront que de refuser ce surcroît de bontés.

« Ainsi, mon Père, jouissant d'une certaine aisance dont je me contente sagement, je pourrais servir le Cardinal gratis si la fantaisie m'en prenait. Mais comme il attache visiblement le plus haut prix à ma personne, je me ferai un plaisir de l'obliger, bien certain qu'il n'exigera de moi que ce qu'un homme d'honneur peut souffrir. »

Si le Père Joseph détestait de se faire forcer la main, il aimait encore moins qu'on pût se moquer de lui par des assertions invérifiables. Mon regard tranquille me fit provisoirement acquitter au bénéfice du doute.

Au parloir, le Père Ange de Mortagne me remit mon brevet de garde en date de l'avant-veille, qui me permettrait de montrer patte blanche au Palais-Cardinal dès le lendemain. Le coup avait été mûrement prémédité, et l'on ne s'inquiétait nullement que je le susse.

En soirée, j'expliquai aux Lhermitte qu'ayant expédié un homme en duel, j'avais dû m'engager dans les gardes du corps du tyran pour m'épargner de funestes poursuites, et comme ils avaient redouté le pire, ils furent plutôt réconfortés de la nouvelle.

Mais Julie dit avec bon sens :

« Le Cardinal n'en est pas à un garde près. S'il veut s'attacher Arnaud, ne serait-ce point, par exemple, afin d'obtenir de lui des renseignements confidentiels sur la reine, que sa sœur lui aurait livrés innocemment ? »

C'était bien, en effet, une question entre quelques autres.

Je laissai tomber négligemment :

« Si le Cardinal en arrivait là, je lui passerais mon épée au travers du corps. On se fait écarteler à tuer un roi, ce qui est ennuyeux, mais une peau de cardinal ne fait tomber qu'une tête, ce qui est la moindre des choses pour nous autres gentilshommes, habitués à mourir gaiement dès le berceau. »

Julie était horrifiée et Irénée eut du mal à lui faire saisir que je plaisantais.

VII

Vers neuf heures du matin, ce samedi 11 juillet, je me présentai au Palais. On aurait pu s'y croire à cette heure chez la Belle au Bois dormant. Richelieu passait ses nuits avec son chat dans son bureau, à grand renfort de luminaire, à abattre, seul ou en compagnie de ses secrétaires, un labeur de galérien, et notamment une correspondance frénétique, voulant tout savoir et contrôler par lui-même, relançant d'une prose comminatoire et sans trêve tout le monde partout, et c'était le réveil tardif du maître nauséeux qui donnait un coup de pied dans la ruche somnolente.

Le capitaine des gardes n'étant pas visible, l'officier de service me pria de prendre patience, et je me promenai pour tuer le temps dans les salles en enfilade du rez-de-chaussée, d'autant plus accessibles que les architectes des Grands n'avaient pas encore inventé le couloir.

Construit en toute hâte, de 1629 à 1636 par Lemercier, ce palais tout neuf, à côté duquel celui de Beaufort n'était qu'une taupinière, avait été offert au roi par le Cardinal dès l'année de son achèvement, le ministre s'en réservant l'usage viager à titre de « concierge ». Au contraire d'Henri IV, si dépensier pour ses plaisirs, Louis XIII ne s'intéressait guère aux bâtiments, mais le Cardinal bâtissait pour deux.

Partout régnait un luxe écrasant : tapisseries des meilleures fabriques d'Europe, tapis de Perse ou de Turquie, marbres rares, statues grecques ou romaines, toiles des meilleurs maîtres italiens ou espagnols, cabinets en bois précieux incrustés de nacre ou d'ivoire, buffets en argent massif ciselé, chapelle d'or enrichie de diamants, immense bibliothèque, qui occupera deux pages sur les vingt-deux du testament… (Mais Mazarin, en bon élève, fera mieux encore !)

Je restai tout saisi du spectacle, et encore ne savais-je point ce que j'eus l'occasion d'apprendre plus tard, dans les hauts emplois qui me furent confiés.

Durant la minorité de Louis XIII, les rentrées fiscales étaient de quelque vingt millions de livres, provenant de tailles rurales pour les quatre cinquièmes, puis surtout de ventes d'« offices » – quatre ou cinq millions de pensions étant bon an mal an extorqués par les Grands à la désastreuse incapacité de la reine mère régente.

Or le Cardinal – qui avait, il est vrai, augmenté notablement les rentrées en pressurant le peuple au-delà du croyable – dilapidait chaque année pour lui-même dans les quatre millions de livres, et en épargnait un ou deux. Et dans son testament, qui répartira, pour l'essentiel, son immense fortune, foncière et mobilière, entre des neveux et nièces sans le moindre mérite, le défunt remettra accessoirement au roi un million cinq cent mille livres de fonds secrets dont il n'avait pas eu l'emploi !

L'opinion était certes habituée aux prévarications des favoris comme à l'inconscience des Princes. Après l'exécution sommaire de Concini, qui avait réussi à voler dans les quinze millions de livres à lui tout seul (il y avait pour deux millions d'effets dans les poches du cadavre !), ce jeune serin de Louis XIII, précocement irresponsable, n'avait rien eu de plus pressé, en dépit des timides remontrances de la Cour des comptes, que de faire cadeau de la somme à son favori Luynes, le premier de la liste, sous prétexte que cette affligeante nullité était experte en faucons !

Mais Richelieu n'était pas Concini. Il avait de plus hautes ambitions, et l'ampleur de ses détournements pose un problème humain des plus intéressants, qu'il ne m'était pas alors aisé de résoudre.

Voilà un homme d'Église à la monstrueuse mémoire, qui

connaît son Évangile par cœur, qui n'a pas d'enfants, qui ne dort que d'un œil, tantôt abattu, tantôt surexcité, qui se tue de travail, qui n'a le temps de jouir de rien, qui est affligé de fièvres récurrentes, qui est torturé, entre autres, par des migraines atroces et des hémorroïdes tenaces, en attendant les maux de vessie et les abcès purulents, qui sait qu'il ne fera pas de vieux os à ce train-là, qui ne cesse de courir à la poursuite d'un écu afin de combler le tonneau des Danaïdes des finances ruinées par la guerre, bien qu'il ait quadruplé les impôts pour faire face aux nécessités de l'heure – au point d'obtenir promptement des résultats négatifs !...

Alors, pourquoi, pour qui, cette énorme thésaurisation, doublée d'une ostentation scandaleuse, ce féerique palais parisien, ce château et cette ville absurde de Richelieu dans une campagne poitevine, qui tomberont bientôt en ruines ? Avec la fortune du Cardinal, on aurait pu lever des armées, acheter des gouvernements étrangers au grand complet... ou abaisser les tailles et apaiser durablement les révoltes du désespoir.

Était-ce de l'orgueil, chez un homme jadis humilié, qui avait dû compter sordidement dans son évêché de Luçon, le plus démuni de France ? Mais quelle sorte d'orgueil, car les nuances en sont nombreuses ?

J'en ai depuis trouvé une indication dans un passage du long testament : *« Je défends (? !) à mes héritiers de prendre alliance dans des Maisons qui ne soient pas vraiment nobles, les laissant assez à leur aise pour avoir plus d'égard à la naissance et à la vertu qu'aux commodités et aux biens. »* C'était de l'orgueil nobiliaire ! Le plus sot et le plus surprenant, si l'on songe que ce vaste esprit, revenu de presque tout, était d'une intelligence aiguë.

De nos jours, et l'on peut y voir un progrès, l'enflure extraordinaire des rentrées et des dépenses publiques a réduit proportionnellement au négligeable les ingénieuses prévarications d'un Colbert et des siens. Et sans crainte d'être démenti, on peut déjà prévoir que, plus les recettes augmenteront, plus les voleurs seront misérables.

Nouveau garde chez un nouveau riche, j'étais sensible à la démesure qui s'étalait partout, et le bas espoir d'en profiter un peu le disputait en moi à la honte qu'il y aurait à le faire.

Mais un roi dévot n'avait pas eu honte d'accepter le cadeau d'un édifice qui avait coûté tant de sang et tant de larmes, et le moine mendiant Joseph ne rougissait point d'y avoir son repaire.

Sur le coup… ou plutôt les coups de dix heures – les pendules, vérifiées chaque jour par toute une escouade d'horlogers, sonnaient de concert, mais pas tout à fait ! –, un remue-ménage anormal se fait jour brusquement : le Cardinal a perdu son chat, qu'une nuée de gens sortis soudain de nulle part s'affairent à retrouver en explorant coins et recoins.

Pour me donner une contenance, je furète comme les autres, ce qui me conduit par hasard dans les alentours des appartements du Cardinal, à la porte desquels des gardes sont en faction, sans participer au désordre.

Avec une confraternelle politesse, je questionne le chef du détachement, précisant que je vais bientôt revêtir avec fierté son uniforme envié de tous. Comment ce chat a-t-il bien pu se volatiliser dans une telle forteresse ?

Le chat, justement, n'a pu sortir que par cette porte, et s'il était sorti par là, les gardes l'auraient forcément vu sortir.

Un chat d'autant plus évident qu'il est gros et gras, coupé (le Père Joseph ne peut souffrir la lubricité des matous ni les trépignements obscènes des chattes en chaleur, qui ont à ses yeux quelque chose de féminin), très tranquille, et même feignant, gris cendré avec des yeux d'or, qui répondrait au nom de Gaspar, celui d'un des rois mages, s'il n'était pas si distrait, et même contemplatif. Il s'agit d'un chartreux, espèce bien parisienne, puisqu'elle hantait autrefois le couvent des chartreux qui s'élevait sur l'emplacement du jardin du Luxembourg.

Le Cardinal, qui a la phobie des courants d'air, garde ses fenêtres fermées, et le chat, casanier et nourri de viandes délicates, habitué à son coussin de velours et à la sciure parfumée de la garde-robe, ne quitte jamais son maître. Il devrait être dans le bureau ou dans la chambre, et il n'y est plus.

Les gardes craignaient fort que le Cardinal ne les accusât

d'avoir laissé partir son fidèle compagnon entre leurs jambes, alors qu'ils devisaient en regardant le plafond. Comment se défendre d'une accusation aussi grave ? Richelieu, qui avait perdu confiance dans les hommes à force de les mépriser, était des plus attachés à Gaspar, le discret témoin de ses veilles, à qui il faisait confidence de ses angoisses lorsque le Père Joseph était absent.

Les faits étaient cependant d'une grande simplicité.

À deux heures du matin, avaient été introduits le Père Joseph, le Lieutenant criminel du Châtelet, et son jeune commis Bridois, ce dernier portant trois ou quatre sacs, de ces sacs de jute de médiocre dimension où sont rangées les pièces des procès civils chez les procureurs, et des procès criminels, chez les Lieutenants. Les sacs y dorment, accrochés, à des clous jusqu'à ce que les nécessités de la procédure les amènent à voyager. On ne mélange jamais, bien sûr, plusieurs procès dans un même sac, mais un important procès peut en exiger plusieurs, et lorsque « l'affaire est dans le sac », comme on dit vulgairement, l'instruction est close. Ce système, toujours en vigueur, est si pratique qu'on voit mal par quoi on pourrait le remplacer.

Vers trois heures moins le quart, décision ayant été prise de faire tomber deux têtes au lieu d'une, le Père Joseph et le Lieutenant étaient ressortis, suivis bientôt du commis, qui s'était attardé quelques minutes pour remettre les pièces dans les sacs, tandis que le Cardinal, qui avait la migraine, se retirait dans sa chambre pour prendre médecine.

La présence de l'animal avait été notée pour la dernière fois à deux heures passées : pris d'une petite faim, Gaspar miaulait de façon caractéristique, et son maître lui avait fait porter une belle sole de Dieppe grillée et des rognons d'agneau de pré-salé en sauce, dont il avait grignoté quelques-uns avant de faire honneur au poisson.

La porte s'ouvrit brusquement, et Richelieu, en robe de chambre de soie violette, bonnet de nuit brodé sur la tête, foudroya la petite assemblée d'un regard qui glissait sur ma personne. « Mon chat est évidemment parti sous votre nez, bande d'endormis ! Cent livres à celui qui le retrouve. Faites passer... » Et la porte se referma sur cette brève et fantomatique vision. J'en avais les sangs retournés. Les gardes s'efforçaient de rire, mais le cœur n'y était guère.

À l'entrée du Palais, on me dit qu'il ne s'est rien passé de particulier vers trois heures moins le quart : la routine... Le Lieutenant est monté dans sa chaise, escorté de quelques sbires avec des lanternes, et ladite chaise a bientôt disparu au coin de la rue vers le Châtelet, le commis trottant derrière comme de coutume avec ses sacs.

VIII

Il n'y avait qu'une explication, et une seule, à cette agaçante affaire de chat.

En fin d'après-midi, revêtu de la casaque du Maître, j'obtins aisément au Châtelet l'adresse du jeune commis, rue du « Cloître Notre Dame », dans la Cité. Et à l'heure du souper, je forçai d'un coup de coude la porte mal jointe d'un misérable logis, dans les combles d'un bâtiment vétuste, pour surprendre, dans toute son humble vérité, une scène étrange.

Assis sur un fauteuil percé qui avait connu des jours meilleurs, un vieillard aveugle et incontinent, les mains déformées par le rhumatisme, le chat sur les genoux, avec son beau collier de maroquin rouge à boucle d'or, bavait sur une bouillie visqueuse que le dénommé Bridois lui administrait par le biais d'une cuiller en bois, tandis qu'une jeune fille maigre comme un jour sans pain tenait l'écuelle.

Par une étroite lucarne, dont l'encadrement témoignait encore des immondes déjections qui y avaient trouvé passage, selon la coutume, pour arroser les passants matinaux, on distinguait l'une des tours assombries de la cathédrale, que le soleil déclinant avait déjà abandonnée. Sur une table boiteuse, un sac de jute vide, que le commis avait dissimulé sur lui jusqu'à l'instant du larcin, tenait compagnie à des fleurs fanées dans un vase ébréché. Fleurs et lucarne avaient renoncé à lutter contre l'infection des lieux, à un étage où l'eau ne devait parvenir que peu et rarement.

En somme, un touchant tableau de piété filiale, qui aurait eu de quoi tenter le pinceau d'un petit maître amateur de scènes de genre, mais bien résolu à gommer le fauteuil, à engraisser la fille, à rétrécir le chat, à agrandir la lucarne, à ranimer les fleurs et à mettre un bon bouillon dans l'écuelle, pour que son « Souper du vieux père infirme » donnât enfin une réconfortante vision d'humanité. On en était loin.

L'intrusion d'un garde du Cardinal en casaque, rapière au côté, eut un effet foudroyant. La fille laissa choir sa bouillie sur le plancher et Bridois, tremblant de tous ses membres, chercha un trou où se fourrer. Seuls le chat et le vieillard demeurèrent impassibles, le premier parce qu'il était philosophe, et le second, parce qu'il n'y voyait plus.

Pris de pitié, je me montrai rassurant, plaisantai, fis des compliments sur le bon tour. Mais le commis avait pris des risques. Si le chat, dans l'obscurité de son sac, avait manifesté sa présence par le Palais, le maraudeur était pris sur le fait.

Bridois, qui se demandait, sans doute, si ma bonne humeur ne cachait point un raffinement de cruauté, me dit d'une voix blanche que les risques avaient été faibles : le chat repu ne demandait qu'à dormir, le commis avait eu le loisir de faire amitié avec la bête lors de ses précédentes visites, et une fois dans la nuit, il lui était facile de glisser le sac à sa sœur, qui vivotait en balayant une boulangerie. « Ce n'est pas moi, ajouta-t-il amèrement, que les porte-lanternes se soucieraient d'éclairer ! » Le soupir était révélateur. J'avais affaire à un révolté, qui avait trouvé du plaisir à mal faire. Une espèce dangereuse, qui se déchaînera durant la Fronde, mais après avoir tâté du Père Joseph et du Palais, je me sentais comme en sympathie avec lui.

Avisant un panier à provision en osier à deux couvercles pivotants, j'y déposai le chat avec précaution, et promis sur mon honneur de gentilhomme de garder silence sur ce forfait sans exemple, qui méritait les galères.

Inondé de soulagement, Bridois en oublia de me remercier, mais osa me demander : « Ne pourriez-vous, au moins, nous laisser la boucle en or du collier ? Vous avez vu la vie que nous vivons ! » Le garnement exagérait. Je lui glissai un écu et le laissai avec sa complice et son vieux papa, privé de chaufferette thérapeutique, mais solidement assis sur ses ordures.

J'ai appris depuis à me méfier des premiers mouvements du cœur, qui n'attirent d'ordinaire que des ennuis. Pour avoir visité un Chapon souffrant, j'avais dû tuer cinq hommes de trop, et après avoir donné ma parole bien imprudemment, je ne savais comment faire rentrer ce maudit chat sans me faire prendre dans un Palais où l'on avait à toute heure l'obsession des contrôles. La tentation m'effleura d'en faire présent à un charcutier industrieux, un chat nourri de la sorte ne pouvant être que succulent, mais une idée d'apparence lumineuse vint à point pour m'en dissuader, et je courus chez Matthieu.

Je m'étais imaginé que mon frère se fût fait une joie de collaborer à une œuvre charitable dont le parfum eût agréé à Monsieur Vincent de Paul, saint prêtre depuis 1600 !... qui faisait une cour assidue aux puissants pour qu'ils détournassent une once de leur superflu en faveur des plus misérables. Mais Matthieu n'aimait guère se compromettre dans des affaires douteuses, et ses nouvelles responsabilités le rendaient plus circonspect que jamais.

Après s'être fait beaucoup prié, avoir pesé le pour et le contre, évalué tous les risques possibles, pour sa Compagnie et pour lui, au regard de profits qui ne le regardaient pas, il rédigea enfin sous mes yeux, non sans gémir, ce mot laconique et bien pesé, qui devait accompagner le chat quand il serait livré au Palais par un domestique de confiance.

> *« Éminence, un mauvais plaisant tout contrit, que le secret de la confession nous interdit de désigner autrement, ayant apporté cet animal à l'un de nos Pères qui en avait naturellement exigé l'immédiate restitution, nous avons l'avantage de le rendre sans tarder à qui de droit, en suppliant humblement Votre Éminence de croire, etc. etc. »*

La formule de respect était plus longue que le billet ! Mais je n'en avais pas moins pleine confiance dans ma ruse. Après tout, si mes bonnes actions me portaient malheur, comme à Judith, c'était peut-être parce qu'elles étaient trop rares !

Gaspar était de retour au Palais vers dix heures du soir, alors que Richelieu était encore retenu par le roi au relais de chasse de Versailles, dont l'immense château est encore en chantier à l'heure où je rapporte ces lointains souvenirs. Depuis qu'une véritable armée de « croquants » avait mordu la poussière de justesse à la Sauvetat-du-Dropt, du côté de La Réole, des bandes d'irréductibles s'étaient reformées et retenaient des troupes dont le cardinal de La Valette avait un urgent besoin pour reprendre Landrecies, à l'est de Cambrai. La guerre s'éternisait sur notre territoire ravagé. Ce qui fait que le Cardinal ne revit son chat qu'à une heure du matin. Sa joie débordante dut être fortement assombrie par l'irritant secret de la confession, dont les jésuites savaient si bien se faire une arme ou un abri.

Passé deux heures du matin, on ébranla à coups de poings la porte de mon logis : les mousquetaires du Cardinal avaient reçu mission de lui amener sur-le-champ le chevalier d'Espalungue, et un carrosse anonyme attendait au bout de l'impasse.

Tout cela était mauvais signe. J'avais entendu dire que Richelieu, expert à diviser pour mieux régner, entretenait même une rivalité entre ses mousquetaires et ses gardes. Quant au carrosse, on savait ce que cela voulait dire : les suspects de quelque importance étaient enlevés de la sorte, car des cavaliers auraient eu beaucoup plus de chances de prendre le large, et des piétons, de se perdre dans la foule après avoir ameuté les badauds en criant à leur innocence. Les hommes du Cardinal suscitaient partout une animosité spontanée.

Julie, dérangée en sursaut aux approches d'une jouissance, se cramponnait à mon cou comme si elle ne devait plus me revoir. Sourdois avait du mal à dissimuler sa jubilation. Et Irénée tentait d'apaiser notre femme par de raisonnables paroles. Qu'aurais-je pu faire pour m'attirer la colère du

Cardinal pendant une première journée de service ? Je ne le savais que trop bien, mais je me perdais en conjectures sur la façon dont il avait pu le savoir si vite.

Dans le carrosse aux volets rabattus escorté de quatre cavaliers, je jugeai inutile de demander des éclaircissements aux deux mousquetaires qui m'encadraient. Et je ne dis mot non plus quand, à la porte du ministre, on me pria – encore un mauvais signe ! – de remettre mon épée.

Le cardinal duc et pair, seigneur de tant de baronnies et bénéficiaire de tant de rentes, était seul, assis derrière son bureau sur un coussin, autant pour se grandir que pour protéger son fondement sensible, et je songeai à ce mot, attribué, je crois, à Montaigne : « Si grands que soient les rois, ils ne sont jamais assis que sur leur cul. »

Extrêmement soigné de sa personne, moustaches et barbiche bien taillées sous un long nez aquilin, Richelieu, son chat sur les genoux, avait belle allure dans la tenue qu'il avait revêtue pour aller rendre compte au roi de ses déboires : la robe, le camail et le bonnet rouge contrastaient avec le large col blanc tout à plat et le ruban bleu ciel qui soutenait l'imposante croix du Saint-Esprit toute scintillante de diamants. Mais c'était le regard qui forçait l'attention, ce regard hypnotique qui désarçonnait Sa Majesté et poursuivait la reine dans ses cauchemars. Et ce regard était braqué sur moi, qui attendais que la parole suivît. Je n'ai pas attendu longtemps.

« J'ai trop vécu, jeune homme, pour croire encore aux merveilleuses coïncidences. Un nouveau garde traîne devant mes appartements alors qu'un fripon me vole mon Gaspar. Le demi-frère jésuite de ce même garde fait rapporter le chat dans la même journée. Et un prétendu secret de la confession tombe à point pour noyer le poisson.

« La conclusion s'impose : un identique intrigant a pris et fait rapporter l'animal, et vous vous apprêtiez, je gage, à me dire ce matin, pour vous attirer mes bonnes grâces, que c'est à votre sagacité qu'avait été due, en si peu de temps, la découverte du voleur, et à votre piété, sa contrition si rapide. Considérez la commission comme faite.

« Et au lieu de me prendre pour un imbécile, dites-moi

plutôt comment vous avez réussi à me soustraire ce chat, car si Gaspar peut disparaître comme par magie par les soins d'un nouveau venu pour aller courir dans Paris, un sicaire serait bien capable d'apparaître dans ce Palais de la même façon.

« Je vous donne une minute pour vous décider. Un mensonge vous perdrait. Mais la vérité ne vous sauvera pas de mon courroux. »

Le raisonnement était si fin et si cohérent que je ne savais par quel détour me tirer d'embarras sans renier ma parole. Mais je l'avais donnée en connaissance de cause à un malheureux dont la faute était excusable, et qui eût été exposé à une horrible vengeance si j'avais faibli. « Tenir religieusement sa parole et agir en conséquence, quel qu'en soit le prix. » Oui, mon père avait raison... et d'autant plus que la phrase n'était pas de lui ! Elle exprimait ce que la vraie noblesse avait de meilleur, ce pourquoi on pouvait lui faire confiance. Beaucoup étaient morts pour tenir parole.

Certaines minutes sont plus longues que d'autres, et celles-là comptaient double.

Je me bornai à répondre enfin tout simplement :

« Si j'ai retrouvé le chat dans la journée, Éminence, c'est par suite d'une réflexion qui était à la portée du premier venu. Et si vous ne l'avez pas faite comme moi sur-le-champ, c'est bien parce que vous n'êtes pas le premier venu ! Cependant, j'ai donné ma parole de ne pas trahir l'auteur du larcin, pensant que Votre Éminence tiendrait pour peu de chose le procédé dans sa joie de revoir son cher Gaspar. Je me suis trompé et j'en suis fâché. Mais en dévoilant à présent le procédé, je ferais connaître *ipso facto* le nom du coupable. Une parole de gentilhomme est une parole, et Votre Éminence ne pourrait plus se fier à moi si je me déshonorais.

« Qu'il lui suffise de savoir que je jure sur l'Évangile de ne pas être l'auteur ni le complice du délit. Je ne puis errer ni me tromper en le prenant à témoin. »

Le Cardinal était perplexe...

« D'abord le secret de la confession, puis l'honneur et l'Évangile, voilà, Monsieur, de quoi fouetter un chat de cardinal comme il faut ! Pensez-vous que je vais me satisfaire de ces fumées quand ma sûreté est en jeu ?

— Si Votre Éminence veut absolument être au fait, il lui est bien facile de m'entendre en confession, ce qui serait pour le fautif une inviolable sauvegarde. »

L'heure passait, Richelieu avait sous la main du courrier à signer, et il n'allait pas bavarder plus avant avec un parangon d'honneur, dont la bonne foi n'était pas évidente, mais qui risquait de faire durer l'épreuve à plaisir. Stupéfait dans l'instant de l'impertinente suggestion, le Cardinal succomba bientôt à une humaine curiosité, à laquelle s'ajoutait, sans doute, une arrière-pensée bien naturelle, celle de mieux connaître pour le mieux utiliser un serviteur pour lequel il avait des projets. Quand le maître se double d'un confesseur, l'espace de liberté du pénitent se restreint à proportion.

« Eh bien, allons-y donc ! Pourvu toutefois que cette confession soit brève. Vous ferez une confession générale un autre jour, à un prêtre qui aura des loisirs.

— J'en ai déjà fait une à mon demi-frère Matthieu, quand je me suis converti à la religion de Votre Éminence, qui me semblait la plus sûre, tant pour le profit temporel que pour le profit éternel.

— Je vous souhaite, mon garçon, de résoudre heureusement la contradiction. J'y travaille moi-même ! »

Je m'agenouillai près du bureau, Richelieu déposa doucement Gaspar sur le tapis de Tabriz, et le rituel alla bon train. Quand le Cardinal était pressé, il était capable d'expédier sa messe basse en dix minutes, tout en rêvant à la déconfiture des Habsbourg.

Le chat, brusquement privé de caresses, se frottait à mes genoux, sa queue dressée venait énerver ma braguette, et je posai machinalement ma main sur le dos de la bête pour l'immobiliser et la calmer. La douceur de cette fourrure me fit penser à Julie, et j'en vins à évoquer les plaisirs coupables qu'elle me procurait nuit après nuit. Accessoirement, n'était-il pas abusif de coucher avec une femme grosse, qui avouait trente-quatre ans, et dont le fruit pouvait être fragile ? Impatienté, le Cardinal m'a enjoint de ne pas coucher du tout avec une janséniste, même si le mari était complaisant.

« Mais, Éminence, quels que soient la sincérité d'un repentir et le ferme propos de ne pas retomber dans une faute coutumière, n'est-il pas raisonnable de prévoir une rechute à brève échéance ? Quel est, par exemple, l'onaniste qui a jamais tenu ses promesses ? »

Le Cardinal, énervé, eut une petite grimace. Il savait bien que l'onanisme habituel était le côté faible de l'attrition, que les confessions réitérées qui s'en ensuivaient dégageaient une forte odeur de soufre, et que Saint-Cyran et ses jansénistes n'avaient pas tout à fait tort sur cette affaire. Mais de telles facilités étaient bien pratiques pour garder le gouvernement de ces âmes médiocres qui composaient le gros de l'humanité. Le cruel débat demeurait ouvert entre une religion aristocratique du petit nombre et une religion populaire, indulgente aux faiblesses les plus courantes, qui n'épargnaient pas même les Princes de l'Église.

Je m'accusai d'avoir dépucelé une fille au passage, sans la moindre certitude de réussir à l'épouser. Le Cardinal me commanda sèchement de ne plus recommencer – ce qui, avec Hermine, m'eût été difficile ! – et de relire l'*Imitation de Jésus-Christ* : il ne pensait qu'à son chat.

Si la confession peut permettre au maître de mieux pénétrer les ressorts d'un serviteur, elle permet aussi à ce dernier de donner de sa personne une image honnête et scrupuleuse. Je n'eus garde d'y manquer par l'énumération de vétilles, tandis que le Cardinal rongeait son frein. Le jeune fou que j'avais tué en duel à Paris n'entrait pas en ligne de compte, puisque je ne l'avais pas fait exprès.

Mis enfin au courant de ce qui l'intéressait, mon éminent directeur de conscience dut avouer que l'ingénieuse et si simple solution eût été à sa portée s'il n'avait tellement été pris par les affaires.

La première démarche de l'esprit est de compliquer les choses, et découvrir la vérité la plus élémentaire exige dans bien des cas beaucoup de travail ou des dons particuliers : le jeu d'échecs en est la preuve, où le coup le plus simple est toujours le meilleur. Le Cardinal aimait les échecs, qu'il étudiait – trop rarement à son gré – pour s'éclaircir l'entendement, et il arrivait qu'une partie du Greco lui inspirât quelque astuce tactique ou stratégique.

Je me relevai absous, et nanti d'une pénitence, un pèlerinage à Saint-Jacques-de-Compostelle, qui montrait bien que j'étais rentré en grâce. Comme nous étions en guerre avec l'Espagne, je ne risquais pas de la faire de si tôt ! Puis je me dis que le Cardinal avait peut-être en tête de m'envoyer espionner chez Olivarès, et le soupçon me donna un coup.

En tout cas, il me dit aimablement en conclusion :

« Je constate que votre esprit est à la hauteur de votre épée. Si vous ne faites pas de nouvelles imprudences, nous ferons volontiers de notre côté quelque chose pour vous. J'apprécie l'intelligence plus encore que la force, qui doit lui demeurer subordonnée. Mais je garderai quand même une dent contre votre obligeante personne : je ne pourrai dire au Père Joseph, qui avait mobilisé des escadrons de limiers pour retrouver mon chat, par quel biais il s'était absenté, et par quel miracle il est revenu sur mes genoux. Ce sera le premier secret que j'aurai pour lui.

— Que Votre Éminence se confesse donc au Père Joseph ! »

Richelieu voulut bien sourire.

La confession catholique était décidément une chose admirable, et les protestants ne savaient pas ce qu'ils perdaient. Il est vrai que Luther avait été très attaché à la sainte confession auriculaire instituée par le Christ ressuscité, et qu'il ne l'avait pas vue sans tristesse se raréfier chez les siens jusqu'à disparaître.

En attendant, le confessé l'avait échappé belle. Beau joueur, le Cardinal m'a même fait compter les cent livres de récompense, dont j'ai fait suivre une vingtaine à Bridois, avec toute la discrétion requise pour les vraies œuvres pies.

IX

Le service du Palais était en dents de scie. Nombreux jours de détente ou de repos, mais présence ininterrompue, de jour comme de nuit, chaque fois qu'un coup de collier s'imposait.

Lors des sorties du Cardinal, l'escorte était constamment sur les dents, de peur d'un attentat ou d'un rapt, et tout spécialement lorsqu'il s'agissait de sorties imposées et annoncées, où tous les assassins de France, d'Europe et de Navarre risquaient d'être au rendez-vous. On scrutait les itinéraires possibles, on calculait des variantes pour dérouter d'éventuels agresseurs, on était aux aguets, durant le parcours, de la moindre anomalie suspecte. Et en permanence, dedans comme dehors, le risque du poison, la hantise du coup de couteau d'un familier ou d'un fanatique négligemment introduit auprès du Maître. L'alerte d'Amiens, qui demeurait secret d'État, avait rendu le Cardinal plus méfiant que jamais. Ce n'était pas une sinécure que de veiller sur les jours de l'homme le plus détesté de France !

D'ordinaire, si le Cardinal n'allait point voir le roi, difficile à saisir en raison de ses perpétuelles activités cynégétiques, il se rendait pour changer d'air à la splendide maison de campagne de Rueil, où le Père Joseph était lui-même fréquemment accueilli. C'étaient également les hommes de Richelieu qui avaient mission de protéger le moine, lequel n'arrêtait pas de bouger, et le contraste était plaisant entre le pauvre froc et le carrosse ou la litière à chevaux, accompagnés de leurs laquais en livrées grises et vertes, qui les faisaient ressembler à de gros perroquets promenant leur cage. Car le Père Joseph, en recevant dispense pour les véhicules, avait reçu dispense pour les laquais du même coup !

Ainsi que Tréville me l'avait laissé prévoir, il y avait un peu n'importe qui parmi les gardes ou les mousquetaires du Cardinal, la bonne noblesse n'y étant représentée que par des déclassés. Si fier de son élévation, Richelieu n'avait aucun préjugé dès qu'il s'agissait d'obtenir des résultats, et le maintien de son existence les conditionnait tous. Comme partout, mais plus qu'ailleurs, un vif esprit de corps s'était développé, la conscience d'« être » au Cardinal, ainsi qu'on disait en un temps où les relations personnelles d'homme à homme, fruits de longs siècles de féodalité, commandaient encore les rapports. Et l'autorité de Richelieu sur sa Maison était d'autant plus forte qu'il mettait, en quelque manière, une qualité de suzerain au service de l'État dont il tenait les rênes.

Nous avions le sentiment d'appartenir à un ministre omniscient et tout-puissant, dont nous pouvions attendre la mort en cas de défaillance, mais dont on pouvait espérer le meilleur à force de zèle. Certains partaient pour de mystérieuses missions, dont ils revenaient bouche cousue... ou ne revenaient point. Un air assez pesant se respirait chez nous, où une forte solidarité se tempérait d'intrigues, chacun essayant de se pousser sur les brisées du voisin. La méfiance régnait. Tel maître, tels serviteurs.

Mais le maître était fort souffrant, et à la merci d'un assassin. De la sorte, la fidélité exigée n'interdisait point de songer à l'avenir, et à tirer des plans pour survivre à l'exécration que les hommes du Cardinal s'étaient attirée.

On était évidemment plus tranquille chez le roi, que personne ne pensait à occire, sa dévotion strictement orthodoxe lui servant de préservatif. Louis n'aura pas le sort de son père.

Comme je l'avais craint, mon entrée au Palais-Cardinal, qu'il m'était impossible de cacher longtemps, avait fort déçu le duc de Beaufort et la reine, auxquels j'avais dû expliquer, comme aux Lhermitte, qu'un duel malheureux m'avait réduit à cette déplorable extrémité. Le duc et ses amis s'empressèrent de me rendre apparemment leur estime, mais je voyais bien qu'il y avait quelque chose de cassé par là. Un point qui était d'ailleurs sans grande importance. Je n'avais plus guère le temps de me distraire, et la compagnie d'un Beaufort, qui coûtait cher en à-côtés, ne pouvait avoir l'agrément de Richelieu, lequel avait déjà sur les chausses du jeune duc tous les espions souhaitables. La reine, en revanche, habituée de longue date aux persécutions et aux contraintes, compatit à mon malheur, et m'assura même d'une affection accrue, tandis que Claire, après m'avoir condamné pour le principe, se résignait de mauvaise grâce à tolérer ma faiblesse.

Je me rendais à Saint-Germain chaque fois que j'en avais la liberté, bien certain que le Père Joseph, dont l'esprit cauteleux devait en espérer à terme quelque bénéfice, approuvait ces innocentes visites. Je m'étais pris d'une sympathie profonde pour une souveraine qui me rappelait Julie par beaucoup de traits, et dont la naturelle coquetterie encourageait le madrigal sans portée, sous le regard toujours limpide de ma sœur. On en serait aisément tombé amoureux si le respect n'avait point paralysé.

On comptait sur les doigts ceux qui avaient su inspirer confiance à la reine, et ces bêtes rares avaient tout pour faire rêver le Père Joseph. Étant encore loin de me douter de ma pleine valeur, j'étais à mille lieues d'imaginer que le Père Joseph eût donné gros pour corrompre l'inébranlable portemanteau Laporte ou me réduire à la fonction d'un agent docile, après l'échec qu'il avait essuyé avec Claire, car la reine était plus que jamais suspectée d'intelligences avec son frère d'Espagne. Mais vu mon caractère difficile, l'Éminence grise se devait de procéder par paliers, marchant sur des œufs pour ne pas gâcher son affaire.

Un soir de la fin juillet – c'était, je crois, le 26 –, comme j'étais présent à Saint-Germain, le roi, retour de chasse, arriva à l'improviste au château. On a soupé ce soir-là pour lui plaire plus tôt que d'habitude, car il aimait à manger et à se coucher d'autant plus tôt que la poursuite du gibier l'avait épuisé davantage. C'était un homme du matin, affligé d'une épouse qui ne s'animait vraiment que le soir et aimait à contempler, à la douce lueur des chandelles, sa beauté menacée par les ans et par la cruauté du destin. Quand des conjoints ne vivent pas aux mêmes heures, quand l'un a besoin de plein air et que l'autre dort sous un édredon au mois d'août, l'opposition des tempéraments vient promptement à bout des meilleures bonnes volontés. Le roi actuel ouvre les fenêtres en janvier, et ses héroïques maîtresses, trop coquettes pour se couvrir le sein, s'enrhument.

Sa Majesté, ordinairement triste, l'était plus encore que de coutume. Le 19 mai précédent, la toute jeune Louise-Angélique de La Fayette, fille d'honneur d'Anne d'Autriche, était entrée au couvent de la Visitation à Paris afin de mettre un terme sans appel à une idylle tumultueuse et désespérée, où deux âmes exigeantes s'étaient affrontées comme deux tempêtes dans un même verre d'eau.

Avec Mademoiselle de La Fayette, pour la première fois de sa vie, et après de cruels débats intérieurs, le roi avait sérieusement médité de prendre maîtresse, et il avait même fait aménager à ravir son relais de chasse de Versailles afin d'y recevoir sa future favorite.

Mais Richelieu s'était opposé au projet. Le ministre avait subtilement jeté l'innocente La Fayette dans les jambes du monarque avec le dessein d'en faire un objet dévoué au monstre froid de l'État, puis il s'était aperçu que la jeune écervelée, qui n'était que trop dévote, incitait son amant transi à la paix et au triomphe de la vraie religion dans les Allemagnes. La maîtresse qui se dessinait sous des apparences virginales aurait encore accru son emprise, et le Cardinal épouvanté avait tramé des intrigues byzantines pour ruiner le crédit de la trop sensible enfant, la dégoûter de la Cour, et la pousser derrière les grilles de la clôture. Louise-Angélique n'était point venue au rendez-vous de Versailles, et Louis, consterné de cet échec qui avait achevé de le persuader qu'il ne pouvait plaire à personne, passait de longues heures au parloir du couvent à regarder une bien-aimée que le Ciel lui avait soufflée alors que tout était prêt pour la retenir dans les liens les plus doux.

Le roi avait eu vent par hasard de cette manœuvre oblique et n'en avait pas su gré à un Cardinal qui l'écrasait de ses supériorités, le manœuvrait, le tyrannisait, le tympanisait et l'asphyxiait, jusque dans le gouvernement de ses amours.

Au sortir du repas, le roi s'était attardé par politesse dans les salons comme une âme en peine s'attarde au purgatoire, la démarche lasse, l'œil battu, sans perruque et le poil défrisé. Pourchassant le gibier, il avait été pourchassé lui-même par une colique tenace et il avait dû poser culotte plus souvent qu'à son tour, sans pouvoir jouir de ses commodités habituelles.

À force de se promener de long en large, le roi avisa Mademoiselle de Miossens, dont il appréciait la rigueur, la conversation sans fard et la voix bien timbrée. Louis avait l'oreille musicale et ne craignait pas de composer assez joliment. Claire devait lui rappeler sa chère La Fayette, et il avait fait de ma sœur quelques portraits assez bienvenus à la mine de plomb.

Une malédiction spécifiquement conjugale lui noircissait cependant la bile, accroissait sa timidité et son bégaiement dans ses tentatives de conter fleurette aux demoiselles d'honneur : il craignait que la reine ne l'eût dépeint comme un pauvre sire à ses confidentes. Cette Miossens elle-même n'aurait-elle point prêté une oreille complice aux railleries qu'il n'imaginait que trop ?

Comme Louis parlait à Claire de la canicule qui faisait haleter ses chiens et des risques d'orage, Anne d'Autriche, n'écoutant que son devoir, se retira lentement vers ses appartements privés, telle une caravelle rentrant au port à regret pour y subir des soins fastidieux, mais indispensables.

Bientôt, Mademoiselle de Miossens, avec un naturel un peu forcé, suggéra au roi d'aller prendre quelque repos. Un euphémisme qui n'était que trop transparent pour le chasseur éreinté. Louise-Angélique aussi ne cessait de le tarabuster pour l'envoyer coucher… mais jamais avec elle ! Le Cardinal s'occupait indiscrètement de ses affaires de cœur, et ses favoris et favorites avaient l'indiscrétion de s'occuper de ses rapports avec une épouse qui ne pouvait le sentir et se moquait de lui ! Qui verra jamais un Prince plus malheureux ? Le dernier des laboureurs, qui a pris la précaution d'épouser une fille enceinte pour s'assurer de sa fécondité, est moins à plaindre.

Exaspéré, chagriné à mourir, le roi se détourna sans façon de Claire, et me fit un sort. On lui avait dit que le frère de Mademoiselle de Miossens était un nouveau converti de grand mérite, qui avait de solides notions de chasse au furet. Louis me gratifia d'un monologue sur les mœurs des blaireaux et tout ce qu'on pouvait tirer de leur poil. L'œil attentif, j'approuvai gravement, et le cours se prolongea dans une atmosphère de gêne croissante.

Ce n'est pas la première fois que Louis faisait le coup. Bloqué à l'instant fatal, il cherchait le premier prétexte venu pour ne pas aller rejoindre la reine au lit, racontant n'importe quoi à n'importe qui.

Peu à peu, les conversations tombèrent alentour, comme un insistant signal à faire son office donné avec sa canne par un chef d'orchestre invisible. Le roi rougit, pâlit, se dirigea à pas comptés vers la chambre où l'attendait une femme qui n'espérait un garçon de lui que pour devenir une reine à part entière, libre d'intriguer impunément en faveur de sa première patrie après l'avoir enterré sous les fleurs.

Le lendemain matin, les espionnes seront au travail pour essayer de savoir ce que le roi a pu fabriquer. Les échecs – et dans ces conditions, cela n'a rien de surprenant ! – sont plus nombreux que les succès, et derrière les rideaux de l'étouffante alcôve, il est des simulacres intermédiaires qui font travailler l'esprit des femelles exégètes.

Le Cardinal et le Père Joseph – sans parler de Gaston d'Orléans ! – suivaient ces trop rares exercices avec une attention passionnée. Si le roi mourait sans héritier mâle, Gaston était sacré à Reims, le Cardinal était massacré par ses gardes, le Père Joseph, jeté à l'eau par ses capucins, la reine poussait à la paix, les protestants étaient déconfits en Hollande et dans les Allemagnes, et c'était la fin de la grande politique française de conquête et de suprématie en Europe. Jamais le sort du monde n'avait tenu à si peu de chose : une goutte de semence dans un océan d'incertitudes.

Chez les Lhermitte, la grossesse probable était devenue certaine, et le couple de robins nageait dans la joie. Comme le Cardinal, non sans scrupuleuses réflexions, Irénée avait choisi de se soumettre à la loi de l'efficacité, adaptant à sa modeste échelle le moyen à la fin.

Le conseiller, qui n'était pas beau, avec sa face lunaire et imberbe, et sa bedaine de dindon, espérait généreusement que l'enfant ne lui ressemblerait point, et ne savait comment me témoigner sa gratitude.

La glace des convenances ordinaires, déjà bien fêlée, s'étant brisée sous le coup de l'émotion, Irénée me prodigua doctement de bons conseils entre deux portes afin de ménager une épouse qui n'avait déjà que trop donné d'elle-même et ne devait point risquer de gâter son fruit par des imprudences réitérées.

« Pas plus d'une fois par semaine, tout doucement, et *more ferarum*, s'il vous plaît ! Je veux dire : “à quatre pattes”, selon la coutume précautionneuse des bêtes (et peut-être, de nos premiers parents déchus, à la sortie du paradis terrestre, où ils avaient dû, étant en état de grâce, se connaître face à face avec innocence). Les bêtes pourraient nous en apprendre beaucoup si l'on se donnait la peine de les observer de plus près à l'instant du coït, au lieu de ne songer qu'à les manger. »

Je ne pouvais que m'incliner devant ce désir si naturel, et je donnai une fois de plus ma parole de gentilhomme, sans trop d'inquiétude pour cette fois.

Ma sœur ne se doutait guère des espérances que je venais de semer si libéralement sous un toit ami. Mais elle s'inquiétait de l'héritier Montastruc et craignait que je ne le rencontrasse. Le souvenir qu'elle avait gardé de Samuel, à qui elle m'avait toujours préféré, n'était pas de nature à lui faire désirer un vengeur, quand bien même sa religion lui eût permis cette pensée.

En tout cas, mon entrée dans les gardes du Cardinal aurait justifié à ses yeux le train que je menais si un improbable soupçon avait pu l'effleurer. Heureusement, sa confiance en moi, en bonne partie méritée, demeurait entière. Nos deux cœurs, sur l'essentiel, battaient tendrement à l'unisson, et j'avais pour elle le respect que je portais à Hermine, dont j'aurais aimé qu'elle pût faire la connaissance. Mais la fatalité voulait qu'elle ignorât même son prénom !

Parfois, rasant les murs, j'allais retrouver Ulysse dans un sombre cabaret du Marais, où sodomites et invertis – il arrive que la distinction soit malaisée en raison de fougueuses alternances – avaient leurs habitudes. Nous y faisions discrètement le point de la situation, conversant à mi-voix et lèvres serrées, car, là aussi, et même tout particulièrement, les agents du Père Joseph devaient laisser traîner leurs longues antennes d'insectes nuisibles. Une surveillance avisée de la mare aux grenouilles où les bougres s'ébattent est d'un bon rapport pour tous les gouvernements, et le capucin devait y penser avec gourmandise en se donnant la discipline.

La baronne de Montastruc, fort satisfaite, estimait que le duel n'avait rien d'urgent. Maman redoutait évidemment un mauvais coup.

Il fallait quand même en finir, car Judith, partagée entre les vœux contradictoires que je retrouve Ulysse au plus vite ou que je ne le retrouve point du tout, ne pouvait être menée en bateau indéfiniment.

Mais tout nouvel ennui lui fut définitivement épargné. Le 30 juillet, Matthieu m'informait qu'il venait de recevoir de Lescar la nouvelle du décès de notre mère, frappée de paralysie en apprenant par hasard ma conversion avant même qu'elle eût pu recevoir la lettre où je lui dorais la pilule avec des considérations jansénistes. Elle avait traîné trois jours avant de s'éteindre. Thomas, débordé, n'était guère brillant, et l'on se demandait s'il passerait l'hiver.

J'ai écrit à mon père une lettre très convenable, et même en gros caractères, pour ménager sa vue, où je lui proposais accessoirement une aide financière. Mais je n'ai pas reçu de réponse.

L'annonce de la mort de Judith trouva ma sœur de glace. « Son infecte hérésie, me dit-elle, avait failli me tuer avant l'heure. Ton retour à la vérité l'a tuée à son heure. Tout est en ordre. » Claire, qui pratiquait les meilleurs auteurs, avait le sens des belles formules. On récolte ce qu'on sème.

X

Dans l'après-midi du vendredi 31 juillet, étant de garde, je reçus un coup de poing à l'estomac : j'étais prié de me rendre incontinent chez le Père Joseph, qui avait sa tanière sur les arrières du Palais. Que me voulait-il encore ? S'agissait-il de trahir ma reine et ma sœur ou d'être jeté aux chiens ?

Le moine-espion était égal à lui-même, très « mendiant aristocratique », à la simple différence que le bureau était un peu plus vaste que chez les capucins de la rue Saint-Honoré et que les paperasses y étaient encore plus encombrantes. Là aussi, le Père Joseph, dont les yeux presque éteints craignaient une lumière trop vive, était assis à l'ombre, tandis que le siège du visiteur était bien éclairé. Le B-A-BA de l'interrogatoire, dont les Babyloniens devaient déjà connaître les formes ! Mais ainsi que le Père Matthieu l'avait subodoré, le capucin exagérait peut-être son infirmité, dans l'espoir de prendre en défaut des interlocuteurs à l'attention relâchée.

À mon immense soulagement, le Père Joseph me résuma de but en blanc une bien étrange histoire, qui semblait n'avoir aucun rapport avec ce que j'avais redouté.

Sous Clément VII, fils naturel de Jules de Médicis, pape de 1523 à 1534, avait circulé en Italie un recueil de trente-deux « positions », devenu depuis le fonds de commerce obligé des dames galantes d'un certain rang. Ces estampes étaient tirées à partir de seize feuilles de cuivre gravées à

Bologne par Marc-Antoine Raimondi, d'après des dessins de Jules Romain, le tout accompagné par autant de sonnets de l'Arétin, sous le titre on ne peut plus clair : *De omnibus Veneris schematibus*. L'Arétin, connu pour ses élégantes obscénités – les pires, selon le Père Joseph ! –, comme par d'abondants ouvrages alimentaires de piété en l'honneur de la Vierge, était en outre un maître chanteur avisé, qui avait trouvé moyen de se faire grassement payer pour ne rien écrire ! De grands seigneurs, des cardinaux, s'étant arraché ces estampes, le pape fit arrêter le graveur, à qui Pierre de Médicis sauva la vie, sur la prière de l'Arétin, précipitamment réfugié à Venise. Les seize cuivres, qui avaient échappé aux agents pontificaux, gagnèrent la France dans le courant du règne de François Ier, pour servir à des tirages qui remportèrent aussitôt le plus franc succès – à en croire du moins Brantôme...

En tout cas, les cuivres étaient vers 1580 à Paris, chez Messer Bernardo, libraire vénitien, parent du grand Manuce, de la Cité des doges. Lesdits cuivres étaient passés ensuite de libraire en libraire, la police fermant les yeux, et des tirages avaient lieu de temps à autre. Henri IV s'en amusait avec sa Gabrielle – la grand-mère de Beaufort, ainsi que je l'ai déjà rappelé –, qui avait un jour montré ces trente-deux « positions » à un Dauphin de huit ans, afin de faire son instruction, et l'enfant, trop grand ou trop petit pour une pareille épreuve, en avait été choqué. « Voilà donc, avait-il fait observer, ce que papa fait avec maman et avec vous ! », ce qui avait fait rire aux larmes le roi et ces dames. On s'amuse comme on peut quand on a le cœur à rire.

Le chaste Louis XIII une fois grandi et conscient de son autorité, les objets litigieux, que le Prince avait naturellement dans une exécration toute particulière, s'étaient évanouis, sans que les tirages – il est vrai raréfiés et de qualité de plus en plus médiocre – s'interrompissent pour autant. Les libraires avaient pris le prudent parti de confier les planches à de grands personnages, chez lesquels il n'était pas question de perquisitionner pour si peu, et les graveurs ne les avaient en leur possession que le temps d'y travailler. Gaston d'Orléans, qui jouait au mécène et au poète, les avait cachées un moment dans son château de Blois, puis, ayant pris peur, il les avait confiées à son ami le duc de Soissons, lequel, embarrassé de la chose, l'avait passée à un tiers... De fil en aiguille, la trace s'en était effacée, et la guerre avait bientôt requis toute l'attention des services. Aux dernières nouvelles, il avait été question de la duchesse de Chevreuse, cette intrigante perdue de mœurs, dont les audaces n'étaient que trop connues, mais on ne prête qu'aux riches...

« Bref, poursuivit le Père Joseph, puisque vous avez l'art de repérer en un clin d'œil les chats égarés, un mystérieux Tribunal de la Pénitence aidant, peut-être pourriez-vous prendre un congé pour vous occuper diligemment de cette affaire, qui intéresse vivement le roi, mais aussi le Cardinal. Dans la conjoncture présente, Son Éminence ne serait pas fâchée de montrer aux dévots, qui l'accusent impudemment de trahir la religion au-delà de nos frontières, que, du moins, Elle se préoccupe autant qu'eux de l'ordre moral souhaitable chez nous, et que ses agents sont enfin sur une bonne piste.

« Mais attention ! Votre travail n'est, en aucun cas, de mettre la main sur les cuivres et de me les rapporter. En si délicate matière, une telle opération relève, vous le comprenez bien, d'une politique qui vous dépasse et doit rester à la seule appréciation du pouvoir. On vous demande seulement, et sans vous découvrir, de situer, si possible, ces satanées planches, et vous y aurez déjà du mal, en dépit de vos utiles relations.

« Apprenez qu'en matière de renseignement, savoir, c'est pouvoir, et qu'il faut beaucoup savoir pour pouvoir un peu. »

Qu'avait exactement en tête le Père Joseph ? Difficile à deviner. Le masque était impénétrable, et la nuque, repoussante, cautérisée au fer rouge, non par mortification, pour une fois, mais par une bizarre précaution thérapeutique, dont l'application barbare devait plaire, il est vrai, au patient, sans cesse préoccupé d'expier quelque chose.

Devant mon silence méditatif, le capucin ajouta :

« C'est votre première mission. On a dû vous dire à la Cour beaucoup de mal de ma personne et de mes entreprises, et il me faut aussi porter d'un cœur égal la croix de la calomnie. Mais créditez-moi au moins d'une certaine connaissance des caractères, et reconnaissez, je vous prie, que rien, dans ce que je vous demande, ne saurait mettre en péril un honneur sans pareil ou la conscience délicate d'un nouveau converti. Je connais mes gens et sais mesurer le vent à mes brebis. Les tâches honorables sont pour les hommes d'honneur ; les tâches qui le sont moins pour les autres ; l'honneur de l'État couvrant le tout de son grand manteau rouge et de mon froc brun. »

Dans la coulisse, le Père Ange de Mortagne me signala qu'il était habilité, dans la mesure du raisonnable, et sur justification, à couvrir mes frais d'enquête, une prime étant prévue en cas de succès. Ses yeux rapprochés de grand furet me fixaient comme si j'étais déjà suspect de vouloir truquer les comptes.

« Qu'entendez-vous, mon Révérend Père, par "justification" ? Si je paye à boire à un valet pour le mettre en confiance, dois-je exiger un reçu ?

— Bonne question, mon fils ! Chargé d'ordonnancer beaucoup de dépenses de ce genre – et parfois des plus considérables ! –, je vous inviterai seulement à vous mettre dans l'esprit d'un cuisinier de grande Maison, qui sait fort bien où finit la gratte traditionnelle qu'on lui autorise en raison de ses talents, et où commence le vol caractérisé. Faites donc honnêtement vos preuves, et tout ira bien. »

Cette comparaison culinaire était fort blessante, et le Père Ange ne pouvait l'ignorer. Sans doute croyait-il me tenir si ferme que certains ménagements de politesse n'étaient plus nécessaires. Son patron avait plus d'usages.

Cette affaire obscure était de la compétence des jésuites, qui étudiaient dans l'ombre pour mieux répandre leurs lumières. Je courus chez Matthieu, en quête de judicieux avis. Mon frère, qui sortait péniblement de sa chaise devant la maison professe, monta l'escalier en gémissant, et s'assit derrière son bureau avec une grimace douloureuse : il sortait de chez les fous.

Le vieux duc François-Xavier de Chaunes, scandaleusement enrichi avec son gendre dans des fournitures militaires de qualité variable – son poisson pourri avait notamment envoyé un bataillon à l'hôpital... –, ayant tourné à une vertu scrupuleuse sous l'influence d'un ermite rencontré en courant le cerf avec le roi en forêt de Fontainebleau, désirait rendre gorge en faveur des jésuites, et ses héritiers l'avaient fait reléguer, pour motif de dérangement cérébral, dans une petite maison du village de Passy, où il était surveillé comme le lait sur le feu.

Le Provincial avait chargé son « profès » de démontrer que le duc jouissait de tout son bon sens, car il y avait trois ou quatre cent mille livres en jeu. D'où une séance contradictoire animée à Passy : des avocats, des procureurs, des notaires, des médecins, le confesseur jésuite de Chaunes et le curé de l'endroit, à pérorer et à s'énerver dans une pièce étouffante à la fenêtre condamnée par de gros barreaux...

Chaunes semble sain d'esprit, fait même un éloquent et cohérent éloge de l'ordre de saint Ignace, parle avec une émouvante chaleur de son patron navarrais François Xavier. On dirait que la cause est entendue. Les visiteurs, amèrement déçus ou ravis, se détournent et se retirent...

Et le duc encore vert, maintenu en santé par ses galops cynégétiques, de donner à Matthieu un grand coup de pied au derrière en le traitant d'« ignoble cafard de sacristie ».

Maîtrisant une forte envie de rire, j'ai assuré Matthieu, dont l'âme avait encore plus souffert que le fondement, de toute ma sympathie, et je lui expliquai ce qui m'amenait.

Mot pour mot, il me fit répéter les phrases les plus importantes du Père Joseph, sur lesquelles, sourcils froncés, il réfléchit un moment sans mot dire. La situation n'avait pas l'heur de lui plaire.

Le jésuite sortit enfin de ses pensées pour exprimer une perspicace remarque :

« L'allusion à la duchesse de Chevreuse, sur la fin du discours *(in cauda venenum !)* me paraît lourde de sens. Si la duchesse est sur l'affaire, on peut tout craindre. Oui : *hic jacet lepus*, et le lièvre ne peut être que de taille ! »

J'avais ouï parler, comme tout un chacun, de cette dame, mais sans plus, et je sollicitai un supplément d'informations.

« Marie de Rohan-Montbazon, qui est de peu l'aînée de la reine, est en fait d'intrigues la réplique femelle du Père Joseph, qu'elle empêche de dormir à longueur d'année, comme elle en est l'antithèse en fait de vertus privées.

« Marie a d'abord épousé Luynes, le premier favori du roi, qu'elle a abondamment cocufié. Puis elle a épousé, en 1622, le duc de Chevreuse, qu'elle a abondamment cocufié aussi. Entraînée aux détours du cocuage, son triomphe eût été de faire cocufier le roi par le duc de Buckingham venu en ambassade, mais le complot a raté de justesse pour n'aboutir qu'à une demi-réussite.

« Sa violente aversion contre le Cardinal et contre un souverain qui a la faiblesse de le souffrir et de l'engraisser, ne se démentant point, elle s'agite sans arrêt, avec l'ingéniosité la plus perfide. Maîtresse de ce jeune idiot de Chalais, elle le pousse dans une conspiration où il laissera sa tête. Maîtresse du duc Charles de Lorraine, elle le pousse à s'allier à l'Angleterre contre la France. Exilée pour la dernière fois en 1632, le Cardinal, que l'on dit sensible à ses charmes – il trouve encore le loisir de donner dans la galanterie à ses rares moments perdus ! –, l'a laissée rentrer, l'estimant sans doute plus dangereuse dehors que dedans. Elle est actuellement assignée à résidence dans son château de Couzières, en Touraine, mais il est vain de prétendre tenir cette anguille. Déguisée en cavalier, elle s'échappe quand ça lui chante, escortée de ses chevaliers servants. Elle a le don d'apparaître et de disparaître comme par magie.

« Il serait pourtant excessif de lui prêter des convictions profondes, des fidélités réfléchies, ou de grands desseins qui iraient plus loin que l'amour du désordre et du scandale. D'après les renseignements concordants de nos Pères, si elle collabore avec les agents d'Olivarès, c'est selon sa fantaisie et sans être aux ordres.

— Comment se fait-il donc, mon cher Matthieu, qu'une femme aussi vertueuse que la reine, aussi attachée à ses devoirs, garde contre vents et marées une amitié tellement déplacée pour un pareil phénomène ?

— Les confesseurs ne connaissent que trop le cas de ces dévotes entraînées vers des créatures sans mœurs et qui leur demeurent malgré tout aveuglément fidèles. Au regard de la dévote, la femme perdue, c'est le rêve sans conséquence, la jouissance par procuration de ce qu'on voudrait bien connaître et ne connaîtra jamais. Un jeu bien dangereux, car un faux pas est vite arrivé quand on caresse de trop près ce qu'on se refuse de loin. La chaude alerte des jardins d'Amiens en est la meilleure preuve. La reine, hélas, envoûtée par sa " Chevrette ", paraît incurable.

« Autre indication précieuse que l'on peut glaner dans les propos du Père Joseph, qui mesure toujours ses paroles ; je cite : " On vous demande seulement de situer ces satanées planches, et vous y aurez déjà du mal, en dépit de vos utiles relations."

« Autrement dit, notre capucin, dans l'idée que les cuivres ont en tout cas séjourné chez la duchesse, qui a pu faire là-dessus des confidences à la reine, compte sur ton entregent pour tirer l'histoire au net en faisant bavarder Claire. Si tu réussis, tu seras infâme ; si tu échoues, tu seras suspect. Le Père Joseph n'a pas dû digérer le coup vicieux du chat, et le piège est bien monté. Ce fourbe ne parlait de ménager ton honneur que pour se moquer. »

Un soupçon bien autrement grave, un soupçon horrifiant me frappa soudain de plein fouet…

Sous un roi bigot, la haute aristocratie, de l'aveu même du Père Joseph, avait pris coutume de se repasser les cuivres comme des crêpes brûlantes. Partant, si la duchesse, poursuivie sans relâche, en avait hérité à son tour, la tentation avait dû être forte de les mettre en lieu sûr au suprême degré de l'échelle mondaine, chez sa grande amie la reine – quitte, bien sûr, à l'abuser sur la nature du dépôt.

Si oui, pour quelque motif que ce fût, mauvais hasard ou trahison caractérisée, la mine pouvait exploser tout soudain et un irréparable scandale, se déchaîner d'un instant à l'autre. Apprenant que sa femme, si froide devant ses approches, avait caché sous son oreiller les trente-deux « positions » de l'Arétin qui avaient empoisonné son enfance, Louis entrerait dans une fureur insane, que rien ni personne ne saurait plus calmer. La reine serait alors perdue sans remède !

Je communiquai mon angoisse à Matthieu, qui l'aviva encore si possible.

« Tu as raison : il est bien possible que les planches soient chez la reine, qui aime à garder des secrets, et si elle se fait prendre, notre chère sœur aura du mal à prouver son innocence, et Quiroga aussi. Les jésuites, la religion... ma carrière elle-même, pourraient en souffrir ! »

Par bonheur, Anne d'Autriche était revenue de Saint-Germain la veille pour fêter ce jour au Louvre, avec son confesseur, saint Ignace de Loyola, canonisé en grandes pompes avec François Xavier trois lustres plus tôt, lors de manifestations qui étaient apparues comme l'apogée du jésuitisme conquérant. Dans ma hâte d'aller mettre la reine en garde, n'ayant pas le temps de passer me changer, je conservais ma casaque aux armes du Cardinal, que je m'empressais ordinairement de remplacer par une tenue civile en dehors de mes heures de servitude.

XI

Il était plus de six heures du soir. Dans les appartements de la reine, situés au premier étage de l'aile sud, et qui ouvraient sur le gracieux « jardin de l'Infante », il y avait grande réception et profusion d'appétissantes friandises, dont le rebut... ou du moins ce que la gourmandise des intermédiaires aurait épargné en cours de route, serait porté aux hospices.

Le chocolat, dont Anne et ses femmes raffolaient en dépit des réserves de la Faculté, coulait à flots épais des récipients d'argent ou de vermeil. Les conquistadores avaient eu la bonne idée de mettre du sucre de canne dans l'amère poudre de cacao des Aztèques.

Le roi, sorti des appartements d'en face pour s'entretenir avec Mademoiselle de Miossens, ne s'était pas attardé. Beaucoup de monde s'agitait dans la « grande galerie du bord de l'eau », construite à feu d'argent par Henri IV pour relier le vieux Louvre aux Tuileries, tout au long de la Seine, et la reine y prenait le frais, regardant avec mélancolie couler le fleuve tout sale en contrebas, tandis que le duc de Beaufort faisait des ronds de jambe.

Dans le salon « tourterelle » des grands appartements, le confesseur Quiroga se bourrait de dragées, en suivant d'un œil égrillard un concours de dressage de puces. Les dames françaises et espagnoles étaient championnes de dressage, et la puce de plein été, spécialement alerte, était la plus appréciée.

Car les dames, qui passaient de bons moments à s'épucer ou à se faire épucer par leurs amants comme guenons chassant leurs poux, avaient trouvé là un ingénieux passe-temps pour joindre l'utile à l'agréable, et les familières petites bêtes, attelées à de mignons carrosses de papier ou perchées sur de minuscules balançoires, faisaient rêver nombre de connaisseurs, qui se demandaient par quels ombrages odorants elles avaient pu cheminer avant de sortir au grand jour pour distraire leurs maîtresses. Le roi était exaspéré par cette infernale licence, et l'on attendait qu'il fût absent pour sortir les concurrentes du placard. Louis chassait tout, hormis les puces !

Sans considération pour ces futiles bestioles, je sautai sur Quiroga, lui résumai l'affaire à l'oreille, lui demandai si, oui ou non, la duchesse de Chevreuse n'aurait pas donné en garde un quelconque paquet à la reine.

Quiroga, émotif comme beaucoup d'obèses, suait à grosses gouttes, et dut s'appuyer sur une console. Il finit par balbutier, revenant à sa langue maternelle : « *Santa Madre de Dios !* Il ne s'agissait, m'avait-on assuré, que de lettres d'amour du duc de Lorraine à Madame de Chevreuse, et j'avais eu la faiblesse de donner mon autorisation à ma pénitente : la reine aime tant la duchesse ! *Santa Virgen de Guadalupe*, Dieu protège les jésuites ! Que faire ? Qu'allons-nous devenir ? »

Jeter le paquet à la Seine n'était pas une solution. Des cuivres ne seraient pas entraînés par le courant, et un paquet se repêche. Les détruire sur place ? Mais par quel moyen discret ? Les faire porter hors du Louvre ? Mais si une trahison était déjà en marche, le porteur pouvait être appréhendé...

En désespoir de cause, le confesseur gagna la « grande galerie » pour s'entretenir privément avec la reine, dont j'observais le visage à quelque distance. La souveraine pâlit, se détourna pour appuyer son front à la vitre rafraîchissante d'une fenêtre. Puis elle parut se remettre, et un sourire lui vint aux lèvres, qui gagna bientôt les babines de Quiroga.

Le jésuite me revint : tout était arrangé, mais on allait avoir besoin de moi.

Comme les invités commençaient à se retirer, Mademoiselle de Miossens apporta à sa maîtresse un petit coffre en bois de santal délicatement ouvragé, que le roi Philippe III d'Espagne avait offert à sa fille, entre bien d'autres choses, lors de son mariage avec le jeune Louis, en 1615. La reine, qui y tenait beaucoup, y jeta des friandises par poignées, puis me le confia avec ces aimables paroles :

« Je vous charge, Monsieur le chevalier, en l'honneur de la Saint-Ignace, d'apporter ce soir même le présent que voici à Son Éminence, à laquelle vous appartenez visiblement avec une distinction toute particulière. »

Ici et là, on s'efforçait de faire des mines entendues, tout en cherchant un sens caché à ce geste surprenant : les moindres rapports entre la reine et le Cardinal faisaient l'objet d'interminables commentaires. Le marquis de Croustille murmura : *« Timeo Danaos et dona ferentes. »* Mais Beaufort eut un beau succès en déclarant qu'il n'y a pas lieu de se méfier quand les Danois mettent leurs femmes aux fers.

Je saluai bien bas et partis avec le coffret sur mon cœur.

De retour « impasse des tire-laine », je glissai provisoirement sous mon matelas le dangereux paquet bien scellé qui était au fond du coffre, et je me rendis sur-le-champ au Palais pour me conformer aux ordres de la reine.

Il n'était pas huit heures quand j'en franchis le seuil, et ma qualité d'envoyé d'Anne d'Autriche me permit de pousser aussitôt jusqu'au Cardinal.

Son Éminence était attablée à son grand couvert et achevait de grignoter d'une dent hésitante (Elle avait aussi des crampes d'estomac !) un souper où s'accumulaient pour vingt personnes, avec un faste ostentatoire, sur de grands plateaux de métal précieux, les « viandes » les plus délicates, présentées avec l'art le plus original. Par ces temps de famine, il était de bon ton d'offrir un choix surabondant aux convives, dont chacun prenait ce qui lui plaisait. Les friandises du Louvre arrivaient à point pour conclure ce festin solitaire. Je délivrai mon message, soulignant que le coffret venait de l'illustre Philippe III, et que la reine avait tenu à le garnir de sa propre et blanche main.

(Il me faut reconnaître en passant que cette princesse avait des mains admirables. Pour les pieds, où toutes les grandes dames d'Espagne mettaient leur dernière pudeur, comme les femmes arabes dans leur visage, j'en parlerai le moment venu.)

De toute évidence on ne peut plus ému, le Cardinal porta respectueusement une dragée blanche à sa bouche, tout en respirant d'un air pénétré l'odoriférant santal.

Richelieu regrettait amèrement que les draconiennes nécessités de sa charge, telles qu'il se les était définies, l'amenassent à tracasser une souveraine qui se considérait comme l'incarnation du catholicisme espagnol et européen, et paraissait implicitement donner à un cardinal français de fières leçons de théologie et de politique. Il avait sans cesse espéré de sa part une plus juste compréhension de nos vulgaires intérêts nationaux, un geste d'apaisement qui eût facilité sa tâche, et il avait multiplié jusque-là les politesses sans écho. On conçoit que ce cadeau, qui semblait présager des jours meilleurs, avait tout pour le transporter d'aise.

Et la joie du Cardinal était d'autant plus exquise que, par tempérament ainsi que par éducation, il était un fervent admirateur du beau sexe, qu'il préférait, tel un pacha de Turquie, avec des rondeurs. Anne d'Autriche était son type de femme – comme sa nièce, Madame de Combalet, dont de méchantes rumeurs lui avaient attribué, peut-être un peu vite ?, l'incestueuse conquête –, et qu'il avait en tout cas, séduit par la grandeur de l'alliance, vainement tenté de refiler à l'inconsistant Gaston.

Depuis quelque temps, les familiers de Son Éminence avaient même cru discerner, à quelques signes inhabituels, que leur maître était secrètement tombé amoureux de la reine. Mais comme la distance interdisait au Cardinal tout espoir raisonnable, il devait plutôt éprouver pour l'objet de sa flamme ce trouble quasi métaphysique des ambitieux qui, sortis d'une obscurité provinciale, se trouvent soudain transportés au pied d'une idole inaccessible, dans le clair-obscur d'un temple qui n'a pas été prévu pour les accueillir. Nous inclinons trop volontiers à respecter les mythes que nous avons contribué à créer ou à entretenir.

Amoureux ou non, le grand Cardinal était aussi un grand nerveux, une carcasse délabrée que maintenait une volonté de fer, un homme qui se survivait depuis des années comme par miracle, dévoré de soucis et d'angoisses, toujours à la limite de l'effondrement, passant tout d'un coup d'un désespoir sans nuance à une espérance sans bornes. On comprend la profondeur et la portée de son émotion devant le coffret. L'idole muette lui avait tendu la main. Et derrière l'hommage à la pourpre, il n'était pas interdit de deviner un hommage au noble cavalier qui ne s'était fait prêtre autrefois qu'en vertu de plates raisons de famille, sans plus d'appétit pour le sacerdoce qu'un renard pour des hosties. Armand Emmanuel du Plessis, duc de Richelieu, avait du mal à retenir ses larmes.

Le Cardinal fit un signe à un trésorier, levant deux doigts négligemment. Dans le tiroir d'un secrétaire, étaient conservés des diamants « à effet » de médiocre valeur, qui servaient de pourboire quand le maître était content. Le code, qui eût ravi un Antoine Rossignol, allait de un à cinq doigts. Cette façon de distribuer des solitaires sans compter avait une folle allure et faisait jaser les gobe-mouches.

XII

Je me précipitai pour offrir le solitaire à Julie – avec la bienveillante autorisation d'Irénée, qui ne cessait d'admirer le peu de profit que je trouvais à cette liaison, alors que tant d'autres soldats de fortune ne cessaient d'ourdir des plans afin de tirer de l'argent des femmes. Mon brave d'Artagnan lui-même ne fut pas exempt de cet aimable travers !

C'était par hasard jour ouvrable, et après avoir apaisé ma concupiscence sur le mode souhaité (j'avais donné ma parole), je jugeai le moment favorable pour demander un service à ma maîtresse : une affaire qui relevait du secret d'État et dont elle ne devait pas même parler à un mari auquel elle ne cachait pourtant rien.

Pour les personnes qui mènent une vie tranquille, les dessous occultes de la grande politique ont un irrésistible attrait, et je renonce à compter le nombre de gens que j'ai pu de la sorte utiliser occasionnellement au cours d'une carrière où j'ai dû, trop souvent pour mon goût, rentrer mon épée au fourreau afin de me faire valoir par des moyens moins glorieux.

C'est ainsi qu'à minuit, escortée par son chevalier vu l'insécurité nocturne des rues, une jeune femme tout excitée par l'importance de sa mystérieuse mission remettait trois écus et un paquet scellé au vieil aveugle qui somnolait sous le Pont-Neuf, à charge pour lui de le porter à l'aube, bien caché sous son manteau, jusqu'au tout proche Palais-

Cardinal, en spécifiant bien à la garde qu'il était à remettre sur-le-champ et en main propre au Père Ange.

Si les cuivres n'arrivaient pas à destination, je n'aurais perdu que trois écus – la reine et ma sœur étant de toute façon à l'abri. J'avais même songé un instant à les faire fondre pour avoir la paix. Puis j'avais craint que les mânes furieux de Raimondi, de Romain ou de l'Arétin ne vinssent troubler mon sommeil et me tirer par les pieds.

Sans doute, ma mère nous avait-elle maintes fois répété que l'art n'avait aucune importance pour le salut, puisque la Bible, qui s'en était désintéressée de façon générale, en avait même interdit aux Juifs certaines pratiques particulières. Cependant, cette position m'avait paru de moins en moins solide, non certes que l'esthétique fût en quoi que ce soit nécessaire à notre vie spirituelle, mais les incontestables beautés de la création sont susceptibles de nourrir une forme de prière terre à terre chez certains esprits qui ont besoin de paliers pour s'élever des apparences à une réalité supérieure, et il serait peu chrétien de refuser cette béquille à des infirmes. Jésus lui-même – une indication à ne pas négliger – a paru touché un instant par la grâce de fleurs champêtres. À condition de tremper notre pinceau dans l'eau bénite, nous avons donc licence de peindre des aquarelles sans scrupule.

Quant aux trente-deux « positions » classiques, du fait qu'aucun confesseur n'aurait pu en droit les interdire dans le cours d'un légitime et prolifique mariage, leur représentation était en soi innocente, et le péché ne pouvait être que dans l'utilisation peccamineuse qu'on se fût permis d'en faire hors d'une union consacrée. Il en va de ces « positions » comme du tabac, du chocolat ou de bien d'autres choses, où l'usage est à distinguer soigneusement de l'abus.

Julie raccompagnée, complimentée et rendue à son mari, il convenait de détourner d'urgence la moindre suspicion de ma personne en dégageant le plus de fumée possible. Si le Cardinal allait jamais se douter que le coffret avait contenu autre chose que des douceurs et avait permis aux cuivres de sortir du Louvre, il pardonnerait plus aisément un coup de poignard qu'un ridicule de cette cruauté. Une manœuvre de diversion s'imposait.

À deux heures du matin, je me fis un plaisir de réveiller le Père Ange : j'avais soi-disant rendez-vous à trois heures dans un bouge des halles avec un individu qui ne m'avait pas encore révélé son identité, mais que je soupçonnais d'être un domestique congédié de la duchesse de Chevreuse. L'homme prétendait savoir ce que la duchesse avait fait des cuivres, mais il exigeait l'impunité et douze cents livres.

D'excellente « race », doué d'une finesse naturelle qu'une longue collaboration avec l'Éminence grise avait exacerbée, le Père Ange accueillit ma demande d'un air revêche. La prodigieuse rapidité de mon enquête, la relative importance de la somme, lui inspiraient une vive méfiance, qui était d'ailleurs bien compréhensible.

Mais il n'était pas question de déranger le Père Joseph, qui était à cette heure en oraison larmoyante, comptant et recomptant les plaies du Christ devant un vrai Fragment d'une vraie Épine de la vraie Croix, offert par le monastère du mont Sinaï en échange du bâton de pèlerin et de la gourde de saint Jacques, découverts jadis par un templier charismatique dans le grenier d'une auberge de la route de Compostelle.

En matière de reliques, les épines inspirent plus de crédit que le bois de la croix, car on ne saurait en multiplier les fragments au-delà du raisonnable, tandis qu'en débitant une grande croix en menues échardes, on peut en semer partout à la satisfaction générale.

Au sortir de pénibles réflexions, le Père Ange, à tout hasard, se décida quand même à me faire compter les quatre cents écus d'or, qui tenaient aisément dans une bourse de cuir, et m'invita à ne surtout point les lâcher contre du vent.

Image exemplaire de cette École tourmentée : le Père Joseph comptait des plaies de la main gauche, et son bras droit comptait des écus.

À quatre heures et demie, je me fis un nouveau plaisir de réveiller le Père Ange : l'inconnu n'était pas venu au rendez-vous, et je venais rendre la bourse, « comme un cuisinier honnête qui ne fait ni gratte ni vol », craignant d'être agressé dans une ville abondante en coupe-gorge, où seuls les ennemis du Cardinal étaient en prison.

Plus méfiant que jamais devant un respect si peu courant de l'argent de l'État, mais ne sachant que croire, le Père Ange me remercia du bout des lèvres et regagna sa cellule en titubant de sommeil. Le mendiant du Pont Neuf allait bientôt le tirer du lit.

Ce samedi-là, peu avant dix heures de la matinée, je fus convoqué de nouveau par le Père Joseph. Bien que je l'aie trahi sans hésitation pour sauver la reine et ma sœur d'un danger imminent, j'étais plus serein que la première fois, car ma connaissance du monde avait fait quelques progrès entre-temps. Je me sentais protégé par les ambitions inavouables que le moine avait osé fonder sur ma personne, vu mes relations privilégiées avec la reine, et je m'étais aperçu d'autre part que le fameux Cardinal, comme n'importe qui, pouvait avoir son talon d'Achille du côté du cœur – si le défunt Voiture peut agréer cette préciosité digne de Gongora. De plus, il était fort probable que Richelieu et son compère ne fussent pas toujours d'accord sur le traitement à réserver à la reine, un cardinal conquérant pouvant nourrir d'autres ambitions qu'un capucin misogyne. Le cas échéant, je pouvais peut-être trouver là une certaine marge de manœuvre...

Le Père Joseph était de l'humeur d'un dogue auquel on vient d'arracher un os. Obsédé par l'espérance d'avoir un jour barre sur Anne d'Autriche par quelque biais efficace, afin de rendre inoffensive cette alliée naturelle des Habsbourg, il venait de perdre toute possibilité de la manipuler, de la terroriser avec le spectre de l'Arétin, et la duchesse de Chevreuse elle-même en serait quitte là-dessus pour le véhément soupçon.

Le moine n'éleva point la voix à ma vue, mais son verbe était glacial :

« Figurez-vous, Monsieur d'Espalungue, que l'aveugle du Pont Neuf – un espion de police, par-dessus le marché ! – nous a rapporté aux aurores les cuivres que je vous avais expressément chargé de repérer sans plus, le Père Ange étant ainsi réveillé en sursaut pour la troisième fois de la nuit. Une personne du sexe les lui avait remis entre chien et loup.

« Mais vous apprendrais-je vraiment quelque chose ? Pas plus que le Cardinal, je ne crois aux coïncidences incroyables. Il est exclu que vous ayez obtenu un tel résultat en quelques heures ; mais il est plus exclu encore, contrevenant à mes ordres avec impudence et mettant en péril la sûreté de l'État, que vous n'y soyez pour rien. Je le sais de science infuse, comme je sais que la fable des douze cents livres n'était qu'une improvisation de dernier moment pour détourner l'attention et couvrir vos traces.

« Si je ne vous chasse pas sur-le-champ, c'est que le Cardinal, qui a du mal à croire à tant de noirceur, a intercédé pour vous, tout remué, paraît-il, par un certain coffret de santal... Mais vous ne perdez rien pour attendre, et je sais une cellule, à la Bastille ou à Vincennes, où vous irez tôt ou tard méditer sur le danger qu'il y a à se moquer de moi. »

Il me vint à l'esprit que Richelieu n'était peut-être pas fâché, au fond, qu'Anne d'Autriche fût tirée d'affaire, car, outre le sentiment qu'il avait pour elle, les trente-deux « positions » auraient pu se révéler un moyen de pression décevant, avec un risque de scandale catastrophique si l'affaire avait échappé au contrôle. L'idée de contraindre la reine à l'obéissance par ce canal avait probablement germé dans la cervelle chauffée au fer rouge du Père Joseph, et le Cardinal n'avait dû suivre qu'à regret.

Je répondis donc le plus tranquillement du monde à la furieuse algarade :

« Comme vous le dites si bien, mon Père, le Cardinal a été touché plus que je ne saurais le décrire par les bontés inespérées de la reine – mais sans oublier pour autant la passion de l'État qui l'anime ! Et je suis surpris qu'un homme de votre expérience n'ait pas aussitôt saisi de quoi il retournait, ce qui m'aurait épargné des menaces dont je ne me soucie guère, vu la haute protection que je sais m'être garantie.

« À votre place, au lieu de chercher midi à quatorze heures, je me serais tout simplement inquiété de savoir si ce n'était pas plutôt par ordre du Cardinal, et en compagnie de l'un de ses agents, que j'étais allé rôder naguère du côté du Pont Neuf, afin de préserver de toute injure superflue une innocente souveraine, dont la quiétude et la fécondité importent tant au bonheur de la France... et même, pourquoi pas ?... du Béarn. L'ahurissante promptitude de cette réussite ne révèle-t-elle point, à elle seule, une griffe plus longue et plus acérée que la mienne – et même que la vôtre ?

« Mais ne comptez pas que Son Éminence, qui vous a déjà dissimulé les passionnants détours de la disparition de son chat, vous avoue jamais une intervention personnelle où Elle redouterait que vous ne vissiez une faiblesse indigne de sa position, alors qu'il s'agit bien, en fait, d'une sage précaution politique. Ce qui n'empêche certes point le Cardinal, qui n'est pas capucin, d'être humainement sensible aux appas d'une Princesse faite pour séduire tant de cœurs honnêtes.

« De toute façon, Dieu me garde ! Et je fais miens volontiers, sans crainte et sans reproche, ces beaux vers que vous avez commis en un temps où vous aviez pour la grande cause de la croisade le pur enthousiasme de la jeunesse :

J'ignore où mon dessein, qui surpasse ma vue,
Si vite me conduit,
Mais comme un astre ardent qui brille dans la nue,
Il me guide en la nuit.

« Mon étoile vaut bien la vôtre, et elle brillera encore, ici ou ailleurs, quand vous n'y serez plus, enseveli dans la pourpre qui va bientôt récompenser vos mérites ! »

Le Père Joseph qui, pour une fois, avait négligé une hypothèse, en resta la bouche ouverte. Il y avait une frappante vraisemblance dans mon propos, à laquelle il était sensible, ne distinguant pas d'autre explication au mystère qui l'avait un moment énervé.

La première leçon que donne la politique aux hommes avisés est qu'il faut s'incliner devant les faits, qui ne vexent que les imbéciles.

Tout radouci, le Père Joseph me demanda avec une feinte indifférence :

« Le Cardinal... vous aurait-il laissé entendre que le pape était à la veille de m'accorder le chapeau ?

— L'affaire serait à la signature, et nos diplomates, à ce

que je crois savoir, répandent à Rome le bruit que vous seriez mourant pour hâter la décision. J'aurais ainsi deux cardinaux au lieu d'un pour m'instruire et me pardonner si je demeurais à votre service.

« Mais pas plus que l'écrasante grandeur cardinalice ne vous tente, je ne suis d'humeur à recevoir les ordres d'un moine à qui je n'inspire plus confiance. Je vous offre ma démission, et je me retire dans la baronnie de mon père, où mon dévouement sera mieux apprécié de mes amis et où mon franc-parler n'offusquera plus que mes serfs. »

Le Père Joseph me considéra avec une ostensible incrédulité. Cette offre de démission lui rappelait probablement celles auxquelles le Cardinal avait accoutumé le roi. Quand Richelieu était déprimé ou quand il rencontrait une résistance inattendue, il flanquait sa démission, et Sa Majesté, effrayée de devoir travailler un peu au lieu de se distraire, s'accrochait à sa robe en enfant perdu.

« Cette démission, chevalier, outre que je commence à apprécier vos talents si divers, tomberait on ne peut plus mal pour vos propres intérêts. Effectivement, les “ lettres de rémission ” n'empêchent point les poursuites au civil (ce serait trop beau !) et les gens d'Arnac prétendent à présent se faire payer leurs deux chevaux au poids de l'or, sans parler du *pretium doloris*, des frais d'inhumation massive, de diverses babioles et des dépens. (Vous devriez surveiller cette affaire de plus près, que le Père Ange suit pour vous avec un zèle dont vous pourriez lui être reconnaissant, au lieu de troubler ses nuits.) Seule la bienveillante attention du Cardinal peut aiguiller vers un “ sac ” oublié les outrancières prétentions de ces acharnés plaideurs. Heureusement, vous êtes au mieux, aujourd'hui, avec Son Éminence...

— Je vois qu'on ne quitte le service du Cardinal que les pieds devant. Je m'en souviendrai. Autant mourir pour quelqu'un si l'on ne peut mourir pour quelque chose... »

Les cuivres passeront des collections de Richelieu à celles de Mazarin, pour être détruits par la reine à la mort de ce dernier. Ils lui rappelaient plutôt de mauvais souvenirs, et dans sa piété encore renforcée par les ans, elle en était venue à faire mettre des feuilles de vigne sur les statues ou les tableaux de ses collections. Déçue au possible par la vie conjugale, elle n'avait finalement souhaité connaître en amour qu'une position : celle du devoir, les yeux fermés.

De retour à Saint-Germain, Anne d'Autriche me fit tenir par le canal de Claire un diamant qui pouvait bien valoir dans les quatre mille livres. C'était bien autre chose que les rogatons du Cardinal ! Désormais, quand mon regard croisait celui de la reine, j'avais le sentiment d'y lire comme une sorte de complicité amoureuse. Pour cette fois, les espionnes du Cardinal en avaient été pour leurs frais !

XIII

Anne d'Autriche était hélas à la veille de gravissimes ennuis, qui devaient avoir les plus vastes conséquences, pour elle-même comme pour bien d'autres.

Dans les premiers jours du mois d'août 1637, le Cardinal, affreusement déçu après les flatteuses espérances qu'elle avait paru lui ménager, s'était rendu compte que la reine correspondait secrètement avec l'ennemi, et à un moment où les Espagnols s'apprêtaient à se jeter en force sur la Champagne.

Depuis le début de l'année, Anne d'Autriche, plus que jamais délaissée par son mari, avait accru à jointes mains ses exercices de piété, une main demandant un beau garçon bien portant qui la consolerait du père, et l'autre, la défaite irrémédiable des diaboliques forces françaises.

De son côté, Richelieu était revenu, après la chaude alerte de Corbie où il avait failli sauter comme un polichinelle, à une pratique plus assidue, et il en était arrivé, à la grande satisfaction du Père Joseph, à se confesser et à communier plus souvent, ce qui, pour un Prince de l'Église, était assez peu ordinaire, et avait été remarqué en conséquence.

Reine et Cardinal invoquaient ainsi le même Dieu avec des ambitions directement contradictoires, Lui faisant confiance pour s'y reconnaître. Mais en attendant, le Dieu planétaire des Habsbourg et le Dieu étroitement français de

Son Éminence se rejoignaient dans cette même disgrâce qu'ils étaient sans cesse à court d'argent.

Si l'ardeur à se confesser des dignitaires catholiques de premier ordre échappait le plus souvent à l'espionnage, une observation attentive de leur fréquentation eucharistique, beaucoup plus évidente, donnait en revanche aux diplomates accrédités des indications politiques de première valeur. Un retour subit à la communion, un notable accroissement de rythme, pouvaient être l'indice d'un trouble profond, d'une crise intime, d'une inquiétude bouleversante, voire d'un coup de dés audacieux, pour lequel il importait de mettre toutes les chances de son côté, et indiquait de surcroît, à toutes fins utiles, que le sujet avait provisoirement cessé de dissiper comme un païen ou de s'onaniser comme un caniche.

La reine se rendait fréquemment au couvent du Val-de-Grâce, rue Saint-Jacques, afin de s'y abîmer en prières ; mais cette maison lui servait en fait de boîte aux lettres, comme l'attestait clairement une missive à Anne d'Autriche signée du comte de Montezuma, ambassadeur d'Espagne à Bruxelles et descendant direct du dernier empereur aztèque, confisquée début août au passage par les agents du Père Joseph, et qui impliquait un courrier intensif et organisé de longue date. Désireux de grossir d'abord le dossier, Richelieu avait tenu la reine dans l'ignorance de cette saisie capitale.

Le soir du 10 août, le portemanteau Laporte, officier fidèle entre les fidèles, est enlevé par des sbires alors qu'il sortait d'un logis du quartier Saint-Eustache où l'on avait établi une souricière, jeté en carrosse et fourré à la Bastille. Laporte a sur lui une lettre de la duchesse de Chevreuse, toujours à Couzières, en principe, mais ladite lettre est rédigée à mots si couverts que Rossignol lui-même ne peut en tirer grand-chose. S'il est entendu conventionnellement par avance que : « il fait beau à Tours » signifie : « le roi d'Espagne envoie de l'argent », le plus expert déchiffreur déclare forfait. Et ce n'est pas Laporte qui éclaircira le texte : il demeure résolument muet, et le Cardinal hésite à l'expédier sous la torture, crainte de peiner son auguste maîtresse.

Une perquisition en règle, avec l'autorisation de l'archevêque de Paris et en présence du Chancelier Séguier, est menée au Val-de-Grâce. On fouille notamment le logement de l'abbesse (originaire de la Franche-Comté espagnole, comme par hasard !) et le parloir, où la reine venait faire retraite, mais les résultats sont maigres. L'abbesse, aussi muette que Laporte, et que le Père Joseph rougirait de faire « questionner » par le bourreau, est déportée – non sans un beau certificat médical attestant qu'elle peut supporter l'épreuve !

Le 14 août, le Chancelier Pierre Séguier, très préoccupé de poursuivre en rampant une éminente carrière – mort l'année dernière à Saint-Germain, il avait instruit les procès de Cinq-Mars et de Fouquet ! –, se rend à Chantilly, où séjourne la Cour. (Le château, séquestré après l'exécution du rebelle Montmorency, avait été rendu aux Condé.)

Le Chancelier demande à la reine, de la part du Cardinal, si elle correspond, oui ou non, avec l'étranger, et menace de la faire fouiller au corps pour en avoir le cœur net. Bouleversée, la reine jure que non, entourée de ses servantes en pleurs, et l'odieux Séguier se retire sans insister, comme une limace quittant à regret une salade.

Le lendemain 15 août, après avoir communié dans la chapelle des Condé, Anne d'Autriche charge un quelconque secrétaire d'aller dire à Richelieu qu'elle jure sur le Saint-Sacrement de n'avoir jamais entretenu de correspondance défendue.

Ayant obtenu congé pour l'Assomption, j'étais alors à Chantilly, et la reine aux cent coups avait sollicité mon avis avant le fait sur cette manœuvre, dont le caractère apparemment sacrilège effarouchait ma sœur.

« Il va de soi, Madame, lui avais-je dit, qu'un faux serment sur les saintes espèces à un cardinal qui fait en Europe le jeu de l'hérésie pour motif de clocher, pousse des peuples entiers à la ruine, prétend faire fouiller par un malotru la sœur d'un Philippe IV, héritière du sang de tant de rois catholiques, serait plutôt, en principe, une œuvre pie méritant indulgence plénière. Le moindre jésuite serait de cet avis s'il osait parler à cœur ouvert.

« Mais cette œuvre pie est-elle opportune ?

« Car le Cardinal – que Votre Majesté veuille considérer ce point avec la plus grande attention ! – peut fort bien avoir déjà dans sa manche une lettre vraiment compromettante, qu'il se serait procurée ailleurs qu'au Val-de-Grâce. Ce serait tout à fait dans sa manière. (Je ne croyais pas si bien dire !) S'il en était ainsi, le Cardinal aurait beau jeu pour découvrir les ressorts d'une royale conscience, et n'en serait pas flatté. Il aurait confirmation que cette reine de France, dont l'estime lui est si chère, le tient pour un sacripant digne des tromperies les plus éhontées et les plus énormes, ce qui n'avancerait pas les affaires avec un homme qui se fait une telle idée de sa dignité. »

La reine, fière de sa ruse, n'avait rien voulu entendre : elle prétendait jouer au plus fin avec un Richelieu !

Le 17 août, Anne d'Autriche ne peut refuser de recevoir le Cardinal dans son privé. Toute l'attitude du visiteur exprime respectueusement, mais non moins clairement, qu'il ne croit pas un mot de ce qu'on lui raconte. Sous ce regard de vautour, l'oisillon se trouble, admet avoir échangé des correspondances innocentes avec sa famille.

« Il y a plus, Madame... », se borne à affirmer Richelieu, une phrase clef, qu'il va répéter jusqu'à plus soif d'un air suprêmement entendu, laissant entendre que la lettre du comte de Montezuma est sur le bureau du Père Joseph.

En matière d'interrogatoire de police, il est élémentaire de paraître en savoir plus long qu'on ne sait, et les vauriens les plus naïfs ne se laissent plus abuser par le procédé. Mais les reines n'ont pas coutume d'être interrogées par des maîtres de la spécialité, et la pauvrette n'était pas de taille.

De proche en proche, Anne d'Autriche déballe tout, dans un déluge d'aveux de plus en plus pressés. Oui, les lettres qu'elle rédigeait au parloir du Val-de-Grâce étaient remises par Laporte à Auger, secrétaire de l'ambassadeur d'Angleterre à Paris, qui les transmettait, par courrier diplomatique, à l'ambassade anglaise de Bruxelles, laquelle en gratifiait le comte de Montezuma. Oui, sur les conseils expérimentés de la duchesse de Chevreuse, elle livrait à l'Espagne tous les renseignements politiques ou militaires parvenus à sa connaissance. Oui, elle correspondait également avec le cabinet de Londres, pour le dissuader de conclure une alliance avec la France et le persuader de réserver ses bonnes grâces à l'Espagne... Le Cardinal veut tout savoir, ne néglige aucun détail, cela n'en finit plus !...

L'activité extraordinaire d'une reine, qui semblait si calme et si retirée, avait coûté à la France de Louis XIII des sommes incalculables et un bain de sang imprévu. Et cette royale espionne était elle-même espionnée nuit et jour depuis de longues années par les espionnes et les espions de ce maître espion de Père Joseph. C'était à n'y pas croire !

La mine lugubre, devant ce mortifiant échec de ses services, Richelieu parle de procès, de réclusion, de répudiation, d'exil... Pourquoi pas d'un échafaud à la Marie Stuart ? Comment savoir à quoi le roi, qui est la justice incarnée, va se résoudre ? La trahison n'est-elle pas sans précédent, et la conscience intime d'une reine, que l'État n'a pas à prendre en compte, serait-elle une excuse à de tels excès ?

Éperdue, Anne se jette aux genoux de son bourreau, le supplie d'intercéder pour elle. Le Cardinal se fait prier, se résigne enfin à promettre son aide. « Quelle bonté faut-il que vous ayez, Monsieur le Cardinal ! » La reine en sanglots s'efforce de lui saisir la main pour la couvrir de baisers mouillés. Richelieu, qui a suffisamment goûté les délices de son amer triomphe, se dérobe avec sagesse à cet assaut déplacé : il est temps de faire venir le roi.

Anne d'Autriche est invitée à recommencer verbalement sa confession de A jusqu'à Z, que Louis écoute en silence, le visage fermé. Il n'a pas la moindre envie de pardonner. Le contentieux est devenu trop lourd pour lui. Car il n'y avait pas que l'Espagne et Buckingham pour le navrer...

La reine avait caressé à maintes reprises le projet de convoler en secondes noces avec Gaston d'Orléans dès que son mari serait descendu dans la tombe ; sans se faire illusion, sans doute, sur les qualités de l'individu, dont la meilleure était de ne pas aimer la guerre, mais pour être l'épouse d'un nouveau monarque, et se trouver de la sorte en mesure de peser plus fortement sur les affaires étrangères qui lui tenaient tant à cœur.

En septembre 1626, déjà, compromise dans la conspiration de Chalais, Anne avait dû faire amende honorable devant un Conseil restreint, assurer qu'elle n'avait pas eu le dessein d'épouser Gaston après l'élimination du roi, et les pièces la concernant avaient finalement été retirées du dossier et détruites. Mais le soupçon de cette infidélité avait amené la reine à cet aveu consternant qu'« en épousant Gaston, elle n'aurait pas gagné au change » !

En 1643, Louis XIII étant à la dernière extrémité, Anne lui enverra charitablement l'un de ses proches pour le « supplier de ne pas croire qu'elle eût jamais trempé dans cette conspiration avec le dessein d'épouser Monsieur ». Y aurait-elle trempé sans dessein ? Le roi se contentera de répondre : « Dans l'état où je suis, je lui dois pardonner, mais je ne la dois pas croire. »

Et quand Louis avait été à l'agonie à Lyon, fin septembre 1630, et que, vendant la peau de l'ours, on s'apprêtait joyeusement à en finir avec le Cardinal, Anne, récidivant, s'était empressée de faire savoir à Gaston que, devenue veuve, il ne lui déplairait pas d'unir ses jours aux siens, et le convalescent avait eu vent de cette funèbre délicatesse.

Quel mari avait été plus constamment et plus gravement trompé ?

Mais Richelieu, comme il s'y était engagé, plaide la cause désespérée de la fautive, revenant à satiété sur l'argument que lui impose fatalement la conjoncture : l'heureuse naissance d'un Dauphin. D'où la nécessité que rien ne transpirât de la haute trahison de la reine.

Louis hésite. Le dégoût de coucher avec cette traîtresse va devenir un calvaire... Mais le Cardinal a raison une fois de plus : l'État d'abord, toujours l'État ! Le roi, d'un mot, passe l'éponge, et la reine, effondrée à ses pieds, recommence à respirer.

Une troisième confession, par écrit, celle-là, est jugée nécessaire, dans l'espoir de décourager tout faux pas à l'avenir. Domptée, sous le regard ulcéré de son mari, Anne tient elle-même la plume. Le Cardinal, penché sur elle, respirant son parfum, veille de tout près à ce qu'elle n'oublie rien, redresse une phrase, corrige un hispanisme… À la suite de sa signature, le roi muet écrit quelques mots de pardon, et signe à son tour. C'est fini [1].

On eut en revanche un mal de chien à faire avouer Laporte. Anne lui fit savoir que tout était découvert : peine perdue. Méfiant à l'extrême, le portemanteau exigea qu'un officier de la Maison de la reine, en qui il avait toute confiance, vînt lui apporter en personne un ordre écrit de sa maîtresse ! Laporte confirma donc les aveux de la reine. Libéré, il fut exilé.

La duchesse de Chevreuse chevaucha jusqu'à la frontière espagnole comme si elle avait le Diable à ses trousses, et de Madrid, elle gagnera Londres, afin d'y poursuivre ses manigances. Ne fût-ce que pour obliger la reine, le Cardinal, qui se montrait à présent du dernier gracieux avec elle, n'avait pas fait grand effort pour empêcher la duchesse de filer.

Si la reine respirait, le Cardinal n'en respirait pas moins d'avoir réduit à merci la plus belle espionne d'Olivarès, qu'il se garda bien d'informer du fait. L'idéal de Richelieu eût été d'amener la reine à trahir désormais l'Espagne au profit de la France, mais d'après ce que j'ai pu en savoir, il y aurait perdu le plus clair de sa salive. En revanche, Anne d'Autriche, qui avait eu terriblement peur, lui donnera, sur le plan intérieur, quelques belles satisfactions, partageant avec Gaston le rôle de ces vives flammes qui attirent les insectes pour les mieux brûler. C'est elle, soupirante et conspirante, qui fera parvenir, avec une infinie discrétion, au Cardinal quasi mourant le texte du traité avec Madrid qui enverra Cinq-Mars en cinq sec à l'échafaud. Mais Madrid n'y avait perdu qu'un pantin sans avenir, et l'on distingue mal pourquoi une épouse pleine de piété n'aurait pas été

1. *Note de l'auteur :* ce curieux document peut encore être consulté à notre Bibliothèque nationale.

heureuse de faire couper la tête au ruineux giton de son époux, celui-là payant pour les autres.

Si le Cardinal et la reine respiraient mieux, j'ai failli, en ce mois d'août 1637, ne plus respirer du tout. Dans son affolement, sans la moindre nécessité, Anne avait raconté à Son Éminence par quel détour les cuivres étaient sortis du Louvre, et la seule idée du coffret de santal, objet longtemps caressé avec âme, lui échauffait maintenant la pourpre au-delà de l'imaginable.

J'ai pris là une bonne leçon. Les grands de ce monde sont peu sûrs. En cas d'ennui, un Gaston d'Orléans ou une Anne d'Autriche balancent leurs complices à qui mieux mieux, alors que les Laporte donnent de mémorables exemples de fidélité et d'héroïsme. Mais il est bien connu que les obscurs qui se respectent se dévouent d'abord pour demeurer fidèles à leur propre image, faute de quoi, ils ne se dévoueraient pas souvent.

J'ai donc pardonné sans réserve cette inconséquence à une charmante souveraine, qui avait bien des excuses, et à laquelle je suis resté d'autant plus attaché qu'elle était en bonne santé et que le roi et le Cardinal avaient chacun un pied dans la tombe en attendant d'y mettre les quatre. Se bien gouverner, c'est prévoir.

Il est rare, d'ailleurs, que nos affections ne nous déçoivent point par quelque côté. Nous devons alors aimer quand même, autrement, un peu moins. L'idéal se fêle comme un miroir, mais nous pouvons encore nous y regarder et y regarder autrui pour y découvrir des images assez satisfaisantes.

Quand même, j'ai passé de mauvais moments...

Le roi continuait à me sourire avec distraction, pour le bon motif que les confessions de la reine, verbale ou écrite, en sa présence, avaient été expurgées de toute allusion à l'Arétin. Son Éminence savait bien qu'il y a des limites à ce qu'un homme peut pardonner, et qu'il suffit d'une goutte de fiel pour faire déborder un vase de rancunes.

Mais le Père Joseph furieux, que j'avais roulé dans la farine par des mensonges si persuasifs, poussait le Cardinal à me jeter au cachot et à m'y oublier, et de l'humeur où était le ministre, mon sort n'a tenu qu'à un fil.

Puis Richelieu a réfléchi plus avant, ce à quoi il s'était heureusement habitué. (Seuls les imbéciles sont vraiment dangereux !) En sévissant, il se couvrait de ridicule. En riant avec la reine de la bonne plaisanterie quand le roi avait le dos tourné, il se donnait au contraire le beau rôle, celui d'un homme au-dessus des susceptibilités communes.

Et la belle Anne, fort chagrinée de m'avoir desservi sans motif, intercédait en ma faveur chaque fois qu'elle en avait l'occasion. Pour lui complaire, le Cardinal avait déjà ménagé Laporte et Madame de Chevreuse. Un de plus, un de moins...

Même à l'égard du Père Joseph, l'indulgence lui assurait une position plus agréable : laissant à d'autres les rancunes stériles, il conservait à son service un jeune homme de valeur, qui pourrait une autre fois, si la chance le poursuivait, couper l'herbe sous le pied fourchu d'une « Chevrette » sans déranger les plans de ses maîtres. Le Cardinal avait la superstition de la chance, mais encore faut-il l'offrir au prochain pour qu'elle puisse porter ses fruits.

Fin août, mis aux arrêts sans solde, j'étais à la veille de connaître Vincennes, lorsque Richelieu, qui prenait le frais un soir dans son jardin, m'a fait venir pour me dire :

« Je me suis résolu, Monsieur, à vous pardonner chrétiennement la moquerie que je vous dois. Je n'ai jamais eu d'autres ennemis que ceux de l'État, et il ne tient qu'à vous désormais de le bien servir. »

Le geste était beau et résumait le personnage. Dans ses derniers instants, le Cardinal se souviendra de cette phrase si bien tournée. Il faisait noter par ses secrétaires les expressions heureuses qui lui venaient par hasard, afin de les replacer dans les grandes occasions. Il aura fait ce jour-là avec moi sans le savoir la théâtrale répétition de sa mort.

J'ai rapporté à la reine le coffret de santal avec trente-deux gravures édifiantes du célèbre Ribera, et le Père Joseph, qui ne voulait pas être en reste d'élégance, m'a fait tenir de son côté une assez bonne copie de la période ténébreuse dudit maître, qui représentait, dans le style réaliste propre à la

Péninsule ou à sa colonie napolitaine, un ermite aveugle flattant la croupe d'un chat noir dans une grotte moussue. Comme la reine, et de justesse, j'étais rentré en grâce.

Les lettres et les arts d'inspiration espagnole avaient alors une renommée européenne, sous l'impulsion d'un roi poète au menton en galoche des Habsbourg, ami et protecteur de Vélasquez, amateur de courses de taureaux et d'Inquisition.

XIV

Début septembre, je reçus d'un notaire d'Arudy une lettre de condoléances m'informant que mon père était mort début août, ayant chuté dans un étang un soir de canicule. Pour un homme qui ne s'était pas lavé les pieds depuis belle lurette, c'était une fin paradoxale. Comme rien n'indiquait positivement un suicide, des obsèques religieuses, qui avaient englouti les derniers écus de la Maison, s'étaient déroulées au temple.

J'avais été malgré tout maintenu héritier par l'ultime testament en date, refait à la mort de ma mère, et où Matthieu n'était pas plus mentionné qu'auparavant. L'héritage consistait surtout en dettes et en procès, de nombreuses hypothèques grevant terres et manoir. Comme beaucoup d'autres, Thomas avait été un enragé de procédure. Sa femme, qui avait eu tant d'influence sur lui par ailleurs, n'était guère parvenue à le freiner, et une fois veuf, comme on pouvait s'y attendre, le vieux avait signé n'importe quoi, et la situation avait encore empiré. Comme m'y auraient déjà autorisé le droit romain ou les coutumes gothiques, devais-je renoncer à cette succession obérée, où le passif l'emportait sur l'actif ?

Dans la copie du testament que j'avais sous les yeux, contrairement à l'usage, il n'y avait pas un mot pour moi, mais mon père s'étendait avec complaisance sur les détails de l'enterrement. S'il avait oublié son fils, il n'avait pas négligé l'épitaphe du tombeau, où il voulait voir figurer : *PRO REGE SAEPE GRATIS PRO DEO SEMPER*. Toutefois, le marbrier, qui ne travaillait pas gratis, attendait une avance pour se mettre à l'œuvre. Tout cela était lamentable.

Rendez-vous pris un après-midi avec Ulysse dans son cabaret équivoque, je sollicitai un prêt pour sauver du naufrage mon domaine familial, auquel mon titre de baron – qui pouvait faire effet de loin – était désormais attaché.

L'œil brillant de malice, le jeune Montastruc me dit :

« Je fais immédiatement mon affaire de ce prêt. Mais il y a mieux. Je viens juste de recevoir un mot de maman à ce sujet. Bien renseignée comme toujours, elle offre de régler toutes tes dettes, et même d'acheter tes misérables terres bien au-dessus de leur valeur. Tu pourras garder le manoir et son enclos pour y faire pousser quelques salades, y élever quelques poulets, y culbuter quelques vachères, y faire le baron tant que tu voudras. Tu toucheras comme convenu ta grasse pension jusqu'au duel, et si j'en sors en bonne santé, règlement des dettes et achat des terres suivront sans faute. Une magnifique opération pour toi. Tu peux faire toute confiance à maman : elle sait bien que si elle ne tenait point parole, tu serais capable de me tuer pour de bon ! Hein, coquin ? Tu n'en es plus à un cadavre près, et l'appétit vient en mangeant. »

Et Ulysse de me donner en riant une amicale bourrade.

Il semblait trouver tout naturel que les meurtriers de l'oncle David et de Samuel entrassent en possession des terres des Espalungue ! Devant cette provocante inconscience, un voile rouge passa devant mes yeux, et j'eus du mal à dissimuler ma colère et mon mépris.

« L'offre ne te plaît pas ? Maman pourrait-elle mieux faire ?

— Qu'une telle vente suive ou précède un duel bien arrangé, elle serait une preuve patente et déshonorante de collusion entre nous.

— Naturellement ! Aussi Maman fera-t-elle appel à un prête-nom de confiance.

— Un homme de confiance ne sert pas de prête-nom dans une affaire douteuse, où le silence n'a que trop de valeur.

— Maman sait choisir ses têtes. N'en es-tu pas la plus belle preuve ? »

Mais il y avait bien d'autres objections, que la pudeur m'interdisait de mentionner, et qu'Ulysse, d'ailleurs, n'aurait sans doute pas comprises...

D'ordinaire, les rois et les Grands n'avaient guère d'attachement pour des terres si vastes qu'ils les connaissaient mal, et s'intéressaient surtout à ce qu'elles pouvaient rapporter. Antoine de Bourbon, un moment roi de Navarre en compagnie de la reine Jeanne sa femme, avait par exemple conçu le projet d'échanger son Béarn contre la fabuleuse Sardaigne, et les négociations avaient suivi leur train le plus sérieusement du monde avec Philippe II, au grand amusement de l'Escurial, où l'on ne s'amusait pas souvent. Dans un de ses rares accès de gaieté, Philippe avait surnommé Antoine « notre bonne Sardine » !

Moi-même, j'aurais volontiers échangé ma miteuse baronnie contre un duché en Courlande ou en Sicile, mais enfin, personne ne me l'offrait, et un gentilhomme se doit d'avoir des terres, auxquelles il tient d'autant plus qu'elles sont plus maigres, à la dimension de ses souvenirs, bons ou moins bons, d'enfance et d'adolescence. Un sol, c'est d'abord une enfance, et tout homme a là, dans un coin de son cœur, sa première et ineffaçable patrie. Le Montastruc prétendait me couper de mes racines, de ces bois, de ces champs, de ces prés, de ces mémorables solitudes, que j'avais foulés jadis de mes bottes fatiguées et dont j'avais respiré les senteurs au rythme des saisons.

D'ailleurs, si des intendants anonymes se graissaient la patte sur mon bien, c'en serait fini à jamais de ces relations humaines étroites, faites d'assauts amoureux subis ou espérés, d'injures et de compliments, de discussions serrées ou de confiants abandons, qui mettent tant de verdeur et de sel dans les relations d'un maître avec les âmes qu'il a en sa sainte garde. Où pourrais-je retrouver cela ? On me proposait une inacceptable démission.

Mais si Ulysse sortait vivant du duel, aurais-je le courage de refuser cette honteuse facilité ?

« Je réfléchirai, dis-je.

— Tâche de réfléchir vite. Maman et moi nous languissons l'un de l'autre, Hermine s'impatiente et se mine à ce point qu'elle en a maigri et rangé son arbalète, mon père va de plus en plus mal et voudrait m'embrasser avant de mourir, et j'aimerais à présent retourner en Jurançon le plus tôt possible, pour y profiter des derniers beaux jours. Il est temps de songer à notre rencontre et de la préparer en artistes, de façon à contenter les spectateurs les plus difficiles. »

C'était là une autre histoire ! Mis au pied du mur, je faisais une découverte des plus affligeantes : si l'on ne pouvait faire confiance à une reine, on ne pouvait faire confiance à personne, et le projet était à la merci de la moindre indiscrétion, et même du moindre soupçon.

Un duel arrangé n'était pas une nouveauté : deux parents, deux craintifs, condamnés à cette extrémité, avaient déjà maintes fois essayé de donner le change, avec des résultats mitigés. Des réussites qui avaient découragé la critique, et dont le nombre – qui ne devait pas être bien grand – demeurait par conséquent inconnu, des maladresses retentissantes, souvent sanctionnées par des suicides, de relatifs succès, bientôt empoisonnés de suspicion, qui avaient grandement nui aux carrières et entraîné bientôt d'autres duels. Au regard d'une noblesse attentive et méfiante, il n'y avait pas plus bas que de truquer un duel. Mieux valait voler des chevaux, violer des femmes ou châtrer des Chapon !

De la sorte, le risque, certes difficile à apprécier, n'en demeurait pas moins d'un échec, qui m'exposerait, en mettant les choses au mieux, à de constantes diffamations. Et le soupçon étant dans l'air, il y aurait bien quelqu'un quelque part, un vrai ou faux témoin, pour jeter une lumière confondante sur les discrets rapports que j'avais entretenus avec Ulysse avant de croiser le fer. Rapports qui ne pouvaient cesser d'être suspects que si l'infortuné était mort sur le terrain.

Au fond, j'avais toujours su qu'il me faudrait en arriver là un jour. Je m'étais caché la tête dans le sable comme les autruches pour échapper à l'évidence, mais à la réflexion, le risque était bien trop grand pour être couru.

Comment cette évidence, qui crevait les yeux, avait-elle pu échapper à un garçon aussi fin que l'héritier Montastruc ? Comment avait-il pu partager l'aveuglement de son futur bourreau ? Et à présent, je devais tuer ce malheureux enfant qui s'était fié à moi, qui m'avait même porté les sentiments les plus tendres. Quel mauvais moment à passer, et quels regrets – quels remords, peut-être – cette trahison n'allait-elle pas entraîner à sa suite, qu'aucune confession ne pourrait effacer ! Car les fautes irréparables, tunique de Nessus qui colle à la peau, portent en elles leur châtiment.

Je me trouvais à l'improviste enlisé dans une morale du moindre mal, ce monstre hideux qui me révoltait naguère chez un Richelieu ou un Père Joseph, et que les jésuites essayaient en vain d'apprivoiser sans se faire mordre. J'en souffrais pour mon ami, j'en souffrais pour moi. Que d'aimables moments nous avions connus ensemble sous la tente, chastement couchés côte à côte, tels deux petits princes en attente d'un domaine doré !

La morale de perfection eût consisté à s'ensevelir dans un cloître pour s'y faire traiter à mi-voix de pleutre par de nobles religieux hypocrites dont les grands-pères, les pères, les oncles, les cousins, s'étaient battus en duel la tête haute, se moquant du Ciel et de ses sanctions, aux applaudissements des spectateurs de tragédie.

Dieu pouvait-il exiger ce sacrifice d'un jeune homme qui n'avait pas vingt ans, et s'il fallait à tout prix sacrifier quelqu'un, ne valait-il pas mieux que ce fût un autre ?

Des larmes de crocodile voilaient mon regard, d'autant plus cruelles que je songeais à la douleur d'Hermine, que j'avais pris sur moi de rassurer si légèrement. Ma Chimène pourrait-elle jamais me pardonner ?

« Tu as l'œil humide. C'est le vin ?

— Non... Mais je tiens à garder mes terres : si elles ne m'ont pas vu naître, elles m'ont vu grandir. Allons plutôt nous occuper de ce prêt, car les créanciers s'agitent...

— À ton gré. Maman fera une économie. Nous n'achetions ce domaine et ces serfs incommodes que pour t'être agréable... »

L'argent versé, comme j'avais décidé – pour des raisons contraignantes que je dirai – de n'y pas toucher, je fis le tour des orfèvres du Pont-au-Change pour liquider, à mon grand regret, mais aux meilleures conditions, le beau diamant que la reine m'avait offert, opposant des Juifs juifs à des Juifs catholiques ou luthériens, des Arméniens à des Levantins ou à des Grecs... Un maximum de 3 300 livres me fut offert par un bourgeois de Paris ! Cela suffisait pour faire patienter les corbeaux les plus voraces.

Le matin du samedi 12 septembre – l'affrontement étant fixé pour le lendemain –, nous nous entraînâmes en toute discrétion avec des épées mouchetées (une innovation assez récente à laquelle on aurait pu penser plus tôt !) dans le grenier des Lhermitte. L'étudiant en théologie Félix Bousquet était en bibliothèque, Monsieur Sourdois visitait des malades dont l'âme hérétique était seule contagieuse, mon cher Irénée était à ses affaires, et Julie, portant la bourse, était au marché avec une suivante pour porter la provision.

Il s'agissait de mettre au dernier point le déroulement précis de la rencontre. Maman Montastruc eût préféré, bien sûr, que son incomparable rejeton s'en tirât sans une égratignure, tandis que j'aurais été mis hors de combat par une blessure superficielle. Mais les connaisseurs, qu'il n'était pas facile d'abuser, attendaient une passion, un acharnement convenables, une effusion de sang suffisante, comme ces Romains qui s'entassaient autrefois dans les amphithéâtres ou les cirques pour encourager les espèces humaine ou chevaline.

Nous nous mîmes d'accord sur un coup fourré : Ulysse serait blessé à l'avant-bras droit, et moi, à la cuisse gauche. Mais le coup était plus aisé à décrire qu'à exécuter si l'on voulait éviter, avec un maximum de chances, qu'une pointe accidentelle ne crevât une artère et n'entraînât une hémorragie fatale. La victime de Jarnac en avait su jadis quelque chose sur la terrasse de Saint-Germain ! Après de longs et fastidieux exercices, nous nous déclarâmes mutuellement satisfaits.

Ulysse proposa alors de faire quelques assauts, ce que je m'empressai d'accepter, fort curieux de son talent. D'une vivacité, d'une souplesse étonnantes, il l'emporta par dix-sept touches à treize, avant que, dégoûté, je n'en vinsse à baisser les bras !

C'était là une bien mauvaise surprise. Le Montastruc connaissait par cœur toutes les feintes, toutes les attaques, toutes les parades, toutes les ripostes des meilleurs manuels français ou italiens, et ses dons d'exécution étaient redoutables. La partie serait loin d'être gagnée d'avance.

Mais d'un autre côté, j'étais presque soulagé de la découverte, car ma mauvaise conscience en devenait plus supportable.

Comme nous allions pour sortir du grenier, notre épée d'entraînement sous le bras, Madame Lhermitte, rentrée prématurément d'un marché où le choix n'était plus ce qu'il avait été avant guerre, et attirée par le bruit insolite des assauts, apparut à la porte et poussa de hauts cris : dans l'ardeur du combat, nos épées avaient troué des sacs de blé rebondis, dont les entrailles laissaient couler le grain à flots. Julie tenait serrés les comptes du ménage, aussi attentive aux écus que son mari. C'est là une supériorité de la bourgeoisie sur la noblesse, qui l'a déjà menée loin.

Je savais le pardon acquis d'avance, et je ne me formalisai point de l'éclat. Mais Ulysse, habitué à s'incliner devant sa mère, se confondit en excuses et en sourires, charme et minaude en descendant l'escalier, fit rire au salon, où il glissa dans la main de la jeune femme une bourse qu'elle refusa plusieurs fois avant de se laisser faire violence.

Julie offrit du vin d'Alicante, et je lui présentai le chevalier de Montastruc, d'une grosse baronnie du Languedoc, dont les oncles maternels étaient des financiers connus sur les places de Lyon et de Paris. En fait de noblesse, Madame Lhermitte ne s'était guère jusqu'alors frottée qu'à son amant, et elle était fort émue de voir de près un noble d'espèce supérieure, distingué plus encore par l'argent que par les titres.

En fait de titres, d'ailleurs, elle n'avait pas les connaissances de son mari, et elle s'embrouillait aisément. Elle avait connu avec moi un chevalier devenu baron. On lui présentait maintenant un chevalier d'une grosse baronnie...

Ulysse lui expliqua patiemment qu'on n'était plus au temps où Bayard armait François Ier chevalier sur le champ de bataille de Marignan. La chevalerie ayant disparu en tant qu'ordre constitué, le titre était devenu de pure courtoisie, et on le donnait aux chefs de familles nobles qui n'étaient point barons – le dernier degré de la hiérarchie féodale officielle. Le fils aîné d'un baron était chevalier, et ses autres fils ou les fils d'un chevalier pouvaient se faire appeler écuyers. L'usage était aussi de donner du chevalier à des bâtards de grande Maison.

Simple écuyer jusqu'à la mort de mon frère aîné, ce malheur m'avait fait passer chevalier, et j'étais devenu baron, en attendant mieux, à la disparition de mon père.

« Mais, fit Madame Lhermitte, j'ai vu un jour, dans une grande réception à l'Hôtel de Ville, un homme qui se présentait comme chevalier, alors que son chevalier de père, de notoriété publique, était encore en vie.

— Un vaniteux abus qui n'est que trop courant, Madame la Conseillère, dit Ulysse. Un père responsable ne l'aurait pas souffert chez lui.

— Ainsi, ajoutai-je en souriant, j'ai désormais une chance de faire un unique chevalier en légitime mariage, et une autre chance d'en faire beaucoup par bâtardise, pour peu que je trouve des femmes assez complaisantes.

— Ce serait un grand honneur pour elles, conclut aimablement mon ami. »

La bourgeoise Julie était émerveillée de toutes ces finesses...

XV

Pour le duel Espalungue-Montastruc, qui était très attendu, le duc de Beaufort avait gracieusement ouvert le joli jardin entouré de murs de son Hôtel – une précaution tout indiquée eu égard aux susceptibilités affichées du Cardinal, et j'en étais moi-même d'autant plus satisfait que je ne voulais pas tenter le Diable non plus. Depuis mon entrée aux gardes, je n'avais sorti une épée que dans la salle d'armes du Palais.

On savait que j'étais une fine lame et que le petit Montastruc avait fréquenté les écoles les plus réputées d'Italie. Le divertissement s'annonçait bien. Et comme Ulysse avait tué mon frère, toute provocation en forme eût été du temps perdu.

Ce 13 septembre, passé onze heures du matin – il est bon que le soleil soit proche de son zénith pour que la partie soit plus égale –, une élégante foule masculine se pressait autour de l'espace réservé à la rencontre.

Les dames, avec la réserve qui convient au sexe dont François Leclerc du Tremblay se méfiait tant, étaient aux fenêtres de l'Hôtel comme des fleurs d'été épanouies, d'autant plus ferventes dans leur curiosité qu'elles ne risquaient pas d'attraper des coups.

Lors des exécutions capitales, les fenêtres donnant sur l'échafaud où les coupables étaient décapités, brûlés, pendus, ébouillantés, voire roués vifs à la mode germanique, selon leur dignité ou la nature du crime, étaient louées à prix d'or à la meilleure société des deux sexes, et il n'était pas rare que la vue des souffrances et du sang poussât, dans certaines chambres closes, à de frénétiques orgies, que les rapports de police ne manquaient pas de décrire avec complaisance. Le Père Joseph les rangeait en piles dans ses tiroirs pour nourrir ses méditations au sortir de ses exercices spirituels.

De leur observatoire, les invitées de Beaufort distinguaient, par-dessus le mur du jardin, les pâles capucines de la duchesse de Mercœur, qui se dirigeaient comme des fantômes vers leur triste pitance matinale, et elles se signaient machinalement parce que, après tout, c'était dimanche. Une fois terminé le spectacle offert par le duc, elles descendront rejoindre les gentilshommes pour faire honneur aux victuailles et aux rafraîchissements, sous un vélum qui rappelait, en plus grand, celui que j'avais vu chez les Montastruc en Jurançon, la première et la dernière fois que je m'y étais hasardé.

J'étais arrivé à l'hôtel en civil, comme honteusement, dans un état de tristesse profonde, presque tenté de me laisser blesser ainsi que je l'avais promis à Hermine un peu vite. Mais vu les capacités des chirurgiens et celles d'Ulysse, je risquais fort de ne pas réchapper à une telle complaisance. Si je devais perdre Hermine, d'autant plus présente en moi qu'elle avait pris la forme d'un rêve obsédant, autant la perdre vif que mort.

Accompagné de quelques amis qui avaient du mal à dissimuler leur inquiétude, mon adversaire m'avait suivi de près, rassurant son monde, image de la valeur tranquille et de la juvénile insouciance.

Après un échange de saluts cérémonieux, j'ai entraîné Ulysse sous le vélum, où l'on achevait de dresser des tables, pour lui confier ce que je lui aurais dit plus tôt si je n'avais craint de le voir détaler à toutes jambes.

« Ne voulant pas vous prendre en traître, Monsieur le chevalier, je tiens à vous avertir que j'ai le devoir de vous tuer. Je le regrette de tout mon cœur, mais je ne puis agir autrement. Comment pourrais-je souffrir le risque que la honte que nous avons partagée, vous par lâcheté, et moi par une faiblesse dont je n'avais pas envisagé d'abord les dernières conséquences, parvînt jamais aux oreilles des honnêtes gens ? Ma réputation – comme la vôtre ! – en serait irrémédiablement gâtée, et nous vivons tous, hélas, que nous le voulions ou non, sur notre réputation. Le jeu est fini, qui n'aurait pas dû commencer. Gardez votre sang-froid : l'Italie m'aura manqué, votrc rapière l'emporte décidément sur la mienne, et mon ultime souhait est que Dieu me fasse la grâce d'être tué proprement par un garçon dont l'amitié m'était chère. »

Ulysse se décomposa, pâlit, balbutia…

« Oui, maman aurait dû comprendre plus tôt… et moi aussi. »

Sa voix s'affermit un peu pour reconnaître :

« C'était en effet un jeu stupide, où je ne pouvais que perdre, et je suis bien fâché d'y avoir entraîné un homme d'honneur tel que vous.

« Mais n'aurez-vous point pitié ? N'avez-vous pas senti que je vous aimais, que je vous faisais confiance, que vous étiez au centre de mes pensées ? Je vous en supplie : laissez-moi respirer encore un peu ! Le monde est si beau… »

Je me détournai pour m'essuyer les yeux d'un revers de manche. Le duc venait de faire son apparition pour accueillir les duellistes et ses hôtes.

On s'étonne de la mine soudain défaite du Montastruc. Serait-il tombé malade tout d'un coup ? Ulysse relève la tête avec un semblant de détermination. Il sait qu'il ne peut s'échapper. En dehors d'une victoire mal assurée, sa seule possibilité de survie serait de prendre l'assistance à témoin de l'infâme engagement rompu et d'aller se faire consoler par sa mère, dans les bras de laquelle une honte ineffaçable le retiendrait. Conscient de ce qu'il doit à son nom, il ne peut s'y résoudre et prend place sur le terrain la mort dans l'âme.

L'épée en main, Ulysse s'est aussitôt ressaisi. Tel un rat

pris au piège, il va se battre en désespéré, doutant de son courage, mais confiant dans sa science.

Certains duels étaient très brefs. D'autres pouvaient se prolonger plus ou moins dès que les bretteurs étaient d'un niveau à peu près égal.

Celui-ci semble ne pas devoir finir. Plus vigoureux, mais fort circonspect, je me cantonne dans une défense serrée, guettant l'occasion d'une riposte décisive sur une erreur due à une défaillance nerveuse, et je prends tout mon temps, alors qu'Ulysse, qui comprend de reste cette tactique, veille à ne me laisser aucune ouverture. Les amateurs sont transportés par la parfaite qualité de cette escrime, qui semble sortir du traité d'un maître, à ce point qu'un silence étrange est tombé sur l'assemblée.

Accompagnant une ambassade à Madrid il y a une dizaine d'années, dans les derniers temps du règne de Philippe IV, j'ai écouté, si je puis dire, un silence de ce genre à une course de taureaux, où les cris de la populace s'étaient brusquement éteints devant l'intime ballet de l'homme et de la bête, réunis dans un moment de grâce.

Mon taureau de Paris était encore trop frais pour l'estocade finale. Sévèrement contré sur une pointe prématurée, je reçois à la joue gauche une longue balafre, qui ne fait que renforcer ma prudence.

Mais en fait, au fur et à mesure, que ce brillant assaut déroule ses feintes et ses esquives, la peur, un instant conjurée, revient en force au cœur amolli d'Ulysse, qui se rend compte que ses nerfs vont le lâcher bientôt. Il doit forcer le destin avant qu'il ne soit trop tard.

Je l'ai senti, comme je sentais les moindres désirs de mon compagnon quand nous dormions ensemble à la belle étoile. Ulysse, jouant le tout pour le tout, allait se faire plus dangereux que jamais. Dix-sept touches à treize ! Et la peur m'a gagné à mon tour.

J'ai murmuré : « Prends garde ! Crois-tu que je vais faire mentir Jean-François Régis ? Je t'apprendrai, moi, à pisser dans les cathédrales, petit bougre de mes deux ! » Ce qui était déloyal, et même fort laid. J'avais pour me battre cette grande excuse des grands pécheurs : la nécessité ; je n'en avais aucune pour cette basse injure, dont j'aurai à répondre au jour du Jugement.

Aveuglé de rage et de douleur par l'apostrophe, Ulysse, perdant la maîtrise de son art, s'est jeté sur ma rapière, comme l'enfant qui avait insulté Beaufort quelques mois plus tôt, et a reçu six pouces de fer dans le ventre tout en me perçant le bras droit au-dessus du coude. Un coup fourré bien différent de celui qui avait fait l'objet d'une si fine étude dans le grenier de l'aimable Julie, alors que coulait le blé doré par les blessures des sacs !

On monte le blessé à l'étage, le chirurgien de la Maison s'affaire, on appelle le chapelain ducal, qui avait eu la pudeur de ne pas suivre de trop près cette représentation profane...

Les profondes plaies au ventre ne pardonnent jamais. Mes propres blessures n'étaient pas graves et furent sommairement pansées sur place. Dès que j'ai pu le faire avec décence, coupant court à des compliments qui m'étaient odieux, j'ai pris congé d'un Beaufort enthousiaste et me suis esquivé comme un vaincu, sans toucher à la collation.

Julie fut estomaquée de voir revenir son jeune baron balafré comme un duc de Guise et le bras en écharpe. Lui ayant caché, pour ne pas l'inquiéter, les conditions de la mort de Samuel, je ne savais que lui dire. Mais vivant dans le mensonge jusqu'au cou, je trouvai vite la fable la plus adéquate et la plus flatteuse.

« Mon ami Ulysse, un ami d'enfance, pourtant, qui avait vite saisi la nature de nos liens, risquait de mettre en péril, par des bavardages inconsidérés, votre honneur et celui de notre enfant. Je l'ai donc expédié au plus tôt, non sans douleur, pour vous donner une nouvelle preuve de mon attachement. Ne méritiez-vous point ce sacrifice ? »

Un tel discours fait toujours plaisir à une dame, et plus encore à une bourgeoise, qui a si rarement l'occasion de l'entendre. Mis au courant sans retard, Irénée fut lui-même bouleversé du haut fait : une incontestable noblesse s'était mise avec panache au service de ses inavouables turpitudes.

Ulysse mit deux jours à mourir, passant de gémissements désespérés à des blasphèmes incongrus, puis des blasphèmes à une chrétienne résignation. Ce cheminement est bien connu. Les croyants sont plus incrédules, les athées, moins incroyants qu'ils ne l'imaginent, et la mort les enveloppe d'un même manteau.

Aux derniers moments du chevalier – où figurait, bien sûr, un jésuite ! –, je me trouvai environné de sodomites peu rassurants, qui me jetaient des regards noirs, la main au pommeau de la rapière. Depuis les mignons d'Henri III pour le moins, on savait que beaucoup de bougres n'avaient pas froid aux yeux, et Ulysse était très apprécié dans le milieu.

Le mourant a tendu la main pour serrer longuement la mienne, dont il n'avait pourtant guère eu à se louer, et a dit d'une voix faible, mais bien distincte, à ses amis :

« Pardonnez, Messieurs, je vous en prie instamment, à mon meurtrier comme je lui pardonne. C'est ma dernière et plus expresse volonté, et je sais que vous la respecterez pour l'amour de moi, car cette rencontre a jalousement répondu, comme vous l'avez pu voir, à toutes les règles de l'honneur. Qui peut sonder les reins et les cœurs, sinon le Dieu qui nous jugera avec indulgence, s'étant fait Homme pour goûter de plus près nos misères et mieux comprendre nos errements ? »

Puis, attirant ma tête balafrée vers ses lèvres, il m'a dit tout bas :

« Faites-moi un ultime plaisir : écrivez vite à la baronne qu'il s'agit d'un accident, et surtout, soyez persuasif ! C'est votre seule chance de faire de vieux os. Si maman n'est pas tout à fait convaincue, elle est capable de dépenser 150 000 livres pour avoir votre peau. On ne réchappe pas à de tels soins. J'aurais dû vous prévenir naguère, quand vous m'avez entretenu sous le vélum : dans mon émotion, cette présence d'esprit m'a manqué. J'étais tout pour maman, et la présence de ma sœur ne la consolera pas de ma perte. Elles n'ont point le même caractère : la baronne est comme glace, et sa fille, comme le feu.

Ainsi, prenez bien garde à vous. Votre existence m'importe tant ! Je vous aurai aimé plus que je n'ai osé vous le montrer... et même vous le dire. Adieu, soyez heureux avec ces garces de femmes, puisque tel est votre penchant... »

Et épuisé par l'effort, Ulysse rendit l'âme.

XVI

Je devais donc écrire de toute urgence à Madame de Montastruc. Avoir à ses trousses pour 150 000 livres de spadassins aurait mis en émoi le plus téméraire. De quoi faire massacrer des bataillons ! Qui était donc cette baronne de Montastruc, si puissamment riche et si vindicative ? Quand cette histoire finirait-elle, que la sottise de Samuel m'avait attirée ?

Suant sang et eau, je me fendis d'une longue lettre de condoléances et d'explications, faisant appel à toutes les ressources de la meilleure rhétorique de Quintilien, et j'eus même le souci de mettre, par un minutieux polissage, une sincérité de premier jet dans un labeur que le respect des règles de l'art avait rendu au départ un peu froid. En bonne littérature, la spontanéité est le fruit de cet artifice. J'insistai naturellement sur l'exemplaire poignée de main, par où le mourant avait exprimé sa volonté catégorique de n'être vengé par personne.

Les derniers paragraphes avaient de quoi attendrir une louve affamée :

> « *Un coup maladroit, qui me met au désespoir, que je me reprocherai jusqu'à mon dernier souffle, vous a certes privé d'un fils accompli qui faisait le bonheur de tous ceux qu'il approchait, mais il m'a privé moi-même d'un ami d'exception, dont le charme m'avait fait apprécier*

des joies inconnues et bouleversantes. Cette situation fatale, que la Providence a permis pour notre douleur et notre confusion, me rend odieuse l'idée de conserver plus longtemps le prêt que vous aviez eu la bonté de m'accorder. Je rapporterai l'argent dès demain à votre notaire de la rue Neuve-Saint-Honoré.

« Et si vous voyez quelque jour au passage se profiler, parmi les arbres d'automne dépouillés de leur parure, le toit d'ardoise de mon manoir familial, au moins pourrez-vous vous dire : "Ici a vécu, dans l'attente d'une âme sœur, ici vit peut-être encore, un enfant sans détour qui a aimé son Ulysse comme un frère… et sans doute davantage." Que notre fils et compagnon repose donc en paix ! »

Ému par ma propre prose, j'en étais arrivé à verser de chaudes larmes qui délayaient l'encre par endroits et pouvaient se révéler du plus heureux effet sur une lectrice qui ne les aurait pas attribuées à l'eau du puits. Quand la vie est en jeu, il faut ce qu'il faut… *et sans doute davantage* ? J'avais en tout cas le sentiment d'avoir fait mon maximum. C'était Madame de Montastruc elle-même qui avait médité de me faire partager des semaines durant l'existence du séduisant Ulysse, pensant mieux assurer par là sa sauvegarde, il était de bonne guerre de lui retourner cette relation en faveur de mon innocence.

Restait le pénible devoir d'informer de la catastrophe une Hermine à qui la baronne ne montrerait point ma lettre parce qu'elle était bien résolue à cacher à tous, et d'abord à sa fille, le honteux arrangement que j'avais pris avec Ulysse sur son initiative, alors que la jeune personne ne montrerait pas non plus à sa mère une lettre où sa virginité était mise à mal. Cette situation ambiguë me donnait une certaine latitude…

Avec toute la chaleur dont j'étais capable, et avec des larmes nouvelles, je plaidais donc derechef la thèse de l'accident.

Cette phrase assez bien tournée m'est restée en mémoire :

« Relisez le Cid, *cette tragédie qui demeurera une sublime école pour notre noblesse par la beauté des senti-*

ments comme par l'intelligence des caractères qui s'y expriment dans une langue à nulle autre pareille : si le héros, qui a tué un père de son propre chef et sans remords, doit un jour être pardonné par son amante, combien davantage ne devrais-je point l'être sur-le-champ, moi qui ai tué un frère en dépit de tous mes soins et suis écrasé de regrets ? »

C'était bien la première fois que cet âne de Corneille pouvait inspirer de l'intelligence à quelqu'un !

Le mardi 15 septembre, vers dix heures du soir, je fus appelé par le Cardinal, qui était assis tout seul dans son bureau, en compagnie de Gaspar, lequel tricotait des pattes sur son coussin. De temps à autre, pour lui donner de l'exercice, on lui apportait une souris frétillante, mais après s'en être distrait un moment, il la laissait bien souvent filer sous un meuble, et c'était aux gardes de la retrouver, le derrière en l'air.

Richelieu, d'exécrable humeur, épancha aussitôt sa bile...

« Vous êtes venu à moi, converti de fraîche date, avec sept victimes derrière vous, afin d'entrer dans ma Maison. J'ai fermé les yeux. Vous avez essayé de m'abuser avec une affaire de chat, que j'ai eu le plus grand mal à éclaircir. J'ai fermé les yeux. Vous vous êtes moqué de moi en me gratifiant de friandises mensongères. J'ai fermé les yeux. Et voici que vous étouffez dans l'œuf aujourd'hui, devant deux cents témoins, le dernier espoir d'une noble famille qui soutient l'État de ses deniers, l'enfant le plus tranquille de la terre, qui ne demandait rien à personne. Il vous fallait sans doute une huitième victime ? Merci d'avoir quitté la casaque de mes fidèles pour cette exécution ! Et pour comble, de service au Palais ce dimanche-là, vous vous étiez fait remplacer par Barnajaud sans en référer à personne, ajoutant la désertion à votre forfait. Mais vous vous croyez tout permis ! Croyez-vous que je vais tolérer un duel chez mes serviteurs, alors que j'ai pour principe inflexible de ne le tolérer nulle part ? Savez-vous que dans les neuf dernières années du règne d'Henri IV, quatre mille gentilshommes ont péri en duel, l'effectif de plusieurs régiments ? De quoi encadrer des armées ! Sully, qui savait compter, avait fait le calcul. Qu'avez-vous à répondre ? »

Le chien qui aboie ne mord pas, et j'avais eu le loisir de préparer ma défense.

Le préjugé s'est répandu jusqu'à nous que Richelieu fut un adversaire résolu du duel, ce duel dont j'ai tant souffert après en avoir ressenti précocement l'attrait. J'ai déjà laissé entendre en passant qu'il n'en était rien, et comme j'ai bien connu le personnage, je suis bien placé pour mettre les points sur les *i*. Certes, par fonction et dans l'intérêt de l'État, le Cardinal stigmatisait les duellistes. Mais il faut juger les gens sur ce qu'ils font, et non point sur ce qu'ils disent. En réalité, par naissance, par infatuation nobiliaire, Armand du Plessis souffrait le duel volontiers, n'était pas loin de l'admirer, et devait même regretter qu'une carrière ecclésiastique embrassée à contrecœur l'eût privé de ses joies profanes.

Le Cardinal me demandait une réponse et, dans ces conditions, la réponse coulait de source.

Tout bien pesé, je ne pouvais être taxé d'exagération. Je n'avais tué en combat réglé que deux hommes, dont le premier avait perdu la tête avant que de perdre la vie, dont le second avait meurtri mon frère aîné. Légalement parlant, il n'y avait pas de quoi se formaliser, d'autant plus que, dans un cas comme dans l'autre, j'avais agi avec la pleine approbation du duc de Beaufort, petit-fils d'Henri IV. S'il fallait tracasser tous ceux qui n'avaient pas fait pis, on n'en aurait pas fini de longtemps !

Et comme la rhétorique nous enseigne que les arguments les plus saisissants sont les arguments *ad hominem*, je soulevai avec une belle franchise une question qui ne pouvait être indifférente à mon censeur.

« Tout le monde sait que, dans l'été 1619, alors que Votre Éminence était encore évêque, son frère aîné Henri, marquis de Richelieu, pour qui Elle avait la plus profonde tendresse, sur lequel Elle fondait, à juste titre, les plus grandes espérances, dont l'appui était des plus utiles à ses nobles ambitions, a été tué en duel par Monsieur de Thémines, dans une petite rue d'Angoulême, à la suite d'une dérisoire querelle.

Non seulement Votre Éminence, parvenue au fait des honneurs, n'a pas fait poursuivre ce Thémines, mais Elle lui a, m'a-t-on dit, manifesté sa faveur à l'occasion, agissant par là en grand ministre et en grand chrétien.

« Mais si Votre Éminence avait été mousquetaire, au lieu d'être évêque ou cardinal, aurait-Elle accepté de croupir dans la honte au lieu de porter la main à l'épée ? Ne pourrais-je aujourd'hui bénéficier de la compréhension accordée autrefois à ce Thémines ? »

J'avais touché un point sensible. La mort subite et si prématurée du marquis avait été une tragédie pour le Cardinal. Un politique guetté jour et nuit par la trahison doit pouvoir se reposer sur un frère, qui partage étroitement ses projets et ses intérêts.

Ébranlé, le Cardinal soupira, médita un moment...

« Oui, bien sûr, un frère, surtout un frère aîné, c'est sacré. Que ne ferait-on pour un frère aîné, modèle et mentor en toutes choses ? Vous étiez très lié, n'est-ce pas, avec votre frère Samuel, dont vous attendiez beaucoup ? Il m'est revenu qu'il s'était engagé très jeune, avec un courage au-dessus de son âge, dans l'armée de Bernard de Saxe-Weimar, et qu'il avait été glorieusement blessé dans le désastre de Nördlingen. Nous aurions eu besoin de beaucoup de gentilshommes de sa valeur là-bas pour éviter cette déconvenue, qui a gravement déréglé, dans les Allemagnes, le souhaitable équilibre des forces. J'espère que votre demi-frère jésuite ne périra point en duel ! Il doit avoir d'autres armes sous sa robe... »

Et changeant de ton :

« Mais pour ce qui vous concerne, mon ami, à la prochaine incartade, parole de ministre, parole de duc et pair, parole de cardinal et foi d'honnête homme (la gradation était plutôt surprenante...), on sera im-pi-to-yable ! ! »

Je n'en attendais pas moins, et affichai une mine contrite de circonstance.

Pour détendre l'atmosphère, je fis alors une suggestion plaisante :

« Il est certain, Éminence, que le duel n'a que trop souvent sévi au détriment de l'État, faisant couler un sang généreux qui aurait dû lui être réservé. Ne serait-il pas temps de le mettre à son service, dès qu'il s'agirait d'envoyer noblement *ad patres* un noble individu auquel il serait impolitique ou impossible de faire un procès dans les formes ? Que Votre Éminence me donne la liste des gêneurs : je suis à ses ordres pour contrevenir aux édits avec un blanc-seing, joignant ainsi l'utile à l'agréable. »

Le Cardinal me jeta un drôle de regard, comme s'il y avait déjà pensé, et j'allai rejoindre mon poste à l'entrée du Palais pour m'expliquer avec l'estimable Barnajaud, à qui j'avais fait croire que le remplacement était approuvé. Le malentendu se régla autour d'une bouteille. Barnajaud, un garçon de Condom, était naïf et facile à vivre. Il n'a pas fait carrière chez Richelieu.

Matthieu fut fort étonné de la brutale disparition de l'héritier Montastruc, que je ne lui avais nullement laissé prévoir. Je lui présentai d'abord la thèse de l'accident, énumérant toutes les justifications que j'avais déjà fait miroiter à la baronne et à Hermine, mais un directeur de conscience de la qualité de mon frère, entraîné à sonder les replis boueux des âmes, était de taille à dissiper les faux semblants, et je dus enfin avouer honteusement ma faute. Ce qui n'était pas trop rassurant, car si Matthieu ne m'avait pas cru, la baronne et sa fille me croiraient-elles ?

Le jésuite n'approuvait point ma conduite, mais ne la condamnait pas trop fort non plus.

« L'erreur que tu as commise au départ, mon pauvre Arnaud, a été de mélanger inconsidérément les affaires de sang et les affaires d'argent dans l'ordre des relations privées. J'avais moi-même admis ton arrangement avec cet Ulysse, dans l'espérance qu'il épargnerait une vie humaine, sans prendre suffisamment garde à la profondeur du piège où tu allais t'engager. Mettre une ville à sac après un assaut est dans les usages de la guerre, mais taper dans la bourse d'un jeune garçon avant de le tuer froidement en duel est beaucoup moins heureux. Je doute que tu puisses jamais trouver un casuiste honnête pour t'absoudre.

« Et il arrive que la justice immanente nous poursuive et sanctionne nos fautes plus tôt que prévu. Tu as désormais à compter avec une riche furie, qui risque de te faire la vie dure.

« J'espère que ton sceau insolent : " Comme un ours intrépide, je défends mon miel ", n'aura pas annulé l'effet de ta plaidoirie... Le mien, *FIDES ET CARITAS*, est moins barbare. »

Je me serais battu de cette inconséquence ! Heureusement, la baronne devait avoir autre chose à faire que d'examiner mon sceau de près.

J'ai eu du mal à me faire pardonner la mort d'Ulysse par ma sœur, d'autant plus qu'il lui était revenu aux oreilles que j'avais déjà fait une victime à Paris, et avec une regrettable légèreté. Je lui ai promis de ne plus me battre en duel, promesse qui m'a peu coûté, car la mort d'Ulysse m'avait inspiré dans l'instant une vive horreur de ce divertissement. En fait, je ne devais plus participer qu'à des duels indispensables, celui où j'ai perdu Athos ayant été l'un des derniers.

Pour la reine, le duel était une histoire d'hommes, où les femmes n'avaient pas à intervenir. Les Castillans étaient aussi chatouilleux que nous sur le point d'honneur.

XVII

Rentrant de Saint-Germain le samedi 19 septembre vers deux heures du matin, et m'engageant dans l'« impasse des tire-laine » après avoir remisé Feu-Follet, je tombai en arrêt devant un spectacle fantastique : dans la nuit claire et sereine, une fille à la longue chevelure blonde, engoncée jusqu'au cou dans un sac, se balançait entre ciel et terre au bout d'une corde qui pendait de la potence du grenier des Lhermitte. Les deux battants de bois massif de la fenêtre étaient ouverts, et l'étudiant en théologie Félix Frisquet, penché sur la poulie, discutait fermement, quoique d'une voix contenue, avec sa prisonnière.

On me fit aussitôt juge du procès : j'étais gentilhomme et je n'avais pas d'intérêt dans la cause.

Félix, avec une vingtaine d'autres clercs de Sorbonne, avait tiré au sort Mademoiselle Nicolette, qui était l'une des plus belles parures d'une boutique de gants et de passementeries très achalandée jouxtant le Palais-Cardinal. (Les gants se vendaient comme des petits pains : les gens comme il faut en achetaient pour ne pas se salir les mains, et en faisaient porter à leurs domestiques pour éviter qu'ils ne salissent leur maître. J'en avais imposé l'usage à Samson, ce qui avait bien ébahi les Lhermitte !) Nicolette, qui était assez courue, exigeant six livres pour une brève nuitée, soit 120 sous, chaque clerc avait retourné ses poches pour miser six sous, et Félix, heureux en amour comme son nom l'indique, avait touché le gros lot et remis ponctuellement les six livres à la demoiselle : ces choses se font payer d'avance depuis que le monde est monde.

Mais comme, tout ravi de sa chance, il avait eu l'imprudence de révéler trop tôt les dessous de l'opération, Nicolette s'était vexée de se faire avoir pour six sous, et avait réclamé un supplément que l'on était en train de débattre dans ces conditions inconfortables. Le conseiller, qui interdisait à l'étudiant toute réception nocturne, lui avait refusé les clefs de la maison, dont il devait se faire de nuit ouvrir la porte par Monsieur Sourdois en montrant patte blanche. L'hypocrite Félix ne devait pas utiliser ce monte-charge pour la première fois, car le mécanisme avait été tout récemment graissé, et il n'avait pas honte de faire servir au stupre un instrument normalement destiné à apaiser le faim criante des populations.

Ce Félix ne m'était guère sympathique, et à Sourdois, moins encore, qui m'avait dit de sa chétive personne : « Ce blanc-bec a le regard fuyant, non pas celui des modestes, mais celui des fourbes et des peureux. Il fera un de ces jours l'un de ces hommes d'Église sans foi ni loi, qui ne défendent l'ordre établi que par vil intérêt et ne se priveraient point d'en miner les fondements si la frousse ne les retenait. » Julie, qui avait du mal à croire à la noirceur humaine, avait souri de la réflexion.

J'avais naturellement ma propre clef, dont je n'abusais pas pour introduire des filles de rien, vu que j'avais à domicile ce qu'il me fallait.

Je montai quatre à quatre au grenier pour aider le clerc à hisser Nicolette jusqu'à la fenêtre à l'aide du treuil à demeure. Fort déçue par le cadre, et plus encore par la soupente encombrée de livres poussiéreux, Nicolette commença par hausser ses exigences en me glissant un coup d'œil engageant. Félix, sûr de son bon droit, s'énerva, montrant d'ailleurs sa bourse vide, où ne restaient que quelques deniers avec des bribes de mauvais tabac. Je l'invitai à patienter, et entraînai la fille dans mon appartement de l'étage inférieur, sous prétexte de lui faire entendre raison. Comme ce n'était pas jour ouvrable, Julie, grosse de quelque trois mois, était avec son mari, qui guettait l'arrondissement de son ventre avec une passion attendrie, et Sourdois, l'oreille basse, a traîné sa paillasse hors des lieux ainsi qu'il en avait pris l'habitude quand ma maîtresse ordinaire était présente.

Depuis la mort de Judith qui lui avait infligé une commotion, le domestique était devenu encore plus souple et plus accommodant. Où serait-il allé si je l'avais congédié ? Il y avait partout une prodigieuse quantité de valets, les crève-la-faim et les déracinés étaient légion, et les demandes d'embauche, très supérieures aux offres.

Mon salon plut beaucoup à Nicolette, qui humait avec délice les roses rouges d'automne dont Julie l'avait fleuri. (Chose bizarre, ni le roi ni la reine ne pouvaient souffrir les roses. C'était même le seul point d'accord entre eux !) En sus de ses appas, Julie ne m'offrait que des fleurs, et c'était fort bien ainsi. Elle savait que j'ambitionnais, comme tant d'autres mousquetaires ou gardes, d'asseoir ma fortune par un heureux mariage, et elle n'avait pas de sous à perdre avec le père de son enfant, l'autre père étant d'ailleurs à mon service en cas de besoin.

J'avais devant moi pour l'instant une charmante enfant fort bien faite et fort bien mise, proprette et éveillée, qui ne demandait qu'à bavarder avec abandon pourvu qu'on ne lui parlât point de l'affreux Félix, un faux pas comme peuvent en commettre les plus honnêtes femmes. Son français était émaillé de ces locutions picardes avec lesquelles je m'étais familiarisé à Corbie.

J'étais sur ma faim, et la conversation s'est tout naturellement poursuivie sur l'oreiller. Bientôt, la fille sembla jouir de bon cœur, démentant le préjugé courant qui veut que les putes ne jouissent point avec leurs pratiques... Mais tout s'expliqua lorsque Nicolette se releva pour me donner six sous en riant !

Nous bavardâmes encore un moment. Les parents de cette accommodante créature étaient des laboureurs ruinés par les tailles et le passage des soldats, casernés d'autorité chez l'habitant, et plus mauvais encore une fois qu'ils en étaient sortis. Les dragons du roi, dont le corps venait d'être reconstitué pour les besoins du conflit, avaient dépucelé les filles tandis que leurs goujats forçaient la mère, le père s'étant caché dans la paille. Les sœurs de Nicolette avaient suivi le même chemin qu'elle, quoique avec moins de profit.

Par leurs entreprises belliqueuses et les exactions de leur fisc, Richelieu et son Père Joseph étaient devenus les premiers pourvoyeurs de cette prostitution qui fait toujours cortège à la guerre, bien que les pertes en fussent pour eux, et les profits, pour d'autres. Ce n'étaient que des maquereaux d'occasion, que les paysans n'en exécraient pas moins.

Avant l'aube, j'ai raccompagné sur la pointe des pieds la visiteuse impromptue jusqu'au pavé d'où elle était sortie, lui promettant de passer la saluer à sa boutique lorsque j'aurais un moment. Elle valait bien un coup de chapeau de temps à autre.

Remontant à mon appartement pour goûter quelque repos, je trouvai le clerc en train de se morfondre devant ma porte, le regard bas et mauvais, tel un mâtin auquel on aurait chipé sa pâtée. Je lui refilai six sous, et allai enfin me coucher seul. J'avais conscience d'avoir fait une heureuse et un ingrat.

J'avais humilié ce Félix en lui donnant ces six sous, et je l'aurais exaspéré en ne les lui donnant point. C'est pourtant ce que j'aurais dû faire, car on pardonne moins aisément une humiliation qu'un abus de confiance, et les humiliés peuvent être dangereux.

J'ai appris depuis à humilier le moins possible.

L'INTERMÈDE ALSACIEN

I

Le vendredi 2 octobre, par un bel après-midi ensoleillé, je conversais avec le Père Joseph sous une pergola, dans le beau jardin à l'italienne de la maison de campagne du Cardinal à Rueil, où le murmure des jets d'eau couvrait celui des entretiens confidentiels. Je faisais partie d'un détachement qui avait escorté le carrosse du moine jusque-là, et on m'avait pris à part dès notre arrivée.

La maison, comme tout ce qui touchait au Cardinal, faisait grande impression. Le peintre et décorateur Simon Vouet y avait travaillé, et l'on y donnait parfois des pièces de théâtre dans le monumental vestibule. Même la campagne domestiquée prenait une dimension nouvelle avec un Richelieu !

C'est à Rueil, quatorze mois plus tard, que le capucin, promu cardinal *in articulo mortis*, rendra son âme à quelqu'un en répétant avec angoisse : « Rendre compte ! Mon Dieu, rendre compte ! » Peut-être avait-il mal compté ? Une exclamation tragique chez un ascète qui aurait pu mourir tranquille si le démon de la grande politique et une fidélité sans retour n'en avaient fait le double d'un roi sans couronne qui pouvait tout exiger de lui.

Mais ce jour-là, le Père Joseph était de bonne humeur, affectant même des allures amicales, un revirement qui excitait la méfiance. Et ses propos n'étaient pas de nature à la dissiper.

« J'ai à vous proposer, pour changer, une affaire facile, qui vous distraira agréablement de l'Arétin et de ses turpitudes.

« Puisque la reine vous a fait l'insigne faveur de vous tenir au courant de ses ennuis espagnols du mois d'août, sûre de votre discrétion comme nous le sommes nous-même, je vous dirai que le correspondant de Laporte à l'ambassade d'Angleterre, le secrétaire Auger, a été précipitamment rappelé à Londres, après l'arrestation du portemanteau Laporte. Ledit Auger a été remplacé par un certain Fox, anglican de la haute Église, récemment anobli par le roi Charles Ier, et ce Fox s'est aussitôt efforcé de rétablir la filière, osant même importuner une reine assagie, qui s'en est plainte aussitôt à qui de droit.

« Le Cardinal, fort irrité de cette impudence, désire donner une instructive leçon à ce personnel subalterne et fluctuant des ambassades, d'autant plus porté à intriguer qu'il s'imagine être préservé de toute injure par ses accréditations. Mais il n'est évidemment pas question de faire appréhender notre Fox, protégé par son immunité diplomatique, ni même de lui susciter une mauvaise surprise au coin d'un bois, ce qui serait déplorable pour la réputation de la France et pourrait entraîner des représailles. Non, nous allons jouer franc jeu !

« Le nouveau secrétaire d'ambassade étant à Paris le protecteur de Madame des Houlières, qui en a vu bien d'autres et n'a rien à refuser au Cardinal, il trouvera un beau soir chez sa maîtresse en simple appareil un gentilhomme de son rang qui le prendra de haut et mettra la main droite à sa rapière en lui montrant la porte de la main gauche. Fox, bien qu'Anglais, a le sang chaud, et s'est fait chez lui une réputation de duelliste distingué, ayant déjà tué six hommes, en dépit d'un vif penchant pour les liqueurs fortes, hérité d'un long séjour dans la marine de guerre sous les tropiques. (Peut-être les autres avaient-ils bu plus que lui ?) Devant une si vexante déconvenue – d'autant plus que la Des Houlières, qui a la langue agile, ne manquera pas de jeter de l'huile sur le feu –, l'insulté ne saurait manquer de mettre la main à l'épée lui aussi, et de s'en trouver mal, car la nuit noire le trouve généralement gris, d'un optimisme béat, et enclin à présumer de ses forces, au lit comme ailleurs.

« Une affaire privée à première vue. Mais le secrétaire ayant péri par hasard sous le fer d'un sobre garde du Cardinal, le cabinet de Londres, sans pouvoir se plaindre pour autant, verra clairement d'où le coup est parti, et le successeur de Fox sera incité à plus de réserve.

« Madame des Houlières, de complexion amoureuse et accueillante, très désireuse de bien faire, vous attend ce prochain dimanche 4 octobre vers onze heures du soir, Fox, un joueur passionné, n'étant pas attendu de son côté avant deux heures du matin. Ce que vous ferez avec la Des Houlières ne me regarde point. Des apparences sans équivoque suffiront. Mais elles devront être suffisamment équivoques pour abuser les domestiques, dont vous savez le tempérament curieux et bavard.

« Verriez-vous la moindre objection à ce programme, auquel le Père Ange a mis la dernière main ? »

Le « franc jeu » du Père Joseph – que son complice le Cardinal avait affectueusement surnommé « Tenebroso-Cavernoso » – était un poème en prose !

Devant ma visible répugnance, le moine me fit remarquer, non sans un certain bon sens :

« Ce n'est pas à un duel que je vous invite. Il s'agit d'expédier un espion, et les espions sont faits pour être pendus ou jetés à l'eau. L'épée est encore trop bonne pour eux. Auriez-vous peur de cet ivrogne ?

— C'est Madame des Houlières, mon Père, qui me fait peur !

— Par exemple ! Comment l'entendez-vous ?

— Après une prime jeunesse assez dissipée sur les pentes glissantes des monts Pyrénées – je tire un voile ! –, ma conversion à la vraie religion et les bons exemples de mon demi-frère jésuite ont fait de moi un autre homme. Frappé en plein cœur par une grâce occasionnelle, devenue bientôt coutumière, il est exclu que je risque de la perdre en compagnie d'une pécheresse qui ne sort pas seulement sa langue pour jeter de l'huile sur le feu et pousser des coqs nocturnes au combat. La chair est faible, et si je dois pousser les apparences jusqu'à abuser des domestiques aux aguets, qui me préservera des concupiscentes réalités ? Mon frère Matthieu ne cesse de me répéter que la moitié de la vertu est dans la fuite des occasions de chute.

« Vous me demandez d'autre part, en mettant les choses au moins peccamineux, un simulacre susceptible de scandaliser des domestiques et, dès que l'histoire aura fait le tour de Paris, d'en scandaliser bien d'autres, à commencer par une reine pudique et une sœur fort dévote, au plus grand détriment de cette réputation de piété que je m'efforce de mériter humblement par l'exercice d'une constante prudence.

« Et je vous estime assez pour vous poser une simple question d'homme à homme : si vous étiez mon confesseur et mon directeur de conscience, comme vous l'êtes si bien déjà pour tant de religieuses dont vous avez su mériter le respect et l'affection, oseriez-vous encore me parler d'une affaire en tout cas scandaleuse, où ma vertu mal assurée court un risque mortel ? »

Le Père Joseph, qui avait traîné à l'armée dans son jeune temps, est tellement suffoqué de cette harangue que le sang-froid lui manque soudain...

« ...vous foutez de moi ?

— Je n'oserais !

« J'ai comme l'impression, mon Père, depuis que l'aveugle du Pont Neuf a mis ses talents au service de la morale, que vous m'avez fait placer sous surveillance, et l'on a dû vous envoyer quelques rapports sur mon compte. Où serait-il apparu que je ne suis pas demeuré, malgré un monde de tentations, religieusement chaste depuis mon arrivée à Paris ? Chaste comme ne le sont qu'une infime minorité de moines de votre trempe. Je pourrais même vous dire en confession que, depuis mon installation chez le conseiller Lhermitte, même l'attrait du vice solitaire n'a pas eu la moindre prise sur moi...

— Allons donc ! Si j'en crois ce qu'on m'a dit, vous ne vous confessez guère.

— Je me suis longuement confessé au grand Cardinal, une confession qui en vaut plusieurs. Son Éminence a la bonté de suivre depuis ma vie spirituelle d'assez près. Et le prêtre est chez lui au-dessus de tout éloge.

— Parlons-en, de cette confession ! De misérables histoires de chat coupé...

— Qu'en savez-vous ? Son Éminence aurait-elle trahi les petits secrets de son Gaspar ?

— Vous savez bien que non.

— Pour tout vous dire, si je ne pratique pas souvent, c'est que j'ai été incliné, dans une certaine mesure, aux idées de mon propriétaire janséniste, qui est l'image de la rectitude morale. C'est triste à dire, mais la bourgeoisie donne parfois de meilleurs exemples que la noblesse. N'oubliez pas non plus que j'ai été calviniste jusqu'à cette année, et que de telles erreurs ne s'effacent pas en un jour, quelque retour sur nous-mêmes que nous puissions faire avec l'aide de Dieu et des Écritures.

— Et cette gredine qui s'est déchargée de ses ordures sur l'aveugle du Pont Neuf ? Nous savons que ce n'était pas votre sœur, que vous n'auriez pas d'ailleurs osé pressentir pour une pareille mission. Nous savons aussi que ce n'était pas un agent du Cardinal, comme vous avez eu un moment l'impudence d'essayer de me le faire croire. Alors, qui était-ce ?

— Peut-être une dame vertueuse, qui avait justement choisi un aveugle pour que les planches ne risquent pas de le troubler ?...

— Vous mentez chaque fois que vous ouvrez la bouche !

— À ce point et à votre école, ce serait presque un brevet de franchise. »

Après un silence pénible, je me suis résolu à vider mon sac. Il y avait chez le Père Joseph une faille si profonde, une contradiction si purulente – dont Matthieu m'avait déjà entretenu – entre la foi et les œuvres, entre le prêtre et l'espion prêt à tout, que je n'avais plus rien à perdre à mettre les choses au net et à gratter la plaie pour l'élargir encore. L'homme offrait son flanc aux flèches de la vérité du fait que tout ce que je pouvais lui dire à ce sujet, il le savait déjà.

« Bon Dieu, Monsieur, regardez-vous donc une bonne fois ! Êtes-vous un capucin qui vit son Évangile, ou un espion de police plus aveugle que celui du Pont Neuf ? Êtes-vous un moine digne de ce nom, auquel un pécheur peut se confier sans crainte, ou un menteur, qui ne saurait par conséquent mériter que des mensonges ? Et de quel droit donneriez-vous des leçons de bassesse et de licence à un gentilhomme dont le père a été compagnon d'Henri IV, dont le demi-frère est un jésuite irréprochable, dont la sœur est à la Cour comme une fleur virginale sur un fumier, à un gentilhomme qui a lui-même combattu avec vaillance devant Corbie pour vous permettre de poursuivre impunément vos intrigues dégradantes ? Le Ciel vous a-t-il appelé à la sainteté ou à toutes les confusions du siècle ? Moi, j'ai choisi. Dieu me préserve et vous ne pouvez me prendre que la vie pour inscrire un forfait de plus à votre discrédit. »

Le jour tombait et nous baignait d'une lumière moins vive. Très secoué, le Père Joseph se leva de son banc, fit quelques pas, heurta à l'aveuglette une nymphe nue en bronze sur son piédestal, tâta ses avantages pour se rendre compte de la chose, tout ainsi qu'il m'avait déjà tâté la figure la première fois qu'il m'avait reçu, et il eut un brusque recul horrifié, comme s'il avait touché un fer rouge.

Certes, il n'avait encore jamais papouillé de nichons, mais la forme ne lui en était que trop familière par les tableaux ou les statues qui avaient à l'occasion souillé son regard quand ses yeux étaient meilleurs, par les mauvais hasards aussi des camps et des voyages, où des appas rebondis de prostituées, voire de mères allaitantes éventrées par la soldatesque, n'avaient dû le choquer que trop souvent. La Providence lui avait fait la grâce de l'aveugler quasiment pour le soustraire à ces spectacles et le Diable venait d'ensorceler ses mains pour lui rappeler toutes les délices qu'il s'était obstinément refusées depuis qu'il avait quitté le sein de sa maman, le premier et le dernier qu'il s'était juré de jamais considérer de près sur cette terre !

« Vous voyez, lui dis-je fort opportunément, l'effet repoussant que me produit aujourd'hui une Des Houlières. Ce sont des choses qui ne se commandent point chez une organisation vraiment chrétienne, et vous n'êtes pas, Dieu merci, le seul, dans ce pays, à prétendre à quelque vertu. »

Le Père Joseph revint lentement se rasseoir.

« Je vous avais peut-être mal jugé, Espalungue. S'il en est ainsi, je vous en demande bien pardon. J'ai beau étudier les hommes, j'ai encore à apprendre. Ne parlons donc plus de ce Fox : un autre lui réglera son compte.

« Selon les plans du Cardinal vous deviez quitter Paris pour vous mettre au vert dès que l'individu aurait rendu l'âme à son Dieu national anglais – si la pauvre âme parvient à en trouver l'adresse là-haut ? –, et une importante mission à l'étranger avait été prévue pour vous, de sorte que votre absence ne privât point l'État de vos services. Le projet, tout à fait digne d'un gentilhomme que le vice solitaire lui-même laisse désormais de bronze, tient toujours. Vous reviendrez demain à la même heure, et nous en reparlerons. Pour ce soir... j'avouerai que vous m'avez fatigué. Peu de personnes y parviennent. C'est plutôt moi qui fatiguerais tout le monde d'ordinaire ! »

Guidant le capucin par le coude, je l'ai reconduit jusqu'au vestibule, où une autre comédie se préparait. Le Cardinal, qui avait du goût pour le théâtre, était attendu avec des invités.

Depuis la mort d'Ulysse, ma réputation avait fait de foudroyants progrès sur la place. À peu près inconnu la veille, on parlait maintenant de moi en termes flatteurs dans les salons, et le duc de Beaufort, donnant le « la » de la symphonie, m'avait serré dans ses bras sous le vélum, tel un père qui retrouve un enfant prodigue. J'étais désormais de retour parmi les miens, besogne accomplie, après le discrédit dont j'avais souffert en raison de mon entrée au Palais-Cardinal.

Un beau duel, haletant et disputé, importait beaucoup à une renommée, et le rôle des témoins, actifs ou passifs, était déterminant. Quant à la qualité et quant au nombre, j'avais été gâté, et la rumeur favorable s'était répandue en conséquence. J'avais même pour moi le fait que j'avais vengé un frère aîné qu'on imaginait à mon image, un motif qu'on ne discutait point, au lieu de me battre en étourdi, pour l'agrément de la chose.

Les femmes, notamment, me faisaient les yeux doux, et j'aurais pu en avoir tant que j'aurais voulu si ma fidélité à Hermine ne m'avait retenu dans les règles de la sagesse. Julie, qui se doutait de mon succès, faisait semblant d'être un peu jalouse. « N'auriez-vous combattu secrètement en ma faveur que pour élargir le cercle de vos soupirantes ? » disait-elle d'un air pincé qui lui allait bien. Je lui jurais sur la Bible qu'il n'en était rien, et comme je disais pour une fois la vérité avec un accent qui eût attendri une pierre, je n'avais pas de mal à rassurer sa vanité.

Ce notable accroissement de réputation avait dû compter dans le choix qu'on avait fait de moi pour envoyer Fox dans un monde meilleur. Dans une pareille affaire, l'aura du duelliste mondain aurait détourné l'attention de mon appartenance au Cardinal, et Charles Ier aurait apprécié cette délicatesse, qui lui eût permis de moins se formaliser.

Le roi d'Angleterre sentait venir l'orage où il perdra la tête douze ans plus tard, et de bonnes relations avec la France pouvaient se révéler utiles.

Détail plaisant, le secrétaire Fox, gris ou lucide, devait étendre raide mort un mousquetaire du Cardinal, le sieur de Landrecy, trouvé dans le lit de la Des Houlières pour Noël. Peut-être l'agent s'était-il surmené avant de passer aux choses sérieuses ?

Il n'avait pas été si facile de me remplacer !

II

Le samedi 3 de ce mois d'octobre, j'étais de nouveau aux ordres dans le jardin de Rueil, où les nymphes de bronze avaient été voilées comme autant de religieuses inébranlables, et le Père Joseph, à ma grande surprise, me fit, sur un ton didactique, un lumineux exposé sur d'étranges affaires étrangères.

« Je vous rappelle, Monsieur le baron (les Français, qui prétendent se mêler de tout, sont si incompétents en fait de politique extérieure !), que Bernard de Saxe-Weimar, né à Weimar en 1604, fils cadet du duc Jean III de Saxe-Weimar, est à trente-trois ans le plus talentueux des généraux luthériens, et il en a administré de nombreuses preuves au cours de la guerre qui a ensanglanté les Allemagnes, province par province, région par région, depuis dix-neuf ans. Élève préféré du roi Gustave-Adolphe, que nous avions jeté un moment contre les Habsbourg, il a hérité des forces suédoises après la disparition brutale de son maître à Lützen en 1632, et en a conservé les débris après Nördlingen, en 1634.

« Une situation qui donne à Bernard une liberté de manœuvres d'autant plus grande que l'Alliance protestante est sortie plus affaiblie de deux sévères défaites, et que la Suède est loin. De la sorte, les soldats exemplaires du grand Gustave-Adolphe sont devenus, par bien des côtés, des mercenaires comme les autres, qui ont pris goût au pillage et se sont attachés, faute de mieux, à un général allemand, qui n'a pas d'ailleurs que des Suédois sous ses ordres.

« Vous me suivez ?

— Religieusement !

— Point capital, après que la France a déclaré la guerre à l'Espagne, en mai 1635, le Cardinal s'est empressé de prendre Bernard sous son aile, et a signé avec lui, en octobre de la même année, un traité confidentiel qui garantit au général le landgraviat d'Alsace, terre d'Empire comme vous le savez, contre la promesse – purement formelle, j'y insiste ! – de se convertir au catholicisme. En un mot, nous faisons cadeau de ce qui ne nous appartient pas à quelqu'un qui n'a aucun titre de propriété, dans l'espoir de faciliter quelque jour l'annexion de l'Alsace, vu la grande valeur stratégique de ce territoire.

« De Strasbourg, on intervient aisément sur la vallée du Rhin moyen, ou bien en Lorraine, une autre terre d'Empire ; de Mulhouse, en Franche-Comté espagnole... Nous devons arracher la Lorraine et l'Alsace à l'Empire, si nous voulons jouer outre-Rhin le rôle auquel la Providence nous a si visiblement préparés.

« Bernard est parvenu tant bien que mal à asseoir sa domination sur le landgraviat – où il possède d'ailleurs des biens patrimoniaux assez importants –, et il a même, avec l'aide de quelques régiments français, poussé des pointes en Lorraine, dont le duc et la population nous sont malheureusement hostiles.

« Autre intérêt d'avoir remis l'Alsace, terre qui nous est si proche, à Bernard, les soudards étant éphémères comme les violettes, s'il venait à se faner prématurément, un général français pourrait venir en douceur prendre le commandement de ses troupes, puisqu'il apporterait la solde dans ses bagages.

« Mais nous n'en sommes pas encore là.

« Pour le moment, une offensive d'une certaine envergure est justement prévue sur le Rhin au printemps prochain. Mais l'affaire est à double tranchant. Distinguez-vous le danger ? »

J'ai dit après réflexion :

« Si ce Saxe-Weimar connaissait ce printemps un nouveau Nördlingen, ce serait ennuyeux, car nos frontières seraient de nouveau gravement menacées à l'est.

« Mais son insolent triomphe serait plus ennuyeux encore. Notre Bernard contrôle l'Alsace, il a un pied en Lorraine... S'il parvenait à s'installer solidement sur le Rhin moyen, une trop puissante principauté serait fondée à nos portes, échappant bientôt à notre emprise.

« L'idéal serait que son offensive tournât en eau de boudin, sans aucun avantage décisif pour personne. »

Le Père Joseph était ravi.

« Vous avez parfaitement saisi du premier coup d'œil le principe fondamental de notre politique allemande ! Elle ne vise qu'à tenir la balance égale, par un jeu d'équilibre subtil, entre des adversaires acharnés, jusqu'à épuisement réciproque, jusqu'à ce qu'il ne reste plus que les deux queues dans le piège.

« Toutefois, les critiques de Saint-Cyran et des dévots, qui accusent le Cardinal de faire là-bas le jeu de la Réforme, sont d'autant plus injustes et superficielles que les degrés d'épuisement ne sont pas égaux.

« Les protestants étant sans cesse en difficulté, c'est vers les régions protestantes que vont le plus souvent nos hommes et nos subsides, ce sont ces régions qui sont, les unes après les autres, au cœur du conflit, ce sont elles qui restent les plus exposées à tous les désordres, ce sont elles qui souffrent le plus.

« Au sortir de la tourmente, on s'apercevra que les principautés protestantes, paradoxalement victimes de notre appui, auront perdu, au bas mot, la moitié de leur population, alors que les principautés catholiques, s'il plaît à Dieu, n'en auront pas perdu le quart ! Est-ce là favoriser les protestants que d'exterminer les hérétiques sur une pareille échelle ? Que de transformer peu à peu leurs gîtes en déserts peuplés de loups et de renards ?

« Et lorsque les Allemagnes, anéanties et morcelées, ne seront plus qu'une vaste solitude, la France sera en position d'arbitre pendant le siècle qu'il faudra pour que les berceaux remplacent les cimetières sous le soleil et sous la lune. Car le

Cardinal et moi ne craignons pas de travailler à une échelle séculaire. »

Le Père Joseph dardait sur moi un regard de visionnaire, et il y avait une forte poésie dans ses expressions.

L'instant était venu de flatter sans risque d'être tenu pour flatteur, et j'ai déclamé tout d'un trait, tel un barde chrétien qui prend de la hauteur sur un immense charnier :

Si pour te soulager l'univers je tournoie
C'est trop peu pour mes vœux ;
Dans une mer de sang, il faut que je me noie
Pour éteindre mes feux.

J'ai ajouté :

« Les Allemagnes ont remplacé la Grèce, mais votre beau talent, grâce à Dieu, n'a pas faibli. Et vous avez tant de feux en vous que tout le sang de la Germanie ne suffirait pas à les éteindre ! »

Il est de rares circonstances où un homme intelligent ne s'aperçoit point qu'on se moque de lui, et j'étais bien aise d'en avoir trouvé une.

Après avoir dégusté avec une émotion convenable le lait de la louange, le Père Joseph s'est repris pour poursuivre :

« Vendredi prochain 9 octobre, un convoi qui aurait dû partir dès le 5, c'est-à-dire après-demain, si Fox avait succombé comme prévu, quittera Paris avec 600 000 livres en or pour Bernard, qui est de nouveau à sec.

« Pour flatter, autant que possible, les dévots en alerte, le prétexte de cette ambassade officieuse sera de presser la conversion du général. Mais je présume que vous avez déjà compris pourquoi cette conversion n'est pas si pressée ?

— Une adhésion de Saxe-Weimar au catholicisme risquerait d'apporter un champion de poids au parti des Habsbourg. La pire des catastrophes !

— Exactement ! On fera quelque chose de vous si les petits cochons ne vous mangent pas. Mais soyez tranquille, Bernard, qui est loin d'être sot, est le premier à savoir que sa conversion jetterait le Cardinal dans une humeur positivement massacrante. Aucun risque, de ce côté, Dieu merci !

— Dieu merci ! ! »

Le Père Joseph était si pris par son sujet que le double blasphème lui avait échappé.

« Votre demi-frère jésuite, ni trop obscur ni trop en vue, parfait honnête homme, fera un parfait missionnaire, avec d'autant plus de naturel qu'il n'a pas besoin de savoir que sa première mission est de ne convertir personne. Le Cardinal l'a pris en main.

« Laissant votre casaque de garde au vestiaire, vous ferez figure de secrétaire auprès de votre distingué parent pour traiter des affaires sérieuses, et vous remettrez au général, de la part du Cardinal, une longue communication faisant le point des derniers événements d'ordre militaire et diplomatique. Vous rapporterez sa réponse, qui sera beaucoup plus brève, car Bernard, qui se méfie de tout le monde à l'extrême, et d'abord du Cardinal et de ma personne, cultive le principe que moins on en dit, moins on s'expose à être contredit.

« Secondairement, vous rapporterez aussi un rapport sur l'état des troupes de ce Saxe-Weimar, afin de compléter ceux de nos officiers de liaison, que le Cardinal estime superficiels et routiniers. Rien de mieux qu'une belle revue pour cela : les généraux adorent les défilés en musique. C'est que l'art de la guerre évolue vite de nos jours. Il convient de se tenir constamment au courant. Nous avons besoin d'un regard neuf, d'un regard d'enfant, et votre relative inexpérience nous sera précieuse. »

Un petit silence, un toussotement, et le Père Joseph en vient à un point délicat :

« Puisque vous aimez faire, m'a dit le Cardinal, des cadeaux de confiserie, vous remettrez d'autre part sous le manteau à un certain Mascharini, secrétaire de confiance du général depuis quatre ans, un drageoir avec des dragées de toutes les couleurs. Les roses, qui tirent l'œil de la façon la plus plaisante, déterminent, quelques heures après l'ingestion, une fièvre de cheval avec des troubles hépatiques entraînant bientôt une mort d'apparence assez naturelle. Les

Allemands, vivant dans un pays froid, sont très portés sur les sucreries.

« Si Bernard l'emporte ce printemps au-delà de nos espérances, il doit périr étouffé par ses lauriers. Après qu'il aura pris une dragée rose, Mascharini aura tout le loisir de faire disparaître du drageoir les autres dragées de même couleur, de sorte qu'un examen du lot ne puisse le confondre au cas où on l'aurait soupçonné.

« Ce Mascharini est un agent sûr : le Cardinal détient en otage son vieux papa, sa vieille maman et sa sœur au château de Tarascon. D'une habileté consommée, il ne vous causera aucun ennui si vous vous montrez aussi discret que lui-même.

« Il me semble lire sur votre proche visage, que le soleil du bon Dieu éclaire si bien à cette heure, un soupçon d'inquiétude, comme si je vous demandais là un service indigne d'un gentilhomme. Mais il est en tout cas digne d'un catholique, et c'est ce qui importe. L'éventuelle élimination de Bernard de Saxe-Weimar, qu'il est souhaitable de préparer alors que les relations sont encore courtoises, n'est pas de nature à soulever la moindre objection morale.

« Le Cardinal lui avait confié une Alsace riante et prospère, où la joie de vivre éclatait : il en a fait en un tournemain – et avec des effectifs restreints ! – un océan de ruines, une terre brûlée qui serre le cœur.

« Bernard est un brutal, un jouisseur, un ruffian, un cupide dévoré d'ambitions, qui ne respire que lucre, stupre et violence, qui ne veut connaître que la loi de la rapine et des satisfactions immédiates les plus basses. C'est de plus un hérétique endurci et impénitent, qui met au service de l'erreur le peu de conviction qui lui reste, qui s'était distingué naguère, en Saxe et ailleurs, par des conversions forcées particulièrement scandaleuses. S'il souffre encore les catholiques dans son fief alsacien, c'est uniquement parce que le Cardinal tient les cordons de la bourse. Autrement, ce suppôt de Satan les traquerait sans merci. La sainte Inquisition sait comment s'occuper de ces renégats, qui ont rendu inopérante, à force de turpitudes, la grâce de leur baptême. Hélas, la mise en veilleuse en France de ce tribunal de salut public a permis les guerres de religion, et l'Inquisition n'est plus guère efficace à ce jour que dans l'Empire espagnol et en Italie !

— La bonne foi du Cardinal a dû être cruellement abusée lorsqu'il a confié la pauvre Alsace à ce sauvage ? »

J'avais été trop loin. Parler de bonne foi à propos des affaires du Cardinal ne trahissait que trop une mauvaise plaisanterie.

« Il n'y a pas de quoi rire, Espalungue. Bien sûr, le Cardinal a été abusé ! Quelques abus étaient inévitables, inhérents à toute opération militaire. Mais un tel désastre... Nous ne sommes plus ici dans les Allemagnes. Quel intérêt de faire réduire en cendres un pays dont il est à espérer qu'il nous revienne bientôt ? »

Dans l'ensemble, tout cela donnait une haute idée de l'intelligence de Richelieu. Les moyens qu'il employait étaient sans doute discutables, mais ses ennemis n'avaient rien à lui envier en la matière. Seule les distinguait la cause à défendre. Les Habsbourg, qui retardaient d'un demi-siècle, livraient, par bien des côtés, une ultime guerre de religion, et le Cardinal, qui avançait d'un demi-siècle, une sorte de guerre nationale impérieuse.

Comme le Père Joseph achevait de me donner ses instructions, Richelieu est apparu, suivi de quelques gardes à distance respectueuse. Il voulait s'assurer que j'avais bien pénétré ses pensées et arrière-pensées dans une affaire dont l'importance était évidente.

Je résumai :

« Acheminer à bon port les 600 000 livres en or sous l'apparence anodine de harengs saurs.

« Porter une longue lettre et rapporter une brève réponse.

« Rédiger un rapport d'une inexpérience perspicace sur l'état des troupes de Saxe-Weimar.

« Glisser un drageoir engageant à un bourreau de toute confiance.

« Persuader mon frère jésuite, au cas improbable où ce trop honnête homme se méfierait, de prendre sa dérisoire mission au sérieux, de sorte que de réconfortants échos en parviennent aux dévots les plus imbéciles.

« Confirmer, si besoin, Saxe-Weimar dans sa politique de ménagement à l'égard des catholiques d'Alsace, Votre Éminence étant ici, pour cette fois, aussi dévote que les plus dévots, et désireuse que cela se sache.

« Inspirer, le cas échéant, à ce trop ambitieux général une belle résolution dans la défense, mais surtout, une saine modération dans l'agressivité. La balance de la justice plus que le glaive de Brennus doit tempérer ses rêves de gloire.

« Prier le Ciel que l'offensive de printemps sur le Rhin aboutisse à des tueries bien équilibrées, avec des gains territoriaux médiocres. Notre or ne doit être répandu que pour un résultat nul, et Dieu reconnaîtra les siens. »

Des plus satisfaits, le Cardinal me fit un grand sourire de connivence, me bénit du bout des doigts et me souhaita bonne route.

Avant de quitter cette thébaïde, je visitai le Père Ange de Mortagne, que je trouvai campé dans un magnifique bureau : il n'y avait pas à Rueil de monacale cellule en rapport avec le goût des capucins. D'un cabinet de bois précieux, le Père sortit drageoir et dragées, ces dernières étant l'œuvre d'une sœur cadette qu'il avait chez les ursulines de Dieppe, et il me donna un surcroît d'information sur leurs particularités. Il distribuait du poison comme le Cardinal des bénédictions.

Agacé, j'ai dit à l'individu :

« Je conçois que vous soyez fier d'empoisonner les gens pour le bien de l'État, et avec les plus illustres cautions, mais cela ne vous gêne pas trop de respirer par la force des choses, ici ou au Palais, un luxe effréné qui a coûté au peuple tant de sueur et tant de pleurs ? »

Un instant interdit, le moine m'a finalement répondu :

« Vous négligez, Monsieur, un fait essentiel : l'argent des puissants et des riches ne dort jamais. Il profite à une foule de familiers, de gardes, de domestiques, de médecins ou de mendiants ; il fait travailler des architectes, des artisans, des ébénistes, des peintres, des sculpteurs, des hommes de lettres ou de science ; il empêche même – hélas ! – maintes femmes de mauvaise vie de mourir de faim, alors que banquiers et usuriers, qui sont eux-mêmes à la source de beaucoup d'emplois, s'engraissent des débris des patrimoines pour remettre aussitôt les fonds en circulation.

« Sans les redevances imposées aux paysans par les nobles ou par le gouvernement, nous serions restés à l'état de bêtes brutes, et sans les richesses du clergé, il n'y aurait point de théologie, cet art de rentiers qui ne saurait se cultiver que dans le silence d'une pieuse retraite, à l'abri des nécessités journalières. S'il avait une plus saine intelligence des choses, un peuple amaigri et foulé devrait être fier des conséquences de ses sacrifices. Que ferait-il d'une poule au pot de plus ? Avoir fait vœu de pauvreté ne m'interdit pas de réfléchir : les esclaves passent, mais la pyramide demeure pour l'instruction des siècles et la gloire du roi.

— Voilà une réflexion... pyramidale !

— Toujours à votre service. »

Il y avait tant de vrai et de faux dans cette analyse que l'esprit s'y perdait.

Matthieu était dans le ravissement d'avoir été distingué, entre tant d'autres, pour cette mission de confiance par le Cardinal, qui l'avait reçu dix minutes au Palais, et il ne tarissait pas d'éloges sur le personnage et sur son accueil. La tête dans les nuées, il se voyait déjà ramenant les luthériens – ou ce qui en restait... – à la foi romaine sur les traces d'un Saxe-Weimar terrassé par la grâce et brandissant bien haut la bannière du pape. Les prudentes réserves de son Provincial n'avaient eu aucun effet sur lui.

Le missionnaire s'était préparé à son apostolat en apprenant par cœur des tirades entières d'une réfutation polémique de l'évêque de Luçon, publiée en 1617 à Poitiers, et intitulée : *Défense des principaux points de la foi catholique contre les quatre ministres de Charenton*. Le Richelieu d'alors, qui ne ratait pas une occasion de se pousser, réfutait les pasteurs par paquets de quatre !

Confus de cette délicate flatterie, le Cardinal s'était empressé de couper l'orateur pour faire l'éloge de la persuasion en matière de conversion. Il était temps d'aller sans armes à la rencontre d'un hautain général saxon pour lui remontrer ses erreurs avec diplomatie. Dieu se chargerait du reste.

À la fin de l'audience, Richelieu avait offert à son visiteur, pour le remercier de la résurrection de son chat, le bréviaire de sa jeunesse, celui-là même qu'il avait reçu dispense du pape de ne plus lire journellement en raison de ses écrasantes occupations au service de la foi.

(Ledit pape, à la mort du ministre, dira, pour toute oraison funèbre : « Si Dieu n'existe pas, cet homme-là aura fait une belle carrière. » Tel pape, tel cardinal.)

Le donateur avait ajouté : « Gardez-moi le secret, mon ami. Vous feriez autrement trop de jaloux. » Et Matthieu de considérer avec émotion cet exemplaire modeste et fatigué que le grand homme d'Église avait parcouru à l'orée d'une fulgurante ascension.

Le Cardinal faisait acheter par douzaines des bréviaires d'occasion pour les distribuer en souvenir à des ecclésiastiques sans importance.

Voilà maintenant que j'allais devoir mentir à mon frère !

III

Le vendredi 9 octobre vers dix heures du matin, après avoir embrassé affectueusement les Lhermitte, caressé le ventre de Julie, et donné le bonjour à Nicolette en passant, j'étais à la Bastille, dont les caves servaient depuis longtemps de banque d'État. C'est cette banque que la Régente Marie de Médicis avait dévalisée autrefois, raflant pour le gaspiller à l'intérieur le trésor que Sully avait amassé pour être gaspillé dans une guerre contre les Habsbourg, que la mort d'Henri IV avait retardée de vingt-cinq ans. Mais nos timides dévots n'ont pas osé élever une statue à cet apôtre de la paix que fut Ravaillac, en dépit d'un geste un peu vif.

En présence du contrôleur des finances et du trésorier de l'Épargne, les 600 000 livres en monnaies de toutes origines furent comptées, pesées, chargées... Le nerf de la guerre, comme on dit, s'étalait sous mes yeux. Je ne devais plus avoir l'occasion de revoir tant d'or de ma vie. Il y en avait une pleine voiture ! Puis mon frère et moi en avons délivré reçu. À la Bastille, les prisonniers dormaient littéralement sur l'or.

Quand la voie maritime présentait trop de dangers, quand le trafic fluvial était interrompu par un conflit, on avait plutôt recours, sur de longues distances, à d'onéreuses compensations bancaires, mais pour relier Paris à l'Alsace, que les banquiers avaient fuie en caleçon, le mieux, vu le poids de la somme, était encore la voie de terre avec un chariot à quatre roues, plutôt qu'une charrette trop faible – ce « petit char » assez fragile qui n'en avait que deux. Monsieur Vaugelas m'avait expliqué chez la marquise de Rambouillet qu'on avait mis deux *r* à charrette au temps de Charlemagne pour faire comprendre aux écoliers que le véhicule n'avait que deux roues, mais Monsieur Descartes, qui savait beaucoup de choses, m'avait expliqué de son côté que Vaugelas s'était ri de moi. *Adhuc sub judice lis est.*

Mais il avait fallu prévoir toute une main d'œuvre pour tirer le précieux chariot des ornières qui n'allaient pas manquer.

Quatre-vingts Suisses catholiques, avec piques et mousquets, sous le commandement du capitaine Ucht, un vieux routier qui avait toute la confiance du Cardinal, escortaient le convoi d'or, les deux ambassadeurs au petit pied et les mulets chargés de bagages.

En fait de mercenaires, les Suisses étaient ce qu'il y avait de mieux en un temps où beaucoup de puissances hésitaient à faire crédit à leurs propres ressortissants. L'Angleterre, l'Espagne, la Suède, pouvaient s'y hasarder, mais la France, où le peuple n'était pas sûr, recourait aux mercenaires étrangers dès que les ressources le permettaient. Le système, financièrement aberrant, consistait à engager des soldats coûteux de tous pays pour réduire le rôle des soldats du cru beaucoup moins onéreux, mais qui ne songeaient qu'à fuir une guerre dont ils voyaient mal l'intérêt. La noblesse seule pouvait y distinguer une aubaine.

Le Suisse, dédaignant le cheval qui se fatigue vite et exige des soins constants, cheminait de son pas régulier de montagnard, et tant qu'il était payé, il mourait sur place pour faire honneur à son contrat. Il y avait des Suisses dans toutes les armées, mais le roi de France s'adjugeait la part du lion, car il faisait de grosses rentes aux cantons pour faciliter le recrutement. Sa Majesté payait ainsi ses Suisses deux fois, mais au moins, Elle pouvait compter sur eux.

Matthieu et moi avions pris place dans une confortable litière à quatre forts chevaux, encombrée de menus cadeaux pour le général.

J'avais laissé à Paris un Sourdois qui me semblait filer un mauvais coton, et auquel cette équipée aurait peut-être posé des problèmes de conscience supplémentaires, dont il n'avait guère besoin. Docile, mais de plus en plus pensif, au fur et à mesure que sa foi devenait plus exigeante, il avait fait raccourcir ses cheveux déjà rares pour se composer une tête de puritain à faire peur, et je m'étais demandé un instant s'il n'aurait pas été capable d'assassiner comme un imbécile Bernard de Saxe-Weimar, dans l'idée qu'il allait trahir la Réforme. La race des Felton repousse comme la mauvaise herbe.

Afin de compenser son absence, Ucht avait mis quelques hommes à notre disposition, et un valet champenois tenait par la bride un joli hongre autrichien appelé Trompette, qui avait remplacé Feu-Follet. J'avais pris l'animal en grippe depuis la mort d'Ulysse.

Monotone parcours, lente progression, par des campagnes plates et embrumées. Pour éviter les délais et les déboires d'installations urbaines improvisées auxquelles des billets de logement auraient pourtant donné droit, on dressait chaque soir le camp dans le voisinage de la route. Les Suisses étaient habitués à cet exercice et montaient la garde par roulement.

Le balancement de la litière, la monotonie des paysages, le calme des haltes, étaient propices aux songeries que décourageaient les agitations parisiennes. Le Père d'Espalungue songeait à la conversion des Allemagnes et à l'illustration qu'il y pourrait trouver. Les nuits sous la tente ravivaient en moi le souvenir de mon pauvre Ulysse, le brouet spartiate des Suisses évoquait, par contraste, la chère raffinée d'Aire-sur-l'Adour, quand la main de mon ami rougissant effleurait timidement ma cuisse sous la table, et sa mort poignante rappelait à mon âme endolorie celle de l'oncle David et de Samuel.

Je broyais du noir, je pensais aux fins dernières, j'avais le sentiment d'une fuite en avant vers une tombe ouverte que mes péchés m'auraient valu, alors que, depuis Arnac, pris dans un sinistre engrenage, je n'avais fait que me débattre pour échapper à de honteuses contraintes, qui ne m'avaient guère laissé que la dissimulation, l'arme des faibles, pour rester digne de moi et de l'estime que je me voulais porter.

J'enviais presque mon frère et ses illusions.

Matthieu désirait voir, à Bar-le-Duc, le mausolée de René de Chalon, prince d'Orange, sculpté au siècle précédent par Ligier Richier dans la collégiale Saint-Pierre de la ville haute, un chef-d'œuvre que les iconoclastes avaient laissé en place. Il est vrai que le Lorrain Richier s'était converti au calvinisme et était allé mourir à Genève !

Plutôt que d'endurer une nuit réfrigérante en plein air, nous avions décidé de profiter de l'occasion pour utiliser un billet de logement chez une bourgeoise de la ville, laissant nos Suisses aux portes.

Dans la pénombre du jour déclinant, la statue décharnée du prince d'Orange était d'un effet si saisissant que j'ai cru y voir tous les morts que je traînais après moi, de mon fait ou de celui des autres, à commencer par mon oncle paternel.

Au sortir de cette visite, nous avons soupé dans une auberge réputée, *La Salamandre*, en face du beau collège Gilles de Trèves.

J'y interrogeai Matthieu sur cette Saint-Barthélemy qui m'avait porté malheur. Je connaissais le point de vue protestant, dont mon père m'avait rebattu les oreilles : un grandiose guet-apens médité à loisir. Mais j'étais naturellement très curieux de connaître le point de vue des jésuites, toujours si bien informés.

Mis de bonne humeur par les légers vins de Moselle, mon frère ne demandait qu'à m'instruire...

« Pas plus de guet-apens prémédité que de beurre en broche, mon petit Arnaud ! Mais bien plutôt un enchaînement fatal de circonstances, où les responsabilités se diluent comme pour mieux se combiner. Depuis la mort de Samuel, tu as eu tout le loisir d'apprécier des situations de ce genre, dont la complexité ne facilite pas la tâche du casuiste.

« L'origine du massacre est en tout cas à rechercher dans un fait de politique étrangère...

— De politique étrangère ? !

— Eh, oui !

« À cette époque, l'amiral Coligny, qui avait pris un grand ascendant sur Charles IX, un crétin qui ne rêvait que plaies et bosses, était chaud partisan d'une guerre contre l'Espagne – déjà ! –, l'idée fixe des protestants. Un conflit qui, à ses yeux éblouis, aurait vu la réconciliation idyllique des Français des deux religions. Mais le projet était parfaitement impraticable, et par là, criminel. Les catholiques de France, qui étaient toujours en grande majorité, n'avaient aucune envie de se battre – ils ne l'ont pas plus aujourd'hui qu'hier ! – contre les catholiques ibériques, lesquels ne leur demandaient rien, pour le seul bénéfice de la Réforme, et la France, ruinée depuis dix ans par des troubles continuels, n'avait ni argent ni armées pour entreprendre et soutenir un pareil effort, qui aurait vite débouché sur une défaite sans précédent. Là où le grand Cardinal s'épuise aujourd'hui contre des Habsbourg qui ont beaucoup perdu de leur mordant, un Charles IX aurait autrefois mordu la poussière : l'Espagne était dans toute sa force et dans toute sa gloire.

« Raisonnant en homme de religion, l'amiral se faisait également des illusions gravissimes sur la reine Élisabeth d'Angleterre, qui n'appuyait que du bout des lèvres les Pays-Bas révoltés contre Philippe II. Élisabeth préférait de beaucoup voir aux Pays-Bas de lointains Espagnols plutôt que de trop proches Français. Modèle pour un futur Richelieu, la reine était anglaise avant que d'être métaphysicienne.

« À l'insu de sa mère Catherine, le roi avait permis à une bande de calvinistes de courir à la rescousse de leurs coreligionnaires des Pays-Bas, et il avait eu la bêtise de remettre à Genlis, le chef de la bande, une lettre signée de sa main, où sa complicité éclatait.

« Le 17 juillet 1572 – si ma mémoire est bonne –, la troupe de Genlis est taillée en pièces à Quiévrain par les hommes du duc d'Albe, qui commandait les *tercios*. Genlis est mis à la torture comme brigand sans aveu, et la lettre, saisie. Philippe II a sous la main, par le plus merveilleux des hasards, un légitime et magnifique *casus belli*, qu'il peut utiliser quand il lui plaît. Catherine de Médicis n'en dort plus et vit désormais avec la peur au ventre. Il faut d'ailleurs avouer qu'il y avait de quoi !

« Charles n'en a cure. Il a déjà dépensé de son propre chef 700 000 ducats pour secourir les rebelles, et il décide même – encore un fait capital ! – d'entrer en guerre contre l'Espagne au sortir des noces entre la reine Margot et Henri de Navarre, prévues à Paris pour le mois suivant. La reine Catherine est ainsi acculée à une action salvatrice avant cette date cruciale.

« Le roi d'Espagne, de plus en plus pressant, exige un gage de paix sans équivoque, et la meilleure solution pour le calmer est évidemment de mettre à temps hors d'état de nuire le fauteur de guerre Coligny. Hélas, des milliers de protestants sont venus à Paris pour le mariage, un événement des plus défavorables à une exécution sommaire ! Mais nécessité fait loi.

« Coligny est donc arquebusé à plusieurs balles par un tueur à gages, mais par malheur, s'étant baissé pour renouer un lacet, les blessures ne sont pas mortelles, et c'est le célèbre Ambroise Paré qui le soigne, tandis qu'une élite de réformés montent une garde jalouse autour de sa personne.

« Si l'on veut satisfaire le terrible Philippe II, il faut impérativement achever le travail au plus tôt, quitte à exécuter aussi les chefs protestants en armes qui font un rempart de leur corps à l'amiral.

« Pendant que le roi parle de faire pendre les coupables – c'est-à-dire sa propre maman ! –, le Conseil se réunit derrière son dos et s'aperçoit avec consternation que les forces disponibles sont notoirement insuffisantes pour l'affaire. On a bien les Suisses du duc d'Anjou, mais ils ne sont pas assez nombreux. Force est donc de faire appel aux bourgeois de Paris pour tenir en respect le gros des hérétiques pendant l'opération limitée prévue.

« Charles IX, tardivement instruit et chambré par sa mère, se résigne à l'inévitable. Sa couronne est en jeu. Nous sommes au soir du 24 août 1572.

« Or le petit peuple de la capitale, viscéralement hostile aux protestants, rêve depuis longtemps de les exterminer. Tandis que les forces royales s'occupent par priorité de

Coligny et des plus notables, le peuple, outrepassant avec joie les consignes, tue et pille tout le monde, sans considération d'âge ni de sexe. Une grande fête populaire, en somme, une orgie nocturne, qui nous apprend à nous méfier de la plèbe dès qu'on lui laisse la bride sur le cou.

« Sur le moment, Charles et Catherine restent perplexes, et même passablement inquiets, devant ces monceaux de cadavres imprévus, qu'ils ne savent trop sous quelles couleurs dépeindre à leurs contemporains. Mais les félicitations unanimes et enthousiastes de l'Europe catholique les rassurent. Philippe II éclate de rire pour la première fois de sa vie, le pape bondit de joie, fait chanter des *Te Deum* et frapper des médailles, tandis qu'Élisabeth d'Angleterre conçoit pour sa commère de France une considération accrue : elle ne peut croire que ce joli tour n'a pas été profondément mûri.

« La reine et son fils décident donc de présenter comme un complot digne de Machiavel, inspiré par une foi intrépide, ce qui n'avait été qu'une pénible improvisation sous le coup d'une peur panique de l'Espagnol. La grosse chienne au fil de l'eau s'était métamorphosée en tigresse réfléchie. Mieux vaut encore passer pour cruel que pour impuissant. Quand notre père Thomas nous parlait de la Saint-Barthélemy, c'était le mensonge de la Médicis qu'il répétait innocemment.

« Mais les réformés n'ont pas à s'en plaindre, car Luther et Calvin étaient des monstres d'intolérance, et leurs disciples le sont restés partout où ils se sont arrogé le pouvoir. Le protestant ne commence à parler de tolérance que quand on lui met le pied sur la tête... la plupart des catholiques aussi, d'ailleurs.

« Autre résultat de cette nuit si grosse de malentendus, la Saint-Barthélemy donne le sentiment à tous qu'une royauté indécise a enfin choisi son camp et s'y tiendra. Les conversions intéressées seront nombreuses dans la haute noblesse, et c'est depuis ce temps-là que le protestantisme est surtout devenu chez nous une religion de gens modestes.

« Il n'a tenu qu'à une reine incorrigible, bientôt reprise par les démons de la tergiversation et des conciliabules stériles, de faire porter à l'événement plus de fruits. Catherine allait encore prolonger la guerre comme à plaisir par ses perpétuels balancements. Mais ceci est une autre affaire...

« Reprends de ce petit vin blanc. Il nous change de notre ordinaire... »

J'avais écouté avec passion ce récit qui me touchait de si près, qu'un faiseur de romans n'aurait pas inventé, et dont l'incohérente logique soulevait une fois de plus une vieille question insoluble. Qui fait donc l'histoire ? Où est la part de l'homme, lequel ne sait jamais prévoir les dernières conséquences de ses actes, où est celle des impondérables, des caprices du destin, qui échappent à toute volonté et à tout contrôle ?

Je demandai encore à Matthieu pourquoi le pape, si préoccupé de croisade contre les Turcs avec des rêveurs comme le Père Joseph, n'en prêchait pas une autre contre Genève, beaucoup plus dangereuse, incapable de se défendre, et toute proche. Depuis l'escalade ratée du duc de Savoie en 1602, les Genevois n'avaient pas connu la moindre alerte, et les Français, si prompts à conquérir ce qui était à leur portée, avaient oublié, semblait-il, que la ville était à prendre.

Mon frère sourit de ma naïveté.

« À quoi bon prêcher dans le désert ? Durant les guerres de religion, les cantons catholiques comme les cantons protestants sont restés soigneusement neutres ; toute l'Europe a besoin des passages des Alpes ; toute l'Europe, la France en premier, a besoin des mercenaires suisses. S'il arrivait malheur à Genève, même les cantons les plus catholiques se gendarmeraient, les cols seraient bouclés, et le marché des mercenaires, fermé pour longtemps. Beau paradoxe, c'est en se vendant à l'étranger que le soldat suisse défend le mieux sa patrie. Si le duc de Savoie a pu se permettre cette incartade, c'est parce que c'était un prince sans grande responsabilité. Un lion hésite à en attaquer un autre, mais la puce n'hésite pas à attaquer le lion. »

Que de choses j'avais à apprendre pour devenir un vrai diplomate !

Avec notre billet de logement, nous fûmes accueillis dans un petit Hôtel des plus décents par une aimable veuve, une brunette à la trentaine épanouie, qui avait fait des frais de toilette pour ses hôtes. Son œil de braise faisait un plaisant contraste avec de blanches dentelles, dans un salon aux meubles bien astiqués.

Marguerite Monassier avait perdu prématurément un époux qui avait fait sa pelote, comme ma mère jadis, dans les épices tropicales, ce qui fut entre nous un sujet de conversation tout trouvé. Le siège m'avait dégoûté d'épices qui n'avaient plus rien à épicer, mais je n'avais rien contre les jolies épicières.

Le Père Matthieu, las de courir, étant monté se coucher, Madame Monassier m'annonce bientôt une plaisante couleur :

« Vous devez vous demander, mon cher baron, pourquoi une femme de ma condition s'accommode de ces billets de logement qui font peur à tout le monde et donnent lieu à tant d'abus pénibles, alors qu'il lui serait si facile de s'en dispenser. Mais c'est moi-même qui ai insisté pour être sur la liste ! On ne m'envoie que des hommes de qualité qui agrémentent mon veuvage. Vous en êtes une nouvelle preuve, et votre frère ne laisse pas indifférent non plus. Les belles pénitentes doivent se presser à son confessionnal.

— Envisageriez-vous déjà de convoler, Madame ?

— Cela ne presse point. " Ce qui n'est pas fait n'est pas mal fait ", disait maman. Et papa ajoutait : " Un clou chasse l'autre..." La viduité, j'ai eu le temps de m'en rendre compte, est un état qui porte à la réflexion. Une fille se marie sans rien connaître de la vie et des hommes. Une veuve bien rentée, sans enfant, peut se tâter et prendre le meilleur... »

J'ai passé une nuit réconfortante avec cette Marguerite, à la douce lueur des chandelles, dans le grand lit conjugal douillet et bien bassiné, devant le portrait du feu mari, qui regardait la scène d'un air digne, dans son bel habit bourgeois de province.

Vers huit heures du matin, Madame Monassier m'embrasse

sur la joue, enfile un peignoir diaphane, s'agenouille un moment sur son prie-Dieu, devant un christ assez banal en ivoire de Dieppe. Mais on sait que la piété n'a pas besoin de luxe pour être sincère.

Elle se relève, passe une belle robe de chambre sur son peignoir, se regarde dans une glace, va se donner un coup de brosse sur les cheveux, et sort.

Une demi-heure plus tard, elle revient, très digne, avec le déjeuner sur un plateau d'argent des Amériques. Comme je prétends tirer *subito presto* le coup de l'étrier, elle me repousse doucement, mais fermement :

« Vous n'y songez pas, mon ami ! Je viens de me confesser.

— À qui donc ? !

— Mais... à votre frère, naturellement.

« C'est bientôt la Toussaint. Mon confesseur dominicain habituel demande des choses impossibles. J'avais, grâce au Ciel, un jésuite sous la main. Les jésuites, en cas d'urgence, sont quand même plus coulants. J'en ai profité au salon. Savez-vous que pour une confession de ce genre, la porte doit rester ouverte ? C'est la bonne règle, paraît-il. Les femmes ont besoin d'intimité pour pécher, et de publicité pour se bien repentir. Ouvrez donc cette porte, s'il vous plaît... »

Je ne sais ce qui m'a pris. Peut-être une éducation puritaine, où l'on m'avait dépeint la confession catholique sous les plus noires couleurs ?

Je me suis jeté comme un furieux sur cette femme, que j'ai dû prendre de force avant qu'elle ne faiblît, pour se sauver enfin en larmes...

Par une belle matinée d'automne, Matthieu et moi nous en sommes revenus vers nos Suisses à travers un Bar-le-Duc qui commençait à s'animer. Signe que la guerre n'était pas loin, des soldats allaient et venaient par les rues, où les boutiques avaient ouvert leurs volets. Les glapissements retentissaient des marchandes de légumes et, à la devanture des bouchers, tournoyaient dans le soleil les grosses mouches vertes ou bleues d'arrière-saison, avant de s'abattre sur les viandes rouges ou sur les gibiers multicolores.

Elles étaient le signe que des asticots allaient naître, amis des prédicateurs menaçants et terreur des soldats sur les champs de bataille, où ils grouillent sur les morts que l'on a négligé d'enterrer. Je n'en avais que trop vu à Corbie !

Matthieu, qui était resté d'une froideur de marbre depuis nos retrouvailles matinales, s'arrêta devant le spectacle et me dit :

« Tu vois ces viandes sur cet étal ? Tu vois ces mouches ? Tu peux mourir aujourd'hui et finir comme un quartier de bœuf ou comme un faisan. Et grâce à tes soins, j'ai dû confesser tantôt une malheureuse deux fois de suite !...

— Deux fois ? ! Seigneur Dieu, elle exagère ! »

Je me retenais de rire, et cette réaction d'épiderme eut le don d'enrager mon frère, qui m'accabla d'amers reproches et m'invita à la pénitence.

À l'entrée du campement, nous étions réconciliés.

IV

La mission aborda une Lorraine qui avait beaucoup souffert du va-et-vient des soldats, et où les Français étaient cordialement détestés. Après Nancy, déserté par son duc, l'escorte se grossit de trois cents chevaux suédois envoyés par Saxe-Weimar, qui s'inquiétait beaucoup pour son or.

Les Suédois faisaient partout sensation. Ils opéraient par contingents nationaux, ne se mélangeaient point à n'importe qui, et Gustave-Adolphe avait généralisé les insignes des grades ainsi que les uniformes, qui étaient encore livrés à une certaine fantaisie dans les autres armées. La discipline, comme l'ennui, naît de l'uniformité, et un bel uniforme ne facilite pas la désertion. L'infanterie était en jaune et en gris-bleu, la cavalerie légère portait des bonnets coniques et des justaucorps doublés de fourrure quand la bise était venue. Mais les Bibles, qui faisaient partie de l'équipement courant du temps de Gustave-Adolphe, étaient devenues moins évidentes depuis que les délices de Capoue des longues périodes de repos avaient pollué les âmes. On ne peut faire indéfiniment de la guerre et de la religion.

Après le col de Saverne, la descente est raide sur l'Alsace, et nous nous sommes peu à peu enfoncés dans cette horreur sans nom que le Père Joseph m'avait laissé prévoir sans me la pouvoir décrire, étant devenu avec l'âge homme de bureau ne courant plus d'ordinaire que dans un rayon assez restreint. Au fur et à mesure que la grande politique du

Cardinal étendait ses ravages en France et par les Allemagnes – en attendant de soulever le Portugal contre Philippe IV trois ans plus tard –, le Père Joseph était d'ailleurs de moins en moins porté à aller en constater sur place les effets. Pour un cœur sensible, l'extermination doit demeurer abstraite.

Le capitaine Ucht et ses hommes, les Suédois du comte de Petersberg étaient habitués depuis longtemps à de telles visions, mais le tendre Matthieu en était tout retourné, et j'en étais moi-même effaré. Le Cardinal avait quand même été moins efficace en Lorraine ou au sud la Loire. Ce n'étaient ici que villages ou châteaux en ruines, terres ou vignes à l'abandon, villes fortes encombrées de réfugiés mourant de faim. Petersberg me dit que les bourgeois de Strasbourg, pour tenter de survivre, avaient dû chasser trente mille victimes du sinistre à coups de piques et de bâton !...

La famine, les épidémies, avaient tué en quelques années, sur cette étroite bande de terre qu'est l'Alsace, un nombre incroyable de personnes, et les survivants s'étaient mués en cannibales : on enlevait la nuit les cadavres des gibets, et les cimetières, qu'il fallait faire garder, étaient devenus des réserves de viande. Les charognes épuisées, on mangeait de l'herbe.

Depuis que la guerre allemande, proche de s'éteindre, avait été relancée par l'entrée en guerre de la France, un phénomène nouveau était apparu sur une grande échelle dans les pays de langue germanique : la joie de nuire – ce que les Allemands appellent *Schadenfreude* –, et qui prend volontiers chez eux, affaire de culture, d'éducation, un tour appliqué et systématique, alors que les cruautés latines, qui ne sont pas moindres, souffrent d'une certaine improvisation. Mais le plaisir corollaire de souffrir ne suivait point : trouver agrément à se faire fouetter dans un bordel relève du jeu, et le même joueur serait bien fâché d'être sérieusement fouetté sur une place publique !

Parfois, les soldats déchaînés tuaient et torturaient sans le moindre motif d'intérêt, pour la simple satisfaction de la chose. On s'amusait à tirer de but en blanc sur des civils qui passaient, à les faire dévorer par des chiens, ou à les découper à la scie de bûcheron entre deux planches... Et les femmes qui n'étaient pas violées ou coupées en morceaux, les paysannes ou les bourgeoises qui n'avaient pas couru assez vite, les plus fraîches religieuses des monastères, devaient suivre les bandes par les chemins, réduites à se vendre pour un quignon, bientôt chargées de nouveau-nés qui claquaient comme des mouches s'ils n'avaient trouvé personne pour les rôtir en broche ou les manger tout cru.

Le Nancéien Jacques Callot, très affecté par le siège de sa ville natale par les Français en 1633, avait sèchement refusé de l'illustrer de ses gravures, comme le Cardinal avait eu l'aplomb de l'en prier, et avait au contraire consacré les deux dernières années de sa vie à décrire avec « Les misères de la guerre » et « Les supplices », planches immédiatement célèbres, les atrocités des troupes françaises en Lorraine, que la propagande de Richelieu s'était efforcée de travestir en lointaines atrocités germaniques. Mais les gravures que j'avais pu apprécier un soir chez Beaufort étaient bien anodines à côté des réalités alsaciennes.

Tels étaient les résultats d'une vicieuse organisation militaire.

Les gros entrepreneurs de guerre, les Wallenstein (assassiné en 1634), les Saxe-Weimar etc., qui recevaient de l'Empereur, de l'Espagne ou de la France des fonds énormes pour lever sans cesse de nouvelles armées de mercenaires, n'avaient aucun intérêt à les nourrir à leurs frais avant d'y être absolument contraints par l'événement. Et quand la bête avait tout brouté autour de son piquet, on plantait le piquet un peu plus loin.

Autres économies dont ces entrepreneurs étaient coutumiers : tromper leur employeur par des majorations indues d'effectifs, payer les combattants avec un long retard ou ne les payer qu'après la bataille pour empocher la paye des morts. Les généraux étaient ainsi affligés de troupes hargneuses, toujours dans l'attente d'une solde versée à regret, et tentées de la prélever d'avance sur l'habitant.

L'hiver, enfin, période où le ravitaillement posait encore

plus de problèmes que d'habitude et où les opérations militaires se ralentissaient par voie de conséquence, il était avantageux de ne conserver que l'élite de ses forces et de congédier un maximum d'individus, que l'on comptait bien réembaucher aisément au printemps. Les rigueurs de la saison froide dans des régions déjà peu clémentes étaient de la sorte aggravées dans les campagnes par les déprédations supplémentaires de débauchés soudain privés de tout.

À ce régime, de fortes armées n'étaient pas nécessaires pour faire le vide sur de vastes superficies, puisque collaboraient au désastre aussi bien les soldats présents sous les drapeaux que ceux qui avaient été provisoirement chassés de leur corps.

Mais ces entrepreneurs couverts de meurtres et de rapines, intéressés au premier chef à faire durer leur fructueux plaisir, gardaient réputation d'autant meilleure, à Genève comme à Rome, qu'il s'agissait évidemment par les Allemagnes d'une guerre de religion – laquelle n'avait pour défaut que de faire disparaître le plus clair des fidèles avec impartialité.

Avant de se convertir à un cynisme dévastateur, le Père Joseph avait vibré comme un croisé aux exploits des généraux impériaux, et notamment à ceux d'un Tilly, le vainqueur de la « Montagne blanche », où les Tchèques avaient été aplatis en 1620 pour ne plus oser bouger.

Matthieu m'avait fait lire ces vers charmants de la *Turciade* :

Tilli, etenim te nostra canet testudo, nec unquam
Egregium nomen gelidi teget umbra sepulcri.

Je donne ici la traduction pour ceux qui auraient oublié que la tortue testudo peut signifier aussi un instrument de musique :

En vérité, Tilly, notre lyre te chantera,
Et l'ombre du sépulcre glacé ne recouvrira jamais ton nom.

Le mardi 3 novembre au soir, le convoi parvenait aux abords du camp d'hiver de Bernard, établi depuis peu en basse Alsace, entre Haguenau et Wissembourg, dans une oasis qui n'avait que relativement peu souffert, car il s'agissait là de terres qui lui appartenaient en propre. Devant la porte du camp, on avait déjà dressé la potence avec son échelle pour les soldats à pendre, et l'échafaud avec son billot pour les officiers à décapiter, qui étaient très attachés à cette distinction. Quand on en a peu, on met son honneur où on peut ! Le général s'ingéniait à faire régner une discipline de fer sur des chenapans à la perversité toujours en éveil.

Bernard fit naturellement à son or l'accueil le plus empressé – mais parut un peu surpris par la présence d'un jésuite, cette bête noire de la Réforme ! Après la gloire du triomphe, c'est l'or qu'il préférait, lequel triomphe de tout. Il songeait déjà à la gratte qu'il allait pouvoir réaliser sur le dos de ses hommes, mais avec son cher Cardinal, il ne pouvait faire danser l'anse du panier outre mesure. Richelieu, qui ne rendait de comptes à personne de ses affaires personnelles – le roi ne se serait pas tout de même pas abaissé à parler d'argent avec lui ! –, avait la manie d'en demander précisément à tout le monde.

Le Père d'Espalungue et son secrétaire de confiance se virent attribuer des chambres au rez-de-chaussée d'une gentilhommière effondrée, dont le général avait faire retaper sommairement pour son usage la partie la plus habitable, et on alluma à leur intention, car les nuits avaient fraîchi, ces grands poêles de faïence, privilège des pays du nord et de l'est, que les Français ignorent encore résolument. Arès-tégui m'avait raconté que les chefs de famille moujiks se réservaient pour la nuit le dessus de ces poêles en hiver, où ils invitaient fréquemment une fille ou belle-fille à leur tenir compagnie, et comme les hivers étaient longs, les naissances n'en étaient que plus nombreuses. En France, même dans les plus nobles familles, les incestes manquent de chauffage.

Invités à souper par Bernard, la table étant éclairée par une profusion de cierges chipés dans des églises, nous fîmes connaissance du secrétaire Mascharini, un petit brun anguleux, qui n'ouvrait la bouche, et encore brièvement, que si on lui adressait la parole. Il paraissait habitué à se faire oublier comme un chien bien dressé – en tout cas satisfait de sa pâtée.

Le général ne ressemblait guère au monstre apocalyptique que le Père Joseph m'avait dépeint à Rueil en traits de feu pour endormir mes éventuels scrupules, et il inspirait même une certaine sympathie au premier abord.

C'était un beau garçon énergique à la longue et noble chevelure, au regard franc et direct, sobrement, mais fort élégamment vêtu. Ses dentelles étaient resplendissantes, ses manières, des plus aisées, et l'on voyait tout de suite qu'il avait pris les manières assez policées de la Cour de Saxe. Son français rugueux était assez correct, sa culture générale, supérieure à son instruction – sauf en matière militaire, son sujet de conversation préféré, où on le sentait sûr de lui, heureux et fier de ses expériences.

Par instants, toutefois, on le devinait tendu et inquiet, comme si l'ombre du Cardinal était venue ramper dans un coin mal éclairé de la grande salle. Il devait vivre dans une constante appréhension, se demandant, comme ses mercenaires, s'il vivrait assez vieux pour profiter de sa fortune. La disparition de Wallenstein par ordre de l'empereur, celle de quelques condottieri de même espèce par les soins de diverses puissances, avaient dû lui donner à réfléchir.

Dans de grands plats aux armes disparates que leurs propriétaires ne reverraient plus – à la guerre comme à la guerre ! –, il y avait abondance de gibiers, arrosés de bière blonde à mousse fine, qui était pour deux Parisiens une révélation.

Verre de Venise en main, Bernard nous dit :

« J'aurais aimé vous gâter davantage, vous faire goûter, par exemple, du râble de jeune lynx, qui est excellent en sauce poivrade avec des fruits rouges, de même que les pattes de gros ours brun rôties sur la braise de ceps de vigne, alors que la bête vient de faire sa provision de graisse pour affronter les froidures dans sa tanière...

« Mais la chasse n'est plus ce qu'elle était. Ces cochons faméliques d'Alsaciens détruisent maintenant le gibier sans aucun scrupule, et quand on part à travers bois au son du cor, on en arrive à tuer autant de braconniers que de cerfs ! Heureusement, *nicht wahr ?...* les chasseurs sont bien montés, et les braconniers vont à pied ! *Prost !* »

Le rire de bonne compagnie du général amena une ombre de sourire sur les lèvres fines de Mascharini, je ris par politesse, et le Père Matthieu, déjà froissé par les cierges, n'avait pas envie de rire du tout.

La réprobation muette de mon frère n'avait pas échappé à Bernard.

« Je vous prie de croire, mon Révérend Père, que j'ai un cœur tout comme un autre et que je suis désolé autant qu'un jésuite peut l'être de l'état du pays. Et même davantage !... car j'en ressens le plus grand préjudice : les contributions ne rentrent pratiquement plus. Mais le Cardinal m'a remis par traité un landgraviat impérial où la Contre-Réforme avait eu le succès que vous savez, où les catholiques demeuraient nombreux, et où j'ai dû trop souvent m'imposer à de mauvaises têtes les armes à la main. Comment faire la guerre, de nos jours, sans tout saccager ? »

Après souper, on s'installa devant une fontaine à vin de cristal d'où coulait par un robinet de vermeil un filet de l'or du Rhin, je fis apporter les cadeaux et délivrai la communication dont j'avais été chargé.

Bernard la parcourut impassible, réservant son attention à quelques passages essentiels, eut enfin cette réflexion :

« Richelieu me met en garde contre ce qu'il appelle joliment “*des aventures printanières excessives au pays de la Lorelei, rocher qui peut renvoyer à Paris de décevants échos*”. Vous lui direz qu'il peut compter sur moi pour ne pas gaspiller des soldats qui coûtent si cher. Je les pousserai hardiment d'une main pour les retenir prudemment de l'autre. Après tout, l'intérêt de la France, comme le mien, n'est-il pas une paix de compromis qu'une longue lutte aurait peu à peu rendue fatale ? Comme dit votre Corneille en conclusion du *Cid*, où l'on peut distinguer une bonne école de stratégie : *"Laisse faire le temps, ta vaillance et ton roi."* C'est la sagesse, *nicht wahr ?* »

J'étais heureux que le général eût si finement saisi les intentions du Cardinal. Mais parviendrait-il à retenir ses héros le moment venu ?

Mascharini se retira sur la pointe des pieds avec ladite communication, et le Père d'Espalungue se dépêcha de mettre l'entretien sur la promesse de se convertir que Saxe-Weimar avait signée, faisant un moment les demandes et les réponses avec son éloquence et sa finesse habituelle. Écoutant avec une attention soutenue, Bernard gardait le silence, approuvait parfois d'un signe de tête. Je fis un clin d'œil au catéchumène, qui n'en avait pas besoin pour jouer son rôle avec tout le sérieux requis par les circonstances.

Comme au sortir d'honnêtes réflexions, Bernard fit observer :

« Je n'oublie nullement, mon Père, ma solennelle promesse, et je m'y conformerai le moment venu. Mais pour l'instant, je me permettrai une première objection de bon sens : le gros de mes hommes étant luthériens, avec une minorité de calvinistes – je passe sur les mécréants, dont il serait à souhaiter qu'ils fussent plus nombreux ! –, ils se feraient une joie de m'étriper si je me transformais un beau matin en papiste. En pareille affaire, la conversion de la troupe doit normalement précéder celle de son chef. À quoi servirais-je au Cardinal si j'étais mort ou en fuite ? Pouvez-vous me le dire ? »

Matthieu n'avait rien à dire. Sinon que ces grossières évidences auraient suffi à faire de la promesse que Richelieu avait cru bon d'extorquer à Bernard une fiction, que seuls des irréfléchis pouvaient prendre au sérieux.

« Autre objection, plus grave celle-ci, car il ne s'agit plus de mon existence d'ici-bas, mais de l'image de Dieu, c'est-à-dire de ma vie éternelle. Si Adam et Ève n'avaient point péché, la mort n'aurait pas sanctionné leur faute, et le paradis terrestre aurait vite été condamné par un excès de population sans remède, *nicht wahr ?* Car il n'y aurait pas eu le moindre Père Joseph ou le moindre Saxe-Weimar, en ce paradis, pour réduire la population à un niveau *korrekt*. Ah, ah ! *Prost !* »

Mon frère était déconcerté. Ignace de Loyola, qui n'avait jamais été un foudre de théologie spéculative, avait négligé ce point capital.

« Votre douloureuse inquiétude, général, déclara enfin Matthieu avec une feinte aisance, touche les catholiques aussi bien que les protestants. C'est le fondement du christianisme tout entier que vous mettez ici en cause. Croyant comme vous l'êtes, telle n'a pu être votre intention, n'est-ce pas ?

— À Dieu ne plaise ! Et que ma foi me sauve ! Mais je demeure troublé, en dépit de moi-même. Comment, en effet, irais-je me convertir de bonne foi à la religion catholique quand la religion réformée elle-même, que j'avais crue longtemps supérieure, se révèle incapable de résoudre le problème le plus simple, que tous les généraux connaissent bien, celui du rapport entre la population et les ressources ?

« Enfin, le Cardinal a certainement la clef de l'affaire : ses espions ont dû la lui apporter sur un plateau... Vous m'en procurerez une copie un de ces jours. »

Saxe-Weimar se lève là-dessus avec un large sourire et nous donne le bonsoir.

Passant près de moi, il murmure : « Le lupanar des officiers n'est pas mal du tout. Demandez donc Pipette de ma part, elle vous consentira une faveur. » J'ai fait semblant de ne pas entendre.

À la porte de sa chambre, avant de m'embrasser pour la nuit, Matthieu m'a dit, quêtant mon approbation :

« J'ai le sentiment que le Cardinal, voyant les choses de loin, a mal apprécié les difficultés de la tâche qu'il m'a confiée. Ce reître a visiblement peur de ses hommes, et il a fréquenté des docteurs qui lui ont mis dans la tête des idées bien étranges. »

En pareille situation, un mensonge réconfortant s'imposait.

« Le Cardinal connaît parfaitement toutes ces difficultés,

et c'est bien pour cela qu'il t'a choisi. Il m'a confié à Rueil, avant notre départ : “ Si un théologien de la qualité du Père d'Espalungue ne parvient pas à ébranler cette brute de Saxe-Weimar, personne n'y arrivera ! Mais je gage qu'il trouvera dans mon vieux bréviaire des forces nouvelles… ” Le Père Joseph était témoin, qui ne me contredira pas.

— Le Cardinal a dit ça ? !

— Textuellement ! »

Le bonheur de mon frère faisait plaisir à voir.

V

Au cœur de la nuit, je me dirigeai d'un pied léger vers la chambrette de Mascharini au premier étage. Un rai de lumière filtrait sous la porte. Je frappai tout doucement, le secrétaire m'ouvrit aussitôt : le général était assis devant les feuillets de la longue lettre de Richelieu, un document à lire, à relire et à méditer. J'étais empoisonné du faux pas.

Mais Bernard me mit aussitôt à l'aise :

« Entrez, entrez, baron, vous ne nous dérangez nullement. La nuit s'avance et j'allais me coucher. L'hiver est long, et la réponse au Cardinal attendra bien demain.

— Son Éminence, Monseigneur, l'attend de son côté aussi courte que bonne !

— J'y compte bien. Les soldats ne sont pas doués pour la littérature.

— César excepté. Mais vous êtes un vrai Alexandre, dont le précepteur Aristote n'avait pas réussi à tirer une ligne.

— Hannibal n'a rien écrit non plus, et ne s'en est pas porté plus mal. Nous autres grands capitaines sommes comme des renards ou des loups marchant sur les braises, sans un instant de répit, et nous versons trop de sang pour y jeter encore de l'encre.

« Je vous laisse avec Mascharini, que mon ami le Cardinal a dû vous charger de mettre dans ses intérêts. Mon fidèle Isaac a l'habitude qu'on lui fasse la cour à des heures impossibles. Mais sa femme et son petit garçon, qui sont mes invités d'honneur dans l'un de mes châteaux des environs de Dresde, ne s'en inquiètent pas trop.

« Bavardez donc tous les deux à votre aise ! »

Et Saxe-Weimar de se retirer avec un aimable signe de la main. Mascharini rouvrit la porte pour vérifier qu'il était bien parti, la referma et m'invita à m'asseoir...

« Ne faites pas attention à ces bêtises, me dit-il à voix basse. Ma femme est une garce et mon fils est le fruit de mon meilleur ami : même les espions sont cocus aujourd'hui. Quelle triste époque ! Le général peut faire des confettis de tout ce joli monde, cela ne m'empêchera pas de digérer. »

Soulagé, je remis à ce Mascharini le drageoir, un joli travail chinois en laque noire égayée de fleurs, qui pesait au fond de ma poche, et je précisai le mode d'emploi.

Le secrétaire hocha la tête...

« Cela est bien, mais vous direz au Cardinal de ma part que je n'abandonne pas pour autant sa première idée.

— C'est-à-dire ?

— Obtenir de Bernard la promesse de se convertir, pour le faire assassiner un jour par un réformé fanatique. Poignard ou balle perdue, peu importe... J'ai déjà posé quelques jalons. En la matière, le fin du fin n'est-il pas de faire faire son travail par autrui ?

« Le général a juré à ses fidèles, alertés par la rumeur, qu'il ne se convertirait qu'aux calendes grecques, mais un malaise subsiste, que je puis envenimer quand il me plaira. Je dirige d'ailleurs son service de renseignement... »

Ainsi le Cardinal, par ce projet de conversion, n'avait pas seulement visé la satisfaction à bon marché de quelques dévots naïfs. Il aimait avoir plusieurs fers au feu. La profondeur de son esprit ne cessait d'étonner.

Mais le plus étonnant était que Saxe-Weimar, appâté par le cadeau de l'Alsace, se fût risqué à une promesse qui présentait pour lui un si mortel danger. Les rapaces ne résistent point à la tentation.

Entre espions au service d'un même maître, le courant passe vite, ainsi qu'entre domestiques d'une même maison caquetant en cuisine, et nous en fûmes bientôt à nous raconter de nos vies ce qui pouvait en être livré sans inconvénient.

Comme j'exprimais à Isaac mes condoléances pour ses parents et sa sœur retenus en otages à Tarascon, il me dit en souriant :

« J'espère bien qu'ils le resteront longtemps ! Après une vie difficile et hasardeuse, ils sont enchantés d'être enfin à l'abri, bien logés et bien nourris, et satisfaits, dans leur délicatesse, que je n'aie pas à pourvoir à leur entretien. Cependant, à force de regarder couler le Rhône en bas des murailles, on s'ennuie un peu. Puisque vous avez l'oreille du Cardinal, pourriez-vous obtenir que leur soient autorisées quelques promenades en ville ou en environs ? Par mesure de sûreté, je n'ai guère avec le Palais que des relations verbales, au gré du passage de quelques trop rares agents. »

Intrigué par le personnage, je lui demandai s'il servait Richelieu par intérêt ou en convaincu.

« Je sors d'une famille juive, originaire de la vice-royauté espagnole de Naples, et passée au catholicisme sous le règne des " rois catholiques ", pour éviter d'être expulsée. Mais j'ai été dégoûté de faire carrière chez le roi d'Espagne par les tracasseries croissantes de la *limpieza de sangre* – ou pureté de sang – et par la méfiance de l'Inquisition, cette sorte de gendarmerie obsédée par la poursuite des déserteurs qui ont renié la foi de leur baptême. J'entends bien que le baptême est un contrat, analogue à un engagement de mercenaire dans la milice du Christ, et qu'un contrat est fait, en principe, pour être respecté. Toutefois, un Suisse lit son contrat dans les coins avant que de le signer en responsable. Mais quand nous renouvelons, dans un âge encore tendre, par le biais de la confirmation, les promesses faites en notre nom par nos parrains et marraines lors du baptême, notre responsabilité est-elle suffisamment éclairée ?

— On pourrait en discuter longtemps…

« Qu'est-ce donc que cette pureté de sang ?

— Rien à voir avec une race quelconque. Il s'agit en fait de quartiers de baptême, analogues à des quartiers de noblesse. Si vous êtes " vieux croyant ", comme Sancho Pança ou Don Quichotte, vous êtes blanc. Si la famille est de conversion récente – de quelque religion qu'il s'agisse –, vous êtes suspect, et il faut faire un zèle incroyable, comme un Torquemada ou une Thérèse d'Avila, pour inspirer confiance.

« En suspicion aux Espagnols et haï par les rabbins qui me taxaient de trahison, j'ai donc pris le large, ai vécu un moment à Rome, sous la protection du pape, un moment à Livourne, sous celle du grand-duc de Toscane, puis j'ai gagné la Hollande et me suis fait luthérien. Calvin n'est que trop clair, mais Luther ayant passé son temps à changer de doctrine, il est toujours facile d'être d'accord avec lui sur quelque chose, et Bernard, qui n'a guère eu le temps de le lire, n'a pas de mal à être d'accord sur le tout. C'est une religion d'avenir, puisqu'elle présage la mort des dogmes avant même celle des dogmatiques.

« Au fond, je me sens juif et je mourrai Juif. Et puisque ce Saxe-Weimar – Luther avait une haine maladive des Juifs ! – a spolié les communautés israélites d'Alsace et d'ailleurs avec une abominable brutalité, je ne serai pas fâché de lui rendre la monnaie de sa pièce. Cette bête féroce ne mérite que de crever. Et peu importe le moyen !

« Je reste en attendant, comme le général lui-même, un homme de métier, qui sert bien celui qui le paye bien. Les querelles fratricides et ineptes des royaumes chrétiens me sont royalement indifférentes. Grâce au Cardinal, j'ai de l'argent chez les banquiers protestants de Berne comme chez les banquiers catholiques de Fribourg. Je suis un Juif suisse ! »

Je m'inquiétai des risques de la profession, fis allusion à la personnalité d'Arèstégui, dont je ne pouvais oublier qu'il m'avait sauvé de la noyade, quels qu'en eussent été les motifs.

« Je l'ai moi-même assez bien connu, me dit Isaac en soupirant. Il n'a pas eu de chance, mais il l'avait bien cherché. Des dispositions, du brillant – il n'était que trop brillant ! Mais ce manque de fond, qui ne pardonne point. Il m'est revenu qu'Olivarès l'avait fait jeter à l'eau cet été, quelque part entre Saint-Sébastien et Santander.

« C'était d'ailleurs un défroqué. Les hommes d'Église dévoués à leur cause, tel le Père Ange, font de bons agents, mais une fois qu'on a trahi son Dieu, toutes les trahisons sont possibles.

— Vous devez faire erreur quant à la mort de l'individu... »

Et je narrai mon horrible expérience d'Amiens.

Pour le coup, Isaac rit franchement.

« À Amiens, vous ne l'avez pas vu corde au cou et langue pendante. Sans doute n'avez-vous entendu que des gémissements anonymes destinés à vous assouplir. Le procédé est courant. Voyez-vous, en fait d'espions, on ne torture et ne pend que le fretin. Les maîtres sont trop précieux pour être sacrifiés à la légère. On préfère les retourner comme des peaux de lapin, et la nouvelle de leur mort ne fait que donner plus d'efficacité à l'opération. Mais on n'est pas "retourné" deux fois. Notre Arèstégui, entre les mains du Père Joseph, avait joué nombre de mauvais tours à Olivarès, qui a fini par se fâcher. Mettez-vous à sa place !

— J'espère atteindre la maîtrise le plus tôt possible !

— Vous manquez encore de pratique, mais cela viendra.

— Quelle est, à votre avis, la plus grande qualité pour un espion ?

— La simplicité. Ne pas trop en faire, ne pas en rajouter. On se fait prendre sur le détail superflu – mais aussi, il est vrai, pour avoir négligé un détail capital. Nous faisons un métier de détails.

« Une dragée bleu ciel ? Une dragée vert tendre ? Nous devons entamer la boîte pour que Bernard, soupçonneux comme un vieux rat, se fie à ma santé florissante quand je lui en offrirai le moment venu... s'il vient jamais.

— Merci. Sans façon. »

J'éprouvais un curieux mélange d'excitation et de honte à fréquenter un homme de cette sorte, si entraîné à cacher ses sentiments que son âge lui-même en devenait incertain !

« Vous me pardonnerez si je suis indiscret, mais de quelle année êtes-vous ?

— Il n'y a pas de question indiscrète. Seules les réponses peuvent l'être. Ma mère m'a dit que j'étais né fin août, sous le signe débutant de la Vierge, et j'ai quarante et un ans. Ce qui fait que je suis né en...

— Une seconde ! Laissez-moi faire le calcul. Les apprentis espions doivent s'aiguiser l'esprit.

« Voyons... Août est le huitième mois de l'année. Je multiplie par deux, ce qui fait 16. Je rajoute 5 (chiffre clé), ce qui fait 21. Je multiplie par 50, ce qui fait 1 050. Plus 41, puisque c'est votre âge, et nous arrivons à 1 091. Moins les 365 jours de l'année, plus 115 (autre chiffre clé) = 841. Nous retrouvons en premier votre mois de naissance, les deux derniers chiffres figurant votre âge. Et 41, déduit de 1637, année où nous sommes, font exactement 1596, ce qu'il fallait démontrer. »

L'ahurissement d'Isaac était extrême.

« Où avez-vous appris cette façon cabalistique et foncièrement absurde de compliquer le problème le plus élémentaire ?

— C'est ainsi que Monsieur Descartes procédait pour découvrir la date de naissance des dames.

— Comme espion, votre Descartes n'aurait pas fait long feu ! »

Le lendemain 4 novembre, au sortir d'un retentissant concert matinal de trompettes, le général offrit aux « ambassadeurs » une revue martiale, drapeaux déployés : l'infanterie, avec ses sourds tambours et ses aigres fifres, la cavalerie avec ses timbales ventrues... Bernard, selon la coutume, n'avait conservé pour l'hiver que ses meilleurs éléments : des nationaux suédois, qu'on ne licenciait que pour les rapatrier, des Suisses protestants des Grisons, des risque-tout de Germanie ou d'Europe centrale, qui s'étaient signalés par de bons états de service... On voyait même un escadron de cavaliers croates avec leurs larges cravates autour du cou, qui avaient déserté les armées impériales et n'avaient plus rien à perdre. Le Croate avait grosse réputation et la Croatie était un inépuisable réservoir de braves.

Par un soleil d'automne qui avait dissipé la brume et aurait dû faire passeriller les raisins tardifs s'ils n'avaient pas été mangés verts, le général, en grande tenue, avec tous ses ordres et distinctions allemands et étrangers, avait pris place, en compagnie du capitaine Ucht et des principaux de ses officiers, sur une estrade ornée de feuillages persistants qui avaient échappé par miracle au gosier des Alsaciens. Le Père d'Espalungue était à sa droite, et j'étais à sa gauche.

À l'arrière-plan, les deux attachés militaires du Cardinal s'efforçaient de paraître les moins militaires possible. Richelieu et le Père Joseph avaient le constant souci de gommer une collaboration avec l'Alliance protestante qui faisait cependant jaser partout.

En tête venaient les divers corps d'infanterie mercenaire, puis les Suédois. La plupart des hommes étaient équipés de longues piques ou de mousquets à mèche, tandis que les chasseurs à pied de la garde étaient munis de très modernes fusils à pierre.

Bernard me rappela complaisamment que le génial Gustave-Adolphe, qui lui avait appris tant de choses, avait inventé un ordre mince de combat, afin de mieux mettre en valeur le feu roulant des mousquets, dont le tir avait été rendu plus rapide par la réduction en une seule charge de la poudre et de la balle.

Lanciers et cuirassiers, casqués et protégés jusqu'aux genoux par de brillantes carapaces d'acier articulé, avaient belle allure sous la douce lumière de saison.

Le bois de lance des lanciers avait pris place dans un fourreau accolé à l'étrier, et le fer étincelait des lances tenues bien droites.

Les cuirassiers étaient munis de longs et lourds pistolets à rouet, qui pouvaient servir de massues une fois déchargés. Une grande clef spéciale permettait de tendre le ressort du mécanisme. À cheval, le pistolet était plus pratique que la carabine. On le déchargeait par vagues successives sur le front de l'ennemi, de façon que la recharge, assez laborieuse, pût s'effectuer à l'abri et par roulement : c'était la « caracole », d'un terme espagnol suggestif qui signifie « colimaçon ». Gustave-Adolphe, au dire de mon hôte, n'en était guère partisan, mais Bernard, toujours épris de perfectionnement, l'avait fait enseigner à ses cavaliers suédois.

Une nouvelle formule qui avait du succès : les dragons. Il s'agissait d'une infanterie portée par des chevaux médiocres, qui servaient seulement de moyens de transport. La mobilité de l'infanterie étant ainsi accrue – du moins en théorie – dans d'intéressantes proportions, le général avait fondé sur eux de grands espoirs de manœuvres, mais il avait dû déchanter.

« Pour l'attaque, me dit-il, l'infanterie des dragons ne vaut pas mieux que les autres, mais dès qu'ils sont en difficulté, au lieu de serrer les rangs, ces bons à rien ne songent qu'à monter à cheval pour foutre le camp et aller piller à leur aise. »

En revanche, Bernard n'était pas peu fier d'une innovation qui révélait son souci du détail : afin d'habituer les chevaux, déjà coutumiers des trompettes, à l'odeur du champ de bataille, voire des fermes ravagées, où surabondait la charogne, il faisait jeter des bêtes crevées dans leur parc. Car les montures ont aussi leur mot à dire dans la victoire !

Ce fut enfin la présentation de l'artillerie, avec quelques éléments du génie. Autre trouvaille de Gustave-Adolphe, que ces curieux canons légers, doublés de cordes et de cuir, capables de suivre aisément les troupes en opération pour concentrer leurs feux sur les points sensibles. Mais figuraient aussi des canons très maniables de faible calibre, à culasse tournante ou à vis. Un plus fort calibre eût fait sauter les fermetures. Quelques fourgons portaient des barques pour le passage des cours d'eau. Le Rhin n'était pas loin.

La revue se termina sur un spectacle de *Fähnrich*, une étourdissante jonglerie avec des drapeaux. L'équipe de Bernard était réputée.

On congratula de tous côtés le général, qui faisait le modeste. Ainsi qu'en témoignait sa pertinente réaction de la veille au soir à la lecture de la lettre du Cardinal, il savait bien que sa grande affaire était de ne pas effrayer Paris par des succès inconsidérés. Autrement, ses jours eussent été comptés.

Séduit par le côté très professionnel de la démonstration, je dis à ce mort en sursis, dès que je pus le prendre à part :

« Monseigneur, tout était magnifique. Le Cardinal sera charmé que cet outil coûteux ne s'use pas trop vite.

— Si une conversion prématurée ne m'envoie pas six pieds sous terre, je ne l'userai que pour complaire à Son

Éminence. Mais entre nous, et sans vouloir vous froisser, je me serais bien passé de ce missionnaire un peu trop voyant qui remue le fer dans la plaie ! Je me demande s'il joue la comédie ou si le Cardinal l'a mis dans sa poche comme tant d'autres...

— Ce n'est pas à moi de vous le dire ! »

Il était midi. L'heure avait sonné du dîner, servi sous des tentes pour le général, ses officiers d'élite et ses hôtes.

Dans une courte allocution en français, langue que comprenaient plus ou moins la plupart des convives, Bernard a exalté l'amitié de la France, et fait un éloge outré du fameux Cardinal « qui ne dort jamais ». Le compliment avait déjà été adressé à beaucoup de grands hommes, et c'était la plus claire explication de leurs échecs. On porta des *toasts* au glorieux fils d'Henri IV, de si bonne mémoire – mais non pas à la reine ! –, à la victoire, à la défense et au succès de la Réforme... Proposant ce dernier toast, le général glissa un regard gêné au Père d'Espalungue, comme pour le prendre à témoin de l'ambiguïté désespérante de sa situation.

L'idée me frappa tout à coup que si Richelieu avait expédié un jésuite à Bernard, c'était, entre autres desseins, pour le compromettre aux yeux de ses soldats, dans l'idée de le sacrifier plus aisément s'il n'était pas sage. Soupçon atroce, qui me coupa l'appétit.

Les *toasts* expédiés, on se jeta sur les vivres et sur la bière, tandis que rafraîchissaient les vins blancs qui seraient présentés après le festin, selon la coutume germanique. La troupe elle-même, tenue à distance, avait bénéficié d'un régime exceptionnel, les domaines alsaciens du général ayant été mis à contribution.

Sur la fin du repas, j'ai dit à Bernard :

« Vous rappelleriez-vous, par hasard, un Samuel d'Espalungue présent à vos côtés à Nördlingen ? Mais Votre Altesse a eu tant de braves sous ses ordres...

— Un parent à vous ? »

Le visage s'était fermé, le ton était rébarbatif au possible.

« Un vague cousin, tout au plus... qui d'ailleurs n'avait pas trop bonne réputation en Béarn.

— J'ai de bonnes raisons de m'en rappeler... de me le souvenir... Comment dites-vous déjà, au juste ?

— ..." de me le remémorer ".

— Oui, merci.

« J'allais lui faire couper la tête : Nördlingen lui a donné un sursis. J'espère bien qu'il est resté sur le carreau. Mauvais élément. Aucun sérieux. »

Il valait mieux ne pas approfondir.

Et c'était à cause de ce Samuel que j'avais été embarqué dans cette galère, allant d'un écueil à un autrc ! En dchors des cloîtres, qui peut se flatter de gouverner sa vie ?

VI

De pareilles agapes se terminent tard. Vers cinq heures de l'après-midi, le général, qui avait intrépidement tenu tête aux rôts et aux boissons, s'est retiré d'un pas un peu incertain, collé par le Père d'Espalungue, qui l'entretenait de « présence réelle » dans l'Eucharistie et de « transsubstantiation » selon les plus sûrs auteurs. Le temps était mesuré à mon frère, car notre mission ne pouvait s'attarder. S'il n'avait tenu qu'à lui, Saxe-Weimar aurait fait cuire le jésuite dans l'eau bouillante avec du persil dans les narines pour rassurer la troupe sur la franchise de son général, et les pasteurs, sur son orthodoxie.

Beaucoup s'attardaient à table, braillant dans la langue de Luther, jadis si bon vivant et libéré de tout péché par la foi, de grasses chansons à boire. Des calvinistes – plus hypocrites ou plus vertueux ? – chantaient en hollandais ou en français des chansons plus maigres. D'autres se dirigeaient en plaisantant, bras dessus, bras dessous, vers le bordel des officiers, dont Bernard m'avait déjà fait un bref, mais sincère éloge.

Samuel m'avait dégoûté des excès de boisson, et Mascharini, dont le père – son fils *dixit* – ne buvait pas, était sobre lui-même comme un chameau d'Israël. (On s'éduque par contradiction ou par imitation, le plus souvent, hélas, en imitant les vices et en prenant le contre-pied des vertus.) Alors que le vin conduisait vers les femmes des buveurs désœuvrés, je fus un peu surpris d'être invité au bordel par ce secrétaire modèle, mais c'était, disait-il, « pour me présenter à une aimable protégée du Père Joseph », et je le suivis par curiosité.

Nombre de gradés ou de soldats avaient une ou plusieurs concubines, mais les maisons de passe étaient un complément apprécié. Prêtres et pasteurs, se fondant sur un texte de saint Augustin, les tenaient pour un mal nécessaire, qui devait détourner les militaires du viol en campagne, mais en fait, les bordels étaient remplis des femmes qu'ils avaient violées au cours de leurs savantes manœuvres. Les intentions les meilleures ont parfois des effets pervers.

À côté des baraques de vivandiers, était un village de toile, où chaque fille avait son compartiment et sa paillasse, derrière un rideau où se lisait le nom de guerre de l'occupante. Pour indiquer qu'un compartiment était retenu, le visiteur piquait sous le nom de son choix une grosse épingle à tête de verre coloré qu'on lui avait remise à l'entrée lors du paiement et qu'il devait restituer en sortant. Les têtes d'épingle étaient de diverses couleurs, en rapport avec les prestations souhaitées, qui étaient elles-mêmes à prix divers et ouvraient droit à des séjours de durée variable. C'était une organisation modèle, à côté des foutoirs que j'avais pu voir devant Corbie. Le Français tient l'Allemand pour grossier, mais il faut avouer que ces gens-là ont des talents d'organisation dont nous pourrions nous inspirer dans d'autres domaines.

Mascharini entrouvrit le rideau d'une certaine Pipette, la fille, sans doute, que Bernard m'avait invité à apprécier : une jolie personne, qui avait quelque chose d'Anne d'Autriche, mais en plus jeune et en moins étoffé. Elle portait un habit de religieuse très usagé, mais sans coiffe, et fixait d'un regard vide le mur de toile de sa prison, que la brise du soir faisait frémir, au-dessus d'une bassine d'eau douteuse où flottait une grosse éponge sans illusion.

Mon compagnon referma le rideau, y piqua nos deux épingles, et m'invita au comptoir du cabaret de planches qui faisait partie intégrante du village. Pipette goûterait ainsi un moment de repos.

Devant une bière sortie bien mousseuse du tonneau, je ne pus retenir mon étonnement et mon indignation :

« Comment un général, qui prétend revenir à Rome et ménager Richelieu en attendant, peut-il tolérer de tels abus ?

— Ce n'est pas si simple...

« Un parti de Hessois débauchés pour l'hiver avait pris d'assaut le couvent de Pipette – pour lors sœur Marthe de la Sainte Épine – à Schiltigheim, tout près de la protestante Strasbourg, violé les nonnes présentables, et mangé le plus gros de leurs réserves.

« Bernard, désireux de faire un geste qui réjouirait le Palais-Cardinal, a envoyé des Suédois de confiance pour expulser les Hessois. Mais les Suédois ont à leur tour violé les nonnes, avant de terminer les provisions. À leur départ, les vieilles et les laides se sont couchées pour mourir, les autres, plutôt que de périr de faim, ont supplié les soldats de les emmener. Très mécontent, Bernard a fait mettre l'officier aux arrêts, et pendre un subalterne, mais les nonnes rescapées ne s'en sont pas portées mieux.

« Cette sœur Marthe de la Sainte Épine est d'ailleurs une abonnée du viol. Avez-vous remarqué que certaines femmes ont comme une prédisposition native à l'inconvénient ? Originaire d'une famille bourgeoise de Sélestat, les Bichwiller, sœur Marthe, prénommée Ursula, m'a raconté qu'elle s'était fait violer à l'âge de douze ans par son tuteur, alors qu'elle cherchait des champignons. (Il faut qu'une fille ait abdiqué toute défense pour avouer une telle mésaventure !) Puis elle se serait fait violer à quinze ans par un jeune répétiteur vénitien de chant et de harpe...

« Elle était entrée chez les "Filles du Calvaire" de Schiltigheim pour être tranquille, cette maison réputée étant une fondation chère au Père Joseph, analogue au couvent parisien du Marais. Alors que le traité d'alliance se négociait entre Richelieu et Saxe-Weimar, le Père Joseph, en marche vers l'Allemagne, a visité les sœurs, les a perfectionnées dans leurs exercices spirituels, et leur a distribué des images pieuses des plaies du Christ. La ferveur de sœur Marthe l'avait frappé...

« Si Pipette a gardé aujourd'hui son habit religieux, ce n'est point par vice, parce qu'il exciterait certains protestants hostiles à la clôture, mais tout simplement parce qu'elle n'en a pas d'autre.

« La jeune femme, qui n'a pas vingt ans, a un vif succès en raison de ses talents de bouche, et Bernard, qui lui a trouvé plaisamment son surnom, se la fait amener de temps en temps.

« Le général m'a prié de signaler en termes choisis, dans notre réponse au Cardinal, le bel effort qu'il a accompli pour restaurer un ordre catholique à Schiltigheim, ce qui devrait toucher le Père Joseph, lequel entretenait une correspondance édifiante avec l'abbesse. Elle est morte d'émotion aux mains des Hessois, et les Suédois lui auront été providentiellement épargnés.

« Nous autres Juifs, peut-être à cause des tribulations encourues, sommes restés sensibles à la misère du monde, et j'ai pris cette Ursula en pitié. Ne pourriez-vous la ramener à Paris dans vos bagages ou, à tout le moins, la faire évader de cet enfer qu'est devenue l'Alsace depuis que Bernard et le Cardinal s'en occupent ? »

J'ai réservé ma réponse. Mes bonnes actions m'avaient suffisamment échaudé – n'était-il pas à craindre qu'elles n'exaspérassent la malice du Diable ? –, et il fallait encore compter avec Matthieu.

Puis je me reprochai ma lâcheté, et même mon inconséquence. Un jour, vu le poids de mes péchés et de mes compromissions, je n'aurais pas tant de bonnes actions à présenter en haut lieu pour faire pencher la balance du bon côté, et j'en aurais moins encore si elles m'inspiraient une peur superstitieuse.

Au souper, que nous prîmes dans notre particulier, j'apitoyai aisément mon frère, devant un repas froid d'appétissantes charcuteries alsaciennes (où pouvait-on encore se les procurer ?), sur le sort d'une jeune religieuse, perpétuellement à genoux dans sa cellule de toile, où l'hiver serait rude. Le Père d'Espalungue s'en voilait les yeux ! Toutefois, comme il n'était que trop prévisible, la suggestion de ramener la fille à Paris ne suscita chez lui aucun enthousiasme.

« Mon cœur saigne comme le tien, mais la charité doit se tempérer de prudence. Venir en aide à une vierge consacrée est louable. L'ennui est que cette fille – sans qu'il y ait certes de sa faute ! – n'est pas plus vierge qu'un paillasson. Méfie-toi des emballements soudains qui sont le propre de la jeunesse. Prendre cette si touchante personne avec nous serait aller au-devant d'une foule de déceptions imprévisibles... ou trop prévisibles ! Je ne suis pas là pour m'occuper d'une pensionnaire de mauvais lieu, mais pour incliner à des sentiments catholiques un général ombrageux et retors, tâche bien ardue à si brefs délais, et avec un singe d'une telle constitution, mais je veux justifier la confiance du Cardinal. D'ailleurs, serait-il convenable qu'un jésuite "profès" fît route avec une prostituée ? La réputation de l'ordre, et même de Rome, est en question. »

La médiocrité de ces arguments ne fit que m'énerver et m'ancrer dans mon projet. Et bientôt, aux prises avec la douce obstination de Matthieu, je ne pus me retenir de lui apprendre les honteux dessous de sa mission : il n'était là que pour flatter nos dévots les plus bornés et rendre suspect aux yeux des siens un général dont Richelieu se méfiait, et dont la conversion serait hautement impolitique. Je ne poussai point la franchise jusqu'à parler de Mascharini et des dragées, mais j'eus la cruauté de révéler la frime du bréviaire.

Sévèrement choqué – peut-être vexé plus encore ? – mon frère avait peine à croire à tant de duplicité et de noirceur. Il ergotait, ne cédait que pied à pied devant l'évidence des faits, mais ne voulait toujours pas se charger de Pipette. Son pape en serait éclaboussé !

Je lui lançai, exaspéré :

« Allons donc ! Ton pape lui-même ne joue pas le jeu honnêtement !

— Ne touche pas au pape, ou je me fâche !

— Pourquoi ne pas y toucher, puisqu'il touche à tout ?

« Depuis son avènement, en 1623, le Florentin Urbain VIII, dont le népotisme n'est que trop connu, n'observe-t-il pas une étrange neutralité dans les guerres d'Allemagne, à l'indignation des catholiques de ce pays, abandonnés par leur chef naturel ? N'est-il pas allé, dans les débuts, jusqu'à favoriser la politique de Richelieu, jusqu'à poursuivre une correspondance des plus suspectes avec Gustave-Adolphe ?

— Nous n'avons aucune preuve d'une telle correspondance.

— Il n'y a pas de fumée sans feu ! Et sais-tu le pourquoi de cette trahison ?

— Le terme est bien excessif.

— Ce qui intéresse Urbain VIII, c'est le duché d'Urbino, c'est d'arracher Parme aux Farnèse, c'est d'arrondir sans cesse des États d'où il tire le plus clair de ses revenus. Et il craint avant tout un renforcement de la puissance des Habsbourg en Italie, qui contrarierait ses dérisoires ambitions temporelles et limiterait les petits profits qu'il compte en tirer. Raisonnant comme un Père Joseph, il se fout bien que l'Allemagne soit catholique ou protestante. Mais le Père Joseph croit travailler pour la France, alors que le pape ne travaille que pour sa misérable bourse. »

Matthieu eut beau se récrier vivement, il savait bien que je n'avais pas tort.

J'enfonçai un dernier clou :

« On peut être catholique sans être papolâtre comme le sont les jésuites. Libère au IVe, Vigile au VIe, Honorius au VIIe, Jean XXII en 1331, ne furent-ils pas notoirement hérétiques ? Et les erreurs politiques – puisque les papes se mêlent de politique – ont été beaucoup plus nombreuses, et souvent avec d'irréparables dommages pour la religion.

« Que le pape le veuille ou non, je prendrai Pipette avec moi ! »

De guerre lasse, profondément chagriné, le Père « profès » capitula. Seule réserve : sœur Marthe de la Sainte Épine devrait garder son habit de religieuse pour le voyage – avec coiffe, s'il vous plaît ! Un habit (sauf au bordel) inspire le respect et éloigne les médisances. Je n'y voyais pas d'inconvénient.

La nuit était tombée depuis longtemps, lorsque je me hâtai d'aller négocier le prix de Pipette avec son tenancier badois. Je me présentai comme garde du Cardinal pour ne pas lui donner une trop haute opinion de mes finances, et il me prit de ce fait pour un confrère désireux d'aller faire travailler la fille à Paris : il n'était pas rare, la solde se faisant attendre, que des militaires eussent quelques demoiselles sous leur protection. J'aurais dû profiter du malentendu pour obtenir le juste prix, mais, ayant mis mon honneur à le dissiper, le prix monta en conséquence. « Les filles ont un prix, me dit l'homme en bon français, les caprices n'en ont pas. » Je n'étais pas en position de le contredire.

L'affaire réglée, j'allai prendre mon Ursula, qui se laissait traîner comme une somnambule, pour la conduire à la gentilhommière, où elle s'imaginait, nouveau malentendu, que le général l'avait fait mander. La nonne, en dehors de son bas-alsacien, pratiquait l'allemand du sud, avait appris un peu de vénitien avec son répétiteur abusif, s'était frottée de latin d'Église chez les « Filles du Calvaire », mais son français était des plus grossiers, vu l'endroit et la manière dont elle s'en était instruite. Parlant moi-même le français de Paris, le béarnais, le latin, le castillan et le toscan, il se trouvait qu'une conversation suivie était difficile entre nous dès qu'il fallait faire appel à des termes abstraits.

Renonçant provisoirement à réconforter Ursula par mon éloquence, je tentai d'expliquer par gestes tout le bien que je lui voulais, mais sans autre résultat qu'un obscène surcroît de confusion. Découragé, je lui fis donner une petite chambre d'angle bien à l'abri entre la mienne et celle de mon frère, qui, lui, avait de bonnes notions d'allemand, mais dormait à cette heure du sommeil du juste.

Samuel ayant retenu de sa croisade ce détail que les femmes violées aimaient à se laver, j'ai laissé Pipette, très étonnée, en compagnie d'un baquet d'eau chaude.

Au matin du jeudi 5 novembre, je priai Matthieu d'annoncer à sœur Marthe en ma présence que je l'avais achetée à son tenancier et qu'elle partait bientôt pour Paris avec nous, où elle serait sous la protection du grand Cardinal.

« Bordel Cardinal paye bien ? » s'informa-t-elle. Nous eûmes toutes les peines du monde à la détromper, et elle fut si bouleversée d'être libre qu'elle en demeura muette.

VII

Bien que le général insistât – sans grande chaleur – pour retenir ses hôtes quelque temps, le Père d'Espalungue, ulcéré du rôle que le Cardinal lui avait réservé dans cet univers diabolique, était désormais désireux de décamper au plus tôt, et les prétextes ne manquaient point. Nous décidâmes de partir dès le lendemain au lever du jour. En attendant, Matthieu pourrait toujours donner des leçons de français à Ursula : le *ou* lui était naturel, mais elle n'arrivait à prononcer ni les *on*, ni les *an*, ni les *in*, qui font l'originalité de cette langue en Europe. Les gens de langue d'Oc aussi ont du mal à s'y mettre.

Dans l'après-midi, alors que ma mémoire était encore fraîche, je rédigeai à l'intention du Cardinal, après un entretien sans grand relief avec les attachés militaires français, un rapport détaillé sur l'état des forces qu'il m'avait été donné d'apprécier.

Ma conclusion était claire :

> « *Une troupe qui fait la guerre depuis des lustres, un instrument expérimenté, conçu pour la guerre, né de la guerre, qui trouve dans la guerre sa raison d'être et sa justification, est capable, bien commandé, de remporter à la belle saison, malgré les graves aléas des transports, un succès indiscutable si le terrain est bien choisi. De longues années s'écouleront avant que la France soit en mesure*

de disposer d'une armée de profession en rapport avec ses possibilités financières et la foule de ses habitants. Associer étroitement nombre et qualité dans une organisation efficace et disciplinée est notre principal problème.

« En attendant, la prudente retenue espérée à bon droit de Saxe-Weimar pourrait ne pas résister à l'épreuve des faits, il est d'ailleurs aussi malaisé de modérer un triomphe que de pallier une défaite, et une grande victoire me paraît à craindre ce printemps sur des forces impériales qui n'ont plus l'allant d'autrefois. On doit songer plus que jamais à l'heureuse formule du Père Joseph, que le pape lui-même semble avoir adoptée dans sa sagesse : "Le protestantisme, dans les Allemagnes, est comme un médicament ; à faible dose, le poison maintient en santé, à trop forte dose, il tue." Il nous appartiendra, en cas de malheur, de corriger un excès de poison par le recours à une plus faible dose. »

Je ne croyais pas être si bon prophète. Courant 1638, Saxe-Weimar écrasera les Impériaux à Rheinfelden, prendra Fribourg-en-Brisgau et Brisach, dont l'occupation apportera au Père Joseph mourant une dernière joie… ou une ultime inquiétude ? Sur le Rhin, Bernard avait été saisi de vertige et l'ambition de se tailler une vaste et inébranlable principauté lui avait fait pousser toujours plus loin ses drapeaux… Dès 1639, le glorieux général ne sera plus, et en juillet de cette année, le maréchal de Guébriant ira prendre le commandement de ses troupes d'Alsace pour le compte du roi de France, couronnement d'une combinaison de longue haleine, dont ne resteront fiers que ceux qui sont capables de l'être.

Mascharini loua mon rapport, rectifia quelques erreurs ou approximations…

« J'espère bien, me dit-il, que vos prévisions victorieuses seront démenties par la conjoncture. Sans doute aurais-je plaisir à voir disparaître ce Saxe-Weimar, mais d'un autre côté, il me rapporte gros, et je dois me montrer raisonnable.

— Chez Bernard, l'ambition le dispute à la peur du

Cardinal, et chez vous, c'est l'avarice qui le dispute au plaisir de tuer ! Mais Richelieu et son âme damnée de Père Joseph, d'escarpolette en balançoire, vous trouveront bien un autre général à trahir. Peut-être même un catholique, cette fois-ci, pour équilibrer la balance avec impartialité ?

— Alors que chez vous, à ce que j'ai cru comprendre, c'est le désir de faire carrière qui le dispute à la joie de dire merde à tout le monde. On ne fait pas carrière sans maître, et vous cherchez un maître que vous pourriez estimer et servir librement. Croyez-moi, mon ami : seul Dieu, s'Il existe, peut être servi de la sorte. »

Oui, et dans une certaine mesure, Louis XIV, qu'aucun de ceux qui le connaissent ne parvient à mépriser.

Au soir de ce jeudi, dans l'intimité de sa chambre, le Père Matthieu me fit avec attendrissement de grands éloges d'Ursula. Pour un peu, il m'aurait félicité de lui avoir forcé la main !

« Elle est éperdue de reconnaissance pour ta générosité et pour une sainte Église toute disposée à lui ouvrir de nouveau ses bras. Les épreuves ne l'ont pas détournée de ses premières et pieuses ambitions. Une nouvelle sœur Marthe s'annonce, plus mûrie et plus sereine, prête à se mortifier au bénéfice des pécheurs, à expier même les quelques concupiscences accidentelles qui ont pu ternir son âme alors qu'elle n'était plus libre de son corps. Vu ses antécédents, le retour dans un cloître ne serait sans doute pas indiqué, mais Monsieur Vincent, sur la prière de mon Provincial, la fera admettre parmi les petites sœurs des pauvres... »

Le vendredi 6 novembre, de bonne heure et par temps clair, on s'affaira aux bagages, et les Suisses du capitaine Ucht vérifièrent soigneusement leurs mousquets et pistolets.

Le général avait donné à Ursula vingt pistoles en souvenir, avec ce trait un peu lourd que c'était pour les pauvres, et la jeune femme ne nous avait rapporté ce commentaire que parce qu'elle était évidemment persuadée que les pauvres pouvaient attendre. Elle semblait toute fière de ce trésor, qui s'était ajouté à un petit pécule, et que Matthieu n'avait pas eu le cœur de lui confisquer. On n'attire pas les mouches avec du vinaigre et une reprise en main de ce genre doit être progressive.

D'ailleurs, fine question pour casuiste : dans le cas d'une prostitution contrainte, l'argent du péché ne peut-il profiter innocemment à la victime, être considéré, en bonne morale, comme une juste compensation des injures subies ? C'est ce que j'avais fait valoir à mon frère, qui m'avait rétorqué en maugréant qu'un mauvais pli ne s'efface pas en un jour. Son optimisme de la veille avait été mis à l'épreuve, et il voyait bien que sa tâche serait plus difficile qu'il ne l'avait cru.

Au moment du départ, Saxe-Weimar m'a remis sa réponse pour le Cardinal, qui était effectivement bien légère, où le poids des mots et des non-dit devait l'emporter sur la longueur des périodes, et il fit charger dans notre litière des cadeaux pour le ministre qui équivalaient à ceux qu'il avait reçus.

« Pourquoi, lui dis-je en souriant, cet échange de présents, puisqu'ils sont de même valeur ?

— À la différence que je fais au Cardinal des cadeaux avec son argent, et qu'il m'en fait avec l'argent de son roi. En fait de cadeaux, nous sommes aussi filous l'un que l'autre ! »

Nous avons ri de bon cœur.

Le général, m'entraînant un peu à l'écart, a ajouté :

« Voici, Monsieur le baron – sur mes propres fonds cette fois-ci ! –, un souvenir qui vous rappellera... remémortaurat... remémorera tout le plaisir que j'ai eu à vous connaître et à vous entendre rire d'un maître qui passera comme l'orage. Rira bien qui rira le dernier, et nous sommes jeunes tous les deux... »

Il s'agissait d'une admirable dague damasquinée avec fourreau d'ivoire sculpté en bas-relief, représentant une danse macabre : un roi, une reine, un soldat, une femme, un moine et un enfant s'agitaient sur un rythme infernal, entremêlés de squelettes porteurs d'ornements sacerdotaux.

« Un travail du siècle dernier, en provenance de l'Oberland, m'a fait remarquer Bernard, une danse inspirée d'Holbein le Vieux. Les Suisses ont des loisirs l'hiver. C'est aussi durant la saison froide qu'ils font l'amour au coin du feu tandis que les ours dorment dans leur trou. On voit par là toute la supériorité du Suisse sur la bête. »

Nous avons ri de nouveau.

Encouragé par ce climat de sympathie, le général a poursuivi...

« Nous servons pour l'instant le même maître, moi de loin, vous de près, et le Cardinal vous a mis au courant des affaires d'Allemagne. J'ai parfois du mal à discerner ses intentions. Il y a chez lui une pensée officielle, une pensée... moins officielle, et une pensée secrète... Mieux informé, je serais à même de le mieux servir, *nicht wahr ?*

— Cela va de soi.

— Le ministre de Berne à Paris, Monsieur Bolling, se chargerait volontiers de me communiquer vos conseils... et de vous offrir d'autres souvenirs de ma part, en reconnaissance de vos gracieusetés. La dague ne vaut pas qu'on en parle.

— Je vous obligerais avec joie, Monseigneur, mais c'est malheureusement impossible. Le Cardinal retient mes parents dans une oubliette de son Palais. Chaque fois qu'un soupçon l'effleure, il leur fait couper un doigt. Cette dague, déjà, en fera peut-être tomber plusieurs... Tant pis, elle est trop belle : je cours le risque !

— *Donnerwetter !* Vous ne pouviez pas me le dire plus tôt que vous étiez tenu comme je tiens Mascharini ? Je me demandais aussi pourquoi le Cardinal avait fait confiance à un si jeune homme. Mais comme il tient beaucoup de monde, le choix qu'il a fait de vous ne peut manquer de demeurer flatteur. »

Je saluai le compliment bien bas. Saxe-Weimar jeta un coup d'œil de regret sur sa dague et, se détournant avec un rien d'humeur, il alla faire ses adieux au Père d'Espalungue :

« Vous avez su, mon très Révérend Père, et en bien peu de temps, semer en mon âme avide de vérité des graines qui pourraient bien germer un jour, et je ne veux pas vous laisser partir sans vous manifester ma gratitude de façon tangible. »

Et Matthieu hérita d'un beau bréviaire chamois à tranches dorées, que le donateur avait dû emprunter à une sacristie. C'était bien autre chose que le bréviaire fatigué du

Cardinal ! Mon frère avala la couleuvre avec sa souplesse habituelle, mais on devinait que la queue dépassait entre ses lèvres fleuries.

Les cavaliers d'escorte, qui ne sont plus que soixante, et sous le commandement d'un subalterne, n'iront pas plus loin que le pied des Vosges. Un jésuite de second ordre et un quelconque baron importent beaucoup moins que 600 000 livres.

Dans les bonnes années, le Cardinal ne versait qu'un million à Gustave-Adolphe, qui avait deux fois plus de troupes qu'un Saxe-Weimar. Mais tout augmente, et les Allemagnes étaient devenues un grand cimetière suédois, tandis que grandissait la petite reine Christine, chez laquelle Monsieur Descartes, toujours attiré par les pays hérétiques, ira mourir de froid. La Suède, elle aussi, qui avait voulu faire de la religion une arme de conquête, se vidait de sa substance, et les puritains qui étaient demeurés en Germanie, après tant de victoires et de déroutes, orchestrées à Paris, à Madrid ou à Vienne, s'étaient bien dissipés avec le temps.

VIII

On s'ébranla enfin. À la sortie du camp, la potence s'était garnie, et le supplicié, un sodomite malchanceux, était étroitement gardé : il n'irait pas engraisser de sitôt les anthropophages. Désireux de se couvrir de toute part et de se ménager toutes les sorties, le général avait de soudains accès de vertu qui visaient à lui concilier toutes les Églises, confites – du moins en principe – dans l'abomination de Sodome, dont elles s'accommodaient fort bien en pratique.

Ursula, qui avait remis sa coiffe des « Filles du Calvaire », montait mon Trompette près de la litière, les deux jambes du même côté, comme ma mère autrefois. Faisant le gros dos à l'aigre bise qui soufflait du nord, elle paraissait bien tenir en selle.

Le désert de la basse Alsace franchi sans regret, les cavaliers de Saxe-Weimar rebroussèrent chemin comme prévu. La montée était dure jusqu'au col, une route dominée par de grands châteaux gothiques que les Suédois avaient démantelés. Le Cardinal était également un assidu destructeur de châteaux forts, et c'était bien là son seul côté sympathique aux yeux du bas peuple.

De l'autre côté, c'était la descente vers Phalsbourg et la Lorraine le long du versant ouest des Vosges, moins pentu que le versant oriental, et couvert de belles forêts, où les charbonniers avaient pratiqué de vastes trouées pathétiques : le meilleur acier des tueries se faisait au charbon de bois, et l'on n'a pas encore trouvé mieux. Mais ces charbonniers, condamnés à vivre dans des solitudes sylvestres avec leurs compagnes de rencontre comme les sauvages des Amériques, se méfiaient des étrangers, et nous les voyions fuir à notre approche leurs campements de fortune en emportant ce qu'ils avaient de plus précieux : quelques enfants à la mamelle et leur pauvre matériel de cuisine.

De temps à autre, je descendais de litière pour marcher à côté de la monture de la nonne. Parfois Matthieu me remplaçait pour se dégourdir les jambes, et sa connaissance théorique de l'allemand lui permettait de s'entretenir avec l'ex-Pipette plus aisément que moi, malgré les beaux efforts de la fille pour se familiariser au plus vite avec la langue de la capitale.

Que faire d'Ursula ? Je ne pouvais y toucher : c'eût été anéantir, et de façon bien inélégante, tout le fruit d'une méritoire bonne action, et m'exposer aux foudres de Matthieu, auquel les deux confessions successives de Madame Monassier étaient restées sur l'estomac : outre la part que j'y avais prise, elles étaient venues jeter un jour trop cru sur les trop courants abus de la Pénitence romaine.

Ursula Bichwiller, pressée de se déterminer, savait mieux ce dont elle ne voulait point que ce qu'elle voulait. À la vive déception du Père Matthieu, le retour parmi des religieuses, cloîtrées ou non, lui souriait de moins en moins au fil des étapes. Et elle répétait dans tous les idiomes et sur tous les tons qu'après les hontes réitérées qu'elle avait subies, elle s'estimait désormais indigne de servir Dieu sous un habit et dans une position aussi honorable.

Mais cette humilité excessive ne cachait-elle point des arrière-pensées de retour à une vie pécheresse ? Pour l'instant, une pensée semblait en tout cas fort claire : Ursula, qui faisait honneur à la table et engraissait à vue d'œil, me faisait aussi les yeux doux. Elle devait voir dans ce garçon de dix-neuf ans un héros d'épopée, un Siegfried montant au Walhalla dans un lumineux crépuscule...

Ennuyé par cette situation délicate, j'ai fini par déclarer un soir à mon amoureuse, à la lueur rougeoyante d'un feu de camp, que je n'étais pas libre, que j'avais une fiancée en Languedoc, une maîtresse à Bar-le-Duc, et que j'attendais un enfant à Paris d'une grande dame que je ne voulais point chagriner... Je n'étais pour Ursula que le bras d'une Providence miséricordieuse, mais un bras qui ne pourrait la soutenir indéfiniment. Demeurer sous la sauvegarde du voile, comme le conseillait le Père d'Espalungue, n'était-il pas le plus sûr et le plus sage ?

« Le foile m'a choliment brotégée chusqu'à brésent ! J'ai été fiolée bar des Hessois, des Souédois, des courés, des basteurs, des coujats et des palayeurs... Et che fous aime comme une folle ! Mais fous me mébrisez, beut-être ?

— Loin de moi cette idée ! Je vous aime aussi... mais comme un frère.

— Ch'ai aussi été fiolée bar des vrères !

— Comment ? ! Vous avez eu des frères ?

— Quelques capoucins en rouptoure de couvent.

— Ah, heureusement ! Je veux dire...

— Ch'avais pien gompris.

— Vous devez renoncer à un amour impossible.

« Et rabattez donc cette robe noire : vous vous êtes assez chauffé le derrière comme ça ! »

J'étais de plus en plus ennuyé, ne sachant trop que dire ni que faire.

La Lorraine était toujours aussi troublée. Dans les environs de Vaucouleurs, au passage d'un bois touffu, notre petite caravane fut tout d'un coup assaillie un matin par une bande de Suisses catholiques que le duc de Lorraine, lui-même catholique, venait de congédier pour l'hiver, ses caisses étant vides.

D'où une bataille de géants entre Suisses du roi et Suisses au chômage, où l'on ne faisait point quartier. Il faut tuer le Suisse si l'on veut en venir à bout ! Pour s'y reconnaître, les uns criaient « Gruyère » parce qu'ils étaient de la Gruyère, et les hommes du capitaine Ucht criaient « Fribourg » parce qu'ils étaient de Fribourg. Le fait d'être du même canton et de la même confession ne faisait apparemment que surexciter ces héros. Ucht se battait en brave près de la litière où le

Père Matthieu priait en claquant des dents, et j'avais moi-même fort à faire pour rester en vie à son côté. Après une débauche de poudre, on en était vite venu à l'arme blanche, et les cadavres s'allongeaient sur la mousse.

Mais enfin, notre résistance se révéla invincible, et les agresseurs se retirèrent lentement en bon ordre, pique ou hallebarde dressée, l'épée haute : tel est le Suisse, qui tient du torrent et du rocher selon les heures.

Hélas !... à la faveur du désordre, Ursula et mon cheval avaient disparu, sans doute entraînés par les pillards en guise de dédommagement. Il était hors de question de se hasarder à leur recherche par cette Lorraine inconnue et hostile. Ucht comptait douze morts et seize blessés ! Alors que les ravisseurs de Pipette et de Trompette avaient laissé quinze cadavres sur le terrain, emmenant leurs blessés, à l'exception de trois, grièvement atteints.

Ucht donne l'ordre d'achever ces brigands hors contrat, que les usages de la guerre ne protègent plus. L'un d'eux, ayant aperçu une robe de jésuite, demande précipitamment l'absolution, afin de prolonger sa misérable existence de quelques minutes, expédient que les deux autres s'empressent de réclamer à leur tour, l'un de vive voix, et l'autre, en bredouillant, vu qu'une balle de pistolet lui avait fracassé la mâchoire.

Jambe encore faible et verbe ému, le Père d'Espalungue s'exécuta, tendant l'oreille au murmure des pénitents, qui ont, bien sûr, énormément à dire, tandis qu'on aiguisait les longs couteaux. Le temps passait et, à chaque instant, s'amenuisaient les chances, déjà bien faibles, de retrouver Trompette et sa cavalière.

« Quand j'ai fait naufrage sur *La Confiance*, ai-je rappelé à Matthieu, le défroqué Arèstégui nous a donné *in extremis* une absolution valable sans confession auriculaire, bien que le danger de mort imminent n'eût rien à voir avec une maladie. Le naufrage n'est qu'une exécution à mort comme une autre, à ceci près que c'est la Providence qui s'en charge au lieu du bourreau. »

Ucht, qui n'y comprenait toujours goutte, m'approuva aveuglément, et Matthieu vit bien qu'il eût été déplacé de discuter ma douteuse proposition dans les formes, alors que nos propres blessés gémissaient d'impatience. Il se détourna, les larmes aux yeux, tandis qu'on égorgeait les trois brigands, dont les corps furent abandonnés tout nus aux corbeaux (le Suisse ne laisse rien perdre), puis nous nous dirigeâmes tristement sur Vaucouleurs pour y enterrer nos défunts et faire soigner nos éclopés.

Vaucouleurs, comme Bar-le-Duc, faisait partie du Barrois dit « mouvant », sur la rive gauche de la Meuse, parce qu'il avait été réuni à la Couronne par Philippe le Bel – à l'exception de Saint-Mihiel – en 1301, à la suite de sa victoire sur le comte Henri III de Vaudémont. La France tenait donc garnison à Vaucouleurs, dans ce morceau de Lorraine arraché au Saint-Empire, depuis trois cent trente-six ans. En fait de Lorraine, les Français ont de la suite dans les idées !

Dans la litière, Matthieu, qui avait du mal à se remettre de ses émotions, trouvait presque de quoi se consoler dans la disparition d'Ursula.

« C'est bien dommage pour le cheval, qui était si beau, mais pour cette pauvre fille... Qu'en aurions-nous fait, mon Dieu, à présent qu'elle s'est toquée de toi ? Du train où elle allait, le Barrois ou la Lorraine ne seront point pour elle pires que Paris. L'incident pourrait être providentiel. N'est-ce pas ?

— N'est-ce pas ? Dis plutôt : *nicht wahr ?* »

Je ne pouvais me résoudre à partager ce lâche soulagement – bien que je dusse reconnaître qu'un certain bon sens y avait sa part. Mais j'avais pris la responsabilité d'Ursula, je l'avais payée pour la rendre libre, et on me l'avait volée sous mon nez. Nous n'avions mérité cette déception ni l'une ni l'autre.

Passé Vaucouleurs, où notre séjour avait été bref et sans nouvelles de la disparue, nous cheminions, un peu avant Ligny-en-Barrois, sur une route toute droite, le long de l'Ornain paresseux, lorsqu'une nonne décoiffée, à califourchon comme une Jeanne Darc sur son cheval, robe retroussée jusqu'à la taille, nous rejoignit au galop et se précipita dans mes bras. Je sus alors qu'il ne s'agissait pas de Jeanne Darc.

Les Suisses débauchés par le duc, après avoir violé leur captive, fatigués, bien que Suisses, avaient pris un peu de repos, leur attention s'était relâchée, et Ursula avait profité de leur sieste pour s'esquiver sur Trompette, qu'elle était heureuse et fière de me ramener.

Ma joie n'avait d'égale que la pieuse résignation de Matthieu, puisque l'« incident » qu'il avait naguère jugé « providentiel » en avait amené un autre, directement contradictoire, mais qui ne pouvait l'être moins. Nous avons cédé la litière à la rescapée, confuse de cette attention, et avons poursuivi à pied, le valet se chargeant du cheval, qui ne semblait pas avoir souffert plus que sa cavalière.

Mon frère était stupéfié et alarmé de la magistrale aisance avec laquelle Ursula se faisait violer. Les viols paraissaient glisser sur elle comme de l'eau sur des plumes de canard.

« Cela se comprend, dis-je. Le viol n'est jamais que l'idée qu'on s'en fait. Pour une vierge, pour une femme pudique, c'est une redoutable épreuve. Pour une pute, ce n'est qu'un manque à gagner, et pour une dévergondée, un vrai plaisir, si d'autres brutalités, la crainte d'une grossesse ou d'une maladie, ne viennent pas le gâcher.

— Je ne le comprends que trop ! Mais avec de telles dispositions, il est à craindre que notre protégée ne trouve à Paris d'autre carrière que la galanterie, au mieux, ou la basse prostitution, au pire.

— Pour peu qu'elle y mette du sien, nous veillerons à les lui épargner. »

Je me voulais rassurant, mais au fond, je ne voyais pas l'avenir d'Ursula sous d'honnêtes couleurs.

« C'est affreux à dire, reprit le Père d'Espalungue, mais je me demande si cette fille n'aurait pas perdu toute chance de salut à quitter le village dont tu l'as fait sortir...

— C'est une gageure ? !

— Pourquoi saint Paul, qui enjoint aux esclaves d'être complaisants à leur maître, les décourage-t-il de gagner leur liberté ? Parce que, la chair étant la cause la plus courante de damnation, l'esclave qui fornique sous contrainte ne pèche point, alors qu'il péchera dès qu'il sera affranchi. »

Pour classique qu'elle fût, cette théologie m'indignait, la liberté étant pour moi le premier des biens. Et Paul était en l'occurrence de mauvaise foi. Si on l'avait enfermé à sept ans dans un bordel de pédérastes, se faire sodomiser sans pécher ne lui aurait point paru un avantage déterminant.

Il y a chez les hommes d'Église, les politiques, les philosophes, une horrible propension à voir l'humanité de haut et de loin, à légiférer pour une masse anonyme, où le prochain perd toute réalité. Les catholiques avaient salué la Saint-Barthélemy par des transports de joie. Calvin s'était déclaré prêt à verser des torrents de sang si ses nouvelles doctrines devaient en être mieux admises. Luther, avant lui, avait fait massacrer les paysans révoltés et les anabaptistes par dizaines de milliers... Et le mysticisme d'un Père Joseph, qui se nourrissait avidement du sang du Calvaire, s'accommodait volontiers de cet immense calvaire germanique, dont l'Alsace venait de nous offrir un pâle échantillon.

L'insensibilité du doux Matthieu était dans la droite ligne du temps. Elle n'en était pas plus honnête.

Près de Bar-le-Duc, vers quatre heures de l'après-midi, un courrier de l'Intendant arriva au galop, porteur d'un ordre de réquisition : le capitaine Ucht était prié de participer sur l'heure à la répression d'une émeute qui venait de mettre en révolution la ville basse et les faubourgs, sous prétexte que les impôts allaient encore augmenter. Ucht, qui n'avait rien à gagner à l'affaire, tenta de se défiler, mais l'excuse d'avoir à assurer la protection d'un convoi d'or lui faisait désormais défaut, et la lettre le menaçait des foudres du Cardinal en cas de mauvaise volonté.

Tout rechignant, Ucht prit quarante hommes avec lui et me demanda de le suivre :

« Vous pourrez ainsi témoigner à Son Éminence de mon dévouement, même dans une matière qui est à la limite de mon contrat. Un soldat n'a pas à faire la police.

— Puis-je vous prier de passer le mot pour que la force ne soit pas employée au-delà du nécessaire ?

— C'est déjà fait. Je ne suis pas un boucher. »

À l'orée de la ville, sur la rive droite de l'Ornain, une foule compacte et menaçante de pouilleux faméliques armés de bric et de broc, dont beaucoup semblaient venus des campagnes voisines, et où l'on remarquait quelques gentilshommes, quelques avocats, et même quelques curés et quelques femmes, faisait face, sur un champ de foire, aux forces hétéroclites et insuffisantes que l'Intendant avait pu réunir en hâte. L'arrivée de Ucht et de sa troupe fit courir un frémissement chez ces trublions, que la tombée du jour allait pousser à de nouveaux excès : le Suisse était tenu pour un vrai loup-garou, descendu de ses montagnes pour dévorer tout ce qui bouge. Mais nos Suisses eux-mêmes, peu familiers de ce genre de situation, n'étaient guère à leur aise : si une première décharge ne dispersait pas les émeutiers, ils risquaient d'être accablés sous le nombre avant d'avoir le temps de recharger.

Ucht, sentant ce flottement, voulut en finir et ordonna d'allumer les mèches...

Je le tirai par la manche : « Laissez-moi faire. Nous n'avons rien à perdre. »

Je m'avançai vers la foule, m'arrêtai à vingt pas, fis un grand salut et dis d'une voix forte, mais aimable :

« Le grand Cardinal, lequel partage en père vos soucis et m'a promis de vous soulager, m'a commandé de faire exécuter les fripons qui vous égarent. Je prie donc les honnêtes gens de se disperser avant que nous ne fassions parler la poudre. »

Comme par magie, le champ de foire se vida. C'était à qui courrait le plus vite.

Se détachant d'un groupe de gendarmes où il avait cherché refuge, l'Intendant se précipita à ma rencontre et me serra contre lui avec ravissement.

« Ah, Monsieur ! Quel courage et quel esprit ! C'est ainsi qu'il faut parler au peuple. Je ne manquerai pas de dire au Cardinal quel miracle a accompli la seule mention de son nom dans votre bouche. Allons souper chez moi avec quelques amis : il y a du chevreuil et des bécasses... »

Le capitaine Ucht me dit plus simplement : « Je retiens le truc, il peut toujours servir. Entre le bain de sang et la faiblesse, la marge est étroite. »

Matthieu et moi fîmes honneur à un délicat souper d'une trentaine de couverts, où je fus l'objet de toutes les caresses possibles.

Le souper fini, comme Madame l'Intendante allait exprimer ses vœux aux musiciens qui devaient assurer le bal après avoir charmé nos oreilles en sourdine durant le repas, son mari me dit :

« Au sortir d'une aussi chaude journée, vous n'allez point passer la nuit à éternuer dans un camp rustique. J'aurais grand plaisir à vous loger tous deux, mais j'ai mieux encore pour vous : un billet pour une certaine bourgeoise, Madame Monassier, à qui nous envoyons tous les hommes de qualité qui honorent Bar-le-Duc de leur présence. Je la fais prévenir… »

Le Père d'Espalungue faillit s'étrangler avec son petit four.

Je déclinai l'invitation et nous regagnâmes tous deux notre camp.

Notre colonne a pressé sa marche, dans la pluie et dans le froid, autant que le permettait le franchissement des rivières en crue, dont les gués étaient impraticables, les ponts branlants ou ruinés.

Aux approches de la capitale, Ursula me jetait des regards de plus en plus suppliants et éperdus, ceux d'une chienne aimante en quête d'un bon collier.

Qu'allais-je bien pouvoir en faire ?

L'ENFANT DU MIRACLE

I

Le vendredi 27 novembre en fin d'après-midi, Ucht remercié et gratifié à la Bastille, le Père Matthieu rentré le cœur gros à sa Maison professe, je poursuivis mon chemin avec Ursula et Trompette jusqu'au Palais-Cardinal, où je déposai en passant mon rapport et la réponse de Saxe-Weimar, ses cadeaux étant acheminés d'autre part. Ma religieuse ouvrait de grands yeux devant toutes les merveilles qu'elle découvrait du haut de son cheval, alors que je crottais mes bottes avec résignation, tel saint Joseph suivant l'âne de la Vierge Marie sur le chemin de l'Égypte.

Richelieu devant être impatient de savoir si le drageoir du Père Ange était arrivé à bon port, j'avais rajouté en tête dudit rapport cette mention que le destinataire n'aurait pas besoin d'un Rossignol pour déchiffrer : *Sybaritarum pulvinus rosa fartus est.* (L'oreiller des Sybarites est bourré de feuilles de roses.) On peut être assassin et connaître ses classiques.

Puis je rebroussai chemin avec ma compagne vers Saint-Germain l'Auxerrois. C'était au voisinage de cette église, proche du Louvre et de la Cité, que Nicolette avait trouvé logement, dans un rez-de-chaussée ouvrant sur un jardinet intérieur, dont elle m'avait vanté les charmes sans parvenir encore à m'y attirer.

Il était bientôt l'heure du souper. Sa journée de travail terminée, l'accorte gantière devait être de retour chez elle afin de se bichonner pour des travaux d'un autre genre. Tantôt elle recevait à domicile, tantôt elle faisait en ville des extras, et elle était jusque-là parvenue à éviter les proxénètes du fait que donnait le change sa diurne activité laborieuse.

Nicolette, qui venait de rentrer, fut grandement étonnée de me voir accompagné d'une jolie nonnette, et plus étonnée encore de mes explications et de ma requête. Mais devant ses hésitations, je fis teinter mes écus, et tout s'arrangea très vite.

Oui, Nicolette logerait Ursula quelque temps, lui procurerait du linge et une garde-robe à la mode de l'année, la perfectionnerait en français, lui chercherait même, si possible, un labeur honnête à ses moments perdus... Et Ursula, de son côté, se rendrait utile au logis, dont elle s'absenterait aux heures de réception. Un logis modeste, arrangé avec un goût assez sûr, mais qui n'était que trop accueillant !

L'affaire conclue, Nicolette fit passer Ursula du petit salon dans une petite chambre pour lui prêter, en attendant mieux, une robe à sa convenance. Et tandis que l'ex-religieuse s'attardait à ce choix, qui devait lui importer, car il marquait son retour à la vie laïque et à la liberté qu'elle en espérait naïvement, mon amie revint à moi, referma la porte de communication, et me dit en confidence :

« Qu'as-tu derrière la tête ?

— Rien de plus que ce que je viens de dire. Permettre à cette Ursula, devenue sœur Marthe de la Saint Épine des "Filles du Calvaire", devenue Pipette par accident, de redevenir Ursula en tout bien tout honneur.

— La fille est amoureuse de toi : cela saute aux yeux.

— Il n'y a point de ma faute. Je ne l'ai pas touchée et ne la toucherai pas. C'est ma bonne action de l'année.

— Pourquoi l'avoir fourrée chez moi plutôt qu'ailleurs ?

— Mais parce que tu étais la seule à Paris à pouvoir me rendre ce service. Vu qu'elle s'est dégoûtée de la vie religieuse, où aurais-je pu la caser en dehors de cette maison ?

— J'ai cru un instant que tu voulais que je la formasse afin de la mettre au travail pour ton compte... »

Décidément, le même malentendu recommençait qu'avec le proxénète badois !

« Ce n'est point mon affaire.

— Tu ne manges pas de ce pain-là ?

— Mon malheur est que je suis trop vertueux pour ce monde... et pas assez pour l'autre.

— En attendant que ta demi-vertu te porte la cerise, ici comme là-haut, tu devines ce qui va se passer ?

— À savoir ?

— Quand ta Pipette s'apercevra qu'elle gagnerait douze sous par jour à s'échiner honnêtement, et vingt fois plus à suivre mon exemple, comment pourrais-je la tenir ?

— Je ne t'en demande pas tant. Mais si nous la mettons à la rue, elle se tuera de coucheries pour un maquereau de bas étage, qui la jettera au rebut quand elle sera malade.

— C'est évident.

— Une évidence qui emporte tout. Ursula sait fort bien qu'une vie religieuse humiliée ou un labeur honnête, mais également humiliant, lui seraient accessibles. Si elle préfère les humiliations fructueuses aux humiliations à bon marché, ça la regarde.

— Une fille repique toujours au métier.

— Seigneur Dieu, que voulais-tu que je fisse ?

— La laisser dans son bordel. À présent, si ta Pipette refait des siennes par ici et que ton étrange sympathie pour elle vienne à se savoir, tu seras fatalement réputé profiter de ses charmes.

— Ce serait vraiment un comble !

— Le comble est vite arrivé de nos jours. Mais si elle donne dans la galanterie, je la persuaderai de se montrer aussi discrète que je le suis moi-même.

— Merci ! J'y compte bien. »

Ursula reparut radieuse dans sa robe nouvelle, m'embrassa sur la joue, embrassa Nicolette avec fougue, rejoignit la chambre pour s'y coiffer et parfumer.

Au point où j'en étais dans les déconvenues, un soupçon me chatouilla désagréablement...

« Beaucoup de filles se frottent à d'autres filles, n'est-ce pas ?

— Sois tranquille !... dit Nicolette en riant. Si Pipette, comme tu dis si bien, doit choisir son humiliation pour subsister, moi, je ne l'humilierai point. Dans une bonne fricarelle, les dignités sont égales, on en fait échange à tour de rôle, et personne n'a le dessus longtemps ! »

J'ai eu soudain le sentiment d'être de trop, et j'ai laissé ces demoiselles faire plus ample connaissance.

En somme, j'avais acheté une pute un prix prohibitif et je l'avais ramenée à Paris les armes à la main, sans autre espérance pour elle que de lui voir gravir un échelon rémunérateur dans son art – et tout en me donnant depuis l'Alsace des mines de proxénète honteux ! Les appréhensions de Matthieu n'étaient pas si sottes. C'était à pleurer.

Je me hâtai de rentrer « impasse des tire-laine », anxieux d'avoir des nouvelles de la baronne et d'Hermine, mais il n'y avait pour moi que des lettres sans importance. Il est vrai qu'avec les pluies d'automne, les courriers du Béarn ou du Toulousain, que les Montastruc avaient dû rejoindre dans le courant d'octobre, avaient sans doute accumulé les retards. Mais la baronne pouvait aussi frapper sans prévenir, et Hermine, désespérée de la mort de son frère, garder un silence définitif. Il y avait de quoi être soucieux.

Montrant cependant bon visage aux Lhermitte, je fus sensible à leur joie de me revoir. Julie s'arrondissait, et Irénée me faisait fête de son mieux. Il me souvient encore de ce souper, où figurait un vieux vin de Bourgogne qui avait échappé aux Espagnols lors du siège de Saint-Jean-de-Losne, l'année précédente. Après avoir perdu tous les miens, et de plus en plus incertain de pouvoir fonder le foyer de mes vœux, j'avais le sentiment d'avoir retrouvé une famille, et une famille choisie, souvent plus satisfaisante qu'une famille naturelle.

Mes hôtes ne se lassaient point de m'entendre raconter ce que je pouvais révéler décemment de mon équipée, et le conseiller me suivait avec d'autant plus d'attention qu'il n'était pas de ces dévots crédules susceptibles de s'imaginer que le Cardinal pourrait jamais faire passer les intérêts de la religion et de la concorde avant ses ruineux fantasmes politiques. L'honorable mission dont j'avais été chargé si jeune, le silence qu'il me fallait garder sur de grandes affaires mystérieuses, donnaient à ces braves gens la plus haute idée de ma personne, et j'étais, tout compte fait, assez satisfait de moi pour trouver plaisir à jouer les modestes.

« Les précoces honneurs que peuvent me valoir mes services, déclarai-je au dessert, ne sont rien à côté de l'honneur que vous me faites en m'accueillant ici sur un tel pied d'intimité. Et cet enfant qui s'annonce, dont je sollicite déjà le parrainage, vous pouvez compter que je suivrai sa carrière avec toute la bienveillance possible.

— Vous pourriez faire mieux, mon cher petit, me dit en souriant Irénée. Mais oui ! Les parlementaires même ne sont pas éternels. Mourant heureux de vos attentions, je mourrais plus heureux encore si vous pouviez veiller sur ma veuve. Une femme solitaire, encore plaisante, sans grande connaissance du monde, pieuse et sans malice, et ayant du bien, est exposée de nos jours à beaucoup d'erreurs et de dangers. Que de coureurs de dot habiles, que de gardes et de mousquetaires sans scrupule, par les "ruelles" des dames ! Après avoir épousé une duchesse, vous viendrez bien parfois, à la nuit tombante, embrasser votre filleul... ou votre filleule *e* (ah, que le français est difficile !), et donner un conseil d'orfèvre à notre Julie ?

— Même si je passe mousquetaire du roi, c'est la seule dot que je ne courrai point ! »

Et de rire tous trois à l'unisson.

« Ah, que je suis content de ce logis !... m'écriai-je. C'est le cas de dire : "*Ubi bene, ibi patria.*" Oui, ai-je ajouté pour Julie, qui n'entendait guère le latin : "La patrie est là seulement où l'on se sent bien." Le Ciel nous garde tous trois en ce paradis ! »

Reprenant son sérieux, le conseiller ajouta :

« Je vous ferai porter tantôt pour 20 000 livres sur mon testament, afin de reconnaître vos bontés présentes et futures. Cette somme vous aidera peut-être, le jour venu, à acquérir un brevet d'officier digne de vous chez Monsieur de Tréville. »

Les larmes m'aveuglaient, et j'ai eu du mal à trouver cette main généreuse pour l'embrasser.

Tréville m'avait recommandé à Amiens de « servir d'un même cœur le roi et les dames ». On pouvait déjà faire quelque progrès en servant le Cardinal et les bourgeoises. Il convient de dire à ma décharge que j'étais parti de zéro.

Le soir du lendemain samedi, je trouvai chez les Lhermitte, posté de Paris, un courrier de la baronne, laquelle était sans doute arrivée récemment du Toulousain. Elle avait pris, en tout cas, pour m'écrire le temps de la réflexion, et peut-être, de faire une enquête aussi approfondie que possible. Je montai à mon appartement pour prendre connaissance, le cœur battant, de ces lignes rédigées pour m'absoudre, pour me menacer ou pour me tromper :

> *« Apprenant, Monsieur le Baron, l'inqualifiable nouvelle, j'avais vu en vous sur-le-champ un traître, un voleur, un hypocrite, un fourbe, un menteur, un assassin, un lâche, un homme qui s'était insinué avec des ruses de serpent et d'infâmes séductions dans les bonnes grâces d'un malheureux enfant, joie de sa mère et bonheur de ses amis, afin de le dépouiller sans scrupule et de le meurtrir en fin de compte, froidement et par fraude, devant un public sanguinaire. Et j'aurais promis la lune à qui vous aurait tué en duel proprement, prête à me satisfaire de la mort malpropre qui me semblait encore trop bonne pour vous !*
>
> *« Mais il y a des accents qui ne trompent point, et j'en ai découvert quelques-uns aux détours de votre prose si joliment arrangée, qui a dû vous donner bien du mal. Oui, j'ai à présent comme l'impression que vous avez aimé Ulysse comme il vous a chéri. Et cette affection mutuelle, qui rendrait votre crime positivement inexpiable, donne un tour assez plausible à la thèse d'un fatal accident. Votre bras aura tremblé parce que vous étiez amoureux comme un Socrate d'un Alcibiade, un Hadrien d'un Antinoüs, une gaucherie qui serait venue du cœur, en quelque sorte… Pourquoi pas ? À mon âge, on peut tout dire et tout entendre. On peut même tout imaginer !…*
>
> *« Nous sommes bien à plaindre vous et moi, en effet, et puisque mon bien-aimé Ulysse est mort en fermant les*

yeux sur votre maladresse ou sur votre trahison, je n'oserais être plus exigeante que lui et serais plutôt encline à vous acquitter au bénéfice du doute, le seul bénéfice que vous méritez peut-être.

« Le baron de Montastruc, qui avait mal supporté le voyage, a été porté en terre à Toulouse le vendredi 30 octobre dernier. C'était le dernier de notre lignée. Son ombre et la mienne vous tiendront quelque jour compagnie, car je suis moi-même gravement malade. Le temps que j'avais laissé filer dans la douleur me pressait enfin de vous dire tout cela. »

Les mains crispées sur le papier, j'ai lu et relu cette maudite lettre, qui n'était que trop transparente, scrutant le moindre mot... C'était désespérant ! Madame de Montastruc n'avait pas cru un iota de ce que je lui avais écrit, elle nourrissait pour ma personne une haine délirante, elle était pressée de me faire assassiner à n'importe quel prix parce que sa santé déclinait, et elle se sentait si forte qu'elle ne craignait pas de me l'annoncer ! Sur son lit de mort, Ulysse m'avait prédit : « Si maman n'est pas tout à fait convaincue, elle est capable de dépenser 150 000 livres pour avoir votre peau. On ne réchappe pas à de tels soins. » Eh bien, j'en étais arrivé là !

Or je n'étais pas en mesure de me constituer une garde personnelle comme un Beaufort. Seul le Cardinal aurait pu me protéger, mais je n'avais pas assez d'importance à ses yeux pour qu'il en fît les frais, et les aurait-il consentis, que c'eût été pour moi une nouvelle source d'esclavage.

Je jetai instinctivement un regard autour de moi, comme si les spadassins de la baronne allaient sortir du plancher ou des coffres, pour ne découvrir que Samson, que j'avais oublié dans un coin. Réfugié en lui-même et de plus en plus silencieux, Monsieur Sourdois tenait de moins en moins de place, et on l'oubliait facilement. Mais ses rares paroles renfermaient d'ordinaire un blâme voilé ou une arrière-pensée désagréable, et la mort d'Ulysse ne m'avait pas fait remonter dans son estime autant que je m'y serais attendu.

Son tour le plus exaspérant était de murmurer, l'œil

finaud, dès que l'événement suggérait une telle remarque : « C'est un fait que la Réforme peut toujours faire confiance à son bon ami le grand Cardinal. On peut dire qu'il aura mis de l'eau dans son vin de messe depuis La Rochelle ! » L'homme avait plié, mais ne voulait pas rompre, comme si le regard de Judith était toujours fixé sur lui.

Si la baronne lui faisait un pont d'or pour m'empoisonner, ne me tuerait-il pas gratis ? Je ne pouvais me permettre le moindre risque. On est toujours l'hérétique de quelqu'un, et les plus éclairés, les plus fermes esprits de chaque camp étaient bien d'accord sur le fait que l'hérétique doit disparaître. C'est seulement par lassitude qu'on le tolérait ici ou là, et Samson, qui n'avait pas grand-chose à faire, n'était pas fatigué.

Prenant 200 livres dans le secrétaire, je les lui donnai en disant :

« Vous avez fidèlement servi la famille depuis vingt-sept ans, mon cher Samson, et je vous en remercie. Mais je vois que vous n'êtes pas heureux chez un maître catholique, dont les faiblesses vous font honte. C'est une vertu calviniste que vous devez respirer. Bouclez donc votre bagage à l'instant. Soucieux de votre foi comme de vos intérêts, je vous ferai tenir 200 livres par an jusqu'à ce que vous ayez retrouvé une place qui vous convienne chez un bon maître de la religion prétendue réformée, et vous pourrez toujours compter sur moi pour vous recommander à lui. »

Monsieur Sourdois alla faire son bagage sans mot dire, mais sa mine parlait pour lui, et le regard de haine et de mépris qu'il me lança en guise d'adieu me confirma dans l'idée que je venais de prendre une sage résolution. L'individu était sans doute d'un caractère à m'assassiner, mais il observerait la discrétion prêchée par l'excellent abbé Fleuron.

Soulagé par le départ du suspect, j'eus tout le loisir de me désoler du silence d'Hermine, que sa mère avait dû monter contre moi par toutes les ressources de la diffamation et de la calomnie. Quand parviendrais-je à me justifier ?

Relisant la lettre de la baronne une dernière fois, je me demandai si l'atroce portrait qu'elle y avait brossé de ma personne relevait du cauchemar ou d'une quelconque réalité.

Julie avait fait monter dans ma chambre une table de toilette avec un grand miroir, devant lequel elle se refaisait un beauté après l'amour, et je m'y regardai un moment. Ma tête m'inspirait confiance. Mal informée d'une foule de choses, Madame de Montastruc exagérait. Si nous sommes pires que ce que nous pensons, nous ne sommes jamais aussi mauvais que les autres peuvent le croire.

Le dimanche 29 novembre dans l'après-midi, j'allai saluer la reine et embrasser ma sœur au Louvre, qui furent bien aise de me revoir entier, et, en raison de la présence d'espionnes probables ou possibles, j'offris à Sa Majesté un récit de voyage imaginé pour faire plaisir au Cardinal : Matthieu avait prêché en chambre comme Bossuet à Notre-Dame, et Saxe-Weimar, tout ému, avait accepté de sa main une image de la Vierge des douleurs, qu'il avait cachée dans son oratoire entre les pages d'une Bible de Luther. Quand je fabulais en l'honneur du Cardinal, je me frottais le bout du nez de l'index, et la reine savait ce que cela voulait dire.

C'est le soir du lundi 30 que j'eus la lettre d'Hermine entre les mains. Je l'ouvris en tremblant...

> « *Je vous ai cru, mon ami, parce que je vous aimais. Je vous crois encore parce que je vous aime encore. Vous n'avez pu vouloir me tromper. Je vous sais gré de ne pas m'avoir récrit depuis que vous me demandiez de relire le* Cid. *Vous saviez qu'il aura suffi de peu de mots et de peu de gestes entre nous pour nous lier mieux que beaucoup d'autres ne le seront en dépit de tous leurs efforts. Tel est le privilège des cœurs et des corps sincères, qui ne se connaîtront jamais mieux, mais qui peuvent espérer se connaître plus longtemps.*
>
> « *Ma mère, qui ne veut point vous acquitter au bénéfice du doute, a juré de vous survivre, et elle n'en a plus que pour quelques mois, les souffrances de sa maladie ne faisant que la rendre plus cruelle. Son obsession est au-*

delà des plus forts raisonnements, que je ne lui ménage pourtant point.

« Vous devez vous garder jour et nuit, vous méfier de tout le monde, et je ne serai rassurée que lorsque je vous saurai en Chine, déguisé en Chinois avec une natte dans le dos, attendant, pour revenir, que je sois libre de vous épouser.

« Bien que je sois présentement à notre Hôtel du Marais, je m'abstiendrai d'aller vous revoir. Je risquerais d'entraîner des assassins sur mes pas, et si ma mère se doutait de nos relations, elle me déshériterait dans sa fureur, et j'en serais fâchée pour vous, car je serai bientôt fort riche.

« Je sais que mon frère vous aimait, et il ne pouvait aimer un mauvais garçon. »

La violence de mon émotion était extrême. C'était la première fois qu'une femme aimait si fort en moi l'idéal dont elle me croyait à juste titre porteur, je me jurai de ne pas la décevoir, et je ne l'ai pas déçue depuis. Les confiances exagérées sont flatteuses et invitent les moins mauvais à se surpasser.

II

Vers dix heures trente de la nuit, un courrier urgent me convoqua chez le Cardinal, qui me reçut privément à onze heures passées dans son bureau.

Richelieu, les traits tirés, avait mauvaise mine. Mais le physique, miné par la maladie, n'était pas seul en cause, comme si, aux angoisses qui le rongeaient déjà, la santé fragile du roi, celle du Père Joseph à bout de souffle, les armées épuisées, les affaires diplomatiques inextricables, les difficultés intérieures, les révoltes, les complots, le déficit qui se creusait... s'en était ajoutée une autre, et de gravité supérieure.

Était-ce le refroidissement des rapports entre le Cardinal et Sa Majesté, dont le bruit courait déjà à mon départ pour l'Alsace ? Le ministre était-il à la veille d'être congédié, exposé à perdre sa vie et sa fortune avant d'avoir vu le terme de sa mission ? À bout de patience, Richelieu n'avait certes plus pour son royal élève les ménagements d'autrefois.

Je n'ai jamais constaté chez Louis XIII, mal élevé et peu doué, qu'une seule grandeur, mais bien peu commune, celle de se savoir médiocre et de souffrir toutes les supériorités par amour de l'État. Mais il y a une borne aux humiliations.

Chose étonnante, malentendu à la Thomas Becket, courant 1642, ce seront les récriminations du roi à l'encontre de son exaspérant commis qui joueront un rôle moteur dans la conspiration de Cinq-Mars, beaucoup de conjurés s'imaginant être couverts par le souverain !

Quoi qu'il en fût, le Cardinal, qui avait pris connaissance de mon rapport écrit, écouta mon rapport verbal complémentaire avec attention. C'était un homme qui savait écouter comme il savait parler.

« Je suis content de vous, Espalungue, et vous n'avez pas limité vos talents à l'Alsace : vous avez dompté, m'a dit l'Intendant, la canaille de Bar-le-Duc avec beaucoup d'esprit. »

J'en profitai pour plaider la cause de la famille Mascharini, et le Cardinal prit note aussitôt pour le gouverneur de la forteresse de Tarascon, lisant à mi-voix à mon intention ce qu'il jetait au fil de sa plume nerveuse :

« Autoriser sorties otages, en ville et aux environs, deux journées par semaine, mais sous surveillance, père ou mère devant rester au château. »

Et levant sur moi son regard :

« Dans les affaires de quelque importance, on doit tout faire soi-même. Vous connaissez peut-être le proverbe chinois : " Il faut gouverner l'Empire comme on cuirait un petit poisson " ?

« À propos de poisson, il m'est revenu que vous auriez fait chez Saxe-Weimar une pêche étrange. Qu'est-ce donc au juste que cette fille que vous avez rapportée dans vos bagages ?

— L'espion que le Père Joseph avait dissimulé dans notre troupe aurait dû le signaler. Heureusement que je suis là ! Il s'agit, Éminence, d'une " Fille du Calvaire " enlevée à son couvent pour être affectée au bordel des officiers de Saxe-Weimar, où son service de bouche était apprécié. Avec la généreuse permission du général et les pieux encouragements du Père d'Espalungue, je me suis permis de l'en sortir, et nous travaillons, mon frère et moi, à la faire entrer chez les sœurs de charité de Monsieur Vincent, dans l'espérance que les mauvais traitements subis n'auront pas définitivement contrarié une vocation naissante. Mais la partie n'est pas gagnée d'avance.

— Une histoire bien édifiante. Presque trop belle pour y croire ! J'espère au moins que la nonne est jolie ?

— L'espion est impardonnable de ne pas l'avoir précisé.

« J'aurais naturellement donné la priorité à la Mère supérieure, une vieille amie du Père Joseph, si elle n'avait rendu l'âme sous les coups de boutoir d'une bande de Hessois, échappant ainsi, par divine prédestination, au bordel... Je me permets de parler de prédestination, car s'il est impie d'en parler avant le fait, il est excusable d'en parler après, la volonté du Ciel étant enfin devenue claire.

« En somme, j'aurai fait ce que j'ai pu, avec les moyens du bord, dans des circonstances difficiles, mais on ne peut plus certain d'avoir l'approbation de Votre Éminence, dont le culte de l'État n'exclut point la générosité.

— Et vous avez fort bien fait une fois de plus, mon ami. Cet espion qui ne croyait plus à la vertu aura une semonce. »

Je pensais que l'audience était terminée, mais le Cardinal m'a retenu pour me faire part de ce qui le tourmentait le plus profondément, dans l'espérance que mes liens avec la reine et Mademoiselle de Miossens pourraient m'inspirer un bon conseil tactique. Très abattu, il ne savait plus à quel saint mettre un cierge.

« ...Bref, Louis n'a pas honoré la reine, complètement et sérieusement, depuis des mois. En mai, en juin, en juillet (le Cardinal consultait ses fiches), il n'avait pas fait grand-chose. En août, la découverte fortuite des intelligences de sa femme avec l'ennemi lui inflige un coup terrible et le bloque tout à fait, en dépit de ses plus formelles promesses et des encouragements qu'on lui prodigue de toute part. En septembre, un feu de paille d'un quart d'heure. En octobre, trois fois rien... Et nous en sommes toujours là vers la fin novembre.

« La mécanique paraît grippée pour de bon. Les humeurs animales ne graissent plus les rouages essentiels. Les grands nerfs obliques, qui vont du cœur au membre viril en passant par les rognons, sont tout détendus. Les essences spermatiques sont comme refroidies et évaporées...

« Le Père Joseph a fait consulter sur le cas Monsieur Descartes en Hollande, qui a la réputation d'être un maître pénétrant dans l'étude des passions et des mystères de la physiologie. Il a répondu que le roi devait se garder des courants d'air et manger des asperges. Mais ce n'est plus la saison des asperges ! Et même si Louis revenait jamais à la tâche, dans l'état où il est, ce pourrait être une dernière cartouche avec de la poudre mouillée, et en cas de succès improbable, la naissance d'une fille qui remettrait tout en question, étant donné cette malencontreuse baliverne de loi salique.

« Je ne dormais déjà plus guère, je n'en dors plus du tout.

« Or si un Dauphin nous fait définitivement défaut et que la diarrhée emporte le roi en courant, la France avachie de Gaston d'Orléans et d'une reine espagnole tombe en quenouille. C'est la paix, la paix infâme, la paix honteuse, après tant de sacrifices héroïques, les Habsbourg libres de dominer les Allemagnes, le moindre espoir perdu pour nous d'atteindre le Rhin, de soumettre ces Alsaciens et ces Lorrains qui préfèrent la lointaine autorité du Saint Empire à notre poigne salutaire. Sans Dauphin, nous sommes à la dérive.

« Seigneur, que faire ? Qu'imaginer ? Comment notre destin peut-il être suspendu à une vulgaire histoire de lit ?

« Mademoiselle de Hautefort, Mademoiselle de La Fayette, avaient parfois réussi à pousser le roi au devoir, et je sais que votre sœur, la bonne volonté de la reine étant entière, vu l'enjeu, fait ce qu'elle peut, mais ne pourrait-elle davantage ? »

Cette situation, qui n'était que trop connue de la France et de l'Europe, et encourageait tant de folles spéculations, était en effet d'un pitoyable ridicule.

« À mon humble avis, avançai-je, plus on encourage Sa Majesté à s'exécuter, plus Elle se décourage, ne serait-ce que par esprit de contradiction, et sa répugnance s'accroît, jusqu'à devenir invincible, par la cuisante humiliation qu'Elle ne manque pas de ressentir à chaque pression indiscrète. Une Cour où les nuits de noces royales, les accouchements des reines, sont quasiment publics, où la promiscuité est constante, me paraît d'ailleurs un bien mauvais terrain pour l'exercice des plus fines mécaniques cartésiennes, qui exigent un minimum d'intimité.

« Mais feindre l'indifférence ne suffirait sans doute pas à bien conditionner le roi pour son office, car la hantise d'une obligation aussi haïssable que nécessaire est assez présente à son esprit pour qu'il ne soit pas besoin de la lui rappeler, et c'est cette hantise, au fond, qui suffit à le priver de ses moyens – comme j'ai cru le constater moi-même un certain soir de juillet à Saint-Germain.

— Ah, oui ! La nuit du 26 au 27 juillet dernier. Un demi-échec assez vaseux, à ce qu'ont rapporté les femmes.

— Cela dit, Éminence, si tant est que des invites à bien faire puissent jamais être efficaces, il me semble, étant donné les goûts de Sa Majesté, qu'un favori bien découplé aurait plus d'empire sur le Prince que de pâles et pieuses favorites. Il pourrait, par exemple, faire difficulté à partager la couche royale tant que la reine n'aurait pas été pleinement satisfaite.

— Vous pensez bien que nous y avons songé avant vous ! Mais le choix d'un favori convenable par mes soins, vous le devinez de reste, est une affaire d'État qui ne va pas sans mal.

— Je vois que le tout jeune Cinq-Mars, dont on dit qu'il pourrait faire l'affaire, n'aurait pas encore été formé à son emploi ?

— Il y faut en effet du temps, et c'est le temps qui nous manque le plus.

« Enfin, voilà de sages réflexions qui rejoignent celles du Père Joseph et les miennes, mais sans nous avancer beaucoup.

« Ah, quel sac d'épines ! Quelle croix pour mes épaules douloureuses ! Quel cercle vicieux, dont on se demande comment un beau petit Dauphin pourrait sortir ! »

Je hasardai sur un ton badin :

« J'ai entretenu ici même Votre Éminence en confession d'un enfant que j'avais fait à la femme du conseiller Lhermitte, sur les instances éclairées du mari. Certes, comme beaucoup de relatifs impuissants, Louis est mauvais coucheur dans tous les sens du terme, et jaloux comme un tigre d'un bien dont il n'use guère. Mais on pourrait faire son bonheur malgré lui. Une naissance inespérée dont il s'attribuerait tout le mérite le remettrait d'aplomb, lui redonnerait confiance en lui, le pousserait à faire à l'avenir ses enfants lui-même.

« M'étant entraîné chez les Lhermitte à la satisfaction

générale, ne serais-je pas bien placé pour tirer l'État de cette impasse ? Je me contenterais d'une couronne ducale et d'un million de livres...

— Je vous dispense de ce genre de plaisanterie : nous ne sommes plus au confessionnal, et des têtes sont tombées pour moins que ça !

— Seule Votre Éminence était digne de l'entendre et de la comprendre. »

Les sourcils froncés du Cardinal retrouvèrent leur ligne olympienne, et il me fit observer, tout rêveur :

« Les reines – il est vrai surveillées de près – n'ont pas fauté depuis Hugues Capet. Les débordements d'Aliénor d'Aquitaine durant la croisade de Louis VII ne sont pas prouvés, et les trois fils de Philippe le Bel n'ont été trompés qu'en tant que princes héritiers.

— Votre Éminence oublie la reine Margot, qui a cocufié le roi Henri de son avènement en 1594 à l'annulation toute politique du mariage par Clément VIII, vers 1599, je crois... Ce qui fait cinq ans.

— Les conjoints étaient séparés depuis longtemps. Je vois que vous connaissez votre histoire.

— Il faut la connaître pour la faire et en tirer des romans à l'intention des peuples crédules. Et l'histoire m'invite à affirmer que si les reines de France ont été surveillées de près, elles n'ont jamais été surveillées par un Cardinal tout-puissant, et de si près qu'aujourd'hui.

— Je vous ai assez entendu. Il suffit, Monsieur ! »

Tout à coup, Richelieu est affecté d'un tremblement nerveux : il vacille, s'effondre sur son bureau, balayant de l'avant-bras un tas de paperasses qui s'envolent vers le tapis. Sur son coussin, Gaspar, tiré brusquement de sa somnolence, se dresse et miaule, son œil doré fixant la scène. Je m'empresse de soutenir le malade, le guide à petits pas vers un divan de cuir fin à la turque, où il s'allonge, mortellement pâle, les mains sur les yeux.

Entre deux plaintes sourdes, le Cardinal me demande de condamner la porte : il ne veut pas être surpris en état de faiblesse, et aucun médecin ne le pourrait soulager dans l'immédiat. Ce n'est pas la première fois, ça va passer... Qu'on le laisse tranquille un moment !

Désœuvré, je rassemble les papiers épars, et je reconstitue la pile sur le bureau. Il s'agit de libelles, de chansons, de poésies, où l'injure anonyme adopte tous les genres, avec les talents les plus divers, et trop souvent, sans le moindre talent. Les frondeurs en écriront bien d'autres contre Mazarin !

On n'aura jamais gouverné un État contre le vœu plus unanime de toute une population ! Le Cardinal, avec son petit roi dans sa manche, qui peut en tomber à tout instant, doit se sentir tragiquement seul. En dehors du Père Joseph, il ne peut faire fond que sur des hommes qu'il achète ou tient d'une manière ou d'une autre, et sa survie relève chaque jour du prodige.

Richelieu avait annoté de sa plume un certain nombre de feuilles, écrivant alors en marge le nom de l'auteur – avec ou sans point d'interrogation.

Un morceau fort curieux était attribué (avec un point d'interrogation et trois points d'exclamation !) à ce jeune Cyrano de Bergerac auquel Ulysse avait fait une sympathique allusion au cours de notre voyage. Avant de mourir, comme beaucoup d'incroyants, de la vérole, ce Parisien se distinguera comme soldat, poète libertin, visionnaire et baroque. Un cas original.

Piaffant et hennissant de rage,
Centaure avide et belliqueux,
Impassible devant l'outrage,
Un piment dans son cul foireux,
Armand émerge de son nuage,
Et redressant son front neigeux
Sous la crinière de son casque,
Éminence de carnaval,
Il quitte fièrement son masque
Pour bander comme un vieux cheval.

Je glissai un regard furtif sur Armand du Plessis, qui semblait s'apaiser – sans hennir le moins du monde ! –, les mains toujours sur les yeux.

Le bruit courait parmi les gardes que le Cardinal avait des accès de démence carabinés, où il se prenait pour un cheval. Mais on raconte tant de choses...

Un quatrain, attribué cette fois-ci (sans point d'interrogation) à Gaston d'Orléans, était d'une autre portée. Le mécène de Blois, entre deux conspirations, taquinait volontiers la muse.

Richelieu fout si bien la reine,
Et pauvre Louis la fout si mal,
Qu'on espère, au bout de sa peine,
Un Dauphin du pourpre animal.

Un autre bruit courait, mais où la malice l'emportait sur la conviction, d'une galanterie entre le Cardinal et la souveraine. Les gardes, cependant, bien placés pour le savoir, n'y croyaient point.

Richelieu laissa tomber ses mains. Je remis précipitamment le quatrain dans la pile, m'éloignai à pas feutrés du bureau pour me rapprocher bien franchement du divan, venant aux ordres. Le Cardinal réclama médecine et indiqua un tiroir, dans un cabinet à l'espagnole, mais son esprit encore flou n'était guère fixé...

J'énumérai patiemment à son intention les produits en vrac dans ledit tiroir, dont les étiquettes mentionnaient éventuellement l'origine, la composition, le mode d'emploi, parfois le donateur.

Il y avait là un crucifix miraculeux, envoyé par le général des chartreux avec un « bézoard », issu de ces sphériques concrétions de poils que l'on trouve dans l'estomac des ruminants ; un sachet venu de Perse, qui renfermait une énigmatique poudre d'ossements humains ; de la bave verdâtre de crapaud dans une fiole translucide ; de l'extrait quintessencié de momie d'Égypte dans une petite boîte ronde ornée de caractères qui devaient être coptes ; un grigri du Sénégal, avec une notice particulièrement détaillée ; une corne de rhinocéros avec une râpe... Des médicaments de grand luxe, dont le commun des Français, abandonnés, faute d'argent, par la Faculté, ne connaîtraient jamais les bienfaits.

Finalement, le Cardinal y renonça…

« Laissons cela ! J'ai déjà tout essayé en vain. C'est encore le "bézoard" des chartreux qui marcherait le mieux… peut-être à cause du crucifix ? Mais la provision s'épuise.

— Pourquoi Votre Éminence n'essaierait-Elle point le crucifix sans le "bézoard" ? Un bon crucifix ne s'use guère.

— Ce n'est pas une mauvaise idée. Donnez toujours… »

J'avais glissé sans risque cette plaisanterie d'un goût douteux, et qui sentait sa Réforme. Richelieu était fatigué, et sa sensibilité catholique achevait de l'immuniser.

Crucifix en main, le Cardinal reprit en tout cas ses facultés avec une rapidité prodigieuse. Tout ragaillardi, il alla faire une rassurante caresse à Gaspar, se rassit derrière son bureau, et me montra le quatrain de Gaston, qu'il m'avait peut-être sournoisement vu lire à travers ses doigts.

« Que pensez-vous de ceci ?

— …que le duc d'Orléans, préoccupé pour la première fois du bien de l'État, et désespérant de le faire en personne, souhaite un Dauphin plus malin que lui.

— C'est ce qu'il fallait répondre ! »

Enchanté, le Cardinal revint sur terre pour m'annoncer une nouvelle qui ne m'étonna point…

« J'ai appris que Madame de Montastruc avait mis votre tête aux enchères, une menace à ne pas traiter par-dessus la jambe. La baronne – ce que je n'ai pas tous les jours ! – a les moyens de sa politique, et elle avait veillé sur son Ulysse comme une mère poule. Il était fatal qu'elle cherchât passionnément à vous faire égorger.

« Une anecdote que le Père Joseph a notée sur ses tablettes vous donnera une idée du personnage. Le jeune Ulysse de neuf ans ayant été perverti par un valet d'écurie de treize, on a vu un beau matin le jeune bougre empalé sur la plus haute grille du château.

« Car notre baronne nourrissait pour Sodome des sentiments antagonistes. Bien aise d'avoir son fils pour elle toute seule, elle ne pardonnait point à ces messieurs de la "confrérie" de l'avoir débauché et avili à ce degré.

« Vous comprendrez, mon garçon, que je ne puisse intervenir avant le fait dans une histoire privée qui ne trouble pas l'État, et que je ne puisse pas non plus vous faire garder comme vous me gardez vous-même avec tant de soin. Si vous vous attardez dans votre impasse du faubourg Saint-Germain, on viendra vous attendre un soir à votre porte, et ce ne sera point pour bavarder. Aussi vous proposerai-je d'emménager dans la dépendance de l'Hôtel de Chevreuse, à deux pas d'ici, que j'ai fait réquisitionner pour loger à leur aise une vingtaine de gardes et autant de mousquetaires, prêts à intervenir si ma résidence était insultée par la populace, comme au temps de l'alerte de Corbie. Il est bon de pouvoir prendre des émeutiers à revers quand on n'a pas le talent de les affronter de face comme vous, la bouche enfarinée !

« Au sortir de ce bureau, vous passerez voir le Père Joseph de ma part, et il verra ce qu'il peut faire de plus pour vous. Après tout, en matière d'assassinats en tout genre, c'est lui le connaisseur incontesté !

« En témoignage de ma satisfaction, le Père Ange vous remettra un brevet d'enseigne que je vous offre sur ma cassette, ainsi qu'une gratification extraordinaire de 7 000 livres. Puissiez-vous vivre assez vieux pour les dépenser !

« Mais vous y parviendrez peut-être si vous suivez mon conseil : un gentilhomme privé d'appui doit y regarder à deux fois avant de tuer en duel l'unique héritier d'une puissante famille. On ne tire pas l'épée en aveugle sans s'en mordre les doigts un jour ou l'autre.

« Allez, et prenez soin de vous ! Cela m'ennuierait de vous perdre bêtement, car vous êtes un serviteur plein de ressources, qui me demeurera à peu près loyal tant que je serai en place. »

Comme j'avais été mal inspiré de me déguiser en joyeux bougre dans ma lettre de condoléances à la Montastruc pour exciter sa sympathie ! Les entrailles retournées, la baronne devait faire affûter ses grilles en songeant à moi...

III

Le père Joseph me fit attendre un moment. Au dire du Père de Mortagne, il était en train de lire la longue missive d'un missionnaire envoyé en Abyssinie, royaume chrétien monophysite, dont il avait espéré qu'il pourrait jouer un rôle de diversion dans cette croisade contre les Turcs qui avait enchanté sa jeunesse et qui persistait toujours à lui énerver l'imaginative, en dépit de son anachronisme évident. Mais en 1632, le négus Suxensor, qui prétendait imposer le catholicisme romain dans ses États, avait dû céder la place à Fasiladas, lequel cherchait méchamment noise aux jésuites, arrivés jadis dans la foulée des Portugais.

Le Père Ange était plutôt sceptique quant aux possibilités de prendre Stamboul à revers en partant des montagnes de Gondar, où les Abyssins avaient installé leur capitale. Le sultan guerrier Murad IV, bien qu'il fût engagé dans une lutte à mort contre les Perses, n'en tenait pas moins solidement ses positions européennes, de Sofia à Mostar en passant par Belgrade ; et la France, depuis François Ier, était l'alliée de la Sublime Porte, comme elle l'était bientôt devenue des puissances protestantes, et pour la même perpétuelle raison, qui était de contenir et d'abaisser les Habsbourg. D'ailleurs, en admettant même qu'une fraternelle conclusion des interminables guerres allemandes permît de monter une quelconque croisade, l'opération eût encore échoué du seul fait que le Père Joseph tenait mordicus à un haut commandement français !

J'étais fort surpris que l'éminent capucin, déjà surmené, perdît son temps à de pareilles billevesées, même si son rêve tenace rejoignait celui d'une papauté pour laquelle la croisade était une tradition de légitime défense plus que justifiée par les perpétuelles agressions musulmanes.

« Je conçois votre étonnement, me dit le Père Ange, et il m'arrive de le partager. Mais chacun de nous a besoin d'un grand rêve vivifiant pour se faire pardonner ses mortelles erreurs, et l'Europe est trop étroite pour un Père Joseph.

« Prenez donc de ce *thé*, que les Hollandais nous apportent. Cette nouvelle boisson prévient toutes sortes de maladies, car en faisant bouillir de l'eau, on la débarrasse de ses miasmes. Le *thé* est excellent aussi pour se rincer l'œil au réveil. En revanche, j'ai bu à Stamboul une autre boisson chaude, noirâtre et un peu boueuse, originaire du sud de l'Arabie, qui doit avoir la même vertu, que les Turcs appellent café, mais qui est plus énervante. »

J'ai trempé mes lèvres dans la tasse, et j'ai fait compliment de la chose : c'était infect. Mieux valaient les miasmes !

Le Père Joseph étant sorti des profondeurs du royaume du Prêtre Jean pour me recevoir, j'entrepris de lui exposer mes craintes et de solliciter sa protection...

« Je vous arrête, Monsieur l'enseigne : c'est moi qui ai averti Son Éminence du danger qui vous menaçait, et je connais donc la question mieux que vous. Il va sans dire que notre protection vous est entièrement acquise... dans la mesure du raisonnable et du possible. Nous n'avons plus affaire aux ivrognes d'Arnac. Mais l'honneur du Cardinal est en jeu puisque vous portez si bien sa casaque !

« Nous avons d'abord des armes spirituelles, qui ne sont pas sans valeur, car la piété de la baronne a toujours été ostensible, et les fondations pieuses des Montastruc sont légion. J'ai déjà dicté une lettre à votre sujet au chapelain de cette dame – un franciscain, justement ! –, qui ne manquera point de la rappeler à des sentiments chrétiens et de faire valoir que le Cardinal serait fâché qu'il vous arrivât malheur.

« Mais ne nous faisons pas trop d'illusions. La haute noblesse gasconne, de tempérament irascible, a pris l'habitude de vivre au-dessus des lois, et il est à craindre que la baronne ne soit d'humeur à s'ensevelir avec vous, comme Samson avec les Philistins, sous les ruines du temple de Dagon, dont son or aurait ébranlé les colonnes. Depuis la disparition de son fils, elle n'est plus que l'ombre d'elle-même, en oublie le boire et le manger, et ne lutte contre une tumeur qui lui dévore la poitrine que dans l'espérance de voir votre enterrement. Nous devons donc gagner du temps, de sorte que la vengeance s'éteigne avec le sein qui la nourrit. Les oncles, les cousins, ne prendront pas la peine de s'inquiéter de vous.

« Votre installation dans l'Hôtel de la duchesse de Chevreuse, quelles que soient les précautions que vous prendrez, n'est qu'un palliatif, susceptible, sans plus, de retarder l'échéance. Quand on dépense sans compter, on parvient généralement à ses fins, par violence ou par trahison. Un certain Sourdois, domestique que vous aviez congédié, est venu dire au Châtelet qu'un émissaire de la baronne avait tenté de le corrompre pour une somme que je n'ose dire. Vous en seriez effrayé !

« Pour résumer, je tiens deux formules de sauvegarde à votre disposition : la formule monastique et la formule laïque.

« Si le sang dont vous vous êtes couvert à la moindre occasion depuis que vous avez quitté votre manoir pouvait vous amener à un retour sur vous-même, à une juste appréciation de vos imprudences et de vos fautes, le froc des capucins vous irait comme un gant, et une activité missionnaire passionnante vous serait libéralement ouverte.

« Si cette exigeante vocation ne vous tente point pour l'instant, reste une mission profane dans un pays où Madame de Montastruc aurait le plus grand mal à vous dénicher dans le temps qui lui reste à vivre.

« Voyons, qu'aurions-nous à vous proposer, que la bure ou l'épée eût recueilli vos préférences à la réflexion ?... »

Le Père Joseph sonna un moinillon, lui fit sortir et apporter des dossiers, qu'il compulsa attentivement avec l'une de ses loupes habituelles.

« L'Abyssinie, peut-être, dont je m'occupais à votre arrivée ? Un beau royaume plein de promesses, où nous œuvrons activement à la déchéance du négus hérétique Fasiladas pour rétablir les jésuites dans leurs privilèges. Un intrépide cavalier saurait y connaître des aventures instructives, et un capucin, y rencontrer la joie du martyre.

« Stamboul ? Une capitale magnifique, porte de l'Orient et de tous ses mirages, où nos représentations diplomatiques et commerciales sont peuplées d'habiles observateurs et informateurs, où un missionnaire maladroit peut cependant se faire empaler en glorifiant le Seigneur.

« Lisbonne ? Une cité encore toute parfumée d'épices, perle du grand océan, où nous excitons les Portugais en sous-main à se libérer de la férule de Philippe IV sans regarder aux pertes. Là encore, il y aurait à faire pour un gentilhomme entreprenant comme pour un moine à qui l'Inquisition locale ne ferait pas peur.

« Pourquoi pas le Taj Mahall d'Agra, cette marmoréenne merveille, dont un Grand Mogol plein d'éclectisme, entouré de derviches tourneurs, de yogis hiératiques et de bayadères énamourées, poursuit la construction avec fièvre ? Le Cardinal aimerait en faire relever les plans exacts afin de faire bâtir une " folie " sur ce modèle dans le parc de son château de Richelieu. Mais la conversion du Grand Mogol – si elle vous tente après celle de Bernard ? – aurait encore plus de valeur à ses yeux.

« Ou alors, tout simplement, avec des ambitions spirituelles forcément réduites, un retour aux sources dans le camp bien gardé de Saxe-Weimar ? Vous pourriez y donner la main quelque jour à notre ami Mascharini dans la mise en branle d'une soudaine révolte de Palais si un autre moyen n'est pas retenu.

« J'ose à peine vous suggérer le Japon, où les Tokugawa font présentement massacrer les chrétiens au milieu d'horribles supplices. Mais la tourmente passera et la foi renaîtra un beau jour du sang des sacrifiés.

« Que vous dirais-je encore ? Vous voyez que le travail ne manque point pour faire rayonner la France, première nation d'Europe, et la religion de nos pères sur l'univers tout entier. *Gesta Dei per Francos !*

— ...vous foutez de moi, ma parole ? !

— Plaît-il ? !

— Je vous demande de me protéger, et vous m'expédiez au diable vauvert chez des nègres sauvages, des Turcs féroces, des Indiens vicieux, des Saxons barbares, des Portugais en révolution, pour m'y faire échauder, étriper ou empaler ! Est-ce ainsi que le Cardinal défend ses plus dévoués et ses plus utiles serviteurs ?

— Tout doux, Monsieur ! Modérez-vous. Serions-nous pour quelque chose dans le duel imprudent qui vous attire tant d'ennuis ? Nous sommes encore bien bons, il me semble, le Cardinal et moi-même, de nous ingénier à vous tirer d'embarras de cette façon.

— Pardonnez-moi, mon Père : la moutarde m'était montée au nez.

— À tout péché miséricorde dès que la raison revient au pécheur.

« Parlez-moi plutôt de l'Alsace et des perspectives qu'elle pourrait nous offrir... »

Je m'exécutai, présentai les conclusions politiques et militaires que j'avais pu retirer de mon bref séjour, fis l'éloge de mon frère, dont j'affirmai mensongèrement qu'il avait conservé ses illusions jusqu'au bout.

« C'est vrai, me coupa le Père Joseph, cette belle histoire d'image de la Vierge des douleurs cachée dans l'oratoire de Bernard, que vous avez si joliment racontée naguère à la reine et à ses femmes ?

— Bernard, à ma connaissance, n'a pas d'oratoire. Je visais seulement à faire plaisir à Sa Majesté, qui est, comme vous l'êtes vous-même, si sincèrement attachée à la propagation de la foi dans le monde... et jusque dans les endroits les moins propices.

« Mais l'histoire aurait pu être vraie, car là où le péché abonde, la grâce surabonde avec l'aide de Dieu.

— Je pensais bien que c'était une craque.

« Mais cela aurait pu être, en effet. “Là où le péché abonde, la grâce surabonde”, oui ! Mon expérience me l'a toujours dit. Permettez que je note cette expression si heureuse et si consolante pour mon prochain sermon chez mes chères “Filles du Calvaire” au Marais. Elle nourrira leurs exercices spirituels.

— J'en serais flatté. C'était l'une des expressions favorites de ma mère, et Monsieur Sourdois l'avait faite sienne.

— Et il l'a même appliquée, apparemment ! Qu'aurait-il fait pour vous si vous ne l'aviez point chassé ? !

« Mais poursuivez... »

J'avais noté une secrète délectation dans l'exposé des hypothèses monastiques ou laïques qui m'avaient été complaisamment proposées, comme si le moine était heureux qu'une forte tête qui lui avait donné de la tablature reçût enfin le juste salaire de ses insolences et de ses ruses.

Avec une égale, mais sombre, délectation, je décrivis par le menu l'état horrifiant de l'Alsace, le calvaire des « Filles du Calvaire » du couvent de Schiltigheim et de leur abbesse, le martyre notamment de sœur Marthe de la Sainte Épine, qui avait reçu de la main du Père Joseph une image pieuse des plaies du Christ en des temps meilleurs, avant de se retrouver les jambes en l'air, à quatre pattes ou à genoux, dans un bordel pour officiers où un général luthérien en personne s'était chargé de lui choisir un nom de guerre. Ces évocations insupportables mettaient le capucin dans un pénible état de nerfs, et il essayait vainement de me réduire au silence. J'étais en plein bordel avec sœur Pipette, quand il se mit à hurler :

« Taisez-vous, pour l'amour du Ciel ! Croyez-vous que je ne sais pas tout cela ?

— Vous le savez peut-être, mais moi, je l'ai vu et ressenti. Et il y a de la lâcheté pour un meurtrier de corps et d'âmes à imposer à son prochain la vision de crimes dont sa douillette sensibilité ne supporterait pas de voir les conséquences.

« Permettez-moi, Monsieur, avec la liberté d'un homme qui a résolu de rester à Paris pour y mourir, qui n'élève pas la voix en subalterne, mais en catholique, par conséquent en égal, soucieux de cette correction fraternelle que l'Évangile nous recommande, permettez-moi de vous dire que de telles atrocités déshonorent à jamais, en Alsace, en Lorraine comme dans toutes les Allemagnes, ceux qui en sont responsables, de quelque parti qu'ils se réclament et quel que soit le Dieu qu'ils prétendent courtiser.

« Quand vous avez confié l'Alsace à un Bernard de Saxe-Weimar, il ne fallait pas être grand clerc pour prévoir ce qu'il allait y faire, et vous aurez à vous en expliquer là-haut si on ne vous coupe pas la parole avec dégoût et mépris. Je ne voudrais pas être à votre place. Vous me reprochiez tout à l'heure de m'être couvert de sang...

« Si la paille est dans le mien, la poutre est dans ton œil éteint, capucin de malheur ! Tu baignes dans le sang chrétien jusqu'au cou et ce n'est pas une croisade imbécile contre nos alliés turcs qui l'effacera.

« C'est toi, par action ou par omission, qui as dépeuplé les campagnes pour peupler les bordels, gâché à jamais la vie de sœur Marthe et de tant d'autres saintes filles qui avaient cherché refuge sous l'habit religieux, c'est toi qui as fait périr ignoblement sous les pires outrages l'abbesse de son couvent après l'avoir bercée et leurrée de correspondances hypocrites. S'il y a un enfer, tu y auras ta place, et s'il n'y en a point, l'enfer est déjà dans ton âme divisée !

Cher Seigneur, si Ta main m'enfonça la blessure
De ce perçant dessein,
J'ai droit de Te montrer ma tendre meurtrissure
Et descouvrir mon sein.

« De qui vous moquez-vous ? Occupez-vous plutôt du sein des femmes que du vôtre, et vos couvents seront mieux gardés ! »

Suffoqué, le Père Joseph demeura muet quelque temps. Je venais d'attaquer, sans défense honorable possible, un sein découvert, non plus au Seigneur, mais aux hommes. Le premier venu aurait pu fouler aux pieds l'individu comme moi. J'eus l'impression qu'il allait me répondre vertement, mais ses nerfs l'ont tout à fait lâché, et il a murmuré en pleurant :

« La grandeur de la France est à ce prix.

— Quel Dieu vous a chargé de la grandeur de la France ? Mais vous feriez haïr votre France de tous les honnêtes gens ! Qu'avons-nous à répandre au-delà de nos frontières, en dehors d'une misère que nous cultivons chez nous pour mieux tyranniser nos voisins ?

— À chaque heure qui passe, le Ciel m'en est témoin, je m'efforce de concilier la gloire de Dieu et la gloire de ma patrie. Cette angoisse abrège mes jours. Mais j'ai la pleine approbation de Son Éminence et de mon roi, et le pape lui-même, anxieux de ménager les nations qui montent au firmament politique dans la poussière des Églises ébranlées, garde une prudente réserve dans les affaires d'Allemagne. Si je fais erreur, je suis en bonne compagnie, et prêt à la payer de mon éternité. Que le Dieu tout-puissant, qui connaît les moindres replis de mes reins et mon cœur, me comprenne et me pardonne !

« Et je vous pardonne aussi vos outrances pour cette fois, car c'est une partie de moi-même, la plus noble peut-être, qui vient de me parler, et en effet, avec une liberté chrétienne. Mais par bonheur ou par malheur, mon siège est fait, et je mourrai écartelé comme j'ai vécu.

« La nuit est bien noire, mon enfant, favorable aux assassins à gages. Voulez-vous coucher au Palais ce soir ?

— Si je ne les vois pas, ils ne me verront pas non plus, et j'ai mon cheval pour les fuir ou les poursuivre. »

Nous n'avions plus rien à nous dire, ayant parfaitement compris pourquoi nous ne voulions pas nous comprendre. Une double démarche qui ne va pas sans quelque estime.

Mon brevet d'enseigne et mes 7 000 livres en poche, je me rendis au cœur de la nuit à l'Hôtel-Dieu de la Cité, où Monsieur Sourdois, selon le Père Ange, s'était mis au chevet des malades. Comme je pouvais être tué par surprise à tout instant, j'étais pressé de lui témoigner ma reconnaissance. Mais Samson avait déjà changé d'adresse pour se faire engager aux Quinze-Vingts du faubourg Saint-Honoré, où les aveugles devaient l'inspirer davantage. Un hospice fondé par Saint Louis pour recevoir trois cents gentilshommes auxquels les Sarrasins avaient crevé les yeux. C'est tout ce que le roi avait rapporté de sa première croisade avant de mourir dans la seconde. Mais ces déboires avaient fait une bonne publicité à ses successeurs.

La casaque du Cardinal forçant toutes les portes à toute heure, je trouvai Sourdois en train de veiller sur une grande chambrée d'aveugles, où il scrutait une grosse Bible toute noire à la lueur d'un lumignon.

Je savais bien que je lui étais antipathique autant qu'il me pouvait l'être, qu'il n'avait agi que par devoir, sans autre ambition que la joie de l'accomplir, et que c'est Dieu que j'aurais dû remercier, puisque sans son empreinte sur cette âme de fer, mes jours eussent été abrégés. Mais enfin, je pouvais remercier ce bon serviteur accessoirement.

Je l'ai embrassé pour la première et la dernière fois de ma vie, l'ai gratifié de 3 000 livres, et lui ai demandé combien son honnêteté lui avait fait perdre. « À présent, trente-sept mille, m'a-t-il fait négligemment. » Ainsi que me l'avait dit le Père Joseph, la somme était en effet effrayante, et Samson, que je n'avais jamais vu mentir, et qui était d'ailleurs tout à fait incertain de me revoir, ne l'avait certainement pas majorée. Les 40 000 livres dansaient devant mes yeux, et je me sentais de plus en plus mort.

« Si je puis vous donner un conseil, Monsieur, ajouta cet homme de bien, vous devriez déguerpir sans tarder vers des régions inconnues, polaires ou équatoriales. Félix Frisquet est si mauvais théologien qu'il vous vendrait pour une bouchée de pain. »

Je serrai la main de Monsieur Sourdois en lui citant l'une de mes phrases préférées de l'Évangile, et la plus catholique, car les œuvres y prenaient le pas sur la foi même : « Ce ne sont pas ceux qui crient “Seigneur ! Seigneur”, qui entreront au royaume des Cieux, mais ceux qui auront fait la volonté de mon Père. » Et Sourdois m'a répondu : « C'est ma foi qui vous a sauvé, et non mes œuvres. » Je n'allais point passer ma nuit à faire de la théologie chez des aveugles...

IV

Je regagnai mon faubourg Saint-Germain la main sur ma rapière, inquiet des rares lumières et inquiet des ombres épaisses qui m'environnaient de toute part, sursautant aux cris furieux des chats de gouttière en bataille d'amour, regrettant d'avoir libéré avant souper mes porteurs de chaise, dont la présence aurait pu dissuader des spadassins... ou les encourager ? Car coincé dans une chaise comme un hareng dans une boîte, on est fait sans phrase, incapable de se défendre dès que l'escorte a rendu l'âme ou a décampé. À la réflexion, la selle et les éperons étaient plus sûrs que la boîte. On voyait les choses de plus haut, on avait le bras libre, et quatre longues jambes au lieu de deux courtes.

Hermine, le Père Joseph, Monsieur Sourdois, me pressaient en chœur de fuir vers des pays impossibles, de quitter une reine pleine de santé qui me voulait du bien et pouvait avoir l'avenir devant elle, une sœur très affectionnée, mes excellents Lhermitte, chez lesquels j'avais pris de si douces habitudes, pour courir les risques de voyages qui n'étaient pas moins redoutables que la baronne. N'avais-je point failli périr en mer sur *La Confiance*, et quatre-vingts Suisses ne m'avaient-ils pas sauvé d'extrême justesse dans un bois lorrain ? Et en partant, je cessais de respirer le même air qu'une jeune fille confiante qui avait su reconnaître ma pleine valeur en un rien de temps et m'avait promis sa main avec une énorme dot. De telles affaires de cœur, si rares en toute saison, doivent être suivies de près.

Je me demandais même si mon installation à l'Hôtel de Chevreuse, en multipliant les contacts avec de quasi-inconnus, ne faciliterait pas plutôt les efforts corrupteurs de cette enragée baronne. Le Cardinal – bien obligé ! – voulait faire confiance à ses hommes, mais un bon nombre d'entre eux m'auraient sans doute poussé dans la Seine pour un mauvais cheval.

Trompette une fois remisé, je me rapprochai de mon impasse avec les précautions de ces Indiens Tapinois sur le sentier de la guerre, dont Samuel de Champlain nous entretient de façon si colorée dans ses mémoires. Tout était parfaitement calme : ou bien le calme précurseur du guet-apens sur l'Ontario ; ou bien celui de l'innocence des forêts inviolées du Nouveau Monde, où la vierge licorne, la croupe caressée par la brise du soir, épouse rêveusement son oreiller de mousse au pâle clair de lune. (Porthos, à qui je lis parfois une phrase que j'estime particulièrement bien venue, me dit que je force ici mon talent.)

Je me rapprochai encore... Les volets du grenier de la maison Lhermitte laissaient filtrer une faible lueur. La soupente de Félix Frisquet, dont la porte était défendue par un rideau qui montrait la corde, devait être à l'origine de ce phénomène, qui donnait à penser. Afin de faire durer ses chandelles, l'étudiant en théologie ne travaillait jamais bien longtemps après la tombée du jour, et il était plus de trois heures du matin en cette nuit du 30 novembre au 1er décembre 1637. Aurait-il par hasard trouvé de l'argent depuis que je lui avais donné six sous pour le consoler d'une cruelle déconvenue ? Avant mon départ pour l'Alsace, il en était encore à coltiner du poisson sur les quais pour joindre les deux bouts. Cette lueur était véhémentement suspecte, et je n'aurais pas eu besoin des avertissements de Sourdois pour nourrir les pires soupçons. Mais il était peut-être encore temps d'intervenir ?

Je pris garde à ne pas faire grincer la serrure du logis, retirai mes bottes, montai l'escalier en bas-de-chausses jusqu'au grenier, et allai glisser un œil par une fente du rideau...

Assis sur son tabouret devant les trois caisses superposées de morues qui lui servaient de bureau, son profil ingrat éclairé par une puante chandelle de mauvais suif, Félix grattait du papier avec application, tirant la langue et pesant les mots de sa lettre comme s'ils eussent pris une valeur inattendue. Mais le labeur touchait à son terme. Curieux d'en apprendre le plus long possible, j'attendis la formule de politesse pour bondir, confisquer la feuille d'un revers de main, et en apprécier la teneur, tandis que Monsieur Frisquet, changé en statue, n'osait plus respirer.

Le papier sentait un peu la morue, mais c'était du beau papier, en rapport avec la noblesse de la correspondante.

> *« Je croyais, Madame, vous avoir écrit tout ce que je savais de l'être abominable qui vous intéresse et de ses habitudes, mais un travail aussi attentif que discret m'a permis de découvrir il y a peu des éléments nouveaux, dont l'intérêt me paraît capital.*
>
> *« Sachez donc que le conseiller L., désespérant de faire un enfant lui-même, a prié son hôte de le faire à sa place, et le mari couvre de son manteau cette grossesse déjà apparente. Je m'en serais aperçu plus tôt si le scandale n'avait été si évident, mais c'est bien souvent ce que nous avons sous le nez que nous voyons le moins, notre innocence naturelle répugnant à certaines imaginations perverses et diffamatoires.*
>
> *« Ainsi, un calviniste qui ne s'était converti qu'afin de mettre la main sur la misérable cure de Louvie-Juzon et de faire carrière à la Cour dans les jupons de sa sœur qu'il espionne bassement pour le compte du Cardinal, va-t-il pondre comme le coucou dans le lit d'un janséniste complaisant, qui ne doit pas manquer de lui graisser le bec et la patte pour le service. Ce qui n'empêche pas l'individu de faire monter à l'occasion des filles de rien dans ce même appartement où il vient de recevoir sa maîtresse sur le retour, car il n'exploite pas seulement les charmes des dames mûres, mais le pain de fesse plus ordinaire doit aussi l'intéresser, quand ce n'est pas le bougre qui l'excite.*

« Cependant, tout cela n'est rien à côté du pire, et ma main tremble, ma plume s'embarrasse à ce surcroît de noirceur, à l'idée de la peine imméritée que je m'en vais vous faire. Mais vous avez, hélas, trois fois hélas, le droit sacré d'être au courant et j'ai l'affreuse obligation morale de vous y mettre !

« Durant le voyage d'Alsace, où notre oiseau était allé mettre ses talents au service de l'hérésie luthérienne avec l'hypocrisie consommée qui le caractérise, j'ai trouvé dans son nid, cachées au fond d'une paire de vieilles bottes, deux lettres de votre fille qui ne laissent aucun doute sur les relations coupables qui s'étaient nouées derrière votre dos. En un mot, votre chaste Hermine est déshonorée, elle est devenue folle du traîtreux meurtrier de son frère, et elle attend votre disparition pour lui accorder sa main et lui apporter la fortune de la famille, qu'il dilapidera dans de mauvais lieux après lui avoir collé une sale maladie.

« " O tempora, o mores ! " *disait déjà Sénèque.*

« Un pareil aventurier a-t-il le droit de vivre ?

« Vos trente pistoles me permettront de faire soigner ma vieille maman. Vous estimerez peut-être que les révélations de ce jour méritent un supplément que je laisse à votre discrétion. J'ai besoin de linge pour moi-même, et j'avoue que quelques douceurs me feraient plaisir, ne fût-ce que la joie de boire à votre chère santé.

« Mais si nous devions aller beaucoup plus loin, il va de soi que mes humbles services seraient plus chers.

« Toujours dévoué à vos ordres, j'ai bien l'honneur... »

Je jetai la lettre sur le bureau improvisé...

« Reprends ta plume. Dépêchons-nous. Je ne vais pas moisir ici. Remplace " Sénèque " par " Cicéron ". Ta réputation est en jeu.

— Vous... vous croyez ?

— J'en suis sûr. Même une brève réputation est bonne à prendre. »

Félix biffa docilement « Sénèque » et écrivit « Cicéron »

au-dessus. À l'odeur de la morue se mélangeait celle de sa sueur aigre. Il avait du mal à avaler sa salive.

« Que diriez-vous, Monsieur, si je donnais de fausses informations à la baronne sur votre compte ?

— Je dirais que tu en es bien capable, et que tu me ferais un prix, puisque tu travailles pour rien, tel un crétin des Alpes qui ne verrait pas une poule aux œufs d'or dans son grenier.

— Alors, vous allez me laisser vivre ?

— Comment es-tu entré en rapport avec Madame de Montastruc ?

— Un homme est venu me trouver *À la Cloche de bois*, près de la Sorbonne, pour me payer un vin chaud. Et je ne l'ai plus revu. J'écrivais à la dame à son adresse du Marais, et elle m'écrivait à celle de ma sœur aînée, qui a vingt-deux ans de plus que moi et tient, en tout bien tout honneur, le ménage du curé de Saint-Eustache. Mais je n'ai conservé aucune lettre de la baronne, car je devais les renvoyer aussitôt à chaque fois. L'argent a été remis à ma sœur, qui ne m'a accordé que quelques pistoles. Je n'en sais pas plus, je vous jure...

« Vous allez me laisser vivre, n'est-ce pas ?

— C'est toi qui as parlé, au début de ta lettre, d'“éléments d'un intérêt capital”. L'adjectif est bien choisi. “Un pareil aventurier a-t-il le droit de vivre ?” n'est pas mal non plus. Mais je préfère encore : “...si nous devions aller beaucoup plus loin, mes humbles services seraient plus chers.”

— Mais je ne puis m'en aller sans confession !

— Il fallait y songer plus tôt. N'est-il pas dit dans l'Évangile : “Je viendrai comme un voleur” ?

— Je suis trop jeune pour mourir. Qu'allez-vous faire de moi ?

— Je me le demandais justement. Si je traîne ton corps dans l'escalier, cela risque de réveiller Julie, qui n'a pas besoin de cette émotion dans son état.

« Le mieux est de fourrer ta maigre carcasse dans un sac vide, et de te faire descendre, comme un vrai amoureux, par où est déjà montée notre Nicolette. Je traînerai le sac jusqu'à la Seine toute proche, où tu pourras boire ton content à la santé de cette baronne. Mais je rapporterai ici ce sac qui ne m'appartient pas. Tu seras de la sorte réputé avoir sauté à l'eau, entraîné par le poids de tes fautes comme par la légèreté de tes remords.

— Vous ne parlez pas sérieusement ?

— Madame de Montastruc n'est-elle pas une mère infiniment sérieuse ?

— Et si je criais ?

— Tu ne crieras pas longtemps, puisque que je vais serrer tout doucement ton cou de volatile mal nourri en te regardant droit dans les yeux. »

Félix fit un bond désespéré vers la sortie, trébucha sur la jambe que j'avais tendue avec une vélocité d'escrimeur, tomba de travers et s'assomma contre la cloison. Il y gagna de ne pas se voir mourir, mais il mourut en tirant cette langue grisâtre qu'il avait sortie pour écrire. Mon duel le plus facile, et même le plus honorable, si l'on songe que la victime avait mérité un sort plus rude.

On repêcha le désespéré dans la matinee. La mort de ce théologien manqué fit aussi peu de bruit qu'en avait fait sa vie, et Irénée ne jugea pas utile de relouer la soupente.

Dans l'après-midi de ce premier décembre, profitant d'un moment de loisir au Palais, j'ai fait porter trente pistoles à Madame de Montastruc, avec mes compliments.

Je lui écrivais en apostille :

> *« On me dit que votre santé vous donnerait depuis peu des inquiétudes. Le Père Joseph, qui veille de près sur ma propre santé, au point de faire jeter à la Seine tous les imprudents qui voudraient me porter ombrage, m'offre une situation assise de martyr au Japon des Tokugawa, voire un fauteuil d'observateur en Abyssinie, où les jésuites seraient, paraît-il, en difficulté. Mais j'ai décidé de demeurer présent tant que vous serez souffrante, dans l'espoir d'être autorisé à aller vous présenter en personne mes vœux de prompt rétablissement, à Paris même, ou derrière les grilles admirables de votre château du Toulousain, que j'aimerais voir de plus près. J'aimerais*

aussi mieux connaître votre charmante fille, dont Ulysse m'avait dit tant de bien, dans la douce intimité de la tente que nous partagions le soir, lors de ce voyage qui me semble un rêve aujourd'hui, et dont je vous resterai toujours reconnaissant. »

Il est bon de traiter les menaces par le mépris quand la fuite n'est plus de saison, et un surcroît de fureur ne pouvait qu'abréger les jours de cette forcenée.

V

Dans la nuit du samedi 5 décembre 1637 au dimanche 6, se passa la chose du monde la plus surprenante, la plus étonnante, la plus extraordinaire, la plus prodigieuse, la plus stupéfiante, la plus inattendue et la plus fatale, la plus folle, la plus troublante, la plus discutable, la plus douteuse, la plus mystérieuse, la plus officieuse, la plus officielle, la plus pudique et la plus impudique, la plus légère et la plus lourde de conséquences pour les siècles à venir et pour moi, qui fus bientôt précipité par ladite chose dans des dangers inouïs, fantastiques, extravagants… (Porthos, qui ne veut connaître que le style militaire, me tape sur l'épaule, et je ne veux point plagier plus longtemps Madame de Sévigné dans un mauvais jour. Comme le dit fort judicieusement – avec seulement quatre adjectifs – le sorbonnard Cherfanion de Taverny, qui n'a pas craint de succéder à Vaugelas en fait de purisme : « Le bon langage de l'honnête homme d'aujourd'hui se reconnaît à la rareté de l'adjectif, qui ne doit point dépasser le nécessaire et le suffisant. »)

Bref, au soir de ce 5 décembre, le roi Louis parvint à coucher avec sa femme. Oui !

Le plaisant récit du chroniqueur Monglas au sujet de cet exploit peu courant, et d'autant plus mémorable, vaut d'être lu avec la plus grosse loupe du Père Joseph. Ce Monglas n'était pas un aigle et se haussait rarement au-dessus du ragot. Mais sa prose naïve a justement ici le mérite de nous offrir le reflet fidèle des préjugés du temps et des désirs du véritable pouvoir à propos d'une affaire qui avait fait question à tout le monde et, pour une fois, ce plumitif avait pris la peine de se bien renseigner, comme je puis en témoigner personnellement : peu de temps après les faits, j'en avais eu pleine confirmation par le Guitaut dont il sera question plus loin.

Même le lecteur le plus prévenu remarquera les efforts accomplis pour donner à croire que la conception du futur Louis XIV, vu les déplorables relations entre le roi et la reine, a quelque chose de miraculeux. Et comme cet imbécile de Monglas, afin de rassurer l'opinion et de conforter la thèse du Cardinal, en fait trop, et avec une insigne maladresse, il en arrive à suggérer le contraire de ce qu'il entend démontrer. Quand un prodige de la nature est sujet à caution, on est tenté de chercher ailleurs une explication de sens commun.

Je me suis permis, dans le dessein d'éclairer la lecture de ce texte révélateur, de mettre entre parenthèses quelques commentaires objectifs de ma plume.

> « *Au commencement de décembre, la reine étant à Paris* (*Id est :* au Louvre), *et le roi, à Versailles, il en partit pour coucher à Saint-Maur.* (*Id est :* dans un méandre de la Marne, au sud-est de Paris. Il y avait à Saint-Maur-les-Fossés un splendide château construit jadis par Philibert Delorme pour le cardinal du Bellay, qui était un rendez-vous de chasse apprécié).
>
> « *Il passa par Paris et s'arrêta aux Filles de Sainte-Marie de la rue Saint-Antoine, pour voir Mademoiselle de La Fayette.* » (En d'autres termes, au lieu de relier le rendez-vous de chasse de Versailles à celui de Saint-Maur en coupant normalement par le sud, ne fût-ce que pour s'épargner les sérieux embarras de la capitale à la tombée de la nuit, le roi « passe par Paris », afin de visiter sa chère La Fayette, qui avait pris le voile près de la Bastille. J'ai déjà touché un mot de ce grand amour contrarié. Louis compte ensuite, par la porte Saint-Antoine, prendre la route de Charenton et

remonter la Marne vers Saint-Maur. Suivant la Seine et longeant le Louvre, ce passionné chasseur de bêtes, de garçons et de pucelles n'a pas eu l'idée de saluer sa femme – ou s'il l'a eue, le courage lui a failli.)

« *Mais quand il fut près d'en partir, il survint une pluie si grande et un vent si impétueux que toute la campagne fut inondée et que les hommes et chevaux ne pouvaient aller ; outre que l'obscurité était grande et que les flambeaux ne pouvaient demeurer à cause du grand vent qui les éteignait.* » (Pour s'apercevoir que la campagne était inondée et venteuse au point de décourager toute circulation, le roi avait dû pousser un moment au-delà de Paris, puis était revenu s'abriter au parloir du couvent des Filles de Sainte-Marie, où Mademoiselle de La Fayette, plus que probablement, l'a vivement pressé d'aller dormir au Louvre, commençant ainsi de lui gâcher sa soirée.)

« *Cet accident embarrassa fort le roi, à cause que sa chambre et son lit et ses officiers de bouche étaient à Saint-Maur. Il attendit longtemps pour voir si le temps changerait : mais voyant que ce déluge ne passait point, l'impatience le prit ; et comme il dit qu'il n'avait point de chambre au Louvre tendue, ni d'officiers pour lui accommoder à souper, Guitaut, capitaine au régiment des gardes, qui était fort libre avec lui, répondit qu'il fallait qu'il envoyât demander à souper et à coucher à la reine.* » (Puisque Saint-Maur est par malheur inaccessible, il faut bien se résigner, en effet, à rebrousser chemin vers le Louvre, qui n'est pas à une demi-lieue, mais alors que les appartements du roi et de la reine se font face, le monarque ne songe d'abord qu'à se calfeutrer chez lui la queue basse. Et il faut être vraiment « fort libre » avec le Prince pour oser lui proposer de souper chez la reine, et surtout d'y COUCHER, terme odieux entre tous ! Malgré les énergiques pressions du Cardinal, qui ne cessait de bassiner le capitaine pour qu'il exploitât toutes les occasions de pousser Sa Majesté à bien faire, Guitaut m'a dit par la suite qu'il n'avait pas prononcé le mot fatal sans serrer les fesses.)

« Le roi renvoya bien loin cette proposition comme fort contraire à son inclination (Monglas ne l'envoie pas dire !), *et s'opiniâtra dans l'espérance que le temps changerait.* (Plutôt une petite tempête plus ou moins supportable que les soubresauts du lit conjugal !) *Mais voyant que l'orage augmentait au lieu de diminuer, Guitaut, au hasard d'être encore rebuté* (!), *lui fit la même proposition, qui fut un peu mieux reçue que la première fois ; seulement le roi dit que la reine soupait et se couchait trop tard pour lui.* (Dernière et lamentable tentative d'échapper à son sort.) *Mais Guitaut l'assura que la reine se conformerait à son heure ; et Sa Majesté se rendant à ses raisons, il partit en diligence pour en avertir la reine et faire en sorte que le roi n'attendît pas longtemps à souper. Elle reçut cette nouvelle avec une joie extrême* (Madame est trop bonne !), *d'autant plus qu'elle ne s'y attendait point* (Monsieur, n'est-ce pas, se faisait si rare...) ; *et ayant donné ses ordres pour que le roi soupât de bonne heure, ils couchèrent ensemble* (ouf !), *et cette nuit, la reine devint grosse du Dauphin, qui fut depuis le roi Louis XIV, lequel causera la fin des maux de cette grande princesse et la mettra un jour au plus haut point d'honneur et de gloire auquel une reine soit parvenue. »*

On peut constater qu'il avait fallu des circonstances tout à fait imprévisibles, une succession de contretemps et de hasards pour que cette affaire fût menée à bien : un chasseur sachant chasser sans son chien qui traverse les embarras de Paris à une heure indue pour aller débusquer sa grande chérie derrière une grille de parloir, une reine en son Louvre, laquelle aurait pu être ailleurs, les instances de Mademoiselle de La Fayette, d'autant plus pressantes et convaincantes qu'elles venaient en conclusion d'ardentes prières et neuvaines, l'obstination, la ferme diplomatie, la présence d'esprit et les fines manœuvres d'un Guitaut, qui a su avoir réponse à tout, avant de courir préparer la reine à l'honneur inhabituel qu'elle allait peut-être recevoir si le prétendant ne s'effondrait pas au dernier moment, les bonnes dispositions de la souveraine, qui devait être d'humeur à concevoir ce jour-là, un ouragan diluvien dans une nuit où l'on n'y voyait goutte, et dans une saison qui donnait envie de se mettre au chaud, même entre les jambes d'une femme exécrée…

Si une seule pièce avait manqué au jeu, la partie aurait tourné court, et un monarque, pourtant archipersuadé de l'importance de sa prestation, ne serait jamais arrivé à pied d'œuvre. Dans la Saint-Barthélemy aussi, de multiples pièces avaient dû se mettre en place, coïncider et s'enchaîner, mais au service de la mort.

Étant donné les extrêmes répugnances du roi, il est en tout cas bien compréhensible que le Cardinal et le Père Joseph aient humainement désespéré qu'un Dauphin vînt couronner leurs efforts.

C'est à juste titre que Louis XIV dans ses langes fut surnommé bientôt « l'enfant du miracle ».

Ce dimanche 6 décembre avant midi, étant venu, par un temps toujours exécrable, présenter mes devoirs à la reine, je trouvai les appartements royaux dans une extrême agitation : Sa Majesté avait passé un quart d'heure au lit avec sa femme, s'était bientôt réfugiée, nerveusement épuisée, dans un coin où Elle avait refusé un bouillon de poule d'un air maussade, était repartie dès l'aube avec Guitaut, la mine sombre, sans saluer personne, pour entendre la première messe à Saint-Germain l'Auxerrois, paroisse de Nicolette, mais aussi des rois de France depuis les Valois, dont les cloches, sonnant matines, avaient donné aux Ligueurs le signal de la Saint-Barthélemy. Le cadavre de Concini, dont Louis ne s'était plus préoccupé après l'exécution, y avait été mis en charpie au début du règne.

Une telle visite à une telle heure en un lieu si chargé de fortifiants souvenirs signifiait que le roi avait le sentiment de s'être dépensé dans les formes requises, remettant à Dieu pour le reste le sort de sa dynastie.

Les demoiselles d'honneur étant – en principe – incompétentes, c'étaient les dames d'honneur qui avaient, en pareille occurrence, la délicate mission de recueillir tous les détails possibles pour faire au Cardinal un rapport précis sur un rapport douteux.

Ce matin-là, les demoiselles d'honneur, curieuses comme des pies dans une volière, essayaient, mine de rien, de surprendre quelques échos du grand mystère de la vie, et bavardaient de la sensation causée la veille par l'arrivée de Guitaut.

J'ai demandé à ma sœur Claire quelle demoiselle d'honneur avait été de garde durant la nuit à la porte de la chambre...

« C'était moi. Quand le roi s'est retiré après avoir fait sa petite affaire, il m'a jeté en passant : " Maintenant, ma chère, j'espère bien qu'on me foutra la paix un moment ! J'ai fait mon possible. Advienne que pourra..." C'était la première fois qu'il me parlait sur ce ton, et j'en ai été bien étonnée.

— C'était aussi la première fois depuis longtemps qu'il couchait pour de bon avec sa femme. Il y avait de quoi l'énerver cavalièrement !

— De toute façon, je n'en sais pas plus. »

Madame Lancret de Vivonne, dame d'honneur de la reine, en savait heureusement davantage.

Après une jeunesse orageuse au temps du Vert-Galant, cette vieille peau avait donné dans la dévotion et fondé, près de l'ancienne maladrerie de Saint-Lazare, un asile pour filles repenties où l'on se repentait vite d'être entré. J'aurais rougi d'y faire enfermer ma Pipette.

Experte autrefois à éviter les grossesses inopportunes, Madame de Vivonne s'était mise à présent au service de la plus noble fécondité, et ses connaissances, soutenues par un vocabulaire impressionnant, paraissaient encyclopédiques. Elle était devenue en la matière l'augure de ce sérail.

Le duc et la duchesse de Vivonne, qui étaient plutôt à la côte, avaient transformé en tripot fort couru l'assez vaste logement qu'on leur avait permis d'aménager dans les combles du Louvre, avec une belle vue, de l'autre côté du fleuve, sur la tour de Nesle et l'abbaye de Saint-Germain. Ce tripot théoriquement clandestin, et qui restait ouvert jusqu'au cœur de la nuit, était garant de la parfaite docilité de la duchesse, et les espions du Père Joseph pouvaient glaner dans ce lieu stratégique des renseignements intéressants sur l'état des fortunes et des vices contemporains. J'y avais joué de temps en temps lorsque je fréquentais chez Beaufort, que j'y avais vu prendre un soir une culotte de 40 000 écus sans frémir !

Madame de Vivonne savait que j'« étais » étroitement au Cardinal, et elle savait aussi que je savais qu'elle l'« était » aussi étroitement que moi. Comme un Espalungue avec un Mascharini, honteusement réunis dans une même famille, nous pouvions parler sans détour.

Selon cette dame, le diagnostic était clair. Surmontant ses pudeurs espagnoles, la reine lui avait fait des confidences sans ambiguïté. « Sa nature était toute barbouillée du surplus, ce qui donnait à penser que le gros de la décharge était parvenu, grâce au Ciel, à bon port. » Profitant de l'occasion, la duchesse me pria de porter sur-le-champ l'heureuse nouvelle au Cardinal, qui devait être sur les épines depuis qu'on lui avait dit que le roi avait soupé chez sa femme.

Congédiant mes porteurs, je fis seller un cheval aux écuries du Louvre, jetai quelques mots sur un billet en attendant que l'animal fût prêt, et me précipitai à francs étriers sous une pluie battante vers le Palais du maître, bousculant tout sur mon passage. Le mauvais temps avait retenu Richelieu d'aller jouir de Rueil avec son compère.

Le Cardinal, en représentation restreinte, dînait d'un blanc de poulet. L'estomac noué, il était encore dans un cruel suspens, sous le coup de premiers échos aussi vagues que contradictoires.

Aussitôt introduit, je lui remis mon billet :

« Vivonna perita dixit, in vasculum electum multae guttae pretiosissimae vero vehementer profluxerunt, sicut mare propitium, et bene positae praecipue. Rex potens ex improviso venit, vidit, vicit, Caesaris modo. » (Selon la compétente Vivonne, de multiples gouttes, des plus précieuses, et surtout bien placées, ont coulé avec force dans le petit vase d'élection, telle une mer propice. Le puissant monarque, venu inopinément, a vu et vaincu à la manière de César.) Il vaut mieux

braver l'honnêteté en latin qu'en français. Aramits était de cet avis. Et si Porthos ne l'est point, c'est que le latin lui échappe comme il échappait à Julie, qui ne savait faire l'amour que dans la langue de sa mère, verte ou rose selon les instants.

Envahi d'une allégresse sans limites, le Cardinal leva quatre doigts, et je reçus avec reconnaissance un gros diamant plein de crapauds.

Je me fis un devoir d'ajouter :

« On disait chez la reine que, sans le capitaine Guitaut, le roi ne serait pas venu coucher. Veuille Votre Éminence se souvenir de lui comme Elle se souvient de moi.

— C'est bien la première fois qu'un de mes gardes fait l'éloge d'un garde de Sa Majesté !

— Si on faisait plus d'éloges, on en recevrait davantage. L'éloge est la seule dépense qui porte intérêt.

— Nul doute que Guitaut ne dise désormais du bien de vous chez les gardes et les mousquetaires du roi ! Quand je n'y serai plus, je vous autoriserai à y entrer.

— Plût au Ciel que je n'y entrasse jamais à ce prix ! »

Comme j'allais me retirer avec mon diamant, le Cardinal me fit observer avec le sourire :

« Lorsque vous vous êtes découvert tout à l'heure, des bouts de poireaux sont tombés de votre feutre sur le parquet. Serait-ce une mode en Béarn que de porter des poireaux à son chapeau ? »

L'assistance s'esclaffa. Il y avait en effet des débris de légumes à mes pieds, et il s'agissait incontestablement de poireaux, comme ceux que je cultivais en galoches dans le potager de mon manoir en un autre temps. J'en fus aussi surpris que le Cardinal, et je ne savais trop que dire...

« La tête blanche et la queue verte du poireau sont en effet l'idéal des vieux Béarnais, comme il l'était du roi Henri de si bonne mémoire. Mais je n'avais jamais vu de poireaux sur un chapeau. »

Un souvenir me revint...

« Je crois comprendre, Éminence ! Dans ma hâte d'accourir, j'ai bousculé au passage des marchandes des quatre saisons, rue Saint-Honoré, qui m'ont jeté à la tête ce qu'elles avaient sous la main. Mon cheval doit en être également décoré. J'étais trop pressé pour me formaliser et prêter attention à ma tenue.

— Vous avez une fois encore couru un risque à mon service, contre de redoutables amazones, cette fois-ci, ce qui mérite une récompense de plus.

« Puisque vous êtes à courir, courez donc à la Maison professe des jésuites annoncer à votre parent, Quiroga ayant fait son temps, qu'il est dorénavant premier confesseur de Sa Majesté la reine. Le Père d'Espalungue a rempli à notre entière satisfaction la mission difficile dont nous l'avions chargé en Alsace, et la reine sera pour lui d'un abord plus gracieux qu'un général hérétique. »

Un murmure d'étonnement, dont je n'ai cure, agite l'assistance : je galopais déjà jusqu'à la rue Saint-Antoine, toujours sous la pluie, qui fait de la capitale un océan de boue nauséabond.

Matthieu, qui sortait à l'instant d'un réfectoire bourdonnant de pieuses lectures, fut tout étourdi de cette distinction que rien ne laissait prévoir. Les exercices de saint Ignace avaient beau le rappeler chaque jour à l'humilité, à l'effacement, au sacrifice de soi, il ne pouvait s'interdire de penser – en dépit de sa décevante expérience alsacienne – que son rare mérite était pour quelque chose dans l'affaire. L'œil perçant du grand Cardinal avait dû distinguer en lui une étoffe au-dessus de l'ordinaire... ou plutôt « hors du commun », car « au-dessus » eût par trop manqué de modestie.

« À quoi songes-tu, Matthieu ?...

— À ce que le Cardinal a pu voir en moi pour me confier une pareille responsabilité.

— Il n'y a vu que du bien.

— Tu exagères.

— Il a vu aussi que tu étais le demi-frère d'un enseigne de grand avenir, qu'il peut jeter quand il lui plaît dans les bras de ces messieurs d'Arnac ou dans ceux de Madame de Montastruc, laquelle achève de me lier à ce montreur de marionnettes. Il compte sur moi pour te rendre obéissant, et il compte sur toi pour être aussi aveugle que chez Saxe-Weimar, où tu as fait tes preuves.

— Voilà que tu deviens méchant !

— C'est pour ton bien.

— Qu'est-ce que le Cardinal pourrait exiger de moi qui irait contre ma conscience ?

— Je n'en sais rien, mais sois tranquille, lui, il le sait déjà ! Toutefois, il pourrait faire erreur, car il ne sait pas à quel point tu es honnête.

— Enfin un compliment ! »

J'avais assombri sa joie.

En fin d'après-midi, rentrant chez moi après une promenade par les jardins des Tuileries, je remarquai une agitation anormale dans les églises et couvents : Richelieu, à l'annonce de la bonne nouvelle, avait donné le mot d'ordre pour que de ferventes tournées de prières fussent organisées en faveur de la conception d'un Dauphin, ce qui ne laissait pas d'être des plus surprenants.

Pour plus de sûreté, j'avais demandé à quatre de mes hommes de me raccompagner jusqu'à l'« impasse des tire-laine », et ils partageaient ma surprise, sans craindre d'exprimer la leur par de grasses plaisanteries. Que le roi couchât rarement avec la reine, ce n'était que trop connu, mais pourquoi monter en épingle cette réunion entre quelques autres, comme si les faibles chances de grossesse eussent été à présent plus grandes que jamais, plus grandes qu'autrefois, plus grandes que naguère, plus grandes que demain ? L'initiative faisait travailler l'esprit. Et je gage que les nombreux historiens des siècles à venir qui n'auront pas daigné me lire – surtout si ce manuscrit s'égare en dépit de mes précautions ! – se poseront des questions à ce sujet.

Nouveau son de cloche bizarrement analogue : le 10 décembre, cinq jours seulement après le rapprochement des époux royaux au Louvre, l'Éminence rouge et l'Éminence grise soumettront à la signature du roi un vœu à la Vierge qui lui consacrait officiellement la personne du monarque et tout son royaume, un vœu bien évidemment en rapport avec les susdites tournées de prières. Et le 10 février

1638, quand le roi sera informé de la grossesse de sa femme, il renouvellera son vœu, y ajoutant cette fois en clair des prières spéciales pour la naissance d'un Dauphin.

De tels vœux n'étaient pas si fréquents. J'ai déjà mentionné celui de mai 1636, commandé par une situation militaire inquiétante, et dont les vertus avaient bien tardé à se manifester. Je ne connais que ces trois-là, dont deux ont eu le même objet. La nuit d'amour du 5 au 6 avait dû avoir – en dehors de sa brièveté ! – quelque chose de spécial, mais quoi ?

Dès le lendemain 11 décembre, ma curiosité devait être satisfaite : j'étais entré par mégarde dans la cage de la Bête en rut.

VI

Dans l'après-midi du vendredi 11 décembre – mon service s'arrêtait ce jour-là à midi –, Richelieu donna comédie au théâtre de son palais, une histoire biblique aussi édifiante que plaisante, *Les Filles de Lot*, la Genèse étant là pour ne pas désobliger le Père Joseph, qui jouait la comédie à tout le monde, mais ne la pouvait souffrir sur une autre scène que celle de sa cellule. Notre capucin s'était fait excuser ce jour-là pour cause de « représentation de bréviaire », s'il fallait en croire un bruit qui courait parmi les spectateurs.

Le Père Joseph était coutumier de ces piques, qui faisaient sourire le Cardinal plus qu'elles ne l'agaçaient. Dans leur duo bien rodé, tels deux castrats de la chapelle Sixtine, chaque fois que la politique n'exerçait point ses draconiennes contraintes, le moine s'adjugeait volontiers le rôle du chrétien rigoureux donnant sévère leçon à un prélat trop mondain.

Mais les leçons n'allaient pas jusqu'à demander à Richelieu d'où il tirait ses millions. Monsieur Leclerc du Tremblay avait été gentilhomme avant de prendre le froc, et entre gentilshommes, bruns ou rouges, il y a des questions qu'on ne pose pas, et d'autant moins que la réponse est plus claire.

En revanche, le Cardinal faisait à tous le plus vibrant éloge de la chasteté et de la pauvreté de son ami, qui lui servait de caution morale. Mais au fond, à y regarder de plus près, le Père Joseph était un homme de plaisir, et qui recherchait même le plaisir le plus aigu, car s'il n'avait pas éprouvé un plaisir supérieur à l'ascétisme et au détachement, il aurait barboté dans la caisse tout comme un autre.

La salle comble était, bien sûr, fort brillante. Outre la reine qui, instamment suppliée de venir, s'était fait une raison, on y voyait en particulier une tribu d'académiciens qui se poussaient du coude. Deux ans auparavant, Richelieu avait fondé une Académie pour y abriter au rabais quarante tâcherons des lettres qui fussent autrement demeurés inconnus, et avoir à sa botte des nègres habiles en toute chose, et d'abord à l'encenser.

Le concert de louanges qui se préparait pouvait aussi compter sur Théophraste Renaudot, dont les grands yeux ronds exprimaient l'attention la plus fidèle. Ce Renaudot devenu « commissaire général des pauvres » par la protection du Père Joseph, avait ouvert un bureau de placement-dispensaire pour espionner les domestiques, dont il y a tant à apprendre, et il patronnait *La Gazette* et *Le Mercure français*, qui étaient des feuilles aux ordres, rédigées pour être lues à plat ventre. Le Cardinal ne lui léguera que 2 000 livres, ce qui était un peu chiche pour tant de platitudes.

On devine l'argument de la pièce : Lot, parent d'Abraham, réfugié dans une caverne après avoir de justesse échappé à la destruction de Sodome, où il résidait, par le feu divin, est enivré par ses deux filles qui, dans le légitime désir de ne pas laisser perdre la race, tirent descendance de leur père inconscient, et le chevauchent successivement, avec d'autant plus d'acrobatique mérite qu'elles étaient vierges et vertueuses. Le fils de l'aînée sera l'ancêtre des Moabites ; le fils de la cadette, celui des Hammonites. Il n'y a que dans la Bible qu'on peut voir en vente libre des horreurs pareilles, dont les protestants se régalent, il est vrai, à la veillée !

Mais avec du doigté, et bien qu'improvisant dans la hâte, une fine équipe d'académiciens avait fait des *Filles de Lot* un spectacle très convenable. Les grottes étaient d'ailleurs à la mode, et les artifices de théâtre permettaient d'y suggérer ce qu'on n'osait pas trop montrer, les alexandrins aidant à faire passer la muscade.

Richelieu, qui ne doutait pas qu'il eût été un Corneille si le temps ne lui avait manqué, s'était réservé de polir quelques vers, et notamment les quatre derniers, par lesquels il espérait peut-être faire impression sur une reine qu'il ne quittait pas des yeux :

Et dans le vin joyeux de quelque grotte obscure,
Sans se préoccuper de fournir une dot,
Dénouant sur-le-champ sa chaste chevelure,
Le prolifique Amour sacré a vaincu Lot.

L'acteur qui avait été retenu pour le rôle de Lot faisait un peu songer à un Cardinal qui eût revêtu la bure du Père Joseph, et les deux demoiselles aux appas avantageux et à la voix mélodieuse avaient visiblement un sens aigu du devoir de famille.

En justaucorps tout neuf, j'applaudissais de bon cœur avec les autres aux débordements incestueux du patriarche inconscient. Si la plupart des vers étaient médiocres, le thème m'avait touché, qui illustrait la toute-puissance d'un amour béni par le Ciel – au mépris de quelques conventions – dès qu'une inépuisable fécondité en découlait. Et je pouvais aisément m'identifier à Lot, la femme d'un conseiller janséniste valant bien les filles d'un ex-Sodomite pris de boisson.

Mais la servilité de la noblesse n'étant pas alors ce qu'elle est devenue pour sa perdition, des réserves, des critiques même, se faisaient jour parmi les membres d'une aristocratie frondeuse avant la lettre. La coupe de l'ultime alexandrin était-elle bien régulière ? Et le duc de Beaufort de s'interroger hautement :

« Qu'est-ce que l'atour nacré… l'Amour sacré peut bien faire de vingt calottes… culottes ? Une suffit quand il s'agit de l'enlever ! »

Tempête de rires. Même Renaudot a du mal à garder son sérieux. Toujours le même, ce Beaufort, on ne le changera pas. C'est à croire qu'il le fait exprès !…

Heureusement, la reine, dont la maîtrise de soi était proverbiale, est demeurée impassible. Mais ses suivantes, à l'exception de ma sœur, qui ne riait qu'à la réflexion, se sont jointes à l'hilarité générale.

Richelieu, qui ne s'amusait pas du tout, se leva brusquement avec humeur pour guider la souveraine à pas lents vers la salle du festin, auquel j'avais été prié par insigne faveur. Je m'y retrouvai coincé en bout de table, entre un maigre militaire mutilé et un gras fournisseur aux armées, dont les regards, douloureusement aigris d'un côté et fort ennuyés de l'autre, se croisaient au-dessus de mon assiette comme des feux de siège.

Anne, qui était en passe de grossir, mangera avec une gourmandise appliquée. On avait fait venir de partout pour les cuisines du Palais ce qu'il y avait de plus cher, de plus rare et de plus fin. Et une lointaine et vague rumeur parvenait jusqu'aux convives distraits : dans les rues avoisinantes, des bandes houleuses de misérables, brutalement contenus par des mousquetaires qui auraient pu espérer des exploits plus glorieux, se pressaient déjà pour être les premiers à profiter des miettes. Il était toute une gradation dans les rebuts, du plus présentable au plus infect, et toute une populace se communiquait des adresses de banquets dans l'espoir d'apaiser sa fringale. Certains bourgeois ou artisans ruinés s'habillaient même en mendiants pour se faufiler honteusement dans les queues.

Après souper, place à la danse !

Le Cardinal, qui s'était retiré un moment, reparaît tout à coup en culotte de bouffon verte, des grelots aux chaussures, des castagnettes aux mains, avec une troupe de baladins dans le même appareil. Il s'était entraîné avec ses maîtres de danse pour offrir cette étourdissante surprise à la reine. Et de s'adjuger soudain le premier rôle d'une sarabande endiablée, cette noble danse espagnole à trois temps, devenue lascive au point de susciter la hargne des prédicateurs, qui prétendaient y voir des évolutions de sorciers et de damnés. Dans les pays de soleil, les danses dégénèrent vite.

Une initiative aussi incongrue était à peine croyable, et l'assistance doutait de ses propres yeux. On savait que

Richelieu, depuis les chaleurs du mois d'août – mois décisif d'une haute trahison demeurée secret d'État –, avait accablé Anne d'Autriche de prévenances et de flatteries, mais il y avait, dans ladite sarabande, comme une abdication de l'Église et de la pourpre devant les charmes de l'une des plus belles princesses d'Europe. Le prêtre se dépouillait au profit du cavalier qu'il aurait voulu être. La reine, cependant, paraissait plus embarrassée que séduite par cet hommage excessif à sa beauté et à ses origines ibériques.

Sorti haletant de la danse après une dépense qui n'était plus dans ses moyens, le Cardinal est allé plier le genou devant sa souveraine, et s'est relevé pour lui glisser quelques phrases à voix basse. Puis il s'est retiré avec ses faire-valoir afin de reprendre une tenue décente.

Claire est bientôt venue m'avertir que la reine désirait m'entretenir de toute urgence d'une affaire des plus graves, et elle m'a conduit au petit cabinet désert des estampes, où sa maîtresse n'a pas tardé à me rejoindre.

Anne était vivement inquiète, et me dit, dès que nous fûmes seuls :

« Vous avez vu, mon petit d'Espalungue, le regard que m'a lancé le Cardinal lors de cette affaire de culottes, comme si la bonne fortune d'un patriarche biblique qui avait le sommeil lourd pouvait me concerner en quelque manière ? Et ensuite, cette danse ridicule, où il a agité ses mollets de coq comme s'il voulait grimper au lustre d'un coup d'aile ? Et enfin, cette invitation à aller voir ses Rubens dans une demi-heure, comme d'autres montrent à des créatures de rien ces images orientales que les hérétiques de Hollande rapportent pour la confusion des chrétiens...

— Mais Votre Majesté connaît déjà ces Rubens : le Cardinal s'est empressé de lui faire visiter fièrement son palais tout neuf et ses meubles après en avoir fait cadeau au roi.

— Justement ! Ce n'est qu'un prétexte pour me parler en particulier d'une histoire, soi-disant importante, mais dans l'état d'agitation où se trouve Son Éminence, à quoi puis-je m'attendre ? Buckingham – Dieu ait son âme si caressante et si fidèle ! – avait déjà cet air penché à Amiens quand il m'a convaincue d'aller voir une statue de satyre corinthien dans les jardins de l'archevêque. Mais j'étais jeune, et c'était Buckingham...

— *Non licet omnibus adire Corinthum !* Il est évident qu'un Richelieu ne vaut pas un Buckingham et que des Rubens ne valent pas non plus un vieux satyre... du moins pour ce qu'une jolie femme peut en faire.

— Telle est bien mon impression. Ce pourquoi j'ai si peur.

— Le Cardinal n'oserait quand même pas manquer de respect à votre personne. Et par-dessus le marché, dans une maison royale, dont il n'est, après tout, que le " concierge " bénévole. Ce serait un crime de lèse-majesté.

— Je dois prévoir le pire et me déterminer en conséquence. Que dois-je faire à présent ?

« Ne serait-il pas peu politique de refuser l'invitation, d'afficher de la sorte une méfiance qui pourrait se révéler sans objet. L'appui du Cardinal, depuis ce que le roi ose appeler ma " noire trahison estivale ", m'est devenu indispensable jusqu'à nouvel ordre.

— Je crois aussi, tout bien pesé, qu'il vaut mieux aller au rendez-vous.

— Mais si ce gitan me saute dessus en bavant, avec sa culotte de grenouille, ses grelots aux pattes, et ses castagnettes dans ses griffes crochues ?

— On peut gager que, d'ici là, Son Éminence aura repris figure humaine... et même proprement ecclésiastique.

— C'est vite dit. Je ne puis souffrir que ce monstre m'approche... mais je ne saurais non plus lui faire des promesses fallacieuses, car si je lui enlève brutalement tout espoir, de quelle vengeance raffinée un orgueilleux de cette espèce ne serait-il point capable ?

— Richelieu, Madame, est d'abord homme d'État, et votre capacité de procréer, qui vous a protégée jusqu'à présent de vos imprudences, vous protégera encore, s'il plaît à Dieu. »

J'ai senti monter en moi cette pitié, annonciatrice des plus dangereuses bêtises, qui m'avait déjà troublé le jugement quand je m'étais mêlé de secourir un Chapon, un Bridois ou une Pipette. Mais « on ne se refait point », comme disent les dames de halle, si portées sur les proverbes, et pour ce qui est d'une charité bien éclairée, une reine n'est pas moins à considérer qu'une pauvresse.

J'ai donc réfléchi à ce qu'on pourrait imaginer pour la sauvegarde de cette souveraine aux abois. Malheureusement, je n'avais pas les idées trop claires. Un festin prolongé en était peut-être la cause. Pour plaire à son illustre invitée, Richelieu s'était procuré en contrebande des vins d'Espagne capiteux qui montaient à la tête.

« Vous rendez-vous compte, a repris la reine, qu'il suffirait au Cardinal de parler au roi des cuivres de l'Arétin pour me perdre ? Louis m'a dit qu'il ne me passerait plus rien, que j'étais sur le fil du rasoir. On a beau être “ d'abord homme d'État ”, une méchanceté est vite lâchée dans un mouvement de colère.

— Richelieu est trop gentilhomme pour...

— Il est gentilhomme comme le Père Joseph est capucin ! Les deux font la paire. Ce sont des fourbes. »

Nous nous regardâmes en silence, aussi désemparés l'un que l'autre.

Et Anne me dit tout à coup :

« La pièce biblique que nous venons de voir me fait penser à l'histoire de Suzanne. Deux vieillards la surprennent au bain, lui font des propositions déshonnêtes, qu'elle repousse, indignée. Les vieillards la calomnient pour se venger, et Daniel prouve son innocence en interrogeant les calomniateurs séparément afin de les mettre en contradiction.

— Oui. L'un parle d'un acacia, l'autre d'un tremble.

— Vous en savez plus long que moi. On voit bien que vous êtes né protestant, avec un Ancien Testament dans votre berceau !

« En tout cas, si Daniel avait assisté de loin, caché dans un acacia ou dans un tremble, à la scène du bain, il aurait innocenté la chaste Suzanne plus vite et plus sûrement encore. »

Je craignais de comprendre.

— Je distingue mal où Votre Majesté veut en venir...

— Ne voulez-vous point être mon Daniel ? Si j'envoie promener le Cardinal, il peut raconter n'importe quoi. C'est sa parole contre la mienne. Mais si vous êtes témoin de l'entretien, tout change. J'ai en votre personne la meilleure des garanties, et même la seule possible. Votre amicale présence, d'ailleurs, me serait d'un grand réconfort dans cette épreuve.

« Son Éminence m'a fait admirer, dans le fond de la salle, les douze panneaux d'un grand paravent chinois en laque, déployé devant la porte d'un débarras où l'on remise des tableaux en attendant de les exposer. Vous seriez très bien derrière.

— Seigneur Dieu, Madame ! En août, interrogée par le Cardinal, vous vous êtes fort gratuitement confessée de l'affaire du coffret et des cuivres, ce qui a déjà failli me faire jeter dans un trou où vous m'auriez bientôt oublié…

— Je vous jure sur l'Évangile, Monsieur d'Espalungue, que je ne parlerai de votre bonté à personne et que je n'invoquerai votre éventuel témoignage que sur votre autorisation la plus expresse.

— Non et non ! C'est un coup à se faire pendre. Je suis au désespoir de refuser, mais vous me demandez vraiment l'impossible. »

La reine pleura et je ne savais où me mettre.

Elle ajouta :

« Je sais bien que je vous demande beaucoup. Songez cependant à la reconnaissance que je vous aurai le jour où je serai vraiment reine, débarrassée de mes deux tyrans, le grand en robe rouge qui glace le sang, et le petit, qui n'a que sa couronne pour plaire. Le temps qui œuvre pour moi peut aussi travailler pour vous. Un moment vient dans la vie où il faut oser. Je vous offre cette chance. Dépêchez-vous : le Cardinal, pour coquet qu'il soit, ne restera pas indéfiniment à sa toilette. »

C'est ainsi que je me retrouvai derrière ce foutu paravent chinois.

VII

Le cabinet carré des Rubens, qui occupait l'un des angles du Palais, de dimension moyenne, était couvert de ces grandes toiles décoratives de l'infatigable maître d'Anvers, qui devait mourir trois ans plus tard. Les petits tableaux, entièrement de la main de l'artiste, et notamment les portraits, sont d'une qualité supérieure. Ici, nous avions surtout affaire à des scènes mythologiques bien composées, mais un peu lourdes, d'un sûr commerce néanmoins, où le peintre s'était réservé les dernières touches.

Des chairs féminines épanouies attendaient l'assaut de faunes velus ou de héros antiques habillés d'un casque, des nymphes rebondies étaient enlevées par des centaures musclés... Et l'on avait l'impression que les dames qui avaient servi de modèles avaient bu trop de bière entre les poses en se faisant chatouiller par les élèves de l'atelier. Cela devait correspondre au goût du Cardinal.

Lors de mes premières armes, mon plaisir m'avait plutôt porté vers les beautés fluettes des Cranach aux seins haut perchés ronds comme des pommes, Julie m'avait fait apprécier les charmes des meilleurs Rubens, et j'avais trouvé en Hermine une incomparable perfection. L'idéal masculin varie avec les siècles comme avec l'âge et les expériences.

De derrière mon paravent, par les jointures des panneaux, j'avais une bonne vue de la pièce, que Richelieu avait fait illuminer, et dont les surfaces planes et le carrelage de marbre m'avaient renvoyé le bruit de mes pas quand je l'avais traversée.

Anxieux à l'idée que le Cardinal pourrait aller vérifier si personne ne se trouvait derrière le paravent, ou même dans le débarras, j'avais manœuvré la porte dudit débarras, constaté que son va-et-vient ne faisait aucun bruit, pénétré dans cette annexe obscure à la lumière d'une bougie empruntée à l'abondant luminaire de la salle, et déposé bottes et bougies à l'abri d'une grande caisse. Puis je m'étais retiré en laissant ma bougie allumée. Si le Cardinal se faisait menaçant, j'espérais avoir le temps de courir éteindre la bougie qui aurait suffisamment éclairé ma retraite après que j'aurais refermé la porte sur moi. Un Mascharini m'eût sans doute félicité de ce souci du détail salvateur.

C'est le ministre qui arriva le premier, apparemment surpris que la reine ne l'eût point précédé. Mais comme j'avais mis Anne en pleurs, elle avait peut-être éprouvé le besoin de se refaire une beauté avec l'aide de ses suivantes.

Richelieu, qui avait soigné sa mise à l'extrême, était magnifique, pourpre comme un grand homard de Bretagne sortant de son court-bouillon sur un plat d'argent. Il n'avait jamais été plus à son avantage, et on l'eût dit tout rajeuni, soutenu par un feu intérieur. Sans doute avait-il épuisé pour cette grande circonstance sa ration de « bézoards » et de crucifix miraculeux.

La nervosité du Cardinal était toutefois évidente. Bientôt, il tira de ses poches un papier, où il avait dû prendre des notes en prévision du discours qu'il comptait bientôt adresser à la reine, car il le consultait fiévreusement en marchant et en murmurant, soucieux de ne pas oublier une virgule.

Une telle précaution était extraordinaire et montrait bien l'importance que l'orateur, qui devait pour cette fois manquer de confiance en lui, attachait à l'entretien. La mémoire de Richelieu était en effet des plus étonnantes et valait celle du Père Joseph.

À Rome, où le jeune diacre du Plessis avait couru demander à Paul IV une dispense d'âge pour bénéficier du pauvre évêché de Luçon, on avait eu une première impression mitigée des talents du sujet. Au sortir d'un sermon, le futur cardinal s'était amusé à le répéter mot pour mot, puis il l'avait répété à nouveau en changeant toutes les citations, de façon à soutenir une thèse diamétralement inverse. Devant cet exploit sophistique, le pape avait prédit : *Questo giovane sarà un gran furbo* (ce jeune homme sera un grand fourbe), étiquette dont le Cardinal, malgré ses efforts, n'avait jamais pu se débarrasser.

Une fois évêque de Luçon, du Plessis, instruit par sa fâcheuse expérience romaine, avait rédigé un manuel à usage interne intitulé sans fard : *Instructions et Maximes que je me suis données pour me conduire à la Cour*, d'où il résultait que la première qualité d'un ambitieux était de dissimuler son intelligence pour ne pas effrayer son monde !

Mais Richelieu n'avait pas seulement une mémoire d'éléphant au service d'une extrême agilité d'esprit, c'était aussi un prédicateur talentueux, et les sermons de l'évêque de Luçon à Saint-Germain l'Auxerrois devant Henri IV avaient été autrefois fort remarqués.

Le Cardinal s'apprêtait donc, pour séduire la reine, à lui administrer l'un de ces discours dialectiques qu'il affectionnait, avec exorde, thèse, antithèse, synthèse et péroraison, désireux de convaincre paragraphe par paragraphe, sans rien laisser passer.

La maladresse était si énorme chez un homme par ailleurs si intelligent, que j'avais envie de sortir de derrière mon paravent pour lui prendre la main et lui dire : « Ce n'est pas comme ça qu'il faut s'y prendre avec les femmes. J'en savais plus long que toi là-dessus à quinze ans. Laisse leur cerveau tranquille et occupe-toi du reste ! » Mais je n'ai pas osé.

Décidément, la reine se faisait attendre, et il était bien possible qu'elle le fît exprès, soit pour retarder le moment d'une pénible confrontation, soit afin de mieux marquer à son persécuteur à quel point il lui était inférieur en dignité.

Richelieu s'impatientait. Il remit enfin son aide-mémoire inutile, sinon nuisible, dans sa poche, et s'immobilisa devant un tableau où l'école de Rubens avait brossé avec beaucoup de fougue et de couleur l'enlèvement d'Europe par Jupiter métamorphosé en taureau.

Si Europe, plantureux continent que le Cardinal rêvait de subjuguer par les coups de reins de ses subalternes, ressemblait par quelques côtés à Anne d'Autriche, le taureau, pour l'essentiel, ne ressemblait guère au Cardinal.

La reine parut enfin, rassérénée, égale à elle-même, et vint s'asseoir dans un fauteuil tout doré avec cette majesté qui n'appartenait qu'à elle, tandis que le Cardinal s'inclinait avec cette grâce souriante qui n'appartenait qu'à lui.

En exorde, l'orateur remercia la reine d'être venue ouïr une pièce où le Dieu de la Bible avait si bien rappelé aux hommes tous les sacrifices que les femmes devaient faire pour garantir la pérennité de leur lignée, les Moabites et les Hammonites n'étant assurément pas peu de chose. Si les Hammonites avaient peu fait parler d'eux, les prolifiques Moabites, dont le nom signifie en hébreu « les verges du Moab », assujettis par le roi David, avaient défrayé la chronique des siècles durant…

Suivit un exposé où le Cardinal démontrait longuement, remuant le fer dans la blessure, ce que la reine savait aussi bien que lui, à savoir qu'un Dauphin était absolument nécessaire à la gloire et à la sûreté de la mère, laquelle n'avait présentement d'autre appui ni d'autre ami sur la place qu'un premier ministre à sa dévotion. Gaston d'Orléans, qui d'ailleurs ne pouvait inspirer confiance à personne, était lui-même hors jeu : veuf de Marie de Montpensier, qu'il avait été contraint d'épouser après la conspiration de Chalais, et qui était bientôt morte en couches, ne s'était-il pas remarié secrètement à Nancy, le 3 janvier 1632, au prieuré Saint-Romain, avec Marguerite de Lorraine, un mariage que l'acariâtre Urbain VIII n'annulerait pas sans d'extrêmes difficultés…

— Mais nous connaissons tout cela par cœur, Monsieur le Cardinal. Auriez-vous autre chose d'intéressant à nous dire ?

— J'y viens, Madame, j'y viens ! Veuille Votre Majesté considérer le peu de chance qu'Elle a d'avoir été engrossée dans la nuit du 5 au 6 dernier, et le peu de chance que se produise à raisonnable échéance une récidive plus heureuse… Le roi paraît à bout de forces, plus encore au moral qu'au physique, et alors, justement, que la présence de l'héritier tant attendu le rendrait à lui-même et lui ferait le plus grand bien !

— Je ne le sais que trop ! Ces prières publiques que vous avez aussitôt commandées, ce vœu subséquent du roi à la Vierge, n'était-ce point vendre la peau de l'ours avant que de l'avoir tué ? Ce qui ne vous ressemble guère.

— Cela me ressemble tellement, Madame, que ces prières et ce vœu pourraient aisément porter leur fruit si, avec l'aide du Ciel, Votre Majesté daignait faire le nécessaire.

— Et que pourrais-je faire de plus ?

— Il est temps de compléter les méritoires efforts d'un Prince parvenu au terme de ses ressources par des hommages plus assidus, de façon à porter les chances de conception au plus haut degré. Par la force des choses, il appartient au roi d'ouvrir fermement la voie dans ces occasions exceptionnelles : il y va des paternelles lois de la nature comme de son éminente position.

« Et il y va même de la légitimité, car si l'on mélange de la semence royale avec une semence plus ordinaire, fût-elle en beaucoup plus grande quantité, l'obscur adjoint risque sans doute de réussir, mais le glorieux mari conserve une bonne chance qu'il serait indécent de lui disputer. Nous avons, cette fois-ci, deux ou trois semaines devant nous au maximum... »

La reine, qui avait jusqu'alors suivi le Cardinal avec ennui, dans une sorte de somnolence postprandiale encore aggravée par le ronron cadencé des phrases et des périodes, dressa pour le coup l'oreille et fit un effort de réflexion. Même les femmes les plus vertueuses sont passionnées par ces affaires-là.

« Si j'ai bien saisi, Monsieur le Cardinal, vous pensez que le roi gagnerait à se faire aider ?

— Avec mon aide, Madame, tout est possible en France !

— Réserves étant faites sur le projet, je ne vois point qui vous me pourriez présenter qu'une reine comme moi pût décemment agréer...

— M'étant recommandé depuis des lustres à l'attention publique par quelque capacité, je n'oserais point, Madame, présenter à Votre Majesté autre chose que ma personne. Quel candidat offrirait de meilleures garanties ? La confiance inébranlable du roi, une éminente cléricature, m'ont donné l'habitude des grandes affaires et inculqué au plus haut degré le sens de l'État et la vertu de discrétion, qui sont devenus pour moi comme une seconde nature. De plus, ce qui n'est pas indifférent pour l'enfant, personne – je puis l'affirmer sans forfanterie – ne met mon intelligence en doute.

— Mais Monsieur, les rois n'ont pas besoin d'être intelligents. Que feraient-ils de cette qualité, qui s'achète si aisément partout à bas prix ? Il suffit aux rois d'être eux-mêmes pour être aussi heureux qu'ils peuvent l'être ici-bas.

— Certes, certes... Dès que les rois ont assez d'esprit pour choisir un bon ministre, on ne leur en demande pas plus, et ils peuvent partir chasser en toute quiétude.

« Mais ce n'est point seulement une brillante intelligence que je mets sans réserve au service de Votre Majesté. J'ai aussi un cœur, Madame, un tendre cœur qu'on ne saurait acheter, un cœur aimant et fidèle qui palpite et bat dans ma poitrine à m'en étouffer chaque fois que je vous vois, chaque fois que je pense à vous, à votre port si altier, à vos yeux si doux, à vos si blanches mains, à tous ces charmes cachés que je n'ose dire... Entrevoir votre pied mignon serait déjà pour moi un honneur ineffable.

— Venez à mes pieds, Armand, dit la reine sur un ton sucré, que je vous livre ma réponse de plus près... »

Pris d'une soudaine ivresse, le Cardinal se précipita pour embrasser à deux genoux le bas de la robe de sa dulcinée. De mon observatoire, je pouvais voir de profil son visage tout baigné de larmes de joie.

Toujours d'une voix douce, Anne poursuivit :

« Reprenez-vous, Monsieur le Cardinal ! Petite-fille d'un roi d'Espagne, fille d'un roi d'Espagne, sœur d'un roi d'Espagne, sur les terres duquel le soleil ne se couche jamais, triste épouse d'un roitelet français qui a encore sa petite part de soleil dans son coin, j'irais jeter mon gant au fils d'un hobereau de province et d'une robine, à un prêtre suspect qui danse la sarabande comme un ours de la sierra de Gredos ? Quel beau parti vous me présentez là ! Je n'ai rien entendu. Essayez donc de trouver mieux... »

Après cette leçon d'orgueil nobiliaire au dernier homme du monde qui aurait pensé la recevoir, la reine se leva et sortit.

La porte du cabinet se referma sur un Richelieu qui demeura anéanti. Toutes les grandeurs qu'il avait accumulées n'étaient plus que des hochets sans consistance. L'Évangile le lui avait dit et répété, il ne l'avait pas voulu croire, mais la reine était crédible, parce qu'elle venait de le toucher au vif d'un revers négligent de son gant. Il aurait beau se démener, faire illusion, il ne serait jamais aussi noble qu'il avait rêvé de l'être. Anne lui avait montré ses limites. Quand serait-il, mon Dieu, aussi bête et aussi heureux qu'un roi ?

Le Cardinal se redressa péniblement, s'agrippa au fauteuil, flaira avec une ardeur animale le coussin où une femelle inaccessible venait de laisser l'empreinte de ses formes.

Et la créature hybride commença de hennir. Non pas, bien sûr, le hennissement de l'étalon triomphant de sa cavale, plutôt ceux du centaure blessé qui a perdu queue et panache dans une affaire ridicule devant des nymphes hilares, et qu'un reste de pudeur retient de gémir trop fort. C'était pitoyable. Les naseaux frémissaient, la denture jaunie grinçait, les babines poilues bavaient… La bête souffrait affreusement.

Mais bientôt, elle bondit pour cavalcader parmi les Rubens, levant la jambe et faisant fièrement sonner le sabot. Elle avait retrouvé toute son énergie. La race parlait haut et fort.

Toutefois, après quelques tours de piste, la course se ralentit, et le centaure jeta des regards inquiets de tous côtés.

Chez le Cardinal, en effet, le cheval savait très bien qu'il n'était en sécurité qu'aux mains des hommes. Puissant et plein de feu sous la cravache d'un bon cavalier, le cheval, livré à lui-même, n'est plus qu'un gros herbivore craintif, proie favorite d'une foule de carnassiers, et son excellente mémoire ne fait qu'accroître sa panique, car son faible jugement ne sait pas distinguer les réalités des apparences. « Cheval ombrageux » est un pléonasme. Ils le sont tous plus ou moins, et c'est par là qu'ils sont dangereux, pour eux-mêmes comme pour les imprudents qui leur ont fait confiance. Un centaure qui a peur est capable de s'emballer...

Et c'est ainsi que Richelieu galopa tout à coup vers mon paravent pour s'en faire une protection contre les fauves. Ma bonne connaissance des chevaux – et dans une moindre mesure, des cardinaux... – m'avait déjà alerté. Pourtant, en dépit de ma vivacité habituelle, j'eus à peine le temps de courir souffler ma bougie, que ma sueur aurait suffi à éteindre !

Je suis resté longtemps dans le noir derrière mes caisses, à claquer des dents et à reprendre mes esprits.

Ainsi, avec l'intuition des vrais poètes qui n'ont pas encore chopé la vérole, le jeune Cyrano n'avait pas tort : la France était aux mains d'un fou, qui ne demandait qu'à piaffer et à s'emballer. Toute la grande politique de Richelieu trouvait d'ailleurs là son explication : plus le centaure avait la frousse, plus il fonçait droit devant lui avec des œillères...

La France, je ne m'en inquiétais pas outre mesure. Bien avant que d'être à la France, j'étais à un maître, dont il fallait que je m'accommodasse. La France n'était pour moi, comme pour bien d'autres, qu'une pure idée platonicienne assez élastique, dont la définition variait avec les générations. Mais je commençai de m'inquiéter pour le Béarn de mon enfance, dont les frontières étaient connues depuis qu'il y avait des Béarnais pour parler béarnais. Un jour que le Cardinal n'aurait pas eu sa ration de foin, n'allait-il pas convaincre le roi, s'inspirant du défunt Antoine de Bourbon, d'échanger le Béarn contre la Sardaigne ?

VIII

Sorti du Palais désert en pleine nuit, alors que les fumées des lourds vins espagnols étaient en passe de se dissiper, j'éprouvai le besoin de me rafraîchir le gosier avec un cruchon de vin blanc.

Pour la première fois de ma vie, j'étais tenté par le réconfort artificiel que pouvait procurer l'ivresse. Secoué au-delà du possible par ce que je n'aurais jamais dû voir ni entendre, je donnais de moins en moins cher de ma peau. D'une part, la baronne se raccrochait à la vie pour mieux détruire la mienne. D'autre part, ma confiance dans la reine demeurait limitée. Si jamais elle bavardait et que l'écho de ma présence derrière le paravent parvînt aux grandes oreilles du Cardinal, la Bête me piétinerait allégrement. Les gens d'Arnac, jugés naguère si redoutables, n'étaient que de la petite bière à côté de ces dangers-là. Ma bonté d'âme, mais aussi une spéculation hasardeuse dans le sillage incertain de la reine, l'ambition prématurée de parvenir sans vouloir payer le prix habituel de l'obéissance et de la compromission, semblaient me pousser avec une vitesse accrue vers le gouffre.

J'allai m'attabler en solitaire à *La Brebis amoureuse*, cabaret situé à mi-chemin du Palais-Cardinal et du Louvre, où beaucoup de gardes et de mousquetaires du roi ou de Son Éminence avaient leurs habitudes et buvaient jusqu'à une heure tardive en jouant aux cartes ou aux dés. Les querelles étaient assez fréquentes entre ces formations rivales de régicoles et de cardinolâtres, mais il suffisait de se tenir tranquille pour y échapper.

Autre motif pour moi de fréquenter les lieux en cette saison : le petit vin blanc nouveau. Les vins blancs de la région parisienne, autrefois fort réputés – il faut des automnes assez froids pour vinifier des blancs d'un fruité supérieur –, avaient perdu de leur qualité au fur et à mesure qu'augmentait la population de la capitale, malgré toutes sortes de réglementations qui avaient eu un effet plutôt contraire à celui qu'on aurait attendu. Mais le conseiller Lhermitte avait conservé quelques vignes plantées de bons et vieux cépages entre Étampes et Pithiviers, et il vendait à *La Brebis amoureuse* le surplus de sa consommation familiale. Ce qui fait que j'avais plaisir à y retrouver le vin qui était déjà à mon ordinaire « impasse des tire-laine ». Il avait pour moi le goût du foyer.

À une table proche de la mienne, trois gardes et un mousquetaire du roi, que j'avais poliment salués en entrant, appréciaient le même produit, qui les avait déjà mis dans un état d'ébriété manifeste. Je connaissais de vue les trois gardes, des duellistes d'habitude, qui étaient inscrits dans la compagnie de Guitaut, et je situais d'autant mieux ces jeunes gens que la bonne noblesse béarnaise formait un cercle assez restreint, où l'on n'ignorait pas grand-chose les uns des autres. Il s'agissait d'Aramits et d'Athos, parents et protégés de Monsieur de Tréville, et de Porthos, l'un de ses amis, qui faisaient tous trois patiemment probation aux gardes, avec l'ambition d'être un jour admis dans les mousquetaires. Ils avaient eu plus de chance que moi.

Le mousquetaire, un grand escogriffe au fort accent gascon, qui paraissait plus âgé que ses camarades, peut-être moins argenté, et avait en tout cas nettement moins bu, leur racontait bruyamment, sans crainte de se faire entendre à la ronde, une histoire à coucher dehors, comme quoi, par une nuit sans lune, il se serait fait passer pour un autre dans le lit d'une belle espionne du Cardinal, une ingrate Milady, qui lui aurait de ce fait attiré les pires désagréments.

Cette histoire de linge sale, que le conteur narrait avec une verve colorée, n'empêchait pas le quatuor de regarder avec insistance dans ma direction, et d'échanger de temps à autre à mi-voix sur mon compte des propos qui n'auguraient rien de bon. Je me demandais bien pourquoi, ce qui ne m'empêchait pas de boire tranquillement mon vin blanc. Mais au lieu de me réconforter comme je l'avais espéré, il ne faisait que me déprimer davantage. Au deuxième cruchon, j'avais envie d'aller rejoindre Frisquet dans la Seine pour lui demander si l'eau était froide.

La Milady troussée et expédiée, le futur comte d'Artagnan (qui était une terre de sa famille) vint à moi et se présenta : « Charles de Batz de Castelmore, mais je me fais appeler Montesquiou, du nom de ma mère.

— Vous semblez déjà me connaître plus que je ne l'aurais cru. Je ne me présenterai donc point.

— En effet ! Vous n'avez que trop fait parler de vous. Mais il fallait bien que vous saviez qui je suis...

— " Sussiez ", s'il vous plaît.

— Pardonnez-moi : mon gascon est meilleur que mon français, mais mon béarnais est exécrable.

— Mon gascon vaut votre béarnais !

— Je vous dirai donc, Monsieur, en bon français, qu'il fallait bien que vous sussiez qui je suis puisque nous allons croiser le fer bientôt.

— Et peut-on savoir, s'il vous plaît, pour quel motif ?

— Vous avez assez souri comme ça.

— J'ai souri de votre récit assez bien venu, et non point de votre personne.

— C'est vous qui le dites.

— Et je le maintiens.

— Ce n'est pas l'impression que vous nous avez donnée, et cela fait quatre impressions contre une. Comme disaient les Athéniens du temps de Périclès, vous êtes en minorité, et les minorités sont faites pour être mangées.

— Vous avez plus de lettres que de grammaire quand l'appétit vous pousse !

— Aramits, Athos et Porthos, qui n'ont rien de mieux à faire ce soir, m'assisteront volontiers dans ce duel. Il ne vous reste plus qu'à rameuter trois de vos gardes pour faire le compte, ce qui ne doit pas être bien difficile.

— Peu liant de nature, je n'ai aucun ami parmi ces gardes que je puisse prier de me seconder. Et depuis que je suis au Cardinal, je n'ai plus guère le temps de fréquenter chez le duc de Beaufort.

— Voilà qui est fâcheux. »

Cette affaire était si absurde que le soupçon m'était vite venu qu'il devait y avoir de la baronne là-dessous.

« Asseyez-vous, mon cher Montesquiou. Je sens que nous allons régler ce différend au mieux...

« Vous me seriez plutôt sympathique à première vue, j'aimerais que ma mort vous rapportât un maximum, et je crains que vous ne vous fassiez avoir au rabais. Si je ne suis pas indiscret, combien Madame de Montastruc vous a-t-elle promis pour me dépêcher ? »

Comme mu par un ressort, Montesquiou s'était levé :

« Si j'avais hésité un seul instant à vous ôter la vie, cette insulte dissiperait mes dernières hésitations. Un gentilhomme se bat-il en duel pour de l'argent ? »

À la table voisine, Aramits, Athos et Porthos grondaient et me lançaient des regards de furieux mépris, qui m'eussent fait rentrer sous terre si le carreau n'avait été si dur.

« Sincèrement désolé de vous avoir froissé, Montesquiou, mais vous n'imaginez pas le nombre de gens qui veulent ma mort depuis le printemps : c'est une véritable épidémie !

« Si donc vous ne voulez pas me tuer pour de l'argent, serait-ce pour le plaisir ? Il est vrai que j'ai quelque réputation sur le terrain, et que la vôtre pourrait gagner à éclipser la mienne.

— Je veux vous tuer pour l'honneur ! Un sentiment qui paraît vous être bien étranger.

— Enfin un homme d'honneur...

« Mais rasseyez-vous donc, nom d'un chien ! Vous allez m'expliquer cela. Qu'est-ce que l'honneur vient faire ici ?

— Je n'ai pas vu la baronne de Montastruc depuis plus d'un an. Mais le baron Melchior, rappelé à Dieu récemment, a été un second père pour moi. Dans ma prime jeunesse, j'ai été page dans son Hôtel de Toulouse ou dans l'un de ses châteaux d'Armagnac, sur le Gers, et c'est grâce à sa protection et à sa bourse que j'ai pu figurer dans les gardes du roi, jusqu'à ce que Monsieur de Tréville ait la bonté de s'intéresser à ma personne et de m'ouvrir le corps des mousquetaires – quoique je fusse gascon et qu'il pousse les Béarnais par priorité.

« Or le baron avait un fils Ulysse, que j'ai connu enfant, qui a grandi dans la peur de son ombre, incapable de se battre comme un homme. Cet être sans défense, vous l'avez contraint de tirer l'épée, et assassiné avec préméditation. Mon sang n'a fait qu'un tour quand je vous ai aperçu, et tourné d'autant plus vite que vous portez une livrée qui ne me dit rien qui vaille. Est-ce clair ?

— Ulysse avait tué sans pitié mon frère aîné dans un bois, un garçon doué de toutes les vertus publiques et privées, un héros des guerres d'Allemagne, qui me servait de guide et que j'aimais comme un autre moi-même. Ma mère en est morte de chagrin et mon père ne lui a pas survécu longtemps.

— Eh bien, vous irez les rejoindre ce soir, et vous ferez là-haut de la vertu ensemble. »

Il n'était pas facile d'attendrir un mousquetaire.

J'éclatai de rire soudain.

« Ne vous vexez pas, Montesquiou. Je ris parce que la baronne, qui cherche des tueurs à n'importe quel prix, aura trouvé, sans le faire exprès et sans même le savoir, un champion aussi estimable que gratuit. C'est pour le moins cocasse.

— Ravi que ça vous amuse... »

Une grande lassitude venait de me tomber dessus. Ce Montesquiou était peut-être un envoyé de la Providence destiné à me laver de mes fautes et de mon remords par un coup de rapière bien ajusté ? Tout valait mieux que de vivre indéfiniment dans la peur et dans un certain mépris de soi...

Je terminai mon cruchon et dis :

« S'il en est ainsi, je vais vous prendre tous les quatre à moi tout seul, par ordre croissant de difficulté. D'abord ce grand sac à vin de Porthos, qui doit manier sa rapière comme une saucisse, puis le petit curé d'Aramits, qui est gris et doit manier sa rapière comme un goupillon, puis ce beau ténébreux d'Athos, qui est noir, et doit manier sa rapière comme une bouteille, et vous me tuerez enfin, mon bon Montesquiou, puisque je suis las de vivre depuis que vous avez mis mon honneur en question. Si je vous tue, c'est que j'aurai bu un cruchon de trop.

— Un vrai gentilhomme ne peut se présenter en dernier dans une rencontre aussi inégale. Si c'est le suicide qui vous attire, je suffirai bien à vous "suicider" comme il faut. Et dans le cas où je ne reviendrais pas du pré, mes amis prendront dès demain ma succession, car les insultes dont vous venez de les abreuver sont d'une gravité intolérable et ne peuvent se laver que dans le sang. Vous êtes la honte du Béarn.

— Eh bien, allons nous entre-tuer de ce pas... »

En chemin, l'air de la nuit me dégrisa et l'instinct de conservation me revint. Les mousquetaires avaient la réputation de terribles bretteurs, et ce Montesquiou avait de longues années d'expérience de plus que moi. Lui et ses trois amis avaient déjà allongé pas mal de monde sur le terrain, à ce point que Tréville et Guitaut avaient dû les prier de se modérer, des gardes du Cardinal, et même deux de ses mousquetaires favoris, ayant été tués ou blessés dans ces rencontres. La baronne avait de fortes chances de faire des économies. Sortant du Palais, je n'aurais pu imaginer une situation pire que la mienne, mais avec les dons que j'avais, le pire n'avait pas tardé.

La halle du Pré-aux-Clercs, où l'on était abrité de la pluie, et en bonne partie du vent, était déserte à cette heure, éclairée par un rayon de lune qui s'était glissé entre les nuages. Montesquiou et moi-même n'avions pas ouvert la bouche durant le trajet.

Nous enlevâmes nos capes d'un geste large et viril, qui avait de la prestance. Des gladiateurs doivent mourir en beauté.

« Vous me permettrez, Espalungue, d'enlever aussi ce vieux pourpoint, un cadeau du baron qui a rétréci avec les ans et me gêne un peu aux entournures.

— Faites donc, si ce froid piquant ne vous dérange point.

— Je n'ai pas l'intention de moisir ici jusqu'à l'aube. »

Montesquiou en chemise, nous ne perdîmes pas de temps à bavarder...

Je vis tout de suite que ma tâche ne serait pas facile. Outre son expérience, le Gascon avait un sens inné de l'escrime, mais je conservais cependant une légère supériorité tactique du fait que j'avais fait beaucoup d'armes en salle avec un maître de premier ordre, alors que Montesquiou avait visiblement conquis ses galons contre du tout-venant et en avait peut-être conçu une idée excessive de ses talents.

Les passes se prolongeaient sans résultat, mon adversaire s'impatientait, mais je perdais mon temps à essayer de l'exaspérer en lui prodiguant des conseils magistraux sur un ton supérieur. Connaissant la ruse de reste, il gardait son sang-froid et ne faisait que des commentaires distraits, comme se parlant à lui-même...

« Mordiou, Monsieur, vous êtes un coriace, et malgré vos excellents conseils d'école, vous allez m'enrhumer si ça continue à ce train-là. Mais si je vous laisse en vie, doué comme vous l'êtes, vous tuerez tout le monde dans dix ans. Vous avez l'étoffe d'un nouveau Montmorency-Boutteville... Dieu ait son âme vaillante et que le Cardinal en crève de dépit !

« Ah !... cette pointe était bonne, mais trop courte. J'y laisserai un œil une autre fois. Il faut donner de l'allonge, mon ami... »

Nous fûmes un instant poitrine contre poitrine, avant de rompre et de reprendre respectueusement nos distances.

Montesquiou éternua.

Je baissai le bras, les yeux me sortaient de la tête...

« Cette chaîne d'or guillochée, sur votre poitrine, ce pendentif en forme de colombe, avec son rameau d'olivier, d'où les tenez-vous donc ?

— Qu'est-ce que ça peut vous foutre ?

— De La Rochelle, n'est-ce pas ?

— Et après ?

— Et après, immonde professeur d'honneur, tu détrousses les petites filles dans les fossés ! Je n'avais pas l'intention de vous tuer, mais j'ai changé d'avis. En garde !...

— Un instant ! Ne nous tuons pas sur un malentendu...

— On vous écoute, soyez bref. »

Montesquiou, qui frissonnait, remit pourpoint et cape pour m'expliquer...

« Je faisais alors mes premières armes. J'avais dix-sept ans, et le cœur tendre. Que celui qui n'a jamais faibli me jette la première pierre ! De ces épouvantables fossés, d'où le Cardinal a tiré gloire et carrière comme un escamoteur, un lapin d'un chapeau, une petite fille avait eu l'idée d'appeler à l'aide en béarnais. Je l'ai sortie de là une nuit. Je ne savais qu'en faire, mais, par bonheur pour elle, le comte de Miossens l'a recueillie et m'a fait cadeau de ce pendentif en souvenir. Je l'ai sous mon pourpoint pour me porter chance. Le métier risqué que je fais ne va pas sans quelque superstition.

— Savez-vous ce que cette petite fille est devenue ?

— Aucune idée. J'ai oublié jusqu'à son nom. Je n'avais aucune raison d'attacher beaucoup d'importance à l'affaire. La jeune personne serait-elle aujourd'hui de vos connaissances ?

— C'est ma sœur, espèce d'âne ! Les Miossens l'ont finalement adoptée, et elle est maintenant demoiselle d'honneur chez la reine, où j'ai mes entrées à toute heure. »

Le mousquetaire était estomaqué, mais son esprit n'en travaillait pas moins vite.

« Peste ! J'ai fait là un joli coup sans m'en douter. Mademoiselle de Miossens sera ravie de revoir son pendentif, la bonne reine en sera émue, et je vais pouvoir fréquenter, à l'occasion, les salons du Louvre ou de Saint-Germain au lieu de monter la garde aux portes comme un cornichon.

— Je vous y présenterai moi-même bien volontiers.

— Mais non, puisque je dois vous tuer.

— Encore ?! Vous auriez le cœur de massacrer le frère après avoir sauvé la sœur ?

— Ne mélangeons pas tout. Ce n'est quand même pas vous qui l'avez sauvée ! Que penserait de moi là-haut le baron de Montastruc si je vous laissais filer sur une mauvaise argutie ?

— Il penserait que la colombe de l'Esprit Saint, que vous

avez si longtemps tenue au chaud tout contre votre cœur, vous a enfin éclairé.

— Mais l'Esprit Saint doit être lui-même un homme d'honneur ! »

Élucider cette étonnante expression eût pris des semaines...

« Réfléchissez un peu, Montesquiou : croyez-vous que ma ravissante sœur va vous embrasser avec reconnaissance si vous avez mon sang encore chaud sur les mains ?

— N'essayez pas de me posséder au sentiment. Les Gascons ne sont pas tombés de la dernière pluie. »

Montesquiou, mais cette fois-ci sans grand enthousiasme, retira de nouveau cape et pourpoint. Ce garçon était un fou d'honneur comme on n'en faisait plus !

Je tentai un ultime effort pour faire prévaloir la raison :

« Nous venons de voir ce qu'on gagne à dissiper un malentendu au lieu de se battre comme des sauvages. Vous souffrirez que j'en dissipe un autre... »

Et je lui révélai quelle inavouable proposition Ulysse m'avait faite, que j'avais acceptée par pitié, pour aboutir à un duel où, dans mon émotion, j'avais blessé à mort le malheureux enfant par accident. La baronne, aveuglée de douleur, ne m'avait pas cru. Mais un Montesquiou, qui connaît la vie, se laissera-t-il abuser par les égarements d'une mère en deuil ?

Ledit Montesquiou sentait bien que l'histoire n'était pas trop claire, mais il avait tellement envie de trouver une échappatoire décente que sa noble détermination lui faillit soudain.

« Ce que vous m'apprenez là donne évidemment à penser... Une proposition aussi biscornue, aussi glissante, aurait bien été dans la manière d'Ulysse. Il ne pouvait en découler que des malheurs... »

Toussant à fendre l'âme, Charles remit pour de bon pourpoint et cape. La nuit du vendredi au samedi s'avançait. Je priai mon nouvel ami d'assurer ma protection jusqu'à la proche « impasse des tire-laine », et le priai surtout de présenter mes regrets aux trois gardes que je n'avais pas voulu désobliger : le vin d'Étampes avait parlé pour moi.

Montesquiou se fit fort de leur faire entendre la voix de la sagesse. Des gardes ne méprisaient jamais le conseil d'un mousquetaire.

Tel est le duel dont je demeure le plus fier.

Il était poli d'introduire mon compagnon à la cuisine pour y boire un dernier pot de vin blanc.

Ce Montesquiou avait la passion d'arriver – ce qui n'avait rien d'original –, mais il y mettait nombre de réflexions, dont certaines me frappèrent parce qu'elles rejoignaient les miennes.

« Voyez-vous, mon cher Arnaud, il ne m'eût pas été difficile d'être au Cardinal, qui recrute de toutes mains, mais les ministres passent et la Roche cornélienne est proche du Rafistole...

— Capitole.

— Oui, comme à Toulouse.

« Alors que le roi est une valeur éternelle. Il y aura toujours un roi, majeur ou mineur. Par quoi le remplacer ? En étant au roi, vous ne pouvez vous tromper. Je ferai carrière chez le roi, et c'est bien pour cela que les ouvertures que vous m'avez fait miroiter chez la reine m'intéressent si fort. Quand les temps sont incertains, il est bon de se couvrir des deux côtés.

— C'est le bon sens, mon cher Charles. Dès que le Cardinal, qui me tient serré, comme vous pouvez penser, a rendu son âme au Diable – à condition encore qu'Il en veuille ! –, passant en courant sur le ventre du Père Joseph, je bondis moi-même dans les bras du roi, qu'il s'agisse du pauvre Louis, de ce poète de Gaston ou d'un bébé miraculeux. Et dans tous les cas de figure, la reine peut être un bon strapontin pour gagner un fauteuil.

— Vous parlez d'or, baron !

« Reste à se distinguer dans l'honneur, d'autant plus utile qu'on n'a pas fait de fortes études. L'honneur, en dépit de ses ridicules, est encore ce qu'on a trouvé de mieux pour établir des relations solides et confiantes entre les hommes, car il permet de savoir bien à l'avance ce qu'un tel est capable de faire ou de ne pas faire. Vous me direz que la religion est censée aboutir au même résultat. Mais la religion a beaucoup moins de prise sur les âmes que l'honneur n'en a sur les préjugés. Si notre vieil honneur naïf disparaît, ce n'est pas la religion qui retiendra l'homme de retourner à la barbarie dont il a eu tant de mal à sortir.

— Je vois qu'il y a encore des philosophes en Gascogne... et qui n'ont pas fait d'études, ce qui triple leur mérite.

— C'est l'effet du vin blanc de votre conseiller ! Vous avez vraiment découvert une maison honnête. J'espère pour vous que la bourgeoise de céans est jeune et jolie ?

— Elle a tout ce qu'il faut partout. Mais l'honneur, justement, m'interdit d'y toucher.

— Quelle erreur ! L'honneur, mon ami, est exclusivement une affaire d'hommes ! Nous ne sommes pas construits pour foutre de l'honneur dans l'amour, et les femmes sont d'une extrême importance pour qui veut faire vite son chemin. “ Pour le roi, par les femmes ”, telle est ma devise !

— *PRO REGE PER MULIERES.*

— Ce latin-là sonne bien. Je ferai mettre la formule sur mon sceau ! »

Charles me plaisait de plus en plus. Voilà l'être plein de courage et de sens commun que nous venons de perdre devant Maastricht. Je ne le remplacerai jamais.

Nous nous sommes embrassés, et je suis allé goûter un sommeil réparateur. Le soleil allait bientôt se lever sur le samedi 12 décembre, dont je n'attendais rien de particulier.

IX

Dans la soirée de ce samedi-là, peu avant dix heures, en l'absence de toute domesticité, et les Lhermitte s'étant déjà retirés, j'ouvris la porte de la maison à ma sœur, qui venait de descendre d'un carrosse escorté d'une petite troupe de cavaliers de la Maison de la reine. Il devait s'agir d'une affaire de la plus haute gravité.

Effectivement, sitôt que Claire fut assise dans mon salon, la lumière plus vive du grand chandelier me révéla des traits ravagés d'angoisse, et elle me dit aussitôt :

« Après un long conciliabule avec le Cardinal, Anne a demandé à notre demi-frère Matthieu de porter secrètement en main propre au nonce du pape à Paris, Mgr Annibal Cameleone di Calabria, une courte missive dont elle n'avait pas daigné lui communiquer la teneur, mais dont elle m'avait demandé d'apprendre le texte de mémoire pour venir te le réciter, ainsi que je m'empresse de le faire.

« Écoute donc ceci, et tiens-toi bien !...

> « " *Plaise à Votre Grandeur de savoir qu'après la représentation des* Filles de Lot, *hier vendredi 11 décembre, Son Éminence le cardinal de Richelieu m'a prise à part dans son cabinet des Rubens avec le dessein de me convaincre, sous des menaces voilées qui n'en étaient que plus terrifiantes, d'ouvrir ma couche au duc de Beaufort, seul jugé digne d'y accéder en raison de la noblesse de son*

Sang, afin que mes chances fussent accrues de donner enfin un héritier à la Couronne de France.

« “ Si la crainte, dans ce pays qui m'est resté étranger par la liberté de ses mœurs et la brutalité de ses coutumes, me réduisait à cette lamentable extrémité, Sa Sainteté doit savoir à Rome, quelle que soit la suite des événements, et à toutes fins utiles, le rôle qu'un Prince de l'Église n'aurait pas rougi de jouer dans cette déchéance, que je n'aurais pas assez du reste de mes jours pour pleurer, avec les deux personnes de mon entourage que j'ai dû mettre dans ce honteux secret.

« “ Assurée de la charitable sympathie de Votre Grandeur, et confiante dans l'éventuelle protection du Saint Siège, qui n'a jamais manqué à mes ancêtres et à mon frère d'Espagne, je prie Votre Grandeur, en fille soumise de l'Église, etc.” »

N'en croyant pas mes oreilles, je fis répéter la chose une fois, deux fois...

Ainsi la reine, qui s'était promptement résolue à fauter, était néanmoins soucieuse d'assurer, autant que possible, ses arrières, et elle osait me prier implicitement, au cas où l'affaire tournerait mal, de confirmer, sur la foi de cette lettre, une version mensongère à laquelle mon innocente sœur s'était déjà rangée de confiance.

Mais ladite lettre n'était pas vraiment calomnieuse. Richelieu, qui avait prétendu séduire la femme de son maître, s'y retrouvait accusé de l'avoir poussée à l'adultère avec un autre : la fiction était, pour une fois, moins coupable que la vérité ! D'ailleurs, pouvait-on calomnier un être à qui la reine, dans un grand mouvement de piété, n'avait pas craint en août de faire un faux serment sur le Saint-Sacrement ? Le Cardinal était depuis longtemps au-delà de toute calomnie.

À force de se frotter à un Richelieu, Anne d'Autriche avait fait des progrès en fait d'intrigues, et la communication au nonce était ce qui pouvait se faire de mieux, puisque la reine, qui laissait présager à brève échéance une faiblesse à laquelle elle s'était déjà évidemment résignée, s'y déchargeait sur le Cardinal de la responsabilité de la faute sans que celui-ci pût jamais s'en défendre.

Rembarrant Richelieu avec une hauteur exemplaire, Anne lui avait dit : « Essayez donc de trouver mieux... » J'avais cru à une insolente boutade. Mais le temps pressait et l'affaire n'avait pas traîné. Sur-le-champ, la reine avait élu son homme, et le Cardinal, par raison d'État, avait avalé l'affront, encore bien content, sans doute, d'avoir un candidat sous la main, car une femme aussi vertueuse que difficile aurait pu refuser de se compromettre ou ne trouver personne à son goût. En revanche, le duc de Beaufort, ébloui, avait dû se laisser convaincre assez aisément.

Je voyais avec plaisir se dessiner chez Anne cette souveraine tenace qui viendra à bout de la Fronde pour laisser à son fils un pays en ordre. C'était bien la carte qu'il me fallait jouer.

« Comment peux-tu sourire, Arnaud ? »

Je sursautai. Ma sœur était en larmes.

« J'étais en train de sourire à l'avenir. Pourquoi pleurer ? Beaufort, qui semble avoir été pressenti, n'est pas une lumière, mais il est bien taillé pour consoler une femme et lui faire un bel enfant. Que pouvait d'ailleurs la reine devant les menaces du Cardinal ? Ah, le gredin ! J'aurais voulu être dans le cabinet des Rubens pour entendre ça... »

Il va sans dire que je n'allais pas révéler à Claire, qui en eût été bien inutilement affolée, mon iconoclaste présence derrière le paravent chinois !

« En attendant, poursuivis-je, " les deux personnes de son entourage qu'Anne a dû mettre dans le secret ", c'est nous, et nous ne pouvons que le garder religieusement, tout en espérant, bien sûr, qu'on n'aura jamais recours à un double témoignage qui nous mettrait sur un lit d'épines.

— Mais, trois fois hélas !... je dois faire beaucoup plus que de garder un secret : Anne n'a confiance qu'en moi pour introduire le duc demain soir dimanche... ou plutôt lundi, à deux heures du matin, car elle a peur de forniquer le jour du Seigneur.

— Ah, la chère âme ! Je la reconnais bien là ! C'est le pur

tempérament espagnol : on attend que la procession soit passée pour courir au bourdeau avec sa cagoule.

« Demain, en tout cas, sera vite arrivé...

— Le Cardinal veut battre le fer pendant qu'il est chaud.

— La confiance de la reine honore grandement sa suivante.

— Je ne veux pas juger de ma maîtresse, mais je ne puis me résoudre à une telle infamie.

— Voilà un bien grand mot pour entrouvrir une petite porte !... »

Claire, en proie à un douloureux débat de conscience, se tordait les mains.

« Tromper un roi sacré à Reims en grande pompe !

— Mais les saintes huiles sont une mauvaise farce !

— Ce n'est pas vrai !

— Non, certes, mais ce pourrait l'être.

« Le concile de Trente, que Matthieu m'a fait étudier de près, ne souffle mot, et pour cause, du sacre, qui n'est pas un sacrement et n'a pas la moindre place dans une théologie digne de ce nom. C'est du *folk-lore*, diraient les Anglais. Après avoir vainement essayé d'étouffer ce monstre indéfinissable, les papes, de guerre lasse, se sont résignés à le souffrir, mais ils n'en pensent pas moins.

— Trahir le Sang royal, vierge de toute souillure depuis Hugues Capet !

— Allons donc ! Vu la consanguinité qui est d'usage dans les plus illustres familles et la vie peu recommandable que mènent ces gens-là, qui abusent de tout sans cesse et sans frein, le sang royal est le plus dégénéré, le plus vicié, le plus vicieux qui soit, et les choses s'aggravent avec le temps. La seule chance, pour un roi, d'avoir un enfant convenable, c'est d'être cocu. Et tout spécialement pour un Louis XIII, qui n'est lui-même qu'une fausse couche de roi. Car si les Grands sont dégénérés par excès, et les petits, par défaut, il y a des exceptions à tout, et notre Beaufort a tiré un bon numéro à la loterie des alcôves.

« Non, la question morale qui te tourmente à bon droit, vu ta piété avertie, est d'ordre plus ordinaire : quand serait-il permis à une épouse de tromper décemment son mari ?

« Cameleone di Calabria, qui est un casuiste solide, ni trop laxiste ni trop étroit, te le dirait comme moi : les circonstances sont susceptibles de prêter au péché selon les heures des colorations bien différentes, du noir funèbre au rose tendre, en passant par le vert de l'espérance.

« Coucher à tout-va, par lubricité ou par vénalité, est un chose honteuse. Consentir à son corps défendant quelques discrètes faveurs pour sauver, par exemple, la réputation de notre Saint Père le Pape, en est une autre. Notre reine se sacrifie pour la France, avec d'autant plus de grandeur qu'elle n'a guère eu à se louer de son pays d'adoption jusqu'à présent, et elle a de plus l'excuse, presque absolutoire en l'occurrence, d'une odieuse contrainte. Son péché ne pouvant être bien lourd dans ces conditions, le tien serait encore plus léger. »

Mais le sang de Judith parlait : Claire ne voulait pas même d'un péché léger ! Elle était butée comme une mule de Genève.

Pour faire diversion, j'ai demandé comment le Cardinal et le Père Joseph avaient pu se flatter d'introduire un galant à deux heures du matin dans la chambre de la reine, gardée comme une forteresse dans la forteresse même du Louvre, sans avoir à recourir à des complicités trop nombreuses ou insuffisantes. Le risque d'un échec cuisant n'était-il pas à craindre ?

Ma sœur m'a expliqué qu'afin de renforcer la surveillance d'Anne d'Autriche dans une Cour qui ne comptait en ce temps-là qu'un millier de personnes, les effectifs de sa Maison avaient été peu à peu réduits à un strict minimum d'éléments sûrs.

La première et la deuxième dame d'atour – qui pouvaient être roturières, comme jadis la Caligaï, puisqu'il fallait qu'elles fussent compétentes –, ainsi que la première et la deuxième dame d'honneur, toujours choisies dans la haute noblesse, avaient leur logement indépendant au palais. Les autres dames d'atour ou d'honneur, étant mariées ou veuves, rentraient chez elles le soir.

De façon générale, les demoiselles d'honneur rentraient également le soir chez leur père ou chez un parent, à moins que, privées de cette facilité, elles ne couchassent dans un dortoir sans feu à un étage supérieur du Louvre, où elles se serraient, en claquant des dents, les unes contre les autres, dans l'attente qu'un roi plus entreprenant qu'un Louis XIII vînt à la belle saison faire des ravages dans ce gynécée. Le terrain était ainsi déblayé en majeure partie.

Les parents adoptifs de Claire, qui vieillissaient doucement, s'étant retirés dans leur château de Vendée, elle était tributaire du dortoir.

Mais chaque nuit, par roulement, variable au gré des humeurs de la souveraine ou des convenances de ces demoiselles, une fille d'honneur – empruntée aux résidentes ou aux externes – demeurait dans l'appartement royal, tirait un matelas d'un coffre, s'enroulait dans une couverture, et dormait devant l'huis du sanctuaire, la reine ne gardant avec elle dans son particulier qu'une domestique attachée à la chaise percée comme un forçat au banc de nage de sa galère, ne dormant que d'un œil.

Et quatre autres domestiques du « sexe » allaient étendre leur matelas dans la salle de billard, qu'il n'était heureusement pas indispensable de traverser pour accéder à la chambre de la reine. L'hiver, elles se cantonnaient dans cette salle parce qu'elles utilisaient, plus que probablement, les grands billards comme lits pour mieux s'isoler du sol, abus sur lequel la reine avait la bonté de fermer les yeux.

Claire était de fonction à la porte plus souvent qu'à son tour, ce qui excitait des jalousies, car, outre l'honneur que cette position représentait, on était plus tranquille et plus au chaud chez la reine que dans le dortoir. Personne ne serait surpris qu'elle fût de service la nuit où Beaufort ferait visite.

À ne considérer que l'appartement, la réussite de l'entreprise ne reposait donc, en pratique, que sur le dévouement d'une seule demoiselle d'honneur, puisque la préposée à la chaise percée recevrait une permission exceptionnelle pour aller voir un enfant qu'elle avait en nourrice.

Un chef-d'œuvre d'économie au service d'une grande cause. Richelieu savait bien quel était le nombre des conspirations qu'il avait déjouées parce que les conspirateurs avaient imprudemment proliféré comme les escargots après la pluie.

Quant à pénétrer au Louvre un dimanche soir – le roi étant parti en chasse pour perdre sa place –, afin d'accéder à l'appartement critique, cela relevait de l'enfance de l'art.

On jouait gros jeu le dimanche chez la Vivonne, les allées et venues étaient assez fréquentes dans le palais, et la garde laissait passer non seulement ceux qui avaient normalement leurs entrées, mais aussi les personnes, masquées ou non, qui pouvaient accompagner ces privilégiés, lesquels en étaient naturellement responsables comme d'eux-mêmes.

Les masques, mode présentement en déclin, faisaient alors fureur, même en dehors du carnaval, chez les deux sexes.

Ils préservaient l'incognito d'un grand personnage ou d'une grande dame qui, pour un quelconque motif, honorable ou non, souhaitait ne pas être reconnu. Un prince richissime, et endetté plus encore, se masquait pour aller traiter de l'achat d'un bijou ou d'un meuble, et ne pas le payer quatre fois son prix. Ils étaient les bienvenus chez certains espions du Père Joseph quand ils venaient, entre chien et loup, faire leur rapport ou quérir des instructions chez leur maître. Ils jouaient un rôle piquant lors des recherches amoureuses : c'était à qui devinerait la tête de l'autre et n'irait pas trop loin prématurément. Le comte d'Arsonville, dont la laideur était extrême, s'amusait fort, quand il retirait enfin son masque, de l'embarras de la femme que sa voix charmeuse venait de troubler. Beaucoup de fêtes commandaient en outre le port du masque, qui était devenu, dans une société contrainte et hiérarchisée où l'on badinait de moins en moins avec les choses sacrées, un symbole de liberté et de gaieté.

Le duc de Beaufort se présenterait masqué au guichet avec des amis qui lui serviraient de caution et personne n'y trouverait rien à redire. La reine, pour être satisfaite, n'aurait pas même à distribuer des invitations à un bal costumé et masqué, où le Cardinal aurait pu paraître en grand Satan, et le Père Joseph, en diablotin.

Richelieu veillerait aussi à ce que les Suisses de garde à l'entrée des appartements royaux fussent retirés cette nuit-là.

Beaufort, à qui on ferait croire, pour le mieux rassurer, que la demoiselle d'honneur complice ignorait son identité, devait conserver son masque en sa présence, et la demoiselle, qui avait bien droit à l'incognito, elle aussi, serait elle-même masquée. Quant à la reine, pudeur oblige, elle avait prévu de recevoir le prétendant au sein d'une obscurité profonde. Une princesse d'Espagne ne se dévoile qu'à son mari… et encore si elle est dans un bon jour !

En outre et surtout, les possibilités que tout se passe au mieux étaient d'autant plus élevées qu'Anne d'Autriche, par un raffinement de religion, et en dépit de toutes les remontrances possibles du Cardinal, voulait bien, à l'extrême rigueur, coucher avec Beaufort, mais une seule et unique fois ! Confiante dans la Providence, la reine tenait à ménager ses talents et sa nonchalante doctrine rejoignait, comme par miracle, celle du roi : un coup suffit s'il plaît à Dieu. Pourquoi, en effet, s'éreinter dans ces conditions ?

Et voilà qu'un projet – certes un peu limité, mais si bien arrangé ! –, où Richelieu et le Père Joseph avaient mis le meilleur d'eux-mêmes, en faveur duquel des prières publiques et un vœu solennel avaient même été prononcés, était suspendu à la bonne grâce d'une demoiselle aux scrupules excessifs ! L'horreur du péché est comme l'amour du vice, qui se moque de tout raisonnement, et il est des maniaques de vertu comme il en est du jeu ou des putes.

Ayant médité de m'attacher à la fortune d'Anne d'Autriche, j'avais moi-même le plus grand intérêt à ce qu'un Dauphin vînt assurer sa position. La plus faible chance n'était pas à dédaigner, et je ne savais qu'imaginer pour convaincre cette entêtée.

« Si tu refuses, dis-je enfin, de secourir cette princesse qui a tant fait pour toi et qui pourrait un jour faire tant pour moi, il sera trop tard, désormais, pour te remplacer par une autre demoiselle d'honneur de confiance – à condition encore qu'elle se trouve ! Le Cardinal et la reine ne te pardonneront point cette défaillance. C'est l'exil en Vendée, où les Miossens, qui étaient si fiers de leur petite fille, seront désespérés de sa conduite, et moi-même, tenu pour suspect vu l'étroitesse de nos relations, je serai entraîné dans ta chute. Tout ça pour une porte ! Ce ne serait pas raisonnable. »

Mais chez les âmes de haute volée, plus le sacrifice est absurde, plus il est tentant, et il y a même pour les purs comme une affreuse jouissance à sacrifier les autres, surtout s'ils leur tiennent à cœur.

Répudiant toute humaine considération, ma sœur me déclara :

« Je dirai demain matin à la reine que je ne puis l'aider dans cette affaire, et je m'enfermerai au couvent, à l'exemple de Mademoiselle de La Fayette. »

C'est alors qu'entra Julie sans frapper, en déshabillé peu décent, portant une bassinoire destinée à chauffer mon lit. Je m'empressai de présenter ma sœur à Madame la Conseillère, pour qu'elle ne se fît point d'idées fausses sur la situation, mais Claire n'avait aucune illusion à se faire sur la mienne et sur le pied où je me trouvais dans la maison. D'ailleurs, ma mine fautive, l'embarras de ma maîtresse, étaient déjà des aveux assez clairs.

Julie sortie, elle m'apostropha avec la voix de Judith :

« Tu prétends me donner des conseils de morale, et tu couches avec la femme de ton propriétaire complaisant, grosse de six mois ? !

— Pas tout à fait...

— Ah, que tu me déçois, Arnaud ! Il est vraiment temps que je prenne le voile.

— Cette relation est plus morale que tu ne penses.

— Vraiment ? !

— À mon âge, la chair est faible. Mais je sais encore ce que je dois à Dieu et aux hommes. Au lieu de porter le scandale sur la place publique, où tant d'ostensibles dissipations répugnaient à ma nature délicate, j'ai adopté cet expédient discret de fauter à domicile. Et comme je craignais de faire un enfant à la femme de mon prochain le plus proche, j'ai même attendu qu'elle fût grosse pour pousser ma pointe sous le manteau avec toutes les délicatesses concevables en pareil cas. Je n'apaise ma concupiscence qu'une fois par semaine à tout casser, et le conseiller n'en souffre point du fait qu'il a la vue basse et le sommeil profond.

« Comme j'avais dû un jour me confesser dans les formes au Cardinal pour me tirer d'un guêpier, le grand homme m'a dit, en m'accordant sa paternelle bénédiction : "Vous apportez, Espalungue, dans le libertinage un souci des autres et du bon ordre qui ferait de vous un saint si vous en appliquiez le quart à une matière honnête." Jamais pécheur n'avait reçu, je crois, un plus beau compliment de la part d'un génie plus perspicace.

— Belle vertu que de se damner par hypocrisie plutôt que par scandale ! Tu devrais changer de confesseur… »

Ma sœur ne pouvait demeurer dans un appartement où une odeur de vice venait de frapper ses vierges narines, et elle se leva pour prendre congé en secouant sa robe, comme pour en faire tomber des miettes de fornication.

Ces derniers mensonges m'étaient venus avec une facilité et un naturel déconcertants. Nous sommes menteurs parce que nous sommes pécheurs, et nous mentons d'autant plus que nous péchons davantage. Ce n'est pas pour rien que les théologiens – qui ne mentent pas toujours – ont surnommé le Démon « le Père du mensonge ». Ils découlent tous de lui, se donnant la main en rangs serrés, déboulant en cascades quand le lac marécageux est plein… Et le pire de tous, le péché contre l'Esprit : croire sincèrement que Dieu a besoin de nos mensonges, que nous pouvons même lui en faire hommage dès qu'ils paraissent faire avancer la cause de la religion.

En Béarn, j'avais suivi un moment les conférences d'un certain pasteur Fermot, venu de Genève en tournée à Pau, Oloron et Orthez, un personnage cassant, bourré d'érudition pour dénoncer les mensonges et les mœurs romains, terrain où il y avait certes beaucoup à faire, car le Diable est au travail partout – et en particulier là où l'on n'en distingue point la queue.

Il avait fait sienne cette citation désabusée du grand Platon, ce panthéiste adepte des sottises hindoues de la métempsycose, que les Pères de l'Église s'étaient donné beaucoup de mal pour travestir en prophète chrétien :

« Lorsque les pères s'habituent à laisser faire les enfants. Lorsque les fils ne tiennent plus compte de leur parole. Lorsque les maîtres tremblent devant leurs élèves et préfèrent les flatter. Lorsque finalement les jeunes méprisent les lois parce qu'ils ne reconnaissent plus d'autorité au-dessus d'eux. Alors c'est là, en toute beauté et en toute jeunesse, le début de la tyrannie. »

Et ce même platonisant faisait des efforts désespérés afin de cacher un goût pour les petits garçons qui devait l'entraîner à ramer avec ardeur au banc des galères toutes neuves du Cardinal, sous la trique de Guiton, le péché de sodomie comptant double chez un protestant malchanceux.

X

Alors que je descendais l'escalier avec Claire, accablé par le sentiment que tout était perdu, qu'un caprice parfaitement futile venait de mettre à bas l'une des plus belles et des plus hasardeuses combinaisons dont l'histoire puisse faire mention, ma bougie s'éteignit et une vive lumière se fit en moi, comme chez Paul de Tarse aveuglé sur le chemin de Damas.

L'ayant rallumée, je dis sur un ton prophétique à ma sœur, ce ton que toutes les personnes qui ont passé leur enfance dans le protestantisme reconnaissent sur-le-champ, et qui fait heureusement passer l'hermétisme du fond :

« Hosanna ! Eurêka ! Montesquiou ! Milady ! *Benedictus qui venit in nomine Amoris !* Beaufort ! Montjoie ! Saint-Denis ! La nuit tous les chats sont gris. Hosanna ! Hosanna !

— Tu parles en langues, à présent, comme les premiers chrétiens ? »

Je persuadai Claire aisément de se rasseoir dans mon salon, où je poursuivis avec une clarté nouvelle, diablement excité par mon sujet :

« Est-il concevable qu'une reine aussi dévote, qui craint de se montrer en état de nature à un amant respectueusement transi, le reçoive dans ce même lit, sanctifié par un saint mariage, au mitan duquel, dans la nuit du 5 au 6 dernier, un petit Dauphin chétif, mais de Sang royal, a peut-être été semé, telle une plante maladive ?

« Les femmes, espèce casanière, éprouvent une superstitieuse considération pour le mobilier qui a participé à leurs hontes ou à leurs plaisirs. Anne d'Autriche, muette de confusion, déjà sur la voie du remords, ira attendre le descendant d'Henri IV, en toute humilité, sur un matelas de servante, dans le cabinet des médailles.

« C'est du moins ce que tu raconteras au duc, lequel ne pourra que trouver la chose toute naturelle, et même admirable, dans l'état d'esprit émerveillé où il sera.

« Et au sein de ce cabinet noir, l'heureux élu se dépensera à loisir avec une autre femme que je me charge de procurer. Refuseras-tu de l'accueillir ? »

Claire, dont l'intelligence était à peine moins vive que la vertu, ne traita point ma proposition par le mépris.

« C'est faisable. Mais ensuite ?

— Une fois comblée, la femme ouvre pour la première fois la bouche et murmure tendrement à l'oreille de Beaufort une phrase qui sera loin de le surprendre, mais qui ne manquera pas de le flatter :

« "Vous m'avez fait découvrir de telles jouissances que je me damnerais, ainsi que je ne l'avais que trop prévu, en vous recevant de nouveau. Il adviendra de votre visite ce que Dieu voudra. Allez maintenant, et comptez sur ma reconnaissance."

« Et le duc se retirera sur la pointe des pieds pour savourer en secret son triomphe sans lendemain.

— Fort bien. Mais Anne, là-dedans ?

— Tu la laisses se morfondre. Puis, Beaufort parti, tu viens lui annoncer :

« "Le duc est venu avec un grand retard, pour se trouver empêché au dernier instant. Il gémissait de façon pitoyable : 'Une si majestueuse souveraine, la fille de tant de rois, l'épouse d'un tel Prince, une beauté si sublime ! Qui suis-je, à côté ? Le respect me paralyse, je n'ose aller plus loin et me sens les aiguillettes toutes nouées. Allez dire à Sa Majesté, Mademoiselle, que je suis au désespoir de lui manquer, mais que son ineffable grandeur en est la cause.' "

« Dans son légitime orgueil, la reine n'en sera pas étonnée, mais comme la femme pourrait en demeurer froissée, tu ne manqueras pas d'ajouter, afin d'adoucir la déception, qu'il est bien possible que le présomptueux, en y réfléchissant plus avant, ait craint aussi de se faire couper la tête. Et l'on ne peut lui donner tort, car le risque est à considérer.

— Admettons. Et le Cardinal ?

— Je doute que la reine soit très chaude pour avouer à Son Éminence que Beaufort n'a pas osé franchir sa porte. Au besoin, tu lui suggéreras un opportun mensonge, en harmonie avec sa dignité de femme comme avec la dévotion qu'on lui sait, celui-là même que le duc aura entendu dans le cabinet des médailles : de si diaboliques plaisirs ne sauraient en tout cas être renouvelés.

« Anne aura d'autant plus de malin plaisir à les évoquer que Richelieu paraît amoureux d'elle comme un collégien et qu'elle déteste jusqu'à l'air qu'il respire. Et le Cardinal sera d'autant plus enclin à la croire qu'il sera plus bouleversé par l'évocation. S'il était un cheval, il en prendrait le mors aux dents !

« Toi-même, enfin, sauvant l'honneur de ta maîtresse, tu auras sauvegardé ta position et la mienne. Le couvent peut attendre et nous nous passerons de Dauphin.

« Ainsi – dans la mesure du possible... –, puisque la moindre apparence de péché te froisse si fort, tout n'est-il pas en ordre dans le meilleur des mondes ? »

Claire était ébranlée par la démonstration. Mais elle n'était pas encore satisfaite.

« Tu me demandes d'ouvrir à une pécheresse, avec cet argument, sans doute, que si elle ne venait pas pécher au Louvre ce soir-là, elle irait pécher ailleurs ? Et le même argument serait valable pour un Beaufort ?

— Tu m'arraches les mots de la bouche ! Ma pécheresse et son duc pèchent chacun de leur côté à qui mieux mieux, et ils ne feront pas pire ensemble au Louvre qu'ailleurs.

— Soit. Mais cette femme est-elle sûre ?

— J'en réponds comme de moi-même. Elle ne saura pas, d'ailleurs, qui elle doit rencontrer, et elle n'a jamais mis les pieds au Louvre. Je me charge de l'introduire masquée dans la place et de la guider jusqu'à toi. Tu la recevras avant une heure et demie du matin – Beaufort pourrait avoir un peu d'avance –, et tu l'installeras commodément dans le cabinet prévu.

« Si mes souvenirs sont exacts, il n'y a pas de cheminée dans la pièce, où tu pourras faire placer un brasero.

— On peut se fier à des femmes de cette sorte ?

— Parfois.

— Que comptes-tu lui raconter ?

— Qu'une grande dame pieuse et pudique, amie de la reine, plutôt que de succomber à la tentation, a la charité de faire, une fois en passant, le bonheur de son soupirant par personne interposée, et que la reine a la charité de s'en distraire et de le trouver bon.

— Le mensonge est certes heureusement trouvé. Il justifiera le mutisme de cette créature.

— Je mens comme je respire, et d'autant mieux que je reste muet ! C'est une malédiction. »

Tout étant réglé au mieux, Claire regagna son carrosse. Elle m'avait embrassé sans trop de répugnance, et même avec un semblant de compréhension pour mes péchés, mais ne m'avait point remercié bien fort, se disant peut-être que je m'étais ingénié pour moi autant que pour elle – ce qui n'était pas entièrement faux.

J'avais senti le vent du boulet. Mais je n'étais pas sorti de la tranchée.

Le dimanche 13, comme j'étais allé visiter la reine après souper, Anne se leva de sa table de jeu pour me prendre à part un instant...

« Que pensez-vous, mon ami, de cet envoi à la nonciature ? Claire m'a dit que vous aviez paru l'approuver.

— En effet, Madame. C'était une assez ingénieuse manière de prendre ses sûretés et, vu les dramatiques circonstances, je n'en n'aurais pas vu moi-même de meilleure dans l'immédiat.

— Je crois que j'ai fait dernièrement quelques petits progrès en politique.

— Votre Majesté a été certes à dure école. Le Cardinal et le roi ne vous ont pas ménagée.

— Il était bien naturel, vu tout ce que je vous dois, que je vous misse au courant.

— D'autant plus que mon témoignage – quel qu'il soit ! – pourrait un jour être utile, si jamais d'improbables événements m'autorisaient à le donner sans trop de risque pour Votre Majesté et pour moi.

— En ce qui concerne le cabinet des Rubens, il me semble, en effet, que vous auriez le choix entre deux témoignages. Ce que vous avez vu et entendu, et la version que j'ai présentée au nonce.

— Le témoignage qui aura la préférence de Votre Majesté sera le bienvenu. Mais je constate que la version que Votre Majesté a fait miroiter à Cameleone – et qui, en gros, ne fait qu'anticiper de peu sur la vérité ! – offre le prudent avantage de ménager le Cardinal dans une certaine mesure. Aux yeux du monde, il vaut mieux être entremetteur abusif qu'amoureux ridicule.

— Je n'ai fait qu'anticiper de peu, comme vous dites si justement, car l'amoureux éconduit s'est bien vite résigné à se faire entremetteur ! L'homme d'État était sans doute pressé de reprendre les rênes.

— Puisse Votre Majesté les lui faire sentir un jour ! Son Éminence est un cavalier téméraire qu'il conviendrait parfois de traiter en cheval docile pour le repos des peuples.

— Si d'autre part j'ai "prudemment ménagé", pour reprendre votre expression, l'amour propre du Cardinal dans cette lettre à Cameleone, c'est parce que les blessures d'amour-propre ne se pardonnent point. On ne sait ce qui peut arriver... Il s'agissait d'ailleurs d'une affaire privée, d'une sorte de confession qu'il y aurait eu inélégance à déflorer.

— La sagesse de Votre Majesté est à la hauteur de son élégance. Cette déclaration d'amour sacrilège d'un ministre à une reine impassible restera de la sorte un petit secret entre vous deux... et il va sans dire que je n'en abuserai pas !

— Autre petit secret que je vous dois bien : dans le dessein de me mettre d'humeur plus folâtre et de favoriser ainsi la conception – une théorie, paraît-il, de la Faculté de médecine de Montpellier –, le Cardinal a eu l'infernal toupet de me faire tenir par un émissaire du Père Joseph trente-deux estampes tirées des cuivres de la duchesse de Chevreuse...

— ...que Votre Majesté outrée a glissées aussitôt à son premier confesseur ?

— Elles n'auraient pu trouver un plus discret abri, et avant de les brûler, il a dû trouver dans leur contemplation de nouveaux motifs de haïr le péché de la chair.

« Votre frère s'est retiré pour méditer dans le cabinet des médailles. J'ai dû le décevoir aujourd'hui, et j'espère que vous saurez le réconforter... »

Le nouveau confesseur de la reine était en effet dans ledit cabinet, prostré dans un fauteuil, avec la mine sinistre de quelqu'un qui vient de perdre ses dernières illusions.

Dans cette pièce, on distinguait pourtant de fort belles choses, certaines en plusieurs exemplaires, exposées sur le rouge velours de tables-vitrines en ébène incrusté d'ivoire.

En particulier, une médaille commémorative de la Saint-Barthélemy, frappée pour Grégoire XIII, canoniste reconnu et protecteur des jésuites, qui portait la mention : *UGONNOTORUM STRAGES AUGUSTI ANNO 1572* (carnage des huguenots d'août 1572). D'un côté figurait le beau profil sévère et barbu du pontife. De l'autre, un ange exterminateur brandissant une croix foudroyait une masse d'individus des deux sexes en costumes d'époque – mais dont les enfants à la mamelle avaient été exclus, le mieux pouvant être l'ennemi du bien. Une médaille frappée à Paris n'était pas mal non plus, où l'on pouvait lire : *PIETAS EXCITAVIT JUSTITIAM* (la piété a animé la justice). L'oncle David aurait été bien épaté de voir tout ça.

Distrait, l'œil fixe, Matthieu avait d'autres soucis, qu'il n'était pas difficile de pénétrer. Le tirant de sa rêverie morose, je me suis assis doucement à son côté et j'ai posé une main fraternelle sur son avant-bras. Il eut un mouvement de recul, qui ne me dissuada point de m'ouvrir à lui...

« Je gage que la reine t'a demandé tantôt de l'entendre en confession, et tu t'es rendu compte avec horreur,

« – premièrement, que le Cardinal ne t'avait fait nommer premier confesseur que dans l'espoir que tu serais indulgent à un adultère où il espérait prendre très prochainement une part active,

« – deuxièmement, que la reine elle-même, quelle que fût sa piété, ne te demandait un conseil, à propos de Beaufort, que pour ne pas le suivre, et qu'elle spéculait sur le secret de la confession pour te réduire au silence et à l'impuissance dans une affaire dont tu aurais pu avoir des échos par des tiers, Claire ou moi-même au demeurant.

« Écœuré, tu lui as donc refusé l'absolution – qu'elle aura un autre jour ou par un autre... –, mais le secret demeure, qui ne dépend pas de l'absolution.

« Tu as couru chez ton Provincial pour lui faire part de ton désir de donner ta démission, mais le secret de la confession t'interdisait justement d'argumenter de façon convaincante, et le Provincial, crainte de désobliger le Cardinal, t'a requis de demeurer à ton poste, où tu fais figure de complice et de fantoche, à soupirer devant trente-deux estampes.

« Et tu es d'autant plus malheureux que tu t'es également rendu compte que les jésuites ne dirigent pas le monde chrétien autant que tu l'avais cru ; c'est le monde qui se sert de la religion à des fins profanes et retourne à l'occasion contre l'Église le secret de la confession par où elle avait cru pouvoir régner sur les âmes pour leur plus grand bien. Le ver est dans le fruit et la pomme risque de pourrir.

« Me tromperais-je de beaucoup ?

— Le secret de la confession m'interdit justement de répondre.

— Tu es un héros de ce fameux secret, que tu seras le dernier à garder ! En attendant, je te plains parce que je t'aime bien. Tu n'avais pas mérité ça. Mais je puis te dire, pour te consoler, qu'il se pourrait que ton auguste pénitente, considérant au dernier instant le poids intolérable de son péché, envoyât Beaufort sur les roses.

— Dieu t'entende, plat complice de toutes les infamies qu'Il punira un jour dans l'huile bouillante !

— Même là-haut, l'huile doit être trop chère : l'eau suffit. »

J'avais du courage à plaisanter, car l'honnête homme étant aussi rare que le loup blanc des fables, les détresses d'honnête homme sont plus respectables que les autres.

À une heure et quart du matin, en ce début de lundi 14 décembre, le roi étant à Fontainebleau, à Rambouillet ou à Senlis, ma chaise se dirigeait vers le Louvre, que j'escortais, en habit civil, sur Trompette. À distance respectueuse du palais, j'arrête la chaise, Ursula masquée en descend et monte en croupe, tandis que je donne le bonsoir à mes porteurs. Une banale scène parisienne.

L'ex-Pipette avait vite constitué avec Nicolette, par la force irrésistible du destin, l'un de ces duo (dois-je mettre un *s* ? Seul un Cherfanion le sait...) appréciés des amateurs, et son français s'était amélioré, avait perdu les plus rudes accents de son Alsace natale, et s'était enrichi de termes et d'expressions qui dépassaient les horizontales nécessités du métier. En lui expliquant ce que j'attendais d'elle, j'en étais venu à la tutoyer ; elle avait accepté, comme prévu, ma proposition avec ferveur ; et j'avais même dû batailler ferme afin de lui faire accepter la somme que j'avais jugée convenable. Elle m'aimait toujours, et avait peut-être compris que les amours sans espoir sont les plus beaux, qui portent leur satisfaction en eux-mêmes et qu'aucune déception ne saurait troubler.

J'avais hésité un moment entre Pipette et Nicolette pour obliger le duc de Beaufort et me venger sans malice des avanies qu'il m'avait fait subir autrefois avant de reconnaître tardivement tout mon mérite. Mais Nicolette – morte depuis de la vérole – m'inspirait moins de confiance.

Pour l'instant, Ursula était en proie à un trouble qui ne devait rien aux sentiments qu'elle me portait. Comme je lui avais dit qu'elle allait être substituée à une grande dame, elle se demandait, fort désireuse de bien faire – puissance du mythe sur les âmes simples ! –, comment les grandes dames de France, qui avaient tant de réputation, s'y prenaient pour faire l'amour. Y avait-il quelque signe qui eût permis de reconnaître à tout coup une grande dame dans une cave obscure ?

J'avais réservé ces précisions pour le dernier moment, afin qu'elles restassent plus fraîchement ancrées dans une jeune cervelle...

« Une grande dame se distingue d'abord à son parfum. Je t'ai inondée du parfum favori de cette princesse, dont une parente à moi avait chipé une bonne mesure sur sa table de toilette.

« Une grande dame se distingue ensuite à la finesse de son linge. La demoiselle qui te recevra te remettra de ma part une chemise brodée qui m'a coûté les yeux de la tête, et que tu pourras garder en souvenir si tout se passe comme je l'espère.

— Il eût été plus simple de chiper aussi une chemise ! La dame doit en avoir à revendre...

— Elle en a 97, qui sont comptées et recomptées. Dans les Maisons bien tenues, il n'est pas question de voler n'importe quoi. En fait, tout le monde vole, mais de façon bien réglée, avec la bienveillante tolérance du maître. Chacun sait ce qu'il peut voler. Par exemple, le gouverneur, les seize pages et leurs douze valets des grandes écuries du Cardinal – je ne parle pas des petites ! – feront de la gratte sur l'avoine ou sur le foin ; les maîtres d'escrime, de danse ou de mathématiques, forceront sur les factures... Moi-même, en tant que garde, je majorerai modérément mes notes de frais quand je serai en mission. Mais il est hors de question de voler le chat du ministre, un faucon du roi ou l'un des fusils de sa collection.

— J'ai compris. Et pour le reste ?

— Certaines grandes dames, comme la duchesse de Chevreuse, sont renommées pour leurs cabrioles débridées et lascives, qui mettraient un troupeau de boucs sur le flanc.

« D'autres, tenues en bride par leur directeur de conscience, sont des monstres de pudeur, aussi insensibles que des planches de cercueil, et considèrent le déduit comme une dégoûtante corvée.

« La dame que tu dois remplacer est, bien entendu, de cette constitution, puisque, justement, elle a tenu à se faire remplacer ! Il est donc exclu que tu éprouves le moindre plaisir, que tu pousses le moindre soupir, que tu prennes la moindre initiative, que tu te livres à la moindre fantaisie.

« Sois tranquille, le grand seigneur auquel tu auras affaire, et qui connaît la réputation de la dame dont il est tombé amoureux fou, ne te demandera que de l'honnête et du raisonnable.

— Baise-t-il comme un vieux ou comme un jeune ?

— Ma petite, je t'ai réservé un champion de vingt et un ans, une force de la nature, un phénomène de foire, qui tient de l'âne sur toutes les coutures. Les six coups, à ce qu'on dit, ne lui feraient pas peur. Un cousin d'Henri IV, c'est assez dire ! Il ne te ménagera point, mais en tout bien tout honneur. Tu n'auras qu'à penser à autre chose.

— Je penserai à toi.

— Tu pourras y penser, je l'espère, à maintes reprises ! »

La sombre image du vieux Louvre se profilait sous nos yeux. Je fis encore répéter à Ursula la jolie phrase de congé, et ce jusqu'à ce que l'accent fût irréprochable. Même à voix basse, une erreur est vite commise.

Et j'ajoutai :

« Il se peut, malgré tout, que ce bel âne essaye de discuter son congé. Le plus écrasant silence doit lui répondre, et je te garantis qu'il n'insistera pas longtemps. »

Je croyais avoir tout prévu, et je me présentai au guichet plein de confiance.

Quatre vers célèbres de Malherbe à du Périer, qui traitaient de la mort et me revinrent en mémoire à cet instant, auraient dû pourtant m'inviter à plus de modestie :

Le pauvre en sa cabane où le chaume le couvre
Est sujet à ses lois ;
Et la garde qui veille aux barrières du Louvre,
N'en défend point nos Rois.

XI

Dans la salle des gardes d'une forteresse retapée par six rois depuis Philippe-Auguste – sans parler de Louis XIII, dont les travaux se poursuivaient –, Guitaut était de service cette nuit-là. Aramits, Athos et Porthos, dont j'ai dit qu'ils étaient de sa compagnie, étaient également de service, et Montesquiou se chauffait avec les autres devant la monumentale cheminée, car là où étaient les trois gardes, on pouvait s'attendre à voir le mousquetaire.

Enchanté du compliment que j'avais fait de lui naguère au Cardinal, et qui lui avait valu une appréciable gratification, Guitaut nous accueillit par de grandes démonstrations d'amitié, tandis que Montesquiou nous saluait gracieusement et que ses trois amis nous adressaient un signe de tête poli – ce qui était quand même mieux que de vouloir à toute force me tuer.

Je présentai Ursula comme la duchesse de Chevreuse, ce qui fit bien rire, et demandai si le jeu de la Vivonne était couru ce soir.

« Comme tous les dimanches, me dit Guitaut, le jeu bat son plein et ne finira pas de bonne heure. Vous serez loin d'être seul, et votre aimable duchesse trouvera d'autres masques au rendez-vous. Monsieur de Tréville, qui n'était pas en veine, vient d'aller se coucher, mais il y a là-haut le marquis de Cinq-Mars, toute la noblesse qu'on veut, et même des traitants, qui jettent sans compter l'argent qu'ils volent à l'État... »

Je gravis avec Ursula à mon bras le grand escalier jusqu'au premier étage, et obliquai vers les appartements royaux de l'aile sud. Par la grâce du Cardinal, les Suisses étaient en effet absents, probablement en train de boire. La boisson est le seul défaut du Suisse, qui s'enivre même en solitaire, songeant à ses alpages, quand il n'a pas de camarades sous la main.

Je confiai prestement la future reine à ma sœur, et revins sur mes pas pour prendre l'escalier secondaire assez raide qui menait chez les Vivonne. J'avais l'intention de jouer petit jeu jusqu'à ce qu'Ursula vînt me rejoindre au tripot pour me confirmer que tout s'était bien passé.

Le temps s'écoulait avec une énervante lenteur. Je ne cessais de consulter ma montre de poche à boîtier taillé dans un cristal de roche de chez Martin Duboule, à Genève, une folie avec quantième, jour de la semaine, calendrier, lunaison et réveil, qu'Irénée avait absolument tenu à m'offrir pour mon dernier anniversaire, une merveille qui donnait l'heure à dix minutes près. C'était le chant du cygne de Duboule, qui devait mourir bientôt.

Vers deux heures, j'étais si ému que j'ai oublié trois pistoles sur le tapis, qui n'ont pas été perdues pour tout le monde. Où en était donc notre Beaufort de son épreuve ?

De l'autre côté de la table, en face de moi, jouait distraitement un jeune homme de dix-sept ans d'une surprenante beauté, le marquis Cinq-Mars d'Effiat, auquel Richelieu avait donné, l'année précédente, le commandement d'une compagnie des gardes du roi, et cette même année, l'éminente fonction de Grand-Maître de la Garde-Robe, ce qui était beaucoup pour l'âge tendre et les capacités du sujet. On savait ce que cela voulait dire, et d'Effiat le tout premier.

Plus inquiet que jamais à l'idée de voir le roi lui échapper, déçu par le comportement des trop innocentes favorites, Richelieu poussait hardiment sur son échiquier ce nouveau pion mâle dont il espérait merveille et dont le roi s'était entiché. Le Cardinal avait dû circonvenir en personne, faisant alterner pressions et promesses, la maréchale d'Effiat, mère du marquis, plus que réticente à la perspective d'un honneur aussi douteux. Mais les plus hautes vertus atteignant naturellement le plus haut prix, l'affaire semblait enfin bien engagée, et Cinq-Mars essayait de mettre à la mode la garde-robe du roi, ce qui n'allait pas sans tiraillements, car Louis n'avait pas besoin de fanfreluches pour chasser et aimait la simplicité quand par extraordinaire il ne chassait point.

Le jeune marquis avait un air triste et préoccupé, dont je devinais aisément les motifs : entre un Cardinal inquisiteur et un roi qui lui imposait des nuitées aussi ennuyeuses qu'équivoques, il était en train de se faire manœuvrer et de manger le pain doré, mais d'autant plus amer, de la plus inexcusable des prostitutions. Moi aussi, j'étais tombé dans le panneau, mais du moins n'en étais-je pas réduit à coucher pour de l'argent avec un roi malade des boyaux et à lui servir de porte-coton ! Pourquoi pas avec le Père Joseph, si la chose avait eu quelque prix ? !

Je n'étais vraiment pas d'humeur à m'apitoyer sur un garçon qui n'avait vu peser sur lui que des contraintes somme toute bien molles, et quand il essaiera de secouer le joug, quelques années plus tard, pour y perdre la tête, je n'aurai pas beaucoup de larmes pour lui.

Bientôt deux heures vingt sur la Duboule : le duc devait être à l'œuvre. Dans l'état de nerfs où je me trouvais, le soupçon me vint que j'avais dû négliger un point essentiel en improvisant si vite une machination de cette ampleur. Quelle évidence avait bien pu m'échapper ?

Quittant cet endroit malsain et bruyant, je descendis un étage et m'assis sur une banquette de velours, dans un recoin du palier, pour m'efforcer de réfléchir.

Le calme aidant, la faiblesse de mon industrie me sauta bientôt aux yeux, et de la façon la plus alarmante. Tout reposait sur l'espérance que la reine et Beaufort n'auraient jamais de franche explication, mais une telle espérance me semblait de plus en plus aléatoire. Entre un duc qui avait cru coucher avec la reine et une reine qui était certaine de n'avoir couché avec personne, il suffirait d'un mauvais hasard comme il y en a tant – l'imagination s'y perdait ! –, pour que cette nuit de malentendus s'éclaircît à tout moment, l'année prochaine ou après-demain. Et si l'exact calcul des probabilités était impossible à faire, les probabilités néfastes étaient beaucoup trop fortes pour laisser l'esprit en repos.

Une angoisse intolérable montait en moi par vagues successives, toujours plus hautes. Quelle légèreté avait été la mienne ! En cas de malheur, ayant vilainement trompé la reine et le Cardinal du même coup, je n'aurais aucune pitié à attendre de personne et Claire serait entraînée avec moi dans un cul de basse-fosse pour ne jamais revoir la lumière du jour. Et en raison de la générosité de ma nature, les craintes qui me poignaient pour mon innocente sœur l'emportaient encore sur celles que j'éprouvais pour ma personne.

Désespéré, je me laissai tomber à genoux au pied de ma banquette, m'y accoudai, joignis les mains, et élevai vers le Ciel une oraison jaculatoire fervente au saint Augustin des maisons closes.

Un des motifs qui m'avait poussé vers la religion romaine était le culte des saints, dont je m'étais méfié en théorie par éducation calviniste, mais dont j'avais vite pressenti ce que la pratique pouvait avoir d'avantageux. On a honte de déranger Dieu directement pour des affaires à la limite de l'honnêteté, mais nos saints avocats sont faits pour ça, et ils savent Lui présenter des « sacs » bien ficelés en notre faveur. Aucune affaire douteuse ne les rebute, car ils ont connu avant nous cette terre de souffrance et de tentations, et les plus compréhensifs sont naturellement ceux qui ont mené une vie de bâtons de chaise avant de se convertir.

J'avais une dévotion spéciale pour saint Augustin – que les réformés tiennent d'ailleurs en grande estime à titre de docteur –, parce qu'il avait couru les mauvais lieux dans son jeune temps.

Montesquiou, qui montait hasarder quelques pistoles, m'a touché l'épaule…

« Qu'est-ce qui vous arrive, mon pauvre Espalungue ? Vous avez tant perdu là-haut que la prière seule puisse rétablir vos finances ? ! »

Je me relevai. Une impulsion irrésistible, de celles où l'on joue sa vie et celle des autres à pile ou face, me poussa à dire, comme en dépit de moi :

« Vous êtes un homme d'honneur, Charles, j'ai un besoin urgent de conseil, et mon esprit troublé ne fonctionne plus aussi bien qu'à son ordinaire. Il me faut un regard sans préjugé, et le vôtre tombe à pic.

— Vous seriez-vous attiré une mauvaise affaire ?

— Mauvaise affaire est un euphémisme.

— Et qu'est-ce qu'un euphémisme à Paris ? Nous ne connaissons pas cette bête-là en Gascogne.

— Parler de mauvaise affaire le jour du Jugement dernier.

— Comme vous y allez !

— C'est à cause de vous, d'ailleurs, que j'en suis là. Si l'autre soir, à *La Brebis amoureuse*, vous n'aviez pas parlé de cette Milady, marquée au fer à une épaule...

— Asseyons-nous, et racontez-moi clairement votre histoire. Ce n'est peut-être pas aussi grave que vous vous l'êtes figuré. L'imagination, tel un jeune cheval fraîchement débourré, vagabonde promptement à votre âge. »

J'ai résumé la situation de mon mieux et, après avoir médité un instant, Montesquiou m'a fait observer avec inquiétude :

« Savez-vous que ce que vous venez de me dire n'est pas un cadeau pour un ami ?

— La tête sur le billot, je ne soufflerai mot de vous à personne.

— Je n'en doute point. L'ennui est qu'avant le billot, dans ce genre d'affaires, il y a de longues tortures. Vu le malheur des temps, même la meilleure noblesse y est devenue sujette.

« Savez-vous que vous êtes follement téméraire de vous confier ainsi à un homme d'honneur qui pourrait être moins homme d'honneur que vous croyez ?

— Au point où j'en suis dans les folies, mon cher Montesquiou, vous êtes encore la plus rassurante.

— Voilà qui est bien aimable ! Ne pouvant vous vendre, j'ai donc intérêt à vous tirer d'ennui, ce que je ferais d'autant plus volontiers qu'il s'agit de jouer un bon tour au Cardinal. Et mon regard sans préjugé me fait voir que la solution de votre problème est toute simple et qu'il n'y en a qu'une. Je vous la cède pour sept pistoles, que je dois à la Vivonne depuis hier.

— Si la solution est bonne, je vous en procurerai mille...

— Qu'en ferai-je ? Mille serait trop ou pas assez pour mon goût. Non, c'est sept dont j'ai besoin à présent. Mais vous allez me les donner tout de suite si vous les avez sur vous, car le conseil que j'ai pour votre gouverne est un conseil que seul un héros pourrait suivre, et vous n'êtes peut-être pas taillé sur le patron des héros. »

Je lui donnai héroïquement les sept pistoles.

« Bien. Je passe sur un mauvais conseil, qui serait contraire à l'honneur, et qu'il y aurait d'ailleurs un risque incalculable à prendre en considération. Vous courez trouver le roi pour lui révéler que le Cardinal a voulu le faire cocu et que le coup n'a échoué que grâce à votre sagacité. Mais Sa Majesté étant habituée à plier devant les démonstrations de son tyran, qui lui fait accroire tout ce qu'il veut, vous seriez sans doute jeté aux oubliettes.

— Il n'en est pas question !

— Le bon conseil, le voici. Vous avez fort bien vu vous-même ce soir ce que vous auriez vu plus tôt si le temps ne vous avait pas pressé, à savoir que la faille de votre plan est que Beaufort est comblé, alors que la reine ne l'est point. Nous devons donc mettre leurs souvenirs d'accord en faisant coucher la reine avec quelqu'un de son côté. On voit mal, par la suite, une explication entre la reine et le duc où chacun aurait en tête de préciser qu'il a fait l'amour dans une chambre différente ! Là serait le seul risque, mais il est si négligeable qu'il peut être raisonnablement tenu pour nul.

— Où trouver, hélas, ce quelqu'un à cette heure ? »

Charles m'a flanqué une bourrade...

« Mais allez donc la baiser vous-même, cette putain de reine, en vous faisant passer pour le duc, que vous avez la chance de si bien connaître !

« Et dépêchez-vous, car votre sœur va reprendre sa garde à la porte de la chambre royale dès que le duc sera parti, le soin de l'abuser par sa présence ayant disparu avec lui. D'après ce que vous m'avez laissé entendre de Mademoiselle de Miossens, il vaut mieux la placer devant le fait accompli, et encore en priant le Ciel qu'elle se fasse une raison ! Mais vous devrez bien la mettre au courant de votre exploit au plus tôt, pour qu'elle n'aille point raconter à la reine le mensonge que vous aviez prévu concernant la défaillance de Beaufort.

« Allons, courage ! Au fond, c'est d'abord pour sauver la mise à votre sœur que vous allez vous dévouer, en espérant qu'elle saura comprendre un jour toute la valeur de votre action. C'est pour vous une affaire de famille, et l'honneur de la famille, c'est quelque chose.

« J'ai dit “putain de reine” en passant, ajouta-t-il, mais vous savez qu'en Béarn ou en Gascogne, le terme est plutôt gentil. Mon respect pour la reine est inébranlable... mais vous avez déjà saisi, comme disait si justement mon père – c'est le meilleur héritage que j'ai reçu de lui ! –, qu'il n'y a pas d'honneur qui vaille au-dessous de la ceinture. »

Ce fut, je crois, cette phrase clé, si pleine de sel et de bon sens, qui me décida, et je me précipitai comme un fou dans l'escalier. Les patriarches dont ma mère m'avait entretenu avec révérence à la veillée avaient d'ailleurs fait bien pire...

Il était plus de trois heures du matin.

Dans ma hâte, sur le palier du dessous, je heurtai violemment Henri Aramits, qui allait en douce au tripot.

Saignant du nez sur ses dentelles, il me dit en béarnais de notre région, exaspéré :

« Où courez-vous ainsi les yeux fermés, mon petit monsieur ?

— Mille excuses ! Je suis pressé : j'ai rendez-vous avec une dame.

— Elle doit être bien impatiente de vous voir ! Et moi, j'étais impatient de vous dire que vous exagérez. »

Aramits porta le main à sa rapière...

« Vous n'allez pas tirer l'épée chez la reine ? !

— Vous avez raison. Je ne sais ce que Montesquiou vous trouve, mais le petit curé qui tient sa rapière comme un goupillon vous donne un autre rendez-vous au Pré-aux-Clercs, ce soir à l'heure des vêpres. J'y serai avec Athos et Porthos, et je vous engage à inviter deux de vos gardes d'ici là. Vous n'y aurez pas trop de mal : la mauvaise graine ne se rassemble que trop aisément.

— Tout ce que vous voudrez, mais bon Dieu !... laissez-moi passer !...

« Contre le saignement de nez, mon père se mettait la grosse clef de son écurie dans le dos. C'est souverain.

— Je me la mettrai, Monsieur le baron, grosse ou petite, où il me plaira ! »

Sans plus de bruit qu'un chat de gouttière guettant une souris, j'entrouvre la porte des appartements de la reine. Un pâle rayon de lune éclaire vaguement les lieux, à travers un œil-de-bœuf ou un rideau mal tiré. On éteignait torches et chandelles quand on se couchait, et l'on redoutait même de laisser brûler le soir des feux dans les cheminées sans surveillance, car on était aussi désarmé contre les incendies qu'on l'est encore à l'heure actuelle. Mais je commençais à bien connaître les êtres, et j'aurais pu m'y diriger en aveugle.

Du vestibule, on pouvait gagner « la grande galerie du bord de l'eau ». Plus loin, à gauche, était la salle de billard où ronflaient les quatre femmes de service. À une vingtaine de pas sur la droite, s'ouvrait le dégagement qui menait au cabinet des médailles. Et tout au fond, c'était la chambre de la souveraine, qui recevait parfois dans sa « ruelle », et que prolongeait un boudoir où seul le roi et des dames étaient admis.

Dans les appartements des Grands, il en était déjà ainsi qu'aujourd'hui : les pièces les plus intimes étaient toujours les dernières, du fait qu'on y accédait par des enfilades de salons où la majesté l'emportait sur la commodité. Les chaumières sont plus pratiques, et mieux chauffées quand on les partage avec les bêtes.

Devant la porte royale, comme je pouvais m'y attendre, le matelas de la demoiselle d'honneur avait disparu avec la gardienne. Je me signai, frappai du bout des doigts, le cœur serré, et une voix douce m'invita à entrer. Là-dedans, il faisait noir comme dans un four, les braises de la cheminée ayant été occultées, mais je savais bien que le grand lit était droit devant...

Plutôt que de me laisser impressionner par l'épreuve

insensée qui m'attendait, j'essayais de me mettre dans la peau d'un Beaufort, de me remémorer le timbre et les intonations de sa voix, bien décidé à ne point parler trop fort, et le moins possible, afin d'accroître mes chances de faire illusion....

« Vous êtes en retard, mon bon ami, dit Anne sur un ton mondain. Que vous est-il donc arrivé ?

— Mon carrosse a versé en campagne, improvisai-je d'une voix sans couleur, et l'un de mes chevaux s'est jambé la crampe... s'est cassé la jambe.

— Vous pouvez parler plus fort : nous sommes seuls. La demoiselle que vous avez dû voir à ma porte est, naturellement, dans notre secret.

— Je n'oserais, Majesté. La révérence m'esbroufe... m'étouffe et me fait chatouiller... bafouiller.

— Que voilà un lapsus engageant ! Mais remettez-vous : je ne suis ce soir qu'une femme comme une autre – quoique parmi les plus malheureuses du monde.

— Je suis également bien malheureux, Madame, que les plus austères devoirs, le faux roussi... le beau souci de la Couronne, nous réunissent en catimini, plutôt que cette passion partagée que nous aurions pu labourer... savourer en des temps meilleurs. Le sang d'Henri IV croule dans mes peines... foule dans mes reines... coule dans mes veines (eh, flûte !), et je n'eusse pas été tout à fait indigne de vos tombées... de vos bontés.

— Vous dites parfois de bien jolies choses...

— Je ne les aurais certes pas dites hier, mais la noble simplicité de votre accueil me porte au-dessus de moi-même et me prête enfin quelque esprit.

— On ne saurait être plus modeste ni plus galant ! »

Tout en badinant laborieusement, j'étais venu buter contre le lit. Je me déshabillai, m'allongeai tout près de la reine sur une couche douillette, l'embrassai sur le front comme on baise une mère, cachai ma tête entre des seins généreux, où je humai, avec un trouble profond, une goulée de ce parfum que l'affreux Beaufort respirait tout à loisir de son côté.

Le tragique se mêlait à ce point au burlesque, que j'avais la sensation que mes moyens m'abandonnaient. J'étais bercé dans un océan de chairs satinées et d'oreillers moelleux, dont s'échappaient des duvets de canard pour me gratouiller le nez ou les oreilles. Mais je devais me montrer à la hauteur de l'étalon que la souveraine s'était choisi au sortir d'une réflexion qui, pour prompte qu'elle eût été, n'avait pas dû être facile.

Je hasardai sur de consistants appas une main d'abord tremblante, bientôt de plus en plus assurée. La reine, cependant, se raidissait, me repoussait...

« Qu'avez-vous donc, ma mie ? Vous aurais-je froissée sans le foutoir... sans le vouloir ? (J'étais si pris par mon rôle que je faisais à présent des cuirs sans le faire exprès !)

— Non, non, allez, il le faut bien... »

Désireux d'établir d'amoureuses progressions, j'abandonnai le poste principal pour faire glisser draps et couvertures et embrasser fougueusement deux pieds menus... qui s'arrachèrent soudain à mon étreinte pour rejoindre la nuit d'où ils avaient pris matière.

« Ne me touchez plus ! Je ne peux décidément pas. J'avais cru... Ne m'en veuillez point, je vous prie. Votre dévouement me restera en mémoire tant que je vivrai et ma faveur vous est acquise. Mais Dieu me punirait. Le Père d'Espalungue m'a prédit que l'enfant du sacrilège pourrait naître difforme, avec des cornes, ou pire, devenir hérétique ! »

Je ne me le fis pas dire deux fois et bondis dans mes chausses. Mon soulagement était inexprimable.

Il était aux environs de trois heures et demie. Le duc pouvait être sur le chantier depuis une centaine de minutes, mais il était sans doute d'une complexion à s'y attarder encore un peu.

Je m'empressai de rejoindre ma sœur, qui devait trouver le temps long, masquée sur son matelas, et elle fut bien ahurie de me voir surgir. Du cabinet des médailles, provenaient des bruits sourds et rythmés qui indiquaient que tout se passait bien.

J'annonçai à Claire en quelques phrases ma tentative et mon échec, la tentative étant pour elle, et l'échec, pour moi.

« Tu ne parles ainsi que pour me faire plaisir !

— Sur la Bible... la Bible catholique !... Anne m'a renvoyé presque sur-le-champ et j'ai dû partir la queue basse. Telle que nous la connaissons, nous aurions d'ailleurs dû nous y attendre...

— Tu ne pourras jamais prouver tes dires. »

La réflexion n'était que trop juste, mais j'avais bien le temps de m'en inquiéter.

Je retournai chez la Vivonne, où la soirée tirait sur sa fin. Cinq-Mars s'était retiré avec ses courtisans, mais Montesquiou était encore là, à qui mes sept pistoles semblaient avoir porté chance.

Je lui confiai tout bas :

« Figurez-vous qu'on vient de me refuser le devoir extra-conjugal !

— Mon cher, si l'on vous interroge, c'est ce que vous avez de mieux à déclarer, et je vous engage à soutenir cette version religieusement.

— Vous ne me croyez pas ? !

— Qu'importe !... »

Je le pressai d'arranger mon affaire avec Aramits, mais il se fit tirer l'oreille...

« Chaque fois que vous le rencontrez, vous lui donnez une bonne raison de vous tuer ! Et Henri n'est pas trop patient. Deux fois sont déjà de trop. Je veux bien essayer, mais à la troisième, ne comptez plus sur moi. »

Il était près de quatre heures quand Ursula reparut enfin et me fit signe que les choses avaient marché à souhait jusqu'au bout.

Je n'avais pas perdu mon temps chez Saxe-Weimar !

XII

Raccompagnant chez elle sur le hongre Ursula serrée contre moi, je lui demandai :

« À présent, tu vas me raconter en détail, sans rien omettre, le plus exactement possible, mot pour mot, ce qu'a fait ou dit le grand seigneur que je t'avais chargée de gâter. Tu as bonne mémoire et tu as fait en un mois et demi d'étonnants progrès en français. Étant entendu que ce ne sont pas les joutes amoureuses qui m'intéressent – nous savons tous deux depuis longtemps comment cela se pratique ! –, mais tout le reste, qui peut se révéler pour moi quelque jour de la plus extrême importance.

— Eh bien, le grand seigneur est entré, pour dire aussitôt : " Ma chère âme, mon tendre cœur, je retords déjà mes bittes... je retire déjà mes bottes pour ne pas faire de fruit... de bruit." Tu ne m'avais pas dit qu'il ânonnait ?

— Qu'importe ! Il peut se le permettre.

— La demoiselle du matelas lui avait pourtant bien expliqué comment se diriger dans le noir entre les meubles, mais il avait un peu bu, pour s'encourager, sans doute – je l'ai senti bientôt à son haleine –, et en avançant à tâtons, il a trébuché dans une vitrine. Elle s'est effondrée en miettes avec lui, et j'ai entendu le bruit des médailles qui roulaient.

« Il s'est relevé, puis il a couiné comme un goret parce qu'il marchait sur des éclats de verre.

« En tombant, il avait perdu tout sens de la bonne direction, et il est allé renverser le brasero, où il restait encore des braises sous la cendre. Piétinant dans les braises, il a poussé des hurlements étouffés.

« Sorti de là, il a dit : “ Majesté, où êtes-vous donc ? ” Je n'ai pas pipé, et d'autant moins que j'étais bien étonnée du titre ! Il a ajouté, mais se parlant à lui-même : “ Je suis aimé, c'est sûr, mais je n'ai pas voie à la drue... droit à la vue, je n'ai même pas droit à la noix... à la voix. Ô divine pudeur espagnole ! C'est Chimène dans le *Cid.*”

« Il a fini par buter contre mon matelas, s'est mis à poil, s'est agenouillé, a perdu dix minutes à me caresser et à m'embrasser les mains, répétant des choses de ce genre : “ Ô petites mains aristocratiques aux doigts fuselés, reconnaissables entre mille, dont tant de poètes ont fait l'éloge de Paris à Madrid ! ”

« Infatigable, il est passé aux pieds : “ Ô petits pieds divins, que je suis le premier amant sur terre à voir et à apprécier ! ”

« À court de compliments sur les pieds, il s'est penché vers ma figure et a murmuré : “ Je flemme comme un trou... je t'aime comme un fou. Je t'abhorre comme une lividité... je t'adore comme une divinité.”

« J'ai éclaté de rire. Je sais que je n'aurais pas dû...

« Sans doute l'avais-je peiné. Il m'a dit : “ Ce sont les flèches de l'amour qui me font bafouiller à ce groin... à ce point.” J'ai cru bien faire en lui caressant les cheveux et en l'embrassant sur la joue. “ Riez encore, m'a-t-il dit, si mon seul défaut m'amène caresses et baisers !

« “ J'ai demandé à Monsieur Voiture de me trousser un quatrain précieux où il y aurait deux pieds pour une dame de mes amies, et il a fini par saisir ce que je voulais dire.

« “ Permettez que je le récite sans faute. Je m'y suis entraîné avec mon maître de métrique et de miction... de diction, que j'avais laissé chômer trop longtemps.

J'ai senti ton parfum dans l'air tiède du soir,
Tes cheveux dénoués ont caressé ma flamme
Et tes pieds délicats, renversant le bougeoir,
Jusqu'à l'aube incertaine, ont piétiné mon âme.

« “ Vous plaît-il ? ”

« Je lui ai fait répéter trois fois, pour être bien sûre de m'en souvenir, je l'ai encore embrassé pour la peine, et nous sommes passés aux choses sérieuses.

« Il fait bien l'amour, et a tiré aisément ses quatre coups.

« Quand je l'ai congédié, il n'a pas trop protesté, comme si mon silence lui coupait le souffle.

« Pourquoi ne m'as-tu pas dit que le visiteur aurait la folie de me confondre avec la reine ? Peut-être ne pensais-tu pas qu'il bavarderait autant ? »

Ayant prévu le risque, j'avais heureusement préparé une bonne réponse.

« Il s'agit d'une gravissime affaire d'État, et dans ces affaires-là, moins on en sait, mieux on se porte. Mais comme tu en sais déjà trop, autant te dire le reste.

« Sais-tu garder un secret ?

— Évidemment ! Les secrets font partie de la profession. Qui aurait confiance en nous autrement ? Nous sommes comme des confesseurs, des médecins, des barbiers...

— Un secret d'État ?

— Je le garderai mieux encore ! Je n'en parlerai qu'à Nicolette. Nous n'avons pas de secrets l'une pour l'autre et tu sais que nous sommes au mieux.

— Tu n'en parleras même pas à Nicolette !

— Bien. Je n'en parlerai qu'aux oiseaux.

— Pas même aux oiseaux ! Les perroquets répètent tout ce qu'on leur dit.

— Alors, j'en parlerai aux poissons.

— Va pour les poissons, mais à voix basse.

« Le Cardinal est amoureux fou de la reine.

— Ce n'est pas un secret.

— Il a essayé de lui faire violence dans un confessionnal du Val-de-Grâce dont elle avait du mal à se sortir, du fait qu'elle avait engraissé comme toi, ayant mangé trop de pâtés d'alouettes.

— Le Cardinal, à ce qu'on dit, a fait bien pire.

— Le grand secret est que la reine, pour essayer de le calmer, a eu recours à tes services sur mes conseils. Je lui ai vanté ton gracieux embonpoint, ta santé solide, ton savoir-faire, ta discrétion... et même ta piété avertie, puisque tu es passée du service de Dieu au service de ses créatures avec une humilité qui n'est pas feinte.

— Tu veux dire que j'aurais couché avec le grand Cardinal ?!

— Tu as couché ! Et en suivant mes instructions, tu as réussi à abuser l'homme le plus intelligent de France après Monsieur Descartes, dont les amours sont beaucoup plus prudentes.

— C'est fantastique !

— Fantastique, mais vrai. Tu n'auras pas seulement ce beau quatrain en souvenir. Tu pourras te dire plus tard, dans les instants de découragement : un cardinal m'a pris pour une reine parce que j'avais un corps de reine dans la nuit, et je l'aurais eu encore si le jour était venu illuminer ma beauté ! Ninon et Marion, malgré leurs prétentions, ne sauraient en dire autant.

— Le plus fantastique est encore qu'il ait réussi à tirer ses quatre coups comme un jeune homme !

— Ce n'est pas un cardinal ordinaire. Il a dans un tiroir de son bureau toutes sortes de drogues, et le soir, derrière le dos du Père Joseph, il se frotte énergiquement le membre viril au moyen d'un " zigouigoui " fétiche en gaillac du Brésil qui fait merveille dans l'intimité, et n'est pas mauvais non plus contre la vérole. Il court alors comme un zèbre, avec son préservatif suspendu autour du cou...

— C'est vrai, qu'il se prend parfois pour un cheval ?

— Une fable, que font courir des jansénistes jaloux. Je verrais de mes propres yeux Son Éminence couvrir une cavale, que je ne le croirais point !

« Mais il y a plus, Madame !... pour reprendre une formule que le Cardinal affectionne. En trompant si bien Richelieu, tu as trompé un homme qui est le premier responsable des souffrances de l'Alsace et des tiennes. C'est ce que les théologiens appellent " la justice immanente ".

— Le Père Joseph avait choisi ce thème pour son sermon à mon couvent de Schiltigheim.

— Ce faux prophète avait, pour une fois, pressenti la vérité ! »

Nous étions arrivés. Après l'avoir embrassée tendrement, j'ai laissé cette sainte fille à ses souvenirs et à ses rêves.

À quelque temps de là, désireux de lui manifester toute ma reconnaissance, je lui ai fait tenir un exquis godemiché d'ivoire, dont le marchand m'avait assuré (peut-être un peu vite ?) qu'il avait appartenu à la duchesse de Chevreuse, accompagné de quelques vers aux rimes délicatement féminines – les premiers et les derniers que je devais faire en ma vie ! –, et où ne figurait qu'un seul adjectif, mais bien placé, en hommage à Cherfanion de Taverny. Pipette apprendrait de la sorte les finesses de la langue et les beautés de la mythologie.

Ô toi qui Sappho te surnommes,
T'offre Mercure un caducée,
Verge plus chaste que vits d'hommes,
Qu'aucune femme n'a sucée.

Les rimes trois et quatre étaient, par leur insigne rareté, du dernier précieux. La marquise de Rambouillet et Voiture en eussent été transportés.

Qu'est devenu ce caducée au couvent de la Compagnie de Marie Notre-Dame, fondé à Bordeaux par Jeanne de Lestonnac, nièce d'Eyquem de Montaigne, où l'ex-Pipette se consacre depuis douze ans à l'éducation des jeunes filles ? Dans son dernier courrier, elle n'y fait aucune allusion.

Si tout s'était passé comme je l'avais prévu, si Claire avait été en mesure d'annoncer à la reine la visite et le lâche retrait de Beaufort, Anne mortifiée aurait sans doute soutenu au Cardinal – puisque le péché d'intention équivaut à un péché de fait ! – qu'elle renonçait à l'expérience après avoir été plus que satisfaite. Mais comme elle avait renvoyé en ma personne un Beaufort entreprenant et irréprochable, la pieuse gloire de n'avoir pas succombé *in extremis* à l'attrait de la chair invitait à répudier tout honteux mensonge.

Dès le lendemain, Claire me dit que la reine avait confié

au Cardinal qu'elle n'avait pu se résoudre à mener le projet à son dernier terme, dans la crainte que le péché ne portât malheur à la Couronne, qu'elle s'était reprise, et qu'elle ne voulait plus entendre parler de pareilles horreurs.

Misérablement déçu après tant d'efforts, le Cardinal avait affiché un scepticisme où il devait trouver une consolation. Peut-être la reine ne s'était-elle résolue à revenir à la vertu qu'au sortir d'une faute qui l'avait bouleversée, le duc ayant tout ce qu'il fallait pour ça ? Peut-être mentait-elle par pudeur ? Un Dauphin du sang d'Henri IV ne serait-il pas en route malgré tout ?

Le comble est que Claire persistait à partager ce scepticisme, avec l'ennui pour moi que Beaufort n'était plus en cause. Et le doute la travaille toujours !

Avant de partir pour la guerre de Hollande, je suis allé faire mes adieux à ma sœur, qui gouverne depuis sept ans d'une main ferme les « Filles de Sainte-Marie » de la rue Saint-Antoine. Et au parloir de ce couvent de la Visitation où Louis XIII s'était entretenu avec Mademoiselle de La Fayette le soir du 5 décembre 1637, elle est revenue sur cette affaire qui empoisonne ses jours, vu la part qu'elle y a prise et l'étouffant secret qu'elle en a gardé.

« Tu peux raconter ce que tu voudras, m'a-t-elle fait remarquer, tu n'empêcheras point que le roi te ressemble étrangement, au physique comme au moral – quoique avec des qualités assurément moins brillantes sur de certains points –, et vous êtes tous deux aussi fâcheusement portés sur les femmes. Alors que Monsieur son frère, né certainement d'un Louis XIII que la naissance du Dauphin avait tout ragaillardi, est efféminé au possible et tient évidemment de son père. Je ne me pardonnerai jamais d'avoir prêté la main, même involontairement, à cette fraude, que je n'aurai pas assez de toute ma vie pour expier. »

Que répondre à de fausses évidences ?

Agacé, je lui ai lancé à travers la grille :

« Si le roi était par hasard le fruit d'un pareil péché, ce serait le cas de dire avec saint Augustin : *felix culpa*, qui nous a valu un tel monarque ! »

Claire m'a jeté un regard foudroyant, et je suis sorti là-dessus. J'en arrivais à ne plus me fier à mon excellente mémoire !

Ce soupçon persistant a été pour quelque chose dans ma décision de consacrer les moments creux de cette guerre de Hollande à ces mémoires.

Mais je vois bien que Porthos lui-même a des doutes sur ma bonne foi, ceux que Montesquiou lui avait communiqués jadis un soir de beuverie en compagnie d'Aramits et d'Athos, sous prétexte que ces messieurs étaient « hommes d'honneur » et capables de garder un secret. Dieu merci, ces messieurs n'en ont pas trouvé un cinquième à gratifier de leur bavardage !

La postérité me rendra peut-être justice, le jour où ce manuscrit serait divulgué.

Le lundi 22 décembre de cette année 1637, je reçus ce mot d'Hermine :

> « *Ma mère est morte hier, dans d'horribles souffrances, et ne parlant que de son Ulysse, comme si je n'existais point. Ces derniers temps, sa méfiance naturelle s'était exacerbée au point de me faire tenir sous surveillance attentive, comme si elle avait deviné, à quelques signes qui m'auraient échappé, que je brûlais de vous donner signe de vie et de recevoir de vos bonnes nouvelles. Enfin, tout est fini !*
>
> « *Nous nous reverrons dès que la décence l'autorisera… et plus vite encore si l'indécence l'autorise ! Mon oncle et tuteur maternel, le marquis de Castelnovel, pourra me dégager facilement, en attendant mieux, une dot de 140 000 livres sur mon héritage, ce qui vous permettra d'échapper au Cardinal et d'acheter, entre autres, une belle lieutenance chez les mousquetaires du roi. Je ne veux point dans mon lit d'une casaque qui ne soit pas à la mode.*
>
> « *Je vous embrasse en hâte, homme de ma vie ! Me touchant de votre verge magique comme Moïse le rocher*

d'Horeb, vous avez subitement fait couler de mon cœur une source d'amour si vive que je ne suis plus à moi. »

C'est ainsi qu'une fiancée doit parler ! Je voyais bien que j'allais devoir filer doux quelque temps, mais il y a justement une certaine douceur dans cette expression, et quand on dispose d'une verge magique que Moïse eût enviée, beaucoup d'espoirs sont en vue. Mon heureux mariage avec Mademoiselle de Montastruc m'a appris que si beaucoup de maris deviennent impardonnables à la longue, c'est qu'ils ne font pas suffisamment d'efforts pour se faire pardonner.

Ainsi, providentielle compensation aux interminables ennuis qu'Arnac devait me valoir, dès le début de ce voyage, j'avais accompli le nécessaire pour faire dans la société le bond qu'il n'est pas donné à tous de faire en si peu de temps par des moyens honnêtes.

Ma joie était si parfaite que je ne la pouvais celer, et j'ai dit à Julie que j'avais fait un héritage – ce qui n'était pas tout à fait faux. L'ambition d'être un jour plus utile à notre enfant que je n'aurais pu croire donnait d'ailleurs à ma satisfaction un tour encore plus attendrissant. Et j'ai réussi à pousser discrètement ce garçon, auquel Hermine s'était attachée, jusque sur les plus hautes marches de la Cour.

XIII

La joie me faisait pourtant commettre ce lundi-là une mortelle imprudence. La baronne ayant disparu, je pensais en être quitte avec sa vengeance, et j'ai désormais négligé de me faire raccompagner par mes hommes. C'était compter sans le sens de l'honneur, qui peut être répandu dans toutes les professions. D'Artagnan avait le sien, certains assassins ont le leur.

Le soir du 24 décembre, Dieudonné Boisrobert, dans le grenier d'une maison déserte qui faisait face à celle des Lhermitte et venait d'être vendue par autorité de justice, attendait patiemment que je rentrasse partager avec Irénée et Julie un souper de fête. Feu Madame de Montastruc l'avait payé pour m'occire, et l'honneur lui commandait de respecter son contrat au-delà de la tombe.

Je parle savamment de cette canaille, car j'ai encore dans un tiroir de mon bureau les minutes des interrogatoires auxquels l'homme fut soumis, menés de façon exemplaire vu que j'étais au Cardinal, c'est-à-dire que les savantes tortures n'avaient pas eu pour dessein superficiel – ainsi qu'il n'arrive que trop souvent ! – d'obtenir des aveux sans preuves, mais de porter au jour une confession exhaustive, dont chaque terme serait susceptible d'être confirmé par l'enquête.

Les rois, les Guise, d'autres grandes familles, avaient eu au siècle précédent des « tueurs » quasiment officiels aux fins d'exécutions politiques, lorsque les formes légales ne pouvaient être respectées, tel l'illustre Maurevert, qui avait si bien raté Coligny. La tradition s'en était perdue, et c'est faute de « tueur » en titre immédiatement disponible que le jeune Louis XIII avait dû avoir recours à des amateurs pour régler son compte à Concini, au grand ennui de sa mère, qui s'y était stupidement attachée. Les derniers « tueurs » en exercice n'étaient plus des pensionnés, mais travaillaient à forfait, de loin en loin, pour des commanditaires fortunés, et avaient, pour ainsi dire, perdu l'esprit de famille. La baronne avait eu quelque mal à retrouver un vieux débris, qui avait obligé les Montastruc autrefois lors de quelque querelle de clocher.

Ce Boisrobert, qui allait sur ses soixante-dix ans et ne devait pas survivre – ayant sans doute le cœur un peu faible... –, aux dernières questions posées, était un catholique de Bayeux, qui ressemblait à un petit bourgeois timide, doué pour passer inaperçu.

Il avait cependant la passion des armes – tout comme le roi Louis XIII, dont les deux cents fusils de grand luxe faisaient rêver –, et il préparait minutieusement ses coups. Mais pour être heureux, Dieudonné n'avait pas besoin de canons ciselés d'or ou d'argent, de fûts de bois rares incrustés de cuivre, de nacre, de corne ou d'ivoire, de crosses ornées de camées et de pierres précieuses, comme on en voyait chez l'empereur ou chez les princes. Une sobre élégance lui suffisait, pourvu que l'arme fût bonne.

Ses seuls défauts notables étaient son penchant immodéré pour le vin – il devait s'imposer, à chaque commande, de pénibles privations pour que son doigt ne tremblât point sur la détente –, et un brin de vanité, car il se faisait appeler « Boisrobert des Grandschamps » par sa logeuse des halles... une réminiscence, peut-être, de ses origines campagnardes ?

En tout cas, le sang le mettait mal à l'aise – il ne pouvait supporter, *dixit*, de couper le cou à un poulet –, et ayant peur dans le noir, il aimait à tuer de loin, autant que possible au grand jour. Il avait en outre la phobie des chats, dont l'un avait crevé l'œil de sa mère, qui prétendait le castrer avec un couteau ébréché.

Peu de temps avant ma rentrée « impasse des tire-laine »,

une petite pluie glaciale s'était mise à tomber, qui dut lui faire souvenance de la douce, de l'inoubliable Normandie de ses premières années, lorsque sa mère précocement avachie, borgne et édentée, le berçait avec un inepte espoir dans une chaumière humide et pleine de crasse, en braillant à tue-tête une complainte de nourrice d'une voix éraillée par le mauvais cidre et les tord-boyaux. Les plus disgraciés d'entre nous gardent contre vents et marées un coin de paradis enfantin au cœur, que ses allures de purgatoire ne rendent pas moins aimable.

Heureusement, les platines étaient à l'abri du grenier, dont la fenêtre était seulement entrebâillée.

Je dis « les platines » parce que Boisrobert s'était muni d'une carabine à silex de moyen calibre à doubles canons rayés, donc à deux platines. Une arme coûteuse, précise et d'assez longue portée, qui n'avait en principe qu'un inconvénient : il fallait enfoncer dans chaque canon avec un refouloir la balle sphérique enveloppée d'un fin chiffon ou cuir bien graissé, le « calepin », opération lente et précautionneuse, qui rend de telles carabines impropres aux batailles rangées où la cadence de tir est essentielle. C'était un outil d'embuscade, idéale pour étendre son homme et s'enfuir au grand galop.

J'ai encore cette carabine en bonne place dans le vestibule de notre Hôtel parisien, et quand j'entre ou sors, je ne manque pas de lui faire un petit salut de la main. Aramits y voyait un geste de gratitude pour la Providence qui m'avait épargné, Athos, une délectation morbide. Quant à Hermine, elle fait astiquer la chose sans se troubler, comme elle caresserait nos quatre chats.

J'arrive enfin devant ma porte, je renvoie mes porteurs, je soulève le marteau d'un geste familier, me présentant de dos au « tueur » de ma défunte future belle-mère.

À l'instant que Boisrobert lâche ses deux coups, le matou locataire du lieu, qui l'avait déjà énervé, crache par bonheur derrière lui. La première balle m'effleure, la seconde me terrasse, et Julie, enceinte jusqu'aux yeux, me découvre baignant dans mon sang.

Je suis resté trois semaines entre la vie et la mort, aux bons soins du Cardinal, bientôt assiégé par le Père Joseph, qui voulait profiter de l'occasion pour faire de moi un capucin. Afin de m'en débarrasser, je l'ai supplié de m'entendre en confession, ce qui m'a permis de lui narrer avec délice comment je m'étais foutu de lui en jetant une pute au lieu de reine entre les pattes de Beaufort. Et comme nous étions aux antipodes d'un péché d'habitude où j'aurais pu être soupçonné de vouloir abuser du sacrement, il s'est vu contraint de me donner l'absolution en grinçant des dents.

« Consolez-vous, lui ai-je dit, vous serez bientôt privé de mes services. Avec l'appui des Montastruc, dont l'argent est si précieux pour l'État, j'entre à titre de lieutenant dans les mousquetaires du roi, où l'on ne me demandera plus que de verser mon sang pour vous et vos pareils. »

Hermine, dans une robe plus gaie, lui succéda auprès de moi. Nous ne nous sommes plus quittés.

ÉPILOGUE

Depuis qu'il avait rencontré l'ex-Pipette, le duc ne se sentait plus et regardait la reine avec l'œil d'un favori gourmand qui attend son heure, manège encore assez discret, que la souveraine supportait avec une aimable condescendance, du fait qu'à ses yeux Beaufort s'était approché assez près du paradis pour en concevoir de l'orgueil et de l'espérance : s'il n'avait pas eu la mauvaise idée de chatouiller ses pieds sacrés, où en serait-on arrivé ?

Le malentendu a empiré d'un degré avec la grossesse de la reine et l'heureuse naissance du Dauphin, dont le duc n'avait aucun mal à se croire éminemment responsable, vu les quatre bons coups qu'il avait tirés au Louvre, alors que le roi n'en avait tiré qu'un demi en s'essoufflant une dizaine de jours plus tôt.

La mort du Cardinal, puis bientôt celle du roi, ont rendu Beaufort d'autant plus insupportable que la reine, moitié par reconnaissance, moitié dans le dessein de le satisfaire et d'en être quitte, lui accordait plus de faveurs.

Dans les derniers instants du roi, Anne lui avait confié la garde de ses deux enfants, dont son mari avait menacé de la séparer. Après la mort si impatiemment attendue de Louis XIII, c'est le duc qui sera chargé d'escorter les bambins de Saint-Germain au Louvre dans une marche triomphale – le jour même où mon frère Matthieu, dégoûté de toutes les grandeurs, partait pour la Chine, où il s'est perdu !

Beaufort est alors, à vingt-sept ans, et sans avoir jamais rien fait, l'homme le plus en vue de France. L'évêque-comte de Beauvais, Potier de Blancmesnil, du clan des Vendômes, déjà grand-aumônier de la reine, est proposé pour le chapeau de cardinal ; le duc, qui s'attend à être nommé premier ministre, refuse avec hauteur la charge de Grand Écuyer, que l'exécution de Cinq-Mars avait laissée vacante, et il ne craint pas, forçant les consignes avec une désinvolture outrageante, d'aller surprendre la reine dans son bain ! De telles prétentions ne pouvaient que déboucher sur le néant.

Le cardinal Julio Mazarini, qui s'était poussé au Conseil de régence, n'eut pas de mal, arguant de l'insuffisance notoire de Beaufort, à convaincre Anne d'Autriche de l'évincer, et cet épigone du grand Cardinal prit le gouvernement des affaires pour ne plus le lâcher.

Le duc poursuivra dès lors le ministre d'une animosité passionnelle et tenace, mais qui n'avait rien à voir avec une jalousie d'alcôve.

Mazarini, bien qu'il ne fût pas prêtre, n'était ni le mari ni l'amant de la Régente, ainsi que le bruit en a couru jusqu'à présent. Un lien sacré les unissait en les séparant depuis que Julio était devenu, en 1643, le parrain du roi mineur Louis XIV, et la reine, de plus en plus dévote, passait son temps à se confesser et à communier, et n'avait aucun goût pour le sacrilège. Les médisants feraient bien de considérer ce point démonstratif.

Beaufort se jette bientôt dans la « Cabale des Importants », tente même de faire assassiner Mazarini par des nervis à sa solde, ce qui était quand même un peu gros ! Il est expédié au donjon de Vincennes, où il restera bouclé cinq ans, avant de s'en échapper de manière acrobatique pour participer activement à la Fronde, y gagnant un moment le titre douteux de « Roi des halles » !

Mais avec les années, le léger et turbulent Beaufort s'est assagi, donne même dans une piété ostensible, et parvient à rentrer en grâce. Courant 1658, dans le désir, sans doute, d'éloigner un personnage qui demeurait, malgré tout, assez encombrant, Anne d'Autriche lui obtient la charge de Surintendant général de la navigation, où il se distinguera, de façon fort surprenante, dans la chasse aux navires barbaresques.

En 1661, Mazarini meurt sans emporter ses trésors dans sa tombe, et c'est le début du règne personnel de Louis XIV, qui prend, entre autres, Mademoiselle de La Vallière pour maîtresse, tandis que sa mère prie ardemment pour son âme en péril.

C'est par un sermon de Bossuet devant toute la Cour, le jour de l'Assomption 1665, que j'appris par hasard l'état de santé alarmant d'Anne d'Autriche, et il me souviendra longtemps de ces phrases :

> *Que la Vierge conserve ce grand monarque dans la paix et dans les hasards, qu'elle inspire la justice envers ceux qui l'ont méritée, et au roi, la bonté et la clémence ; qu'il fasse la paix par inclination, et la guerre, par nécessité ; que la Vierge mette bientôt le comble à la joie de toute la France par le rétablissement de cette mère auguste et pieuse, qu'elle ne prolonge sa vie que pour augmenter ses mérites. Qu'elle soit toujours aimée, toujours respectée, cette sage et pieuse princesse, qu'elle inspire continuellement des conseils de paix, des sentiments de bonté, des pensées de condescendance. Qu'elle vive sur la terre en n'ayant de goût que pour le Ciel, qu'elle s'attache immuablement à ce qui demeure. Qu'au milieu de tant de grandeurs, elle soit jetée devant Dieu dans une véritable humilité, qu'elle méprise autant sa grandeur royale que nous sommes obligés de la révérer. Voilà, Madame, les vœux que je fais : puisse Votre Majesté les faire avec moi dans toute l'étendue d'un cœur chrétien !*

Cela sentait déjà son oraison funèbre et j'en fus très chagriné. J'avais préféré mener une vie active plutôt que de m'incruster à la Cour, mais à chacun de mes passages, la reine me réservait le même gracieux accueil et s'informait de ce qu'elle pouvait encore faire pour moi. Cependant, nous ne reparlions jamais de la lettre au nonce Cameleone, qui avait dû être ensevelie depuis longtemps avec un haut-le-corps dans les profondeurs des archives pontificales.

Au sortir de la chapelle, j'avisai Mademoiselle de La Vallière, alors dans toute sa gloire fragile, et lui demandai des nouvelles de la santé de la reine mère...

« Vous ne savez pas ? D'où sortez-vous donc ?

— De Londres. Il restait des choses à régler à la suite de l'achat de Dunkerque.

— Dès qu'on quitte la Cour, on ne sait plus rien.

— Dès qu'on y reste, on en sait trop.

— C'est avec de pareilles maximes que vous comptez faire carrière ?

— Comme tout le monde le sait, j'ai fait carrière une fois pour toutes dans le mariage. Le reste est du supplément. Vous avez le supplément sans le mariage, et telle que je vous connais, vous finirez au couvent comme ma sœur. C'est fou ce que la Cour peut envoyer de demoiselles au couvent ! Permettez-moi de m'en absenter, crainte de finir moine. »

Mademoiselle, de La Vallière, qui était très sensible, en eut les larmes aux yeux.

Elle murmura : « La reine a un cancer du sein. Nous craignons de la perdre bientôt. Louis, qui adore sa mère, est mortellement inquiet », avant de se détourner. Je ne lui avais parlé aussi rudement que pour son bien, comme j'aurais parlé à mon fils ou à mes trois filles.

À la mi-janvier 1666, la reine me fit quérir. Elle était depuis des mois aux mains de médecins ou de charlatans qui épuisaient leur science ou leur ignorance à la guérir ou à la prolonger. Louis passait des nuits à son chevet ; chaque jour, on enlevait des chairs pourries de sa poitrine, et un boucher à la mode avait inventé d'y faire des applications de viande crue de premier choix pour y aspirer ce mal implacable. D'une femme jadis si fière et si soigneuse de son corps, il ne restait qu'un regard et une voix, au milieu d'une puanteur à indisposer un cadavre. Hermine m'avait parlé avec effroi des derniers moments de sa mère, atteinte de la même affection, et nous avions parfois une prière pour elle, en dépit des désagréments qu'elle m'avait causés.

Anne m'invita à me rapprocher, et me dit d'une voix faible, mais nette :

« Il est grand temps, mon ami, que je mette mes affaires en ordre, et je suis dans une grave perplexité, qui ajoute encore à mon martyre.

« Si j'ai congédié le duc de Beaufort, sous ma Régence, pour remettre le ministère au cardinal Mazarin, c'est, en plus de tous les évidents motifs que vous pouvez penser, parce qu'il m'avait laissé entendre à demi-mot, mais fort clairement, dans un instant d'impatience, comme je mettais en doute ses capacités, qu'il aurait obtenu de moi les dernières faveurs. J'étais dans mon bain quand il m'a fait ce coup-là, et j'ai failli m'y noyer de saisissement !

« Or je jure devant Dieu qu'il n'en est rien. Vous me croyez, n'est-ce pas ?

— Non seulement je vous crois, Madame, mais j'en mettrais ma tête à couper !

— Vous me faites plaisir. Car votre sœur me semble avoir douté de ma parole, et le Cardinal aussi. Mais Richelieu ne compte pas : il n'aurait pas cru le Christ en croix sans une enquête approfondie du Père Joseph.

« Cette extravagante infatuation de Beaufort m'a d'autant plus troublée et intriguée que le duc était évidemment sincère. C'est un homme de premier mouvement, qui ne sait pas feindre. J'en ai conclu qu'à force de prendre ses désirs pour des réalités, il était en train de perdre la raison. N'est-ce pas aussi votre avis ?

— À la place de Votre Majesté, c'est sans doute ce que j'en aurais conclu moi-même...

— Un garçon vraiment étrange et imprévisible, que ce Beaufort. Depuis la Fronde, il se tient assez tranquille, mais n'est-ce point une eau qui dort ? Si, après ma disparition, quelque Diable le poussant, un coup de soleil barbaresque, une lubie, il allait, faisant fi de toute vraisemblance et de toute sûreté, répandre ce ruineux mensonge ? S'il allait écrire un jour de faux mémoires, alors que je ne serais plus là pour rétablir la vérité des faits, imaginez un peu les conséquences...

— Il est même permis, malheureusement, de les imaginer... plus qu'un peu.

— La chose me serait fort pénible, mais ne dois-je point avouer à Louis ce qui s'est passé cette nuit-là, de sorte qu'il puisse faire surveiller le duc en conséquence et prendre aussitôt toutes mesures utiles dans le cas où son dérangement, comme il arrive en prenant de l'âge, ferait encore des progrès ?

— Je doute que Beaufort devienne jamais fou à ce point...

— Pouvez-vous me le garantir ?

— Honnêtement non, Madame. D'autant plus que les hommes changent avec le temps. Je ne vois le duc que de loin en loin. Certes, il est devenu pieux, mais ce n'est pas une garantie sérieuse. Il y a autant de gens bizarres chez les dévots qu'ailleurs, sinon plus. J'inclinerais toutefois à temporiser, à confier à Dieu le soin de...

— Mais le temps me presse. Dieu remet bien des choses à notre libre arbitre. Le sort de l'État, que fonde une légitimité sans discussion, le repos, l'honneur de mon fils et le mien, sont en jeu.

« Oui, il faut que je parle. Comment faire autrement ? Ce sera pour moi une expiation de plus pour ce vieux péché d'intention et pour l'imprudence que j'ai commise en donnant ce rendez-vous fatal où ma vertu intacte a couru de si grands risques.

— Puis-je espérer que Votre Majesté ne fera aucune mention de ma sœur ni de moi-même dans cette douloureuse confession ? Le nécessaire et le suffisant devraient suffire aux peines du roi.

— Il n'y a en effet aucune nécessité que je vous mette en cause l'un ou l'autre.

— Nous vivrons, Madame, suspendus à cette assurance, dont nous vous sommes bien reconnaissants.

— J'aurais aimé faire davantage pour vous deux, qui m'avez si bien servie.

« Faites appeler Louis maintenant... »

Je parvins à me faufiler hors des appartements sans croiser le roi, qui avait aussi bonne mémoire que moi.

La reine mourut le 20 janvier, entre quatre et cinq heures du matin.

Beaufort était désormais en sursis. J'en étais bien fâché pour lui, mais à moins de prendre sa place, je ne pouvais strictement rien y faire.

Une mère sur son lit de mort ne ment point à son fils – du moins en principe ? –, et l'on pouvait penser que Louis avait d'abord cru la reine sur parole, ce qui était déjà loin d'être plaisant : un détraqué était lâché, qui, de toute façon, avait fréquenté maman de trop près, et risquait de répandre des bruits intolérables si la manie lui en prenait.

Puis un doute raisonné, celui-là même qui avait impressionné ma sœur ou le grand Cardinal – sans parler de Montesquiou et des trois « hommes d'honneur » qu'il avait mis dans la confidence, à ma grande consternation ! –, ce doute avait dû peu à peu s'insinuer dans l'esprit du roi, jusqu'à rendre enragé ce jeune homme de vingt-sept ans plein d'équilibre et tellement attaché à sa suprême dignité. Et si le fou n'était pas si fou ?

Le samedi 7 février, Beaufort, qui avait appris que j'étais rentré de Londres, est venu de lui-même à mon Hôtel pour me demander conseil, à titre d'ami des anciens jours. J'ai le malheur d'inspirer naturellement confiance, et même des inconnus me demandent bientôt conseil !

En bref, Monsieur Colbert, le nouveau contrôleur général des finances, avait invité le duc à passer le voir la veille à son bureau pour lui révéler que la feue reine avait parlé de sa personne au roi peu avant de mourir. Et on le priait de confirmer sur l'honneur et par écrit qu'il n'avait pas couché avec Anne d'Autriche dans la nuit du 13 au 14 décembre 1637.

Jouant naturellement l'extrême surprise, j'ai fait raconter à Beaufort, dont les souvenirs étaient demeurés d'une fraîcheur inaltérable, ce que je savais mieux que lui, pour lui recommander enfin, et avec la dernière insistance, de signer cette confirmation sans hésiter plus longtemps. Il n'avait déjà que trop tardé. Plus le temps passait, plus il se rendait suspect comme à plaisir. Ce n'était pas le moment de contredire une reine mourante sur un sujet pareil !

« Mais, m'a fait Beaufort, la rente en a médit... la reine en a menti. Si elle avait encore tous ses mépris... tous ses esprits, elle a dû mentir afin de ménager son fils ou de me protéger... bien que ce soit une idée vraiment curieuse que de parler de moi sur son lot de myrrhe... son lit de mort pour mentir alors que personne ne lui demandait rien !

« En tout cas, je ne suis pas responsable du mensonge d'autrui. Alors que, pour ce qui me concerne, il s'agit de faire un beau sergent... un faux serment sur l'honneur. J'ai toujours eu de l'horreur... de l'honneur, et vous avez dû entendre dire que j'étais revenu à la religion.

« J'ai commis en ce temps-là un péché positivement énorme, ce serait lâcheté que de le nier aujourd'hui. Au besoin, je suis prêt à expier.

— Si vous ne signez promptement, vous risquez d'expier plus longtemps que vous ne pourriez penser !

— Le roi n'oserait tout de même pas faire un mauvais parti à quelqu'un qui a de grandes chances d'être son père.

— Malheureux ! S'il faut vous en croire, c'est la petite chance que vous avez de ne pas l'être qui vous condamne sans rémission ! »

Le Ciel aveugle ceux qu'il veut perdre, et l'aveuglement de Beaufort tenait du prodige. Déjà sa répugnance à signer sur l'heure avait forcément fait à Colbert, chargé de le sonder et de juger de sa mine, la plus inquiétante impression.

Comme je le raccompagnais, je lui dis :

« J'espère bien que vous n'allez pas aggraver votre cas, déjà pendable, en allant demander là-dessus conseil à tout le monde ?

— Bien sûr que non ! Vous êtes un ami de longue date.

— Trop aimable ! Cet ami de longue date peut-il vous prier de ne parler de cet entretien à âme qui vive ?

— Évidemment ! Je vous jure sur l'honneur que, même sous les pures... les pires tortures...

— Si le roi estime que vous avez la moindre chance d'être son père, il ne vous fera point torturer. Louis est un scrupuleux dans son genre. »

Je craignais que Beaufort n'eût pas beaucoup d'autres

consolations, mais celle-là était particulièrement intéressante pour moi.

En 1669, au sortir de la courte guerre de Dévolution, le roi, à la surprise générale, s'empressa de monter une médiocre expédition contre nos amis turcs, comme honteusement, sans même prendre la peine de rompre les relations diplomatiques avec la Porte, et en arborant le pavillon pontifical.

Il s'agissait de soutenir Candie, place vénitienne de Crète assiégée depuis des lustres par les Ottomans, et qui était à bout de souffle. La plus brillante noblesse d'Europe venait de temps à autre, par petits paquets, y respirer un air enivrant de croisade, y semer un peu de désordre à force d'indiscipline et de présomption, et s'en retournait bientôt pour narrer ses exploits dans les salons des dames. Le Père Joseph en eût versifié toute une épopée !

Depuis la mort de sa mère, le roi vivait dans l'idée fixe de se débarrasser définitivement de Beaufort, mais n'osait, bien sûr, attenter directement à ses jours, dans le doute cruel où il demeurait, par la force des choses, de sa filiation. Ce n'était pas en pourchassant les pirates barbaresques avec des moyens suffisants que le duc – à moins de tempête propice ? – courait grand risque de perdre la vie. Le marin devait impérativement mettre pied à terre.

En confiant à Beaufort, conjointement avec le duc de Noailles, la direction de cette croisade, le roi, avec un peu de chance, pouvait espérer en finir. Noailles était prudent, le duc, fort aventureux, et le capitaine-général vénitien Morosini, un homme de grande expérience, tirerait à dia d'un troisième côté. Un beau désordre serait dans l'ordre des choses.

Et de fait, ça n'a pas raté. Sitôt débarqué, sans même attendre du renfort, à l'aube du 25 juin, le duc entraîne son avant-garde contre les janissaires, perd quelques centaines d'hommes dans la débandade qui s'en ensuit, et disparaît corps et biens dans la mêlée.

Après cet échec, qui n'avait pourtant rien de désastreux, Noailles est prié de se rembarquer au plus vite pour

Toulon et de laisser les Vénitiens se débrouiller avec les Turcs. Morosini capitulera le 6 septembre 1669, et à des conditions plus qu'honorables, car le grand vizir albanais du sultan Mehmed IV, Ahmed Köprülü, qui avait pris personnellement le siège en main, nourrissait de l'admiration pour sa vaillance.

En attendant, on n'avait jamais vu un homme aussi noble, aussi riche et aussi connu que Beaufort s'évaporer si totalement. Si son cadavre avait été retrouvé – et le cadavre d'un duc de Beaufort est trop voyant pour s'égarer longtemps ! –, Köprülü, un homme intelligent qui s'était déjà fait remarquer à plusieurs reprises par un traitement généreux des vaincus et tenait à conserver de bonnes relations avec la France, l'aurait fait inhumer décemment ou rapatrier. Il s'agissait tout de même du petit-fils d'Henri IV !

Fin septembre de cette même année 1669, le roi, qui était assisté de Colbert, m'a fait venir afin de me déclarer :

« Ma mère, Monsieur d'Espalungue, à l'article de la mort, m'a recommandé tout spécialement votre personne, et je désire vous confier une mission qui relève du secret d'État le plus absolu, et pour laquelle vous me semblez d'autant plus qualifié que vous avez, à ce qu'on m'a signalé, entretenu avec le duc de Beaufort des relations suivies.

« Au départ de la croisade de Candie, j'avais fait dire au grand vizir que je me chargerais personnellement de la rançon de mon cousin Beaufort au cas où il viendrait à être fait prisonnier. Köprülü vous attend à Stamboul pour en négocier. Vous aurez ensuite à escorter le duc jusqu'en Piémont, où vous le remettrez en passant aux agents de Monsieur Colbert, dans une auberge des environs de la forteresse de Pignerol, où un appartement digne de son rang lui a été réservé, car il m'a profondément déplu.

« J'attire votre attention sur ce fait capital que Beaufort n'a plus toute sa tête. Vous ne devrez pas croire un mot des contes qu'il vous pourrait faire, et surtout, vous prendrez bien garde de ne les répéter à personne, sous peine d'aller le retrouver à Pignerol, dont vous ne sortiriez pas de si tôt.

« Monsieur Colbert vous dira le reste... »

Si je refusais cette déplorable mission, un autre s'en chargerait à ma place, et avec moins de cordialité. En l'acceptant, la possibilité me restait ouverte d'adoucir le sort du prisonnier dans la mesure du possible. Quant à prévenir le duc de la prison qui le menaçait pour qu'il pût s'enfuir à temps, c'eût été me condamner sans remède, entraîner ma femme et mes enfants dans ma ruine, et le maladroit, plus que probablement, eût été tôt ou tard rattrapé.

J'ai demandé à être autorisé à visiter Beaufort une fois qu'il serait interné Pignerol, ce que le roi, non sans hésitations, a fini par m'accorder.

Quand j'ai remis le duc aux agents de Colbert, qui étaient venus un matin respectueusement l'entourer au sortir de notre auberge de montagne, il m'a dit tristement :

« Ainsi, mon ami, vous m'avez trahi ? C'est Pignerol qui m'attend ?

— Service du roi, Monseigneur. Tel Judas au service de Dieu, dont il aurait fait beau voir qu'il s'en dispensât ! Croyez que je porterai le poids de ce regret jusqu'à mon dernier instant et que j'aurais donné gros pour qu'il me fût épargné de vous causer cette déception.

— Mes péchés, sans doute, me l'auront infligée. À votre place, j'imagine que j'aurais agi de même, et avec une égale courtoisie.

— L'extrême indulgence de Votre Altesse m'accable. »

J'étais tout en pleurs, et Beaufort aussi, car une sympathie mutuelle n'avait cessé de se renforcer de Stamboul à l'Italie. J'avais peu à peu découvert, chez mon compagnon de route, ces qualités de cœur et de sérieux qui viennent parfois avec l'âge.

Nous nous sommes accolés avant de reprendre chacun notre chemin.

Pour la première fois, le duc n'avait pas bafouillé. Il est vrai que son texte était bref.

Au secret à Pignerol, où Lauzun a été bouclé à son tour courant 1671, Beaufort ne manque de rien et s'est adonné à de fortes lectures historiques et théologiques pour passer le temps. Je n'ai pas manqué une occasion d'aller lui prêcher la patience et la résignation chrétienne, je lui offre quelques douceurs, que ses geôliers examinent longuement avec suspicion, et nous parlons à bâtons rompus du bon vieux temps.

En ma compagnie, il quitte presque à regret le masque de velours dont on lui a prescrit le port, car sa tête n'est que trop célèbre.

« J'aime bien ce masque, m'a-t-il dit un soir, alors que montait jusqu'à nous l'écho des sonnailles des troupeaux regagnant paisiblement leurs étables. C'est le masque de mon péché. Je l'avais déjà sur le visage quand je suis monté comme un fou baiser cette foutue reine, qui me vaut aujourd'hui cet ennui. »

De fait ou d'intention, c'était en effet un grand coupable. D'être moi-même en liberté ne diminuait pas sa faute.

Le bruit s'est répandu que le mystérieux prisonnier portait un masque de fer, mais je suis bien placé pour contredire cette légende [1].

---

1. *Note de l'auteur :* ces mémoires ont été retrouvés en 1997 par des maçons portugais au château d'Isaac de Porthos, dans le cadre de réfections en rapport avec une tournée touristique intitulée : « Sur les traces historiques des Trois Mousquetaires », orchestrée par l'éminent érudit Jean Hourdebaigt. De toute évidence, le baron d'Espalungue, tué à l'ennemi en 1674, avait confié son manuscrit à son ami Porthos, qui ne s'était pas pressé, on le comprend, de le publier.

TABLE

Achevé d'imprimer sur presse Cameron
dans les ateliers de ***Bussière Camedan Imprimeries***
à Saint-Amand-Montrond (Cher)
en juin 1999

N° d'édition : 351. N° d'impression : 992730/4
Dépôt légal : juin 1999

Imprimé en France